河出文庫

法水麟太郎全短篇

小栗虫太郎
日下三蔵 編

kawade bunko

河出書房新社

法水麟太郎全短篇　目次

法水麟太郎全短篇

後光殺人事件

一、合掌する屍体

　前捜査局長で目下一流の刑事弁護士である法水麟太郎《のりみずりんたろう》は、招かれた精霊の去る日に、新しい精霊が何故去ったか——を突き究めねばならなかった。と云うのは、七月十六日の朝、普賢山劫楽寺《ふけんざんこうらくじ》の住職——と云うよりも、絵筆を捨てた堅山《けんざん》画伯と呼ぶ方が著名《ポピュラー》であろうが——その鴻巣胎龍《こうのすたいりゅう》氏が奇怪な変死を遂げたと云う旨を、支倉《はぜくら》検事が電話で伝えたからである。然《しか》し、劫楽寺は彼にとって全然未知の場所ではない。法水の友人で、胎龍と並んで木賊《とくさ》派の双璧《そうへき》と唱《うた》われた雫石喬村《しずくいしきょうそん》の家が、劫楽寺と恰度《ちょうど》垣一重の隣にあって、二階から二つの大池のある風景が眼下に見える。それには、造園技巧がないだけに、却《かえ》っても鄙《ひな》びた雅致《がち》があった。

　小石川《こいしかわ》清水谷《しみずだに》の坂を下ると、左手に樫《かし》や榛《はしばみ》の大樹が鬱蒼《うっそう》と繁茂している——その高台が劫楽寺だ。周囲は桜堤《おうてい》と丈余《じょうよ》の建仁寺《けんにんじ》垣に囲まれていて、本堂の裏手には、この寺の名を高からしめている薬師堂がある。胎龍の屍体《したい》が発見されたのは、薬師堂の背景をなす杉林に囲まれた、荒廃した堂宇《どうう》の中であった。

　三尺四方もある大きな敷石が、本堂の横手から始まっていて、薬師堂を卍形《まんじ》に曲り、現場に迄《まで》達している。堂は四坪程の広さで、玄白堂と云う篆額《てんがく》が掛っているが、堂とは名のみのこと、内部《なか》には板敷もなく、入口にもお定まりの狐格子《きつねごうし》さえない。そして、残りの三方は分厚な六分板で張り詰められ、それを、二つの大池をつなぐ池溝《ちこう》が、馬蹄形《ばてい》になって取り囲んでいる。更に堂の周囲を説明すると、池溝は右手の池の堰《せき》から始まっていて、それが、堂の後方をすぎて馬蹄形の左辺にかかる辺り迄は、両岸が擬山岩の土堤《どて》になっている。樹木は堂の周囲にはないが、前方に差し交した杉の大枝が陽を遮《さえぎ》っているので、早朝ホンの一刻しか陽が射さず、周囲は苔《こけ》と湿気とで、深山のような土の匂いがするのだった。

　細かい砂礫《されき》を敷き詰めた堂の内部には、蜘蛛《くも》の巣と煤《すす》が鍾乳石《しょうにゅうせき》のように垂れ下っていて、奥の暗がりの中に色泥《しきでい》の剝《は》げた伎芸天女の等身像が、それも白い顔だけが、無気味な生々しさで浮き出していた。それに、石垣にあるような大石が、天人像近くに一つ転がっている所は、恰度《ちょうど》南北物のト書とでも云った所で、それが何とも云われぬ鬼気なのであった。

　法水の顔を見ると、支倉検事は親し気に目礼したが、その背後から例の野生的な声を張り上げて、捜査局長の熊城卓吉《くましろたくきち》が、その脂切った短軀《たんく》をノッシノッシ乗り出して来た。

「いいかね法水君、これが発見当時その儘《まま》の状況なんだぜ。それが判ると、僕が態々《わざわざ》君をお招きした理由に合点が往くだろう」

法水は努めて冷静を装ってはいたが、流石《さすが》心中の動揺は覆《おお》い隠せなかった。彼は非度《ひど》く神経的な手付で屍体を弄《いじ》り始めた。屍体は既に冷却し完全に強直してはいるが、その形状は宛《さなが》ら怪奇派の空想画である。大石に背を凭《もた》せて、両手に数珠《じゅず》をかけて合掌したまま、沈痛な表情で奥の天人像に向って端座しているのだ。年齢は五十五六、左眼は失明していて、右眼だけをカッと瞶《みひら》いている。燈芯のような軀《からだ》の身長が精々五尺あるかなしかだが、白足袋《しろたび》を履《は》き紫襴《しらん》の袈裟《けさ》をつけた所には、流石《さすが》争われぬ貫禄があった。創傷《そうしょう》は、顱頂骨《ろちょうこつ》と前頭骨の縫合部に孔《あ》けられている、円《まる》い鏨型《たがねがた》の刺傷であって、それが非常なお凸《でこ》であるために、頭顱《とうろ》の略々《ほぼ》円芯に当っていた。創傷の径は約半糎《センチ》、創底は頭蓋腔中に突入していて、周囲の骨には陥没した骨折もなく、破片も見当らない。創傷を中心に細い朱線を引いて、蜘蛛糸のような裂罅《れっか》が縫合部を蜒《うね》り走っているが、何《いず》れも左右の楔《けい》状骨《じょうこつ》に迄達している。そして、流血が腫起《しゅき》した周囲を塗って火山型に盛り上り凝結している所は、宛《さなが》ら桜実《さくらんぼう》を載せた氷菓《アイスクリーム》そっくりであるが、それ以外には外傷は勿論血痕一つない。のみならず、着衣にも汚れがなく、襞《ひだ》も着付も整然としている。泥の付着も地面に接した部分にだけで、それも極めて自然であり、堂内には格闘の形跡は愚か、指紋は勿論その他の如何なる痕跡も残されていないのだ。

「どうだい、この屍体は、実に素晴らしい彫刻じゃないか」と熊城が、寧ろ挑戦的な調子で云った。

「何処《どこ》から何処まで不可解ずくめなんて、ピッタリと君の趣味だぜ」

「なァに、驚く事はないさ。新しい流派《イズム》の画と云うやつは、とかくこう云ったものなんだよ」法水はやり返して腰を伸ばしたが、「だが、妙だな。この像の右眼《みぎのめ》だけが、盲目《めくら》なんだぜ。それに、像だけに埃《ほこり》が付いていないのは、どうしたと云うものだろう」と呟いた。

「それは、被害者の胎龍だけが、繁くこの堂に出入りしていたと云うからね。多分その辺に原因があるに違いないぜ。それから、今朝八時に検屍したのだが、死後十時間以上十二時間と云う鑑定だ。然し、傷口の中に羽蟻が二匹捲《ま》き込まれている所を見ると、絶命は八時から九時迄の間と云えるだろう。昨夜はその頃に、羽蟻の猛烈な襲来があったそうだよ」

「すると、兇器は？」

「それがまだ発見《みつ》からんのだ。それから、この日和下駄《ひよりげた》は、被害者が履いていたのだそうだ」

堂の右端にある敷石から、そこと大石との間を往復している雪駄《せった》の跡があって、もう一つその右寄りに、二の字が大石の側迄続いているのだが、日和下駄はそこへ脱ぎ捨てられてある。（図を参照されたい）その間、検事は日和下駄の歯跡の溝を計っていたが、

「どうも、体重の割に溝が深いと思うが」

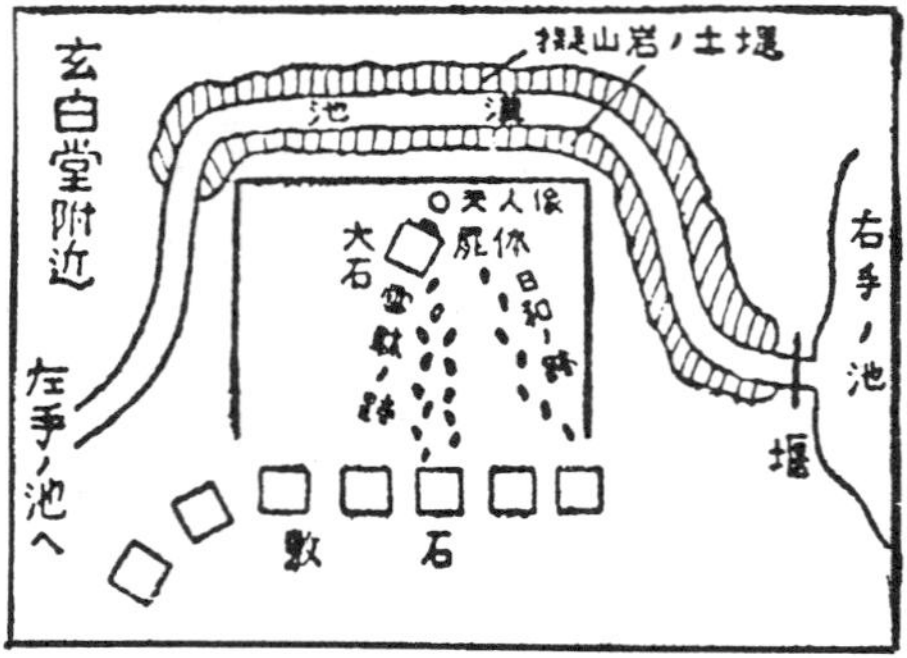

「それは暗い中を歩いたからさ。明るい所と違って、兎《と》角《かく》体重が掛り勝ちになるからね」と法水は検事の疑念に答えてから、何と思ったか、巻尺を足跡の辺で縦にすると、それがコロコロ左手に転がって行く。彼はそれを無言の中に眺めていたが、やがて熊城に、「君は、殺人が一体何処で行われたと思うね」と訊ねた。

「歴然たるものじゃないか」熊城は異様な所作に続く法水の奇問に、眼をパチクリさせたが、「とにかく見た通りさ。被害者は日和を脱いで大石に上ってから、やんわり地上に下りたのだ。そして、雪駄を履いた犯人が、背後から兇行を行ったのだよ。然し、屍体の形状を見ると、無論それには、破天荒な機構《メカニズム》が潜んでいる事だと思うがね」

「機構《メカニズム》!?」検事は熊城らしくない用語に微笑《ほほえ》みかけたが、「ウン、確かにある」と頷いて、「その一部が屍体の合掌さ。あれを見ると、絶命から強直迄の間に、犯人が余程複雑な動作をしたと見なけりゃならん。所が、そんな跡は何処にも見当らないと来てるんだ」

法水はそれには別に意見を吐かなかったが、再び屍体を見下ろして頭顱《あたま》に巻尺を当てた。

「熊城君、帽子の寸法《サイズ》で八吋《インチ》に近い大頭だよ。六五糎《センチ》もあるのだ。無論手近の役には立たんけれども、兎角数字と云うやつは、推論の行詰まりを救ってくれる事があるからね」

「そうかも知れない」熊城は珍しく神妙な合槌《あいづち》を打った。

「場所もあろうに、頭の頂天《てっぺん》に孔を空けられて、それでいて抵抗も苦悶もした様子がないなんて――。こんな判らずずくめの事件には、ひょっとすると、極くつまらない所に解決点があるのかも判らない。時に君は、手口に何か特徴を発見したかね？」

「たった、これだけのものさ。――尖鋭な鏨《たがね》様のものが兇器らしいが、それも強打したのではなく、割合脆弱《ぜいじゃく》な縫合部を狙って、錐揉《きりも》み状に押し込んだと云うだけだ。所が見た通り、それが即死に等しい効果を挙げているんだ」

意外な断定に、二人は思わずアッと叫んだが、法水は微笑みながら註釈を加えた。

「その証拠には、尖鋭な武器で強打した場合だと、周囲に小片の骨折が起るし、創口《きずぐち》が可成り不規則な線で現われる。所が、この屍体にはそれがない。のみならず、糸のような亀裂の線が楔状骨に迄及んでいるのや、創口が略々《ほぼ》正確な円をなしているのを見ても、この刺傷が瞬間的な打撃に依るものではなく、相当時間を費やして王《お》し込んだ――と云う事が判るよ。それから、頭蓋の縫合線を狙うと云う――極めて困難な仕事をなし遂げたと云う事も、一応は注目していいと思うね」

「それなら尚更《なおさら》、苦痛の表出がなけりゃならんが」検事は片唾《かたず》を呑んで法水の言葉を待ったが、その時別人のような声で熊城が遮った。

「所で、君に最後の報告をして置こう」と彼は驚くべき二人《ににん》胎龍の事実を明らかにしたのである。「信ずる信じないは君の判断に任すとして……。実は細君の柳江《やなえ》が昨夜十時頃に、薬師堂の中で祈念している胎龍の後姿を見たと云うのだがね」

「すると、それが屍体だか犯人の仮装だか、それとも、奇蹟が現われて、被害者がその時まだ生きていたのか……」と法水は、暫《しばら》く明るい楓《かえで》の梢《こずえ》を睨んでいたけれども、それには大して信を措《お》かぬもののように、不図別な事を熊城に訊ねた。

「では、昨夜の事情を聴かせて貰おう」

「それは、宵の八時頃に被害者が薬師堂に上って、護摩を焚《た》いたと云うのが始まりで、それなり本堂へ戻って来ず、今朝六時半になって寺男の浪貝久八《なみがいきゅうはち》がこの堂内で屍体を発見したのだ。それに、境内は四の日の薬師の縁日以外には開放されないのだし、建仁寺垣の内側にも、越えたらしい足跡はないし、周囲の家を調べてみても、不審な物音や叫び声は一向に聴かなかったと云う。また、胎龍と云う人物は、歌と宗教関係以外には交渉の少ない人で、怨恨《えんこん》等はてんで外部に想像されない許《ばか》りでなく、この三月程の間は外出もせず、絶対に人と遇わなかったそうだよ。それでなくても、犯人寺内説を有力に証明しているのは、この雪駄が被害者の所有品だと云う事なんだ」そう云ってから、熊城は大仰な咳払いをして、「だから法水君、鳥渡《ちょっと》考えただけでは、僕等は全然、この曲芸《アクロバ》的《チック》な殺人技巧に征服されているようだ。けれども、その実質となると、たかが五から四を引くだけの、単純な計数問題に過ぎないのだよ」

法水は真剣な態度で聴いていたが、

「勿論犯人は寺内にある。所で、君はいま、胎龍が三月許り誰にも遇わなかったと云ったね」と尤《もっと》もらしい歯軋《はぎし》りをして、まるで夢見るように、視線を宙に馳せた。「すると、やはりあれかな。いや断じてそれ以外にはない」

「と云うと、何を考え付いたのだ？」

「大した事じゃないがね。僕は地史学者じゃないが、一つの骨片を発見したのだよ。それで、骨格の全貌だけでも想像付くと云うものさ」

「フム、そうすると」

「と云って、指紋のような直接犯人の特徴を指摘出来るものではない。今も云った通り、屍体の謎を貫いている凄まじい底流なんだ、つまり殺人技巧の純粋理論なんだが、その軌道以外には、この変種が絶対に咲かない事を記憶して欲しいと思うね」

「冗談じゃない」検事は眼を円《まる》くした。「僕等の発見は遂《とう》に尽きている筈だぜ。そして、流血の形態《かたち》一つだけでも、兇器の推定が困難な位だ。だがそれより、創傷《きず》の成因が君の説の通りだとすれば、当然この屍体に、驚愕恐怖苦痛等の表出がなけりゃならんがね」

法水は検事を凝然《じっ》と見返して、屍体の顔面を指差した。

「その解答がこれさ——つまり、一本の脈線なんだよ。屍体の謎が各自に分裂したものでない感じはしていても、今迄はそれに漠然とした観念しか持てなかったのだ。所が、そう云う不可解現象の象徴《シンボル》とでも云いたいものがある。顔面にその形体化したものが現われているよ。どうだろう、この表情は聖画等の殉教者特有のものではないだろうかね。先年外遊中に、システィナ礼拝堂の絵葉書を寄越した君なんぞは、真先にミケランジェロの壁画『最終審判』で、何か憶い出して然るべきなんだぜ。ねえ、絶望と法悦？　確かに悲壮な恍惚《こうこつ》状態と云えるじゃないか。そして、それから、僕の仮説《セオリー》が出発しているのだよ」

「成程」検事が思わず膝を打つと、

「すると、催眠術かね？」と熊城も思わず引き入られたように叫んだ。

「いや、催眠術じゃない。と云うのは、胎龍が三月も人と遇わなかったのでも判る！当人に気付かれずに施術出来るような術者は、恐らく寺内にはあるまい。無論、数ケ月前に暗示して置いた後催眠現象が発したのではないかと云う懸念があるけれども、それには、胎龍に豊富な催眠経験が必要なんだよ」と法水は、まず入念に熊城の疑惑を解いてから、彼の説を語り始めた。

「所で僕の仮説《セオリー》と云うのは、至極単純な観察から出発している事なんだ。大体君達は、この屍体を見た瞬間に何か触れたものがあった筈だよ。この不可解な無抵抗無苦痛を現わすためには、肉体を殺す前に、まず胎龍の精神作用を殺さねばならない——とは考えなかったかね。然し、そう云う超意識状態を作り出すのは、到底単一な手段では不可能な事だ。第一レトルトや力学の中にも……、勿論脳に剖見《ぼうけん》上の変化を起させる方法なんて、絶対にあり得るものではない。すると、最後に一つ想像されるのが、心因性の精神障碍《しょうがい》を発病させる行程《プロセス》なんだ。マア空想だと笑わないで呉れ給え。よく考えれば判る事だからね。で、その去勢法なんだが……、それに非常に複雑な組織が必要だと云うのは、胎龍の精神作用を徐々に変型して行った末の最後のものを、兇器の構造とピッタリ符合させなければならないからだよ。つまり、その行程が君の云う機構《メカニズム》であって、その結論が僕の云った悲壮な恍惚なんだ。そして、長い道程と日数を費やした揚句に、とうとう犯人の破天荒な意図が成功したのだ。さぞその間に、不思議な型の歯車が喰《く》い合ったり、独楽《こま》のような活塞子《ピストン》が動いたりした事だろうが……、そうした末に作り出された超意識が、最終の歯車と噛み合って恐怖装置を廻転させたばかりでなく、更に兇行直前の状態を、兇器が下っても中断させなかったのだよ。どうだい熊城君、君はこの理論が判るかね。つまり、この事件を解く鍵と云うのが、二つの装置を結び付ける歯車の構造にあるのだがね。また、その中に、僕等の想像さえも付かないような、不思議な兇器が隠されていると云う訳さ」そう云い終ると、急に法水は力のない吐息をついて、

「だが、そこで問題なのは、絶命と同時に果して強直が起ったかどうかなんだよ。文倉君は強直前に犯人の手が加わったのではないかと云うけれども、僕には強直が同時でないと、屍体の合掌を説明する方法が全く尽きてしまうのだ」

熊城は晦渋《かいじゅう》な霧のようなものに打たれて沈黙したが、検事は懐疑的な眼を見据えて、

「それで、僕はあれが気になるんだよ。ホラ、像の頭から右斜かい上に五寸程の所と、左右の板壁に二つと――それを直線で結び付けると恰度屍体の頸筋辺で結び付くんだが――節穴が三つあるだろう。元より作ったものじゃないけれども、あんな所から、非常に単純な仕組で、それでいて効果の素晴らしい、何か弛緩《ちかん》整形装置とでも云いたいものを、犯人は考案したのではないだろうか。勿論現在《いま》の所では空想に過ぎないのだが、実際もし強直がすぐ起っていなかったとすると、そう云ったものを当然欠いてはならないと思うよ」

「ウン、僕も先刻《さつき》から気が付いているのだ。おまけに、どの孔の前にも蜘蛛の巣が破れている」法水は鳥渡当惑の色を泛《うか》べて云ったが、その顔をクルッと熊城に向けて、

「関係者を訊問して何か収穫があったかね」

「所が、動機らしいものを持った人物が一人もいない始末だが、その代り、どれもこれも、一目で強烈な印象をうける――宛然《まるで》仮面舞踏会なんだよ。然し、そう云う連中が、神経病患者の行列ではなくて、真実芝居しているのだとすると、その複雑さは君でも到底読み切れまいと思うがね。とにかく訊問してみ給え。恰度今し方、この傷口にピッタリと合う彫刻用の鏨《たがね》が、同居人の厨川朔郎《くりやがわさくお》と云う洋画学生の室《へや》で発見された所なんだ」

一同は本堂に向ったが、その途中、瀝青《れきせい》色をした大池の彼方に、裏手の雫石家の二階が倒影している。本堂の左端にある格子扉をあけると、四坪程の土間から黒光りした板

敷に続き、次の陰気な茶の間を通って、廻り縁から渡り廊下で連なっているのが、厨川朔郎の室である。

然し其処《そこ》には、不似合に大きな柱時計と画布《カンバス》や洋画道具の外に、蔵書と蓋の蝶番《ちようつがい》が壊れた携帯蓄音機《ポータブル》があるだけで、朔郎はこの室を捜索するために、柳江の書斎に移されていた。柳江の書斎は、茶の間から廻り縁に出ず、左折して廊下を少し行った所のドン詰まりの室で、その塀向うが寺男の浪貝久八の台所になっていて、朔郎の室とは小庭を隔てて平行している。また、その廊下は、廻り縁になる角から幾つもの室の間を貫通して、本堂の僧侶出入口で行詰まっていた。つまりどの室からも直接廊下伝いに来られるのだが、昨日から今日にかけて非常に気温が低いので、障子の間は真冬のように隙がなかった。

二人の私服に挟まれて、画室衣《アトリエぎ》の青年が黙然と莨《たばこ》を喫《くゆ》らしている。――それが厨川朔郎だった。二十四五で美術学生らしい頭髪をし、整った貴族的な容貌の青年だが、肩から下には、炭坑夫とも見擬《みまが》うような、隆々たる肉線が現われていた。

彼は法水を見ると、莞爾《にこ》っと微笑んで、

「ヤア、漸《やつ》と助かりましたよ。実は、法水さんの御出馬を千秋の思いで待ち焦がれていた所なんです。全く熊城さんの無茶な推定にはやり切れません。鬘が一本発見された位の事や、僕の室の窓外にある裏木戸から薬師堂の前へ直接出られる位の事で、僕を犯人に擬すると云う始末ですからね。それに、鬘と云われて探してみると、もう一本あったのが何時の間にか紛失しているのですが、それをどんなに述べ立てても、僕を少しも信用してくれないのですからね。では、昨夜の行動を申上げましょうか」と云って、——四時の学校から戻って、それから室でゴーガンの伝記を読んでいて、七時に夕食に呼ばれ、九時頃蒟蒻閻魔《こんにゃくえんま》の縁日に出掛けて十時過ぎに帰宅したと云う旨を、要領よく述べ立てた。その堂々たる弁説《エロキューション》と容疑者とは思われぬ明朗さには、一同の度胆を抜くものがあった。

その間法水は外方《そっぽ》を向いて、この室の異様な装飾を眺めていた。今入った板戸の上の長押《なげし》には、土蜘蛛に扮した梅幸《ばいこう》の大羽子板が掲《かか》っていて、振り上げた押絵の右手からは、十本程の銀色の蜘蛛糸が斜に扇形となって拡がって行き、末端を横手の円い柱時計の下にある、格子窓の裾に結び付けてあった。

「ハハァ、鉄輪の俥《くるま》があった頃の趣味だね」と法水は初めて朔郎に声を掛けた。

「ええ、奥さんと云う方は、古風な大店の御新造《ごしんぞ》さんと云った型《タイプ》の人ですからね。それに、これは去年の暮私が頼まれて作ったのですが、蜘蛛糸は本物の小道具なんですよ」

「すると、君は背景描きをやっているのかい」そう云って法水が端の一本を摘むと、それは、紙芯に銀紙を被せた柔らかい紐《ひも》だった。

その時窓外からボンと一つ、零時半を報《し》らせる沈んだ音色が聴こえた。それは朔郎の室に適《ふさ》わしくない豪華な大時計で、昨年故国に去った美校教授ジューベ氏の遺品だった。

然し正確な時刻は、格子窓の上にある時計の零時三十二分で、その時計には半を報ずる装置はなかったのである。

　それから、朔郎の饒舌《じょうぜつ》が胎龍夫妻の疎隔に触れて行って、散々夫人の柳江を罵倒してから、最後に頗《すこぶ》る興味のある事実を述べた。

「そう云う風に、今年に入って以来の住持の生活は、全く見るも痛々しい位に淋しいものでした。それでこの三月頃には、時々失神した様になって持っていたものを取り落したり、暫く茫然としている事などもありましたし、その頃は妙な夢ばかり見ると云って、僕にこんなのを話した事がありましたっけ。——何でも、自分の身体の中から侏儒《こびと》の様な自分が抜け出して行って、慈昶《じえい》君の面皰《にきび》を一々丹念に潰《つぶ》して行くのです。そして全部潰し終ると、顔の皮を剝いで大切そうに懐中に入れると云うのですがね。然し、その頃からこの寺に兆《きざし》とでも云いたい雰囲気が濃くなって行きました。ですから、今度の事件も、その結果当然の自壊作用だと、僕は信じているのですよ。法水さん、その空気は、今にだんだんと判って来ますがね」

二、一人二役、——胎龍かそれとも

　朔郎を去らせてから引き続きこの室で、柳江、納所僧《なっしょそう》の空闥《くうだつ》と慈昶、寺男の久八——と以上の順で訊問する事になった。褪《あ》せた油单《ゆたん》で覆うた本間《ほんけん》の琴が立て掛けてある床間から、蛞蝓《なめくじ》でも出そうな腐朽した木の匂いがする。それが、朔郎の言葉に妙な聯想《れんそう》を起すのだった。

「厨川朔郎と云う男には、犯人としても、また優れた俳優としての天分もある。けれども、疚《やま》しい所のない人間と云うものは、鳥渡《ちょっと》した悪戯気《いたずらつけ》から、つい芝居をしたくなるものだがね。それに……」

「いや、あの男はもっと他に知っている事があるんだぜ」検事はそう云って法水の言葉を遮ったが、法水は無雑作に頷いたのみで、

「ねえ熊城君」と鏨《たがね》を示して、「これは兇器の一部かも知れないが、全部じゃない事だけは明らかだよ。と云って、兇器がどんなものだか、僕には全然見当が付かないのだが」

　それから、彼は窓の障子をあけて、土蜘蛛の押絵をあちこちから眺めすかしていたが、突然《いきなり》背伸びをして、右眼の膜を剝ぎ取った。

「ホホウ、恐ろしく贅沢なものだな。雲母《マイカ》が使ってある。所が、左眼にはこれがないのだ。どうだね、光ってないだろう」法水がそう云った時に、静かに板戸の開かれる音がした——それが胎龍の妻柳江だった。

　柳江は過去に名声を持つ女流歌人で、先夫の梵語《ぼんご》学者鍬辺《くわべ》来吉《らいきち》氏の歿後《ぼつご》に、胎龍と再婚したのだった。恰好《かたち》のいい針魚《さより》のような肢体——それを包んだ黒ずくめの中から、白い顔と半襟の水色とがクッキリと浮き出ていて、それが、四十女の情熱と反面の冷たい

理智を感じさせる。会話は中性的で、被害者の家族特有の同情を強いるような態度がない。寧ろ憎々しい迄に冷静を極めている。法水は丁重に弔意を述べた後で、まず昨夜の行動を訊ねた。

「ハァ、午後からずうっと茶の間に居りましたが、多分七時半頃で御座いましたが、程なく戻って来て、薬師堂で祈禱《きとう》すると云い、慈昶を連れて出掛けましたのです」

「では、あの雪駄が⁉　すると、一端戻って来てから履いたのが日和なんですね」熊城は吃驚《びっくり》して叫んだ。てっきり犯人の足跡と呑み込んで、深く訊《ただ》しもしなかった雪駄の跡が住持のものだとすると、一体犯人は、如何なる方法に依って足跡を消したのだろうか？　それとも、接近せずに目的を果し得る兇器があったのだろうか？　然し、法水は更に動じた気色を見せなかった。

「ハハハハ熊城君、多分この矛盾は、間もなく判る筈だよ。それから奥さん、その時御主人の様子に、何か平生と変った点があったのをお気付きになりませんでしたか？」

「ハァ、別に最近の主人と変ったような所は御座いませんでしたが、どうした訳か、空闥さんの日和を履いてしまったので御座います。それから十五分程経って、慈昶が戻ったらしい咳払いを聴きましたけれども、空闥さんはその時、本堂脇の室で檀家の者と葬儀の相談をしていた様子で御座いました。主人は二三日来咽喉を痛めて居りますので、黙禱《もくとう》と見えて読経の声も聴こえず、夕食にも戻りませんでした。ですから、毎夜の例で十時頃に、私が池の方へ散歩に参りました途中、薬師堂の中で見掛けましたのが、最後の姿だったので御座います」

「所が、その時とうに、御主人は玄白堂の中で屍体になっていた筈なんですがね」

「それを私にお訊ねになるのは無理で御座いますわ」柳江には全然無反響だった。「決して、虚偽《いつわり》でも幻覚でも御座いませんのですから」

「すると、扉が開かれていた事になる」熊城が誰にともなしに云った。「慈昶はピッタリ閉めて出たと云うのだがね」

「屹度《きつと》、護摩の煙が罩《こも》ったからだろう」法水は大して気にもせず質問を続けた。「所で、その時何か変った点に気が付きませんでしたか？」

「ただ、護摩の煙が大分薄いな――と思った位の事で、主人は行儀よく坐って居りましたし、他には何処ぞと云って……」

「では、帰りにはどうでした？」

「帰り途は、薬師堂の裏を通りましたので……。それから十一時半頃でしたが、主人の室《へや》の方で歩き廻るような物音が致しました。私は、その時戻ったのだと信じて居りましたのですが」

「跫音《あしおと》!?」法水は強い動悸《どうき》を感じたような表情をしたが、「然し、寝室の別なのは？」

「それには、この二月以来の主人をお話しなければなりませんが」と柳江は漸《やつ》と女性らしい抑揚になって、声を慄《ふる》わせた。「その頃から、何か唯事でない精神的打撃をうけたと見えまして、昼間は絶えず物思いに耽《ふけ》り、夜になると取り止めのない譫言《うわごと》を云うようになりました。そして身体に眼に見えた衰えが現われて参りました。所が、先月に入ると、毎夜のように薬師堂で狂気のような勤行《ごんぎょう》をするようになったのです。ですから、自然私から遠退いて行くのも無理では御座いませんわ」

「成程……。所で、今度は頗る奇妙な質問ですが、長押にある押絵の左眼は、あれは、とうからないのですか？」

「いいえ」柳江は無雑作に答えた。「一昨日の朝は、確かにあったようでしたけども……。それに、昨日あの室《へや》には、誰一人入った者が御座いませんでした」

「有難う、よく判りました。所で」と法水は始めて鋭い訊き方をした。「昨晩十時頃に散歩に出たと云うお話でしたが、昨夜はその頃から曇って、非常に気温が低かったのですよ。確かそれは、散歩だけでなかったのでしょうね」

その瞬間血の気がサッと引いて、柳江は衝動を耐えているような苦し気な表情をした。所が、法水はどうした訳か、その様子を一瞥しただけで、彼もまた深い吐息をつき、柳江に対する訊問を打ち切ってしまったのであった。

柳江が去ると、熊城は妙な片笑いを泛べて、

「聴かなくても、君には判っているのだろう」

「サア」法水は曖昧《あいまい》な言葉で濁したが、「然し、似れば似たものさ。勿論偶然の相似だろうが、あの顔が実に伎芸天女そっくりだとは思わんかね」

「それより法水君」検事が莨を捨てて坐り直した。「君は何故、押絵の左眼を気にして

いるんだ？」

それを聴くと、法水は突然《いきなり》熊城を促して閾際《しきいぎわ》に連れて行き、板戸を少し開いて云った。

「では、実験をする事にしようかな。昨夜、此の室《へや》に秘っそり侵入したものがあって、その時眼の膜がどうして落ちたかと云う……」

そして、彼自身がまず閾の上に乗って力を加え、片手で板戸を押したが、板戸は非度《ひど》い音を立てて軋《きし》った。所が、次に熊城を載せると、今度は滑らかに走る。と同時に、押絵を見ていた検事がウーンと唸った。

「どうだい。閾の下った反動で長押の押絵がガクンと傾いたろう。その機《はず》みに剝れかかっていた膜が落ちたのだよ。熊城君は十八貫以上もあるだろうが、僕等程度の重量では、戸が軋らずに開く程閾が下らない。つまり、戸を軋らさずこの室に入る事の出来る者は、熊城君と同量以上――即ち朔郎か或は二人分以上の重量でなければならないのだ」

二人分――それは犯人と屍体とを意味する。果して一人か二人か？　そして、此の室で何事が行われたのだろう？　それとも眼膜の剝落は、法水の推測とは全然異なる経路に於いて、起されたのではないだろうか？　と様々な疑問が、宛ら窒息させせん許りの迫力で押し被さって来る。が、その空気は間もなく空闥に依って破られた。この老達な説教師は、摩訶《まか》不思議な花火を携えて登場したのであった。

空闥と云う五十恰好の僧侶には、被害者と略々《ほぼ》同型の体軀《たいく》が注目された。僧侶特有の妙にヌラめいた、それでいて何処か図太そうな柔軟《ものやわらか》さで、巧みな弁舌を弄《もてあそ》んで行くけれども、容貌は羅漢《らかん》宛らの醜怪な相で、しかも人参色の皮膚をしている——その対照が非度く不気味なのだった。彼は問に応じて、——夕食後の七時半から八時頃迄の間は、檀家葛城《かつらぎ》家の使者と会談し、それから同家に赴いて枕経《まくらきょう》を上げ、十時過ぎ帰宅したと云う旨を述べ終ると、俄かに襟を正し威圧せん許りな語気になって、この事件の鍵は、俗人には見えぬ法《のり》の不思議にある——と云い出した。そして、眼を瞑《と》じ珠数を爪繰《つまぐ》って語り出したのは、仄暗い霧の彼方で暈《ぼう》と燃え上った、異様な鬼火だったのだ。

——三月晦日《みそか》の夜、月が出て間もない八時頃の事だった。突然慈昶と朔郎が駈け込んで来て、玄白堂に妖しい奇蹟が現われたと云うのである。それが、天人像の頭上に月暈《つきかさ》の様な浄《きよ》い後光がさしたとの事なので、ともかく一応は調べる事になり、胎龍と空闥の二人が玄白堂に赴いた。所が、堂の内外には何等異常がない許りか、試みに頭上の節穴から光線を落してみても、髪の漆《うるし》が光るに過ぎない。そして、とうとう不思議現象の儘《まま》残ってしまったのだが、その翌日から胎龍の様子がガラリと変って、懐疑と思念に耽《ふけ》るようになったと云うのである。

「然し、朔郎は何とも云いませんでしたよ」聴き終ると法水は、鳥渡皮肉な質問をした。

「そうでしょう。あの大師外道めは、誰かの念入りな悪戯だと云いますでな。てんで念頭にはありますまい。然し、科学とやらでは、どうして解く事が出来ましょうか。いや、解けぬのが道理なのですじゃよ」

「すると、像の後光はその時だけでしたか」

「いや、その後にもう一度、五月十日にありました。その時見たのは、つい先達《せんだつて》暇をとった福《ふく》と云う下女でしてな」

「今度のは何時頃でしたか?」

「左様、確か九時十分頃だったと思いますが、恰度《ちようど》その時私は時計の捻子《ねじ》を捲いて居りましたので、時刻は正確に記憶しとりますので」

次の慈昶は最も他奇のない陳述で終り、一日中外出せず自室に暮していたと云うのみの事だったが、頭蓋がロムブローゾなら振るい付くだろうと思われる様な、一種特異な形状を示していた。法水は慈昶に対する訊問を終えると、胎龍の室に赴いて何やら捜していたが、再び戻って来ると、続いて寺男の浪貝久八を呼ぶように命じた。然し、その——怯々《おずおず》と入って来る老人を見ると、熊城は法水の耳に何やら囁《ささや》いた。と云うのは……先刻の訊問中に久八が突然癲癇《てんかん》発作を起したために、夕刻の六時から八時半頃迄寺の台所で立働いていた——と云う以外には、聴き取っていない事と、それから、富裕な質屋の主《あるじ》である彼が、何故寺男の生活をしているかと云う理由だった。久八は、永年の神経痛が薬師如来の信仰で癒《なお》ったとか云うので、それ以来異常な狂信を抱く様になり、ついぞ此《こ》の一月退院するまで、郊外の癲狂院《てんきようい》で暮していたのであった。所が、この薬師仏に仕える老人は、一々犯人の足跡を指摘して行った。

「確か十時半頃でしたか、誰が鎖を解いたものか、飼犬の啼《な》き声が池の方でしますのでした。それで、捕えに行こうとして薬師堂の前を通ると、内部《なか》では方丈様が御祈禱中らしく、後向きに坐ってお出でになりました」

「なに、君もか」瞬間、思わず三人の視線が合ったけれども、久八は無関心に続けた。

「所が、その時可笑《おか》しなものを見ましてな。縁日の晩にしか使わない赤い筒提灯が両脇に吊してありまして、二つ共に灯が入って居りました」

「ホウ、赤い筒提灯が⁉」と法水は衝動的に呟いたが、その下から、眼を挙げて先を促した。

「それから池の畔《ほとり》に行ったのですが、真暗なので犬を探す事が出来ません。それで致し方なく、口笛を鳴らしながら彼此《かれこれ》三十分近くも蹲《しゃが》んで居りますうちに、向う岸の雫石さんの裏手辺りに誰かいたと見えて、莨の吸殻を池の中へ投げ捨てたのが眼に入りましたので。その癖、寺では莨喫《の》みが儂《わし》一人だけで御座いますが」

「では、帰りにも提灯が点いていたかね？」

「いいえ、提灯どころか、扉が閉っていて真暗でしたが」

それで、関係者の訊問が終了した。久八が去ると、法水はグッタリとなって呟いた。

「成程、動機と云えるものがない。それに、斯《こ》う云うダダッ広くて人間の少ない家の中では、元来不在証明《アリバイ》を求めようとするのが、無理な話なんだよ」

「けれども、君の云う、機構《メカニズム》の一部だけは、判ったじゃないか」と検事が云うと、法水は鳥渡凄味のある微笑《ほほえみ》を泛べた。

「所が、いま全体の陰画が判ったのだよ。胎龍の心理が、どう云う風に蝕《むしば》まれ変化して行ったかと云う……」

「フム、と云うのは」

「それはこうなんだ。実は、先刻胎龍の室を捜して、僕は手記めいたものを発見したのだ。勿論他には注目するに足る記述はないけれども、夢を書き遺してくれたので、大変に助かったよ。——五月二十一日に、近頃幾晩となく、木の錠前に腰を掛けた夢を見るのはどうした事だろうとある。それから六月十九日に、自分の一つしかない右眼を刳《く》り抜いて、天人像に欠けている左眼の中に入れた——とあるのだよ。所で、僕はフロイトじゃないが、早速この夢判断をする事にした。実にそれが、胎龍の歪《ゆが》められて行く心理を、正確に描写してあるのだ。で、まず最初に、三月頃胎龍に時々起った失神状態と云うのを説明して置くが、それは、性的機能の抑鬱《よくうつ》から起る麻痺《まひ》性の疲労なんだ。その証拠が、面皰《にきび》云々の夢で、それが充たされない性慾に対する願望だと云うのは、面皰を潰した痕が女性性器の象徴《シンボル》だからだよ。つまり、それに依って、柳江の方で、胎龍から遠ざかって行ったと云う事が判るだろう。それから、次の木の錠前だが、錠前もやはり女性性器を現わしている。然し、木と云う言葉は、結局木像を意味しているのではないだろうか⁉ すると、像の不思議な後光に打衝《ぶつか》って、初老期の禁ぜられた性的願望が、如何なる症状に転化して行ったか——その行程《プロセス》が明瞭になる。それは、彫像愛好症《ピグマリオニズムス》なんだよ。そうして、胎龍は精神の転落を続けて行ったのだが、勿論それに伴って、性的機能が衰滅する事は云う迄もない。で、その症状を自覚したのが一転機となって、その後の事が最後の夢なのだ。胎龍が自分の一つしかない眼を刳り抜いて天人像に捧げると云うのは、沙門《しゃもん》の身であられもない尊像冒瀆《ぼうとく》の罪業を冒した懲罰として、仏の断罪を願望としたからなんだ。ねえ、ジャネーが云ってるだろう。肉体にうける苦痛を楽しむよりも、精神上の自己膺懲《ようちょう》に快楽を感ずると云う方が、正に典型的なマゾヒィストだと。そう云う風に非常に変った態だけれども、ともかく一種の奇蹟に対する憧憬《どうけい》とでも云えるものが、胎龍の堕ち込んだ最終の帰結点だったのだよ。すると、今年に入ってから胎龍の心理に起った変化が、此《こ》れで判然《はっきり》説明が付くじゃないか。そして、それが僕の想像する去勢法の行程を辿《たど》っているので、その間主要な点には、必ず外部から働き掛けたものがあったに相違ないのだ。だから、もう少し判って来れば、兇器の推定がつくと云う訳さ」

云い終ると、法水は啞然《あぜん》とした二人を尻目にかけて、悠然と立ち上った。

「さて、空闥に案内して貰って薬師堂を調べる事にしよう」

薬師堂の階段を上ると、中央には香の燃滓《もえかす》が山のように堆積している護摩壇があり、その背後が厨子《ずし》形の帷幕《とばり》になっている。幕が開け放しになっているので、眼が暗さに慣れるにつれて、中の薬師三尊が、如何にも熱帯人らしい豊かな聖容を現わして来た。中央は坐像の薬師如来、左右の脇侍《わきざむらい》、日光月光は立像である。薬師三尊の背後は、六尺程の板敷になっていて、その奥の壇上には、聖観音の像と左右に四天王が二体宛《ずつ》載っている。堂内で採集した指紋には、勿論推理を展開せしめるものがなかった。

「何処を見ても、埃がないですね」と法水が、怪訝そうに空闥に云うと、

「縁日の前日が掃除日でして、未《ま》だ三日許りしか経ちませんのですから、足型が残ると云う程の埃はありません。その時、此の筒提灯《つっちょうちん》の中も掃除しますので」

そう云って、空闔が両手に提げて来たのは、伸ばした全長が人間の背丈程もあって、鉄板製の口径が七寸にも及ぶ、真紅の筒提灯が二つ。蠟燭《ろうそく》は二つ共に、鉄芯が現われる間際まで燃えていて、其処《そこ》で消したらしい。法水は、此の提灯から結局何も得る所はなかった。護摩壇前の経机には、右端に般若心経が積み重なっていて、胎龍が唱えたらしい秘密三昧即仏念誦《ねんじゅ》の写本が、中央に拡げられてある。杵鈴《きんれい》を錘《おもり》に置いて開かれている面と云うのは、「五障百六十心等三重赤色妄執火《もうしゅうのひ》」と云う一節だった。

「この一巻を始めから唱えていたとすると、此処迄に何分位費《かか》りますね?」

「左様、二三十分ですかな」と空闔が答えた。

「すると、八時から始めたとして、八時三十分かな⁉」検事が解った様な顔をすると、

「ウン、或は、此処で屍体にしたのを、玄白堂に運び込んだのかも知れない。筒提灯が一つ加わったので、遂々天秤《とうとうてんびん》が水平になっちまったよ」と熊城は当惑したように云ったが、その鼻先に、法水は小さな紙包を突き出して、

「これを鑑識課に廻して、顕微鏡検査をして呉れ給え。黒い煤《すす》みたいなものなんだが、薬師三尊のうちの、月光の光背にだけ付いていたんだよ」と云ってから、

「赤と赤、火と火!」と小声で、夢見るような呟きをした。

薬師堂の調査を終ってから池畔《いけはた》に出ると、法水が何時の間にか喬村の許へ使《つかい》を出した

と見えて、一人の刑事が一通の封書を手に戻って来た。それには、走り書で次のような文章が認《したた》められてあった。

――胎龍君が殺害されたとは実に意外だ。だが、それ以上驚かされたのは、僕が何時の間にか事件中の一人になっていると云う事だ。君は、柳江が僕と結婚するために胎龍君の許を去りたがっている旨を告白したと云う。如何にも、それは事実だ。事実僕は柳江を愛している。そして、二人の関係は去年の暮以来続いているのだが、それが単純な思慕以上には、一歩も踏み出していない事を断って置きたい。勿論昨夜も十時頃だったと思うが、物干から下りて、十分許り池の畔《ほとり》で彼女に遇った。然し、幾ら世事に迂遠《うえん》な僕でも、密会に均《ひと》しい場所で誰が莨なんぞ喫うもんか！　以上君の質問にお答えしておく。独身の画描きに確実な不在証明《アリバイ》のないと云う事は、万々承知の上だけれども、正直が最善の術策なり――と信ずるが故に……。

読み終って、法水は悔む様な苦笑をした。

「友情を裏切って、カマをかけて……そして判ったのは、柳江が云えなかったものだけだったよ。態《ざま》を見ろ法水！」

それから、彼は独りで池の対岸に行き、水門の堰《せき》を調べてから、探し物でもする様な恰好で、俯向きながら歩いていたが、やがて一本の蓮《はす》の花を手に戻って来た。

「妙なものを見付けて来たよ」そう云って、花弁を捲《むし》り取ると、中には五六匹の蛭《ひる》が蠢《うごめ》いていた。

「堰近くにあったのだが、どうだ良い匂いがするだろう。タパヨス木精蓮《レセタばす》と云う熱帯種でね。此の花は夜開いて昼萎《しぼ》むのだよ。そして、閉じられた花弁の中に蛭がいたとすると、犯人が池の向岸で何をしたか解る筈だがねえ」

「……」検事と熊城は、莨の灰が次第に長くなって行くけれども、遂に答えられなかった。

「判らなければ、僕の方から云おう。犯人が、池の水で血に染《そ》んだ手を洗ったのだが、その時付近に水浸しになっていた木精蓮《レセタばす》の一本があったとしたらどうだろう。勿論血の臭気を慕って蛭が群集する事は云う迄もないが、それから間もなく、犯人は浮遊物を流すために、水門の堰板を開いて水を流したのだ。すると、水面が下っただけ、木精蓮《レセタばす》は空気中に突出する訳だろう。だから、朝になって花が閉じた時に、残った蛭が花弁に包まれてしまったのだ。だがそれは要するに、偶然現われた現象に過ぎない。堰板を開いた、犯人の真実とする目的と云うのは、玄白堂内の足跡を消すのにあったのだよ」

ああ法水は、その水流から、何を摑み上げたのだろうか？

「判らなくては困るね。犯人でなくても、誰しも水準の異なった二つの池があれば、それを利用するだろうからね。つまり、此の池の水面を僅か程下げてから、玄白堂の右手にある、池と池溝との間の堰を切ったのだ。すると、池の水が水面の低い池溝の中へ一度に押し出すので、岩の尽きた堂の左側に来ると、ドッと地上に氾濫《はんらん》する。その水勢が地上の細かい砂礫《されき》を動かして、堂の左側から胎龍の背後にかけて、そこに残されている足跡を消してしまったのだよ。所が、僕が巻尺を転がして試した通りに、堂内は右手から左手にかけて勾配がついているのだから、雪駄と日和の痕がある辺までは、水が届かない。そして、あの辺は早朝だけ陽差が落ちるので、そうして濡れた跡が、屍体を発見する頃には遂に乾いてしまったのだよ」

「すると、愈《いよいよ》胎龍が何処で殺されたのか――判らなくなってしまう」熊城は瞳《ひとみ》を据えて唇を嚙んだが、検事は濃厚な懐疑を匂わせて、

「だが、犯人は何故莨を喫ったんだろうな。殺人を犯した人間が、誰が見ているかも知れないのに莨を喫うなんて……その心理が僕にはどうしても判らない。それとも、喬村が捜査官の心理を逆に利用しようとしたのかも知れないが、動機らしいものとそれだけでは、どうしても、喬村を縛る気が出ないじゃないか」

　検事は更に語を続ける。

「それから、謎はもう一つある。と云うのが、提灯の奇体な出没さ。十時に柳江が見てなかったものが、十時半には灯が入って下っていた。またそれが、十一時になると姿を消しているのだ。その三段階の出没に、一体どう云う犯人の意図が含まれているのだろう?」

「ウン、全くあれには惑殺されるよ」熊城も暗然となって呟いた。「それ迄僕は、てっきり犯人の変装だと信じていたのだが、あれに打衝《ぶつか》って、その考えが根底から崩れてしまったよ。護摩の火の光だけなら、恐らく有効だろうがね。あのように、左右へ提灯を

吊すとなると、萁の火と同様正体を曝露する惧《おそ》れがある。と云って、それを屍体だとする事は、より以上現実に遠い話だからね。大体法水君、君の意見は？」

然し法水には、何故か生気があった。

「所がねえ、僕は君達と違って、あの提灯を動かさずに観察して見たんだよ。提灯の中の蠟燭の火だけを凝然《じっ》と瞶《みつ》めていたのさ。すると、犯人の不思議な殺人方法が、何となく判って来るような気がして来たんだ。今に、天人像の後光と筒提灯の光との間に、一体どう云う不思議な機械が廻転していたものか――それが、屹度《きっと》判る時期が来るに違いないよ。とにかく、今日は此れだけで打ち切って、僕によく考えさせて呉れ給え」

そうして、事件の第一日は、謎の山積の儘で終ってしまったが、果して熊城は、柳江・喬村・朔郎の三名を拘引《こういん》したのだった。

三、二つの後光

その夜法水に三つの方面から情報が集まった。一つは法医学教室で――創傷の成因では法水の推定が悉く《ことごと》裏書され、絶命時刻も七時半から九時迄と云うのに変りない事。次は熊城で――朔郎が失ったと云うもう一本の鑿が発見され、その個所が、久八が蹲《しゃが》んでいたと云う場所の直前五米《メートル》の池中だったと云う事。そして最後に、法水が月光の光背から採取した黒い煤様のものが、略々《ほぼ》円形をなした鉄粉と松煙《しょうえん》であると云う事――それは、鑑識課に依って明らかにされたのであった。所が、翌朝熊城は力のない顔をして法水を訪れた。

「いま朔郎を放免した所なんだよ。彼奴《あいつ》に不在証明《アリバイ》が現われたんだ。朔郎の室の垣向うが、久八の家の台所になっているだろう。八時半頃其処で立ち働いていた久八の孫娘が、朔郎が時計を直している音を聴いたと云うのだ。最初に八時を打たせて、それから半を鳴らせたので、自分の家の時計を見ると、恰度《ちょうど》八時三十二分だったと云う。そこで、朔郎を訊《ただ》して見ると、彼奴は迂闊《うっかり》していたと云って、躍り上った始末だ。勿論些細《ささい》な点に至るまで、ピッタリ符合しているんだ。法水君、昨日朔郎の室の時計が二分遅れていたのを憶えているだろう。そして、あの様に重い沈んだ音を出す時計と云うのが、寺には一つもないのだからね」

然し、法水のどんより充血した眼を見ると、夜を徹した思索が如何に凄烈《せいれつ》を極めていたか――想像されるのだが、そうして熊城の話を聴き終ると、その眼が俄かに爛々《らんらん》たる光を帯びて来た。

「そうかい。すると、遂々《とうとう》劫楽寺事件の終篇を書ける訳だな。実は、朔郎に不在証明《アリバイ》が出るのを待っていたのだよ。ああ、それを聴いたら急に眠くなって来た。済まないが熊城君、今日は此れで帰ってくれ給え」

その翌日だった。法水は開演を数日後に控えている、蝦十郎《えびじゅうろう》座の舞台裏に姿を現わした。午前中の奈落は人影も疎《まば》らで厨川朔郎は白い画室衣《アトリエぎ》を着て、余念なく絵筆を動かし

ている。その肩口をポンと叩いて、

「やあ、お芽出度う。時に厨川君、君は昨日柱時計を修繕したのかい？」

「何です？　僕には一向に呑み込めませんがね」朔郎は怪訝《けげん》な面持で云った。

「でも、あの日から君の時計の時鳴装置が、どんな時刻にも、一つしか打たなくなった筈だがね。それが、今日君の留守中行ってみると、何時《いつ》の間にか普通の状態に戻っているんだ。しかし、君は恐らく口を噤《つぐ》んでしまうだろうから、僕が代って云う事にしよう」と最初法水は、極めて平静な調子で云い出したのであったが、それにつれて、朔郎の唇に現われた痙攣《けいれん》が次第に度を昂《たか》めて行った。

「それには、最初準備行為が必要だったのだよ。君は自分の室の時計に綿様のものを支《か》って、時報を鳴らなくした筈だったね。そして、七時前に室を出て、裏木戸から薬師堂へ行ったのだが、それ以前に留守の室の時計と君の手に代るものを、柳江の書斎に作って置いたのだ。所で、君の偽造不在証明《アリバイ》を分解しよう。まず柳江の書斎にある柱時計の長針と短針とに、安全剃刀《かみそり》の刃を一定の位置に貼り付けて置いたのだ。それから、時計の右手にある釘に糸を結び付けて、それを斜めに数字盤の円芯の上から、八時三十分以後に刃の合する点を通して、末端を自分の室から携えて行った携帯蓄音機《ポータブル》の回転軸に縛り付けたのだ。蓄音機は前以って、扇形に張ってある蜘蛛糸の下へ、適宜な位置で据えてあったのだが、それにも細工がある。君は確か、速度を最緩《さいかん》にして、恰度《ちょうど》二廻りで止まる程度に弾条《ゼンマイ》をかけて置いたろう。それから、送音管を外して、それを倒《さか》さまに中央の回転軸に縛り付ける。すると、発音器《サウンドボックス》が俯向《うつむ》くから恰度卍の一本と同じ形になるのだが、それが済むと、愈《いよいよ》停止器を動かして回転を始めさせたのだ。勿論それだけでは、糸が盤の回転を許さないのだが、そのうち八時三十分を少し過ぎると、両針に付けられた剃刀の刃が合うから、糸がプッツリと切断される。そうして、回転が始まると、発音《サウンド》器《ボックス》の針受が上の蜘蛛糸を弾いて、あの時計に似た沈んだ音響を立てたのだよ。つまり、最初の回転で八つ、二回目で一つ――それが三十分の報時に当ると云う訳だが、その二回で弾条《ゼンマイ》の命脈が尽きてしまったのだ」

「どうかしてますね貴方《あなた》は⁉」朔郎は突然引っ痙《つ》れた声で笑った。「あんな絹紐から、どうしてそんな音が出ましょう?」

「成程、十本の中で両端の二本宛《ずつ》は単純な絹紐だよ。所が、中の八本は本物の小道具なんだ。土蜘蛛の糸にはもう二十年此の方、電気用の可熔線《フューズ》を芯にして使っている。しかも、その中の一本には極く太目のものを君は芯にしているんだ。だから、最初八つ打ったのだが、七本の細い可熔線《フューズ》はその場で切れてしまって、残った太目の一本だけが、二回目の時に、ボーンと一つ鳴ったって訳さ」

「いや、実に奇抜な趣向です。しかし、一体それは、貴方の独創なのですか」朔郎は膏《あぶら》汗《あせ》をタラタラ流し、辛くも椅子の背で倒れるのを支えていたが、強《し》いて嘲《あざけ》る様な表情を作った。

「いや、君の鳥渡《ちょっと》した手脱《てぬか》りからだよ。大体、弾条《ゼンマイ》が全部弛《すっかりゆる》み切れているなんて、使っている蓄音機には絶対にあり得る状態じゃない。君は兇行後に凡《あら》ゆるものを原形に戻して置いた許りでなく、故意に自分の口から出さず他人に云わせて、不在証明《アリバイ》を極めて自然な様に見せかけ様としたのだ。だが、僅《たっ》た一つ、弾条《ゼンマイ》を捲いて置くのを忘れたんだよ。僕はあの蜘蛛糸を見た時、此れなら不在証明《アリバイ》を作れると直感したのだ。だから、それで不在証明《アリバイ》が証明される様だったら、君が犯人だと信じていたのだよ」

「すると、もうそれだけですか？」朔郎は思わず絶望的にのけぞったが、なおも必死の気配を見せた。

「まだある。今度は像の後光だよ。然し、実に巧く月の光線を利用したもんだなア。月夜には頭上にある節穴から、約五分程の間だけ、像の後頭部に光が落ちる。それを知ったので、像に後光が現われた時刻を調べてみると、二回とも、節穴から月光が洩れる刻限に当っているらしい。それで、後光の全貌が判ったのだよ。つまり、最初の夜は、臭化ラジウムと硫化亜鉛とで作った発光塗料を、予《あらかじ》め黒い布帽子に円く点在させておいて、それを像の後頭部に冠せ、その布帽子に長い紐をつけて、紐の末端を敷石の上に置いた鋲《びょう》に結び付けて置いたのだ。そして、刻限を計って慈祀を誘い出したのだが、月の光が頭上に落ちている間はそれに遮られていたけれども、月の位置が動いて堂が真暗になると、発光塗料が螢光色の光円を作って、悽愴《せいそう》な擬似後光を発光させたのだよ。勿論慈祀は仰天して逃げ出したのだろうが、君は鋲を下駄で踏んでそれを引き摺《ず》って駈けながら、途中で取り外して懐中に入れたのだろう。どうだね、厨川君。――それから、兇行の夜になると、今度は胎龍の面前で後光を発光させたのだ、然しその時の順序は、前の二回とは反対で、擬似後光を胎龍の眼に触れるとすぐ、月光で消す様にしたのだったね――確か⁉」

曝露された犯罪者特有の醜い表情は、遂の間に消え失せていて、朔郎の顔は白蠟《はくろう》の仮面さながらだった。

「だが、一体胎龍は、何処でどんな兇器で殺されたのだね？　それから、屍体の状態とあの不可解極まる表情は？　それ以外にも、此の事件には、数々の謎が含まれているのだが……？」と熊城は、一息入れる隙を法水に与えなかった。

「ウン」悠《ゆっ》たりと唇を濡《しめ》して、法水の舌が再び動き始めた。

「では、厨川君の計画を最初から述べる事にするから、その中に現われて来るものを、よく注意していてくれ給え。所で此の事件は、三月晦日《みそか》の天人像の怪異で幕が上るのだが、それ以前に、胎龍の語る夢を精神分析的に解釈して、最初の機会が熟するのを待っていた。そして案の定、投げた骰《さい》子に目が出たので、次第に、胎龍は、一昨日《おととい》僕が話した夢判断通りの径路を辿って、一路衰滅の道へ堕ちて行ったのだ。――つまり厨川君は、犯罪としては実に破天荒な、大脳を侵害する組織を作り上げたのだよ。また、胎龍から意識を奪って全く無抵抗にした原因と云うのも、実はそこにある事なんだ」

「……………」朔郎は機械人形の様に頷いた。

「そして厨川君は、それ以外の三月余りの間を、絶えず夢を語らせては、その精神分析に依って、胎龍の脳髄中に成長して行く組織の姿を、冷然と見守っていた。と云う所迄が素描《デッサン》であって、あの日に愈絵筆《ブラッシュ》と画板《パレット》を持ったのだよ。で、その手始めに、三度天人像に後光を現わしたのだ。胎龍はそれを超自然界からの啓示と信じて、やがて下ろうとする裁きに、畏怖と法悦の外何事も感じなくなってしまった。それが、所謂《いわゆる》健否の境界なんだよ——精神の均衡が危くなって、将《まさ》に片方の錘《おもり》が転落しようとする。つまり、厨川君の作った組織が、僅か一筋の健全な細胞を残す迄に蝕《く》い尽したのだが、それが表面平素と変らぬ様に見えたけれども、その実胎龍の内心には、空闥の日和下駄を無我夢中で引っ掛けた程に、凄惨な嵐が吹き荒れていたのだ。それから、胎龍は薬師堂に上って護摩を焚き、必死の祈願を込めて薬師如来の断罪を求めたのだ。所がその時、厨川君は薬師仏にも奇蹟を現わしたのだよ。突然如来の光背の辺で、後光が燦《かがや》いたのだ」

「なに⁉」熊城が思わず莨を取り落すと、

「ああ、貴方は実に怖ろしい人だ！」と呻《うめ》く様に朔郎が嘆息した。然しながら、法水にとっては、その真相も、一つの事務的な整理に過ぎなかったのであった。

「所が、それが線香花火なんだよ。厨川君は、薬師仏の背後の壇上にある聖観音の首に、鏡を稍《やや》下向きに掛けて置き、薬師三尊の中の月光像の背後で、線香花火を燃やしたのだ。すると勿論その松葉火が鏡に映る訳だが、それを胎龍の座所から見ると、護摩の烟で拡大されて、恰度薬師仏の頭上で後光が閃いた様に見えたのだよ。と同時に、強烈な精神凝集《コンセントレーション》が起ると云う事は、心理学上当然な推移に違いないのだ。今に兜率天《とそつてん》から劫火《ごうか》が下って薬師如来の断罪があるだろう――とそう云う疑念を、鋭敏な膜の様に一枚残しただけで、胎龍の精神作用を司る瀕死の生体組織《オルガニズム》共が、一斉に作業を停止してしまったのだ。そうして、此の状態は、低い絶え絶えな経声と共に、恐らく数十秒の間続いた事だろう。その間に、厨川君は背後の物蔭に廻って、辛うじて聴き取れる経文の唱句をじいっと耳膜で数えながら、最後の――殺人具を最も効果的にする――或る一節に達するのを待ち構えていた。云う迄もなく、その時胎龍が唱えていた『秘密三昧即仏念誦』――それは、厨川君が平素から熟知していた。大体、経文には火に関する文字が非常に多いのだから、必ずしもそれに限った事はなかっただろうが、その『秘密三昧即仏念誦』は、多分暗誦《あんしょう》出来る程に耳慣れがしていたに違いない。それで、線香花火を燃すに適切な時間なども、予め錯誤せぬよう、目的の一節を基礎に算出する事が出来たのだったよ。所で、愈それが到来すると、俄然胎龍の悲壮な恍惚が絶頂《クライマックス》に突き上げられ、完全に現実から離脱してしまった。と同時に兇器が下されたのだよ。で、その一節と云うのは、経机の上で開かれていた『五障百六十心等三重赤色妄執火』と云う一句なので、その唱句が終った刹那《せつな》に、突如胎龍の頭上に赤色妄執火が下ったのだ。と云うのは、背後から厨川君が例の赤い筒提灯を胎龍の頭上に被せて、それを次第に縮めて行ったからだ。胎龍のその時の状態では、てんで識別出来よう道理がない。そして、提灯の縮小につれて、妄執の火が次第に濃くなって行く。勿論胎龍はその刹那に火刑――とでも直感した事だろうが、それを反覆する余裕もなく、ひたすらこの恐怖すべき符合のために、脆弱《ぜいじゃく》な脳組織が瞬時に崩壊してしまったのだ。然し、それが超自己催眠とでも云う状態なのか、或は魅惑性精神病発作の最初数分間に現われる、強直性の意識混濁状態だったのか――孰《いず》れにしろ、その点は至極分明を欠くけれども……、兎《と》に角斯うして、厨川君の侵害組織は遂に最後の・《ピリオド》を打つ事が出来、意識と全感覚の剝奪に成功したのだったよ。つまり、その結果実現された怪屍体の制作が、胎龍の大脳を、厨川君が理論的に歪め変形して行った結論だったのだ」

それから筒提灯が何をしたか――法水の説明は、最終の截頭機《ギロチン》に及んで行った。

「そこで厨川君は、珠数の垂《た》れを合掌している両手に絡めて置き、予め鋭利に研ぎ澄《す》まして置いた提灯の鉄芯を顱頂部《ろちょうぶ》に当てて、それを渾身の力で押し込んだのだ。しかし胎龍は、焰々《えんえん》たる地獄の業火と菩薩の広大無辺な法力《ほうりき》を、ホンの一瞬感じただけで、その儘微動もせず無痛無自覚のうちに死んで行ったのだよ。すると熊城君、その脳組織侵害法が君の所謂機構《メカニズム》だったと云う事が判るだろう。それから僕が、その機構《メカニズム》と殺人具とを繋ぐ不思議な型の歯車と云ったのが、取りも直さず、あの筒提灯だったのだよ」

「だが、どうしてそれと判ったね?」熊城は溜めていた息をフウッと吐き出して、汗を拭った。

「その一つは、厨川君は線香花火と月光像との間に、何か仕切を置くのを忘れたからだよ。線香花火は硝石と鉄粉と松煙の混合物だからね。そして、鉄粉は松葉火になって空気中に出ると、酸化して角が丸くなってしまうのだ。それから、もう一つは数字的な符合なんだよ。と云うのは、提灯の口金と胎龍の頭蓋との寸法《サイズ》であって、刺傷痕と鉄芯が、双方の円芯に当っているからだ。勿論よく剃りの当った僧侶の頭蓋《あたま》なら、縫合部の位置に略々見当が付くだろうからね。そして、其処に偶然の一致があるのを、厨川君は発見したのだ。すると、それから考えると同じ事だけれども、喬村君と空闥の体軀が被害者そっくりだったと云う事や、また、柳江と伎芸天女の相似なども、たしかにあれは、自然の悪性な戯れに違いないのだよ。勿論玄白堂の板壁にある三つの孔なんぞも、その念入りの一つに過ぎないのだがね」

「成程」熊城は頷いて、眼で先を促した。

「で、此処迄判れば、屍体が絶命前の強直状態をその儘持続したと云う事が確実になる。事実、珠数の緊縛を解いて重心を定めたので、恰度祈禱中宛然《さながら》の姿を保つ事が出来たのだ。おまけに、蠟受の皿がペッタリと冠《かぶ》さったので、流血が略々火山型に凝結してしまったと云う訳なんだよ。さてそれから、薬師堂の扉を開け放して提灯を点し、目撃者を作った事は云う迄もないが、久八が通り過ぎたのを見定めると、今度は胎龍の日和下駄を履いて、坐像の屍体を玄白堂に運び入れたのだ。つまり、支倉君が少し溝が深いと云ったのは、その時の足跡なので、帰りは裸足《はだし》で石の上から左壁近くに跳び、その足跡をすぐ、池溝の堰を開いて消したのだ。そうして厨川君は、犯行の全部を終ったのだよ」

「成程、それで提灯を灯した理由が判る」

「ウン、あれには、すんでの事で瞞《だま》される所だった。全く自然な陰蔽《いんぺい》方法だからな」法水は擽《くすぐ》ったそうに苦笑した。

「何しろ、血に染《そ》んだ個所と云うのが、鉄芯から蠟受皿の内側にかけてだけだろう。だから、その部分を洗ったにした所で、後で蠟燭を鉄芯の間際迄灯すから、尖鋭な槍先から下の不自然な部分が流れる蠟ですっかり隠されてしまう。併《しか》し、それを吊して人目に曝《さら》したのは、狡猾《こうかつ》な擾乱《じょうらん》手段に過ぎないのだ」

「すると、堰を切ったのも厨川だろう」

「そうだ。久八が堂の前を通ると、すぐに灯を消して池の畔へ出たのだ。それは、喬村君と柳江が毎夜会うのを知っていたので、それを利用して、僕等の視線を喬村君に向けようとしたからだ。所で厨川君は、最初に久八の犬の鎖を解いて池畔で放し、その鳴声に依って久八を誘き出してから、今度もまた向う岸で、線香花火を使ったのだよ。前以って血粉《ちふん》を混ぜたのを一本作って置いて、それに点火したのだが、血粉が溶けるので松葉火が出ず、一塊の火団となって池の中へ落ちたのだ。つまり、それが喫い終った莨を捨てたと見た、あの目撃談の正体なんだよ。しかしその時、厨川君は見当を付けて昼間のうち一本水浸しにして置いた、タパヨス木精蓮《レセタばす》の中へ落したのだよ。そうすると、血の臭気で蛭《ひる》が集まって来る。そこへ、堰を開いて水面を低下したので、朝になって、残っていた蛭が花弁に包まれてしまったのだ。玄白堂内の足跡を消す以外に、厨川君には斯う云う陰険策があったのさ。多分僕を目標に計画した事なんだろうが、事実僕も、喬村君の影をどうしても払い切れなかったのだ」と云ってから、朔郎に向き直って、「然し、君は何故に喬村君を陥れようとしたのだね。それに胎龍を殺害した動機と云うのは？　幾ら僕でも、君の心中の秘密だけは判らんからね」

朔郎は、囚われた犯罪者とは到底思われぬような、澄み切った瞳を向け、冷静な言葉で云った。

「僕は父の復讐をしたのです。父は胎龍と年雅塾《ねんがじゆく》の同門だったのですが、官展の出品で当選を争った際に、胎龍は卑怯《ひきよう》な暗躍をして、父を落選させ自分が当選しました。父はそれを気に病んでから発狂し、一生を癲狂院で終ってしまいました。ですから子たる私は、どうしても眼で眼に酬いてやらねばならなかったのです。それから、喬村には理由はありません。ただ、動機と目される様な行為を続けていたので、それを利用したに過ぎなかったのでした」

と云い終るが早いか、朔郎は突然身を翻《ひるがえ》して、背後にある配電函《キヤビネツト》の側に駈け寄った。硝子《ガラス》がパンと砕けると同時に法水は思わず眼を瞑《つぶ》った。閃光が瞼を貫いて、裂く様な叫《さけび》声《ごえ》を聴いたが、一瞬後の室内は、焦げた毛の臭が漂うのみで、さながら水底の様な静寂《しずけさ》だった。顳顬《こめかみ》に高圧電流をうけて、此の若い復讐者は再び蘇生する事がなかったのである。

聖アレキセイ寺院の惨劇

序《はしがき》

聖《セント》アレキセイ寺院――。この世俗に聖堂と呼ばれて希臘《ギリシヤ》正教の、ニコライ堂そっくりな大伽藍《がらん》が、雑木林に囲まれた東京の西郊Iの丘地に、R大学の時計塔と高さを競って聳《そそ》り立っているのを……。そして、暁《あかつき》の七時と夕の四時に嚠喨《りゅうりょう》と響き渡る、あの音楽的な鐘声《かねのね》も、多分読者諸君は聴かれた事に思う。

所で、物語を始めるに先立って、寺院の縁起を掻《か》い摘《つま》んで述べて置く事にしよう。――一九二〇年十月、極東白衛軍の総帥《そうすい》アタマン・アブラモーフ将軍に依って、ロマノフ朝最後の皇太子に永遠の記憶《メモリー》が捧げられた――それが、此の途方図《とてつ》もない阿呆宮《あほうぐう》だった。そして、一九二二年十一月迄が、絢爛《けんらん》たる主教の法服と、煩瑣《はんさ》な儀式に守られた神聖な二年間であって、その間は、此の聖堂から秘密の指令が発せられる度毎に、建設途上にあるモスクワの神経を、ビリッとさせるような白い恐怖が、社会主義聯邦の何処《いずこ》かに現われるのであった。所が、事態は急転して、日本軍の沿海州撤退を転機に極東白系の没落が始まり、瞬く間に白露窮民の無料宿泊所と化したのであるが、一時は堂に溢《あふ》れた亡命者《エミグラント》達も、やがて日本を一人去り二人去りして、現在では堂守のラザレフ親娘《おやこ》と聖《アイ》像《コン》を残すのみになってしまった。それにつれて、曽《かつ》ては祈禱《きとう》の告知だった美しい鐘声《かねのこえ》も、古めかしい時鐘となってしまい、蚊細い喜捨《おぼしめし》を乞い歩く老ラザレフの姿を、時折街頭に見掛けるようになった。

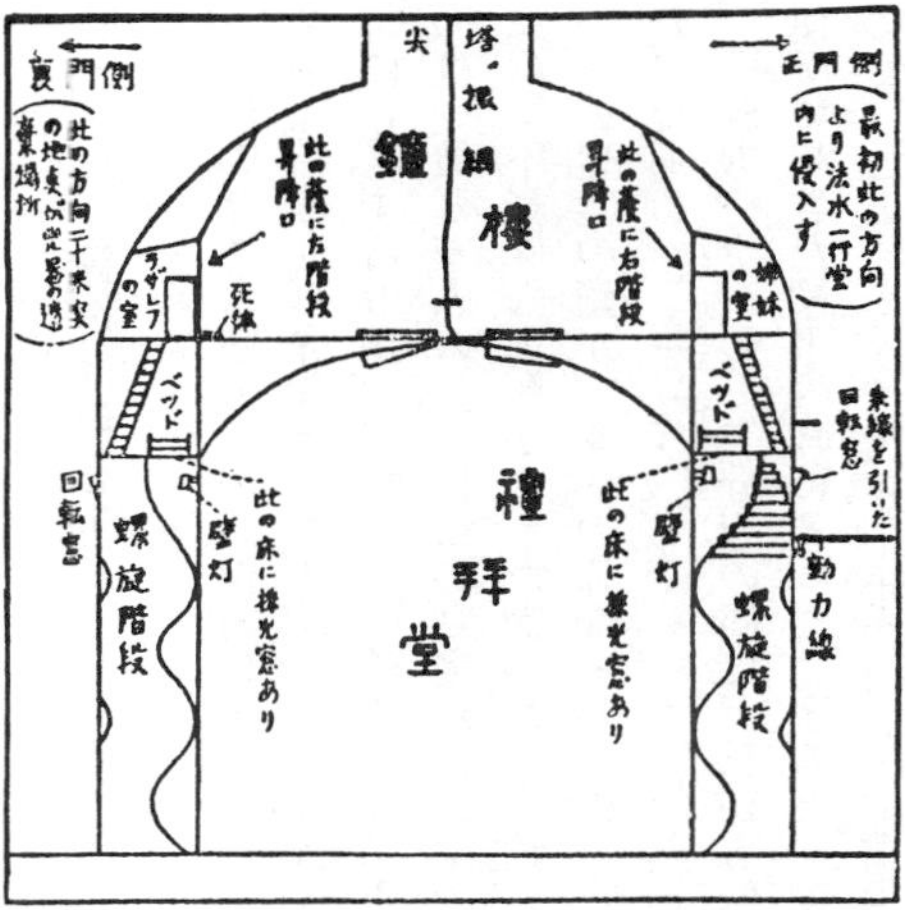

　さてこうして、聖アレキセイ寺院の名が、白系露人の悲運と敗北の象徴に過ぎなくなり、何時かの日彼等の薔薇色の夢であった円蓋《ドーム》の上には、政治的にも軍事的にも命脈の全く尽き果てた、ロマノフの鷲が遂に巨大な屍体《しかばね》を横たえたのである。が、その矢先に、この忘られ掛けた余燼《よじん》が赫《か》っと炎を上げたと云うのは、荒廃し切った聖堂に、世にも陰惨な殺人事件が起ったからであった。（読者は図を参考としつつ御読み願いたい）

一、鐘声は何を告げんとするか

推理の深さと超人的な想像力に依って、不世出の名を唱われた前捜査局長、現在では全国屈指の刑事弁護士である法水麟太郎《のりみずりんたろう》は、従来《これまで》の例だと、捜査当局が散々持て余した末に登場するのが常であるが、この事件に限って冒頭から関係を持つに至った。と云うのは、彼と友人の支倉《はぜくら》検事の私宅が、聖堂の付近にあるばかりではなく、実にこの事件には、不気味な前駆があったからだ。時鐘《ときのかね》の取締をうけて、時刻外れには決して鳴る事のない聖堂の鐘が、凍体《とうたい》の様な一月二十一日払暁五時の空気に、嫋々《じょうじょう》とした振動を伝えたのである。

それも、ホンの一二分程の間で、しかも低い憂鬱《ゆううつ》な鳴り方であったが、その音が偶然便所に起きた検事の耳に入った。すると、俊敏な検事の神経に忽《たちま》ち触れたものがあったのだ。と云うのが、大正十年の白露人保護請願であって、とりわけその中に――当時赤露《チエカ》非常委員会の間諜《スパイ》連が企てていた、白系巨頭暗殺計画に具えて、時刻外れの鳴鐘を以って異変の警報にする――と云う条項があったからである。そこで、検事は早速付近の法水に電話をかけ、聖堂前で落ち合う事になった。前日の夕方から始まった烈風交りの霙《みぞれ》が、夜半頃に風が和らぎ、今では全く降り止んだのであるが、依然厚い雪雲の層に遮られて、空の何処《どこ》にも光がない。その中を歩んで行くうちに、不図《ふと》正門の近くで、法水は不思議なものに打衝《ぶつか》った。小さな人型をした真黒な塊が、突然横から転がり出たのである。法水が殆ど反射的に誰何《すいか》すると、その人型は竦んだ様に静止して、暫《しばら》くは荒い呼吸の喘ぎが聴こえていたが、やがて、つかつか前に進み寄って来た。そうすると最初に、身長三尺五寸程と思われる位の小児《こども》の姿が法水の眼に映ったのであった。が、何と意外な事には、次の瞬間幅広い低音《バス》が唸り出したのである。

「へい、私はヤロフ・アヴラモヴィッチ・ルキーン」露西亜《ロシア》人だ——厭《いや》に落付払っていとも流暢《りゅうちょう》な日本語で、「舞台の名は一寸法師のマシコフと云う、寄席の軽業芸人なんで」

「ああ、侏儒《こびと》のマシコフ⁉」法水には、曽て彼を高座で見た記憶があった。特に強い印象と云うのは、重錘揚《じゅうすいあげ》選手みたいに畸形《きけい》的な発達をした上体と、不気味な位大きな顔と四肢の掌《ひら》であって、肩の廻りには団々たる肉塊が、駱駝《らくだ》の背《せ》瘤《こぶ》の様に幾つも盛り上っていた。年齢は法水と同様三十七八がらみ、血色のよいヤフェクト風の丸顔で、額が抜け上り、一寸見《ちょっとみ》は柔和な商人体《てい》の容貌であるが、眼だけは、切目が穂槍《ほやり》形に尖《とが》っていて鋭かった。

その時、二人を発見して歩み寄って来た検事が、不意に背後から声を掛けた。

「一体こんな時刻に、どうしてこの辺を彷徨《うろつ》いているのだね。僕は地方裁判所の検事なんだが」

「実は、飛んだ罪な悪戯をした奴が居りましてな」不意を喰って愕然《ぎょっ》と振向いた態《かたち》の儘で、ルキーンは割合平然と答えた。

「皇帝《ツアール》への忠誠一筋で、うっかり偽電報を信用したばっかり、私はあたらの初夜を棒に振ってしまいましたよ」

「初夜⁉」検事は唆《そそ》られ気味に問い返した。

「左様、不具者《かたわもの》の花嫁は、此処の堂守ラザレフの姉娘ジナイーダなのです。勿論吾々には宗儀なんぞ必要ありませんが、愈《いよいよ》最初の夜が始まろうと云う矢先でした。所が、彼《かれ》此《これ》十一時頃だったでしょうか、皮肉な事に、突然同志から電報が舞い込んで来て、二時迄に豪徳寺《ごうとくじ》付近の脳病院裏まで来い——と云うのです。然し、結局私には、寝室の歓楽よりも同志の制裁の方が怖ろしかったのです。それで、厭々《いやいや》ながら出掛けたのでしたが」

「同志とは？」検事は職掌柄聴き咎《とが》めた。

「新しい白系の政治結社です。それに、レポとしての私の体には、先天的に完全な隠身術が恵まれています。これは公然《おおびら》と申し上げてもよい事でしょう」ルキーンは傲然《ごうぜん》と志士気取りに反《そ》り返った。

「何しろ、お国の或る方面からは、非常な援助を頂いているのですからなァ。ただ怖ろしいと云うのはGPU《ゲーペーウー》の間諜網だけなんですよ」

「成程、トロツキーが驢《ろ》馬《ば》の脳髄と云っただけの事はあるね」法水が皮肉そうに嗤《わら》うと、ルキーンは鳥渡《ちよつと》厭な顔をしたが、先を続けた。

「所がどうでしょうか。霙《みぞれ》の中に二時間余り曝《さら》されていても、脳病院の裏には人っ子一人来ないのです。そこで始めて、あの電報が、私の幸福を嫉んだ悪党の仕業だったと云う事が判りました。そして、歩いて帰るより外に方法がなくなってしまったのです」

「然し、君はそんなに疲れている癖に、現在僕の前へは鉄砲玉のように飛び出したじゃないか」法水は叩き付けるような語気で云った。

「それは、鐘音を聴いたからです。吾々同志の間では、刻限外《はず》れの鐘を、変事の警報にしているのです」ルキーンは身体を焦《いら》だたし気にもじらせて、声を慄わせた。「鳴ったかと思うとすぐに止んでしまったのと云い、あの弱々しい音を考えると、何となく私には、鐘の振綱《ふりづな》に触れた手を、理不尽にも横合から遮られたような気がするのです。つまり、既に行われた変事の発見ではなくて、異変の進行中に鳴らされた、救助信号ではないかと思うのです。しかも、それ以前に私は、偽電報で釣り出されています」

「行こう」検事は溜り兼ねて叫んだ。「成程、鴉《からす》や鳶《とび》位では、あの鐘はビクともしないぜ」

不思議な侏儒ルキーンの出現は、それ迄多寡《たか》を括《くく》っていた、法水の鐘声《かねのね》に対する観念を一変させた。そして彼は、凄惨な雰囲気の中に、一歩踏み入れたような気がした。……少なくとも、鐘声《かねのね》と一寸法師とが偶然の逢着《ほうちゃく》でさえなければ、因果関係の結論として、如何なる形体《かたち》にせよ、聖堂の中へ残されているものがなければならない。凍った地面がバリバリ砕けて、下の雪水が容赦なくはね掛った。やがて、幾百と云う氷柱《つらら》で、薄《はっ》荷糖《かとう》のように飾り立った堂の全景が、朧気《おぼろげ》に闇の中へ現われた。

出入口の把手《ノッブ》を捻《ねじ》ってみると鍵が下りているので、ルキーンは検事を振り仰いで、

「一つ、其処に下っている綱を引っ張ってみて下さい。それで鳴る鳴子が、親爺の方にも娘の方にも、両方の室にあるのですから」

所が、検事が懸命に引く鳴子に対して、内部《なか》からは誰一人応ずるものがない。その癖、内部で鳴っている音が、戸外《そと》にいる彼等にも判然と聴き取れるのであったが……。そうして、今か今かと待つうちに、余程の時間が経過してしまった。

「これは、唯事じゃないぞ」奥歯をギシリと鳴らして、検事が綱から手を放すと、その手で法水に合鍵の束を与えた。そして、七本目が合って、漸く扉《ドア》が開かれた。

法水の細心な思慮は、逸《いち》早く階段を駈け上ろうとする二人を引き止め、まず検事に命じて、今入った入口の扉《ドア》際で張り番をさせ、自分はルキーンを伴って、階下の室々《へやべや》を調べ歩いた。荒れるに任せた礼拝堂は、廃墟のような光景であった。円《まる》天井の下には、十ばかり聖像《アイコン》が残っているのみで、金色燦然《こんじきさんぜん》たる希臘《ギリシヤ》正教の聖器類は、影も形もなく、装飾箔《はく》を剝がした跡さえ、所々にとどめられていた。法水の調査は、便所と急造の炊事場を最後に終ったが、何処にも人影は愚か、異状らしい個所は発見されなかった。

検事を待たしてあった扉《ドア》際まで戻ると、法水は鐘楼に出る左側の階段を行き、検事とルキーンは右側のを上って行った。

「これがどうしても、解せないのですよ」緩《ゆる》く迂回しながら伸びている階段の中途の壁に、点《つ》け放しになっている壁灯《かべあかり》を見て、ルキーンが云った。「戸外から見た時、明るい

窓が一つあったでしょう。それが、此方側の回転窓を通して見た、この壁灯の光なんです。点け放しなんて――こんな事は、ラザレフの吝嗇《けちんぼ》が狂人《きちがい》にでもならなけりゃ、てんで有りっこないのですがね」

その時、検事がルキーンの袖を引き、無言のまま天井の床を指差した。其処には硝子窓の明り取りが開いていて、背の高い検事には、其処から、静止している二つの裸足《はだかあし》が見える。その二人の女は、寝台に並んで腰を下ろしているらしい。ルキーンは二三段跳び上って、

「アッ、影が動きましたぜ。してみると、姉妹には別条ありません。ヤレヤレ、飛んだ人騒がせだったたぞ。いや、多分鐘声《かねのね》などにも、案外下らない原因があるのかも知れませんよ」

「それにしても、起きている癖に、先刻はどうして応えなかったのだろう」検事は腑に落ちぬらしく呟いたが、ルキーンは何故か急に当惑気な表情を泛べて、それには答えなかった。

鐘楼は全くの闇だった。上方から凍え切った外気が、重たい霧のように降《ふ》り下って来る。二人の前方遙か向うには、円形の赭《あか》い光の中に、絶えず板壁の羽目が現われて、法水の持つ懐中電燈が目まぐるしい旋廻を続けている。それが漸く一点に集中されると、ルキーンはアッと叫んで、ドドドドッと走り寄った。半ば開かれた扉《ドア》の間には、長身瘦《そう》軀《く》の白髪老人が、前跼《まえかが》みに俯伏《うつぶ》して、頤《おとがい》を流血の中に埋めていた。

「ああ、ラザレフ!!」ルキーンはガクッと両膝を折って、胸に十字を切った。「フリスチァン・イサゴヴィッチ・ラザレフが……」

二、イリヤとジナイーダ

「呼吸は？　もう絶命してるのかね？」検事が片膝をつくと、法水は屍体の左手をトンと落して、「ウン、咽喉をやられたんだ。兇器が屍体付近にないのだから、明白な他殺だよ。それに、こんな低温の中でもまだ体温が残っているのだし、恰度《ちょうど》硬直が始まり掛けた所だからね。絶命は恐らく四時前後だろう。だが支倉君、その一時間後に鐘が鳴っているんだよ」と云ってからルキーンに、「君開閉器《スイッチ》は何処だね？」と訊ねた。

「いや、鐘楼には電燈の設備がないのです。それから、姉妹には別条ないようですが」

「それが、起きているのだから妙なんだよ」検事が口を挟んだ。「鳴子の音を聴いても返事しなかったのは、事に依《よ》ると、姉妹はこの事件の事を知っていて、僕等に妙な感違いをしたのかも知れないがね」

「何にしても、それは大した事じゃない。然し電燈がないとなると、万事は明け切る迄待たなくてはならんな」と一旦法水は、悠長そうな言葉を吐いたけれども、早速検事に手配を依頼した。そして、その最後に、警察医と本庁の課員以外は、構内に入らせぬようにして欲しい——と云う旨を付け加えた。

それから三十分後に、検事が警察医を伴って上って来る迄は、暗黒の中で、屍体を挟んだ二人の無言の行であった。ただルキーンが幽《かす》かに、

「矢張《やっぱり》ワシレンコだな。彼奴《あいつ》も可哀そうに」と呟くのを聴いたのみの事で、それを法水が問い返そうとした時、階段を上る跫音が聴こえたのであった。然しもうその時には、塔の上層に黎明《れいめい》が始まっていて、鐘群の輪廓が暈《ぼっ》と朧気《おぼろげ》に現われて来た。

「上の小鐘《こがね》は暗くて判らんが、下にある大鐘《おおがね》だけは二つ見える」警察医が屍体を検案している方には見向きもせず、法水は仰向いて独語した。「床から円蓋《ドーム》の頂点までが、サア五　米《メートル》位かな。それから、鐘迄も同じ位はあるだろう」

「そうです」ルキーンが合槌を打った。「鐘は全部、尖塔の頂にある窪《くぼ》みの中に隠《かく》れていて、大鐘の裾が、塔の窓にチョッピリ覗いている位なんですから、どんな暴風《しけ》にでもビクともしませんぜ。二つの大綱の上に小鐘が八つあって、綱を引くと最初に小鐘が鳴り、続いて大鐘に及んで行く装置《しかけ》になっているのです。それから、鐘の横軸を支えている鉄棒は、頂辺《てっぺん》迄伸びて大十字架になっているんですよ」

法水は試みに綱を引いて見た。鐘は両手で漸《やっ》と引ける程の重量だったが、果してルキーンの云うが如く、最初小鐘が明朗たる玻璃《はり》性の音響を発し、続いて荘厳《そうごん》な大鐘が交った。彼はそれに依って、鐘の鳴る順序が不変の機械装置に依る事、二つの大鐘が各々《それぞれ》反対の方向へ交互に振動する事——などを知った。それから少し経って、呼息《いき》が白い煙のように見え始めて来ると、今度はルキーンの服装に気が付いた。帽子外套からズボンに

至るまで、凡《すべ》て護謨《ゴム》引きの防水着で固めていて、しかも全身がずぶぬれである。

　やがて、警察医の報告が始まった。

「死後約二時間半と云う所でしょうな。兇器は洋式短剣《ダッガー》ですよ。創道《そうどう》は、環状軟骨の左二糎《センチ》程の所から、最初刃を縦にして、抉《えぐ》りながら斜上に突き上げているのですから、気道は水平の刃で貫いてあります。そして、頸椎骨《けいついこつ》の第二椎辺を掠《かす》めた所が、創底《きずそこ》になっているのです」

　それに一々点頭《うなず》きながら、法水は屍体の不自然な形式《かたち》を、凝然と見下ろしていた。屍体は寝衣《ねまき》の上に茶色の外套を羽織り、腰を奇妙に鉾立《ほこた》てて、跼《しゃが》んだ恰好の儘上半身を俯伏している。両手は水牛の角のような形で、前方に投げ出し、指は全部鉤形《かぎがた》に屈曲していて、その傷口の下あたりに、流れ出た血で湖水のような溜りが作られてある。が、その付近には、周囲の床から扉《ドア》の内側にかけて、僅かな飛沫が飛び散っているのみ、何処ぞと云い乱れた個所がない。勿論それに依って、挌闘《かくとう》の跡は愚か、死体が刺された以後に動いた形跡のない事迄、明白に立証されているのである。しかも、その推定を更に裏書しているのが両手の指先であって、それには、傷口を押さえたと見なければならぬ、血痕の付着が見られないのであった。――そして、鐘楼にはその一円以外に、飛散した血痕の所在が発見されず、兇器を捜した検事も空しく戻って来た。

「どうも解せんな。気管を切断されただけで雷撃的に即死すると云う道理はないが」法水はそう呟いて、屍体の頭髪を摑みグイと引き上げた。「大体この創道を見給え。こう云う方向から行われているのは、従来の短剣殺人には曽て例のなかった事だよ。しかも、沈着巧妙に頸動脈を避けて、僅《たつ》た一突きだぜ。それがまた、この奇妙な鉾立腰《ほこだてごし》に打衝《ぶつか》ると、一体犯人がどんな姿勢で突いたのだか——それが、すっかり判らなくなってしまうのだ。それから、顔面が無残な苦痛で引き歪んでいるにも拘《かかわ》らず、仮令《たとい》十数秒の間でも床上を転々反側した形跡がない。無論手足には、痙攣《けいれん》らしいものが見えるけれど、それにも明確な表出がないのだ。すると支倉君、君は、これらの疑題《クエスチヨネーア》を、一体どう判断するね？」

検事は早速には答えられなかったけれども、法水が一々指摘する、屍体の不可解な点に、早くもこの事件の底深い神秘が現われているように思えた。法水は、それから屍体の両腕に視線を落し、それを交互《かわるがわる》に摑んで、何か比較するものがあったらしかったが、続いて両眼を詳しく調べて、

「ふむ、溢血点《いつけつ》があるな」と呟くと、今度は屍体を仰向けにした。すると、股下の辺から——恰度閾《しきい》から一寸程うちに当るのだが——真鍮《しんちゆう》製の手燭が一つ現われた。それは、直径五寸許《ばか》りの鉢型をしたもので、錐《すい》状の火山型をした残蠟が、鉄芯の受金を火口底のようにして、盛り上っていた。そしてその間から、百目蠟燭にも使えそうな太い鉄芯が、真黒に燻《くすぶ》ってニョキリと突き出し、燃え尽きた芯が、その裾の方で横倒しになっている。所が、手燭のあった辺の着衣を調べてみると、焦痕《しようこん》は愚か、稍々《やや》水平から突出ている、鉄芯の痕らしいものさえ見出されないのである。それも、後で差込んだのでない事は、

床から手燭の裾にかけ、微かながら血の飛沫があるので明瞭だった。

「一体、君は先刻から何を見ているのだ。どうも、大変な執着のようじゃないか」手燭を置くと、法水の眼が、再び屍体の両腕に引かれて行くので、検事はどうしても訊かざるを得なくなった。

「ウン、左腕が内側の方へ曲っているだろう。今に君は、それが非常に重大な点だと云う理由が判るよ」それから法水はルキーンを見て、

「君が昨夜《ゆうべ》此処を出る時に、この蠟燭がどの位の長さだったか憶えているかね？」

「左様、五分《ぶ》許りでしたかな。然し、その後でラザレフが使ったかも知れません」

法水は困ったような表情をしたが、すぐ着衣を脱がして屍体の全身を調べ始めた。微かに糞尿《ふんにょう》を洩《も》らしているだけで、外傷は勿論軽微な皮下出血の跡さえ見られない。が、腹の胴巻には札らしい形がムクリと盛り上っている。

「これなんです」ルキーンは忌々し気に云った。「これがラザレフ唯一の趣味なんですよ。守銭奴《シャイロック》です、此奴《こいつ》は。ですから、それは可哀そうなものですぜ。僅かな電燈料をさえ吝《おし》んでいるのですから、姉妹二人共薄暗い石油洋燈《ランプ》の光で、それも、少しでも永く点すと、この老《お》いぼれ鱶《ふか》が大騒ぎなんです」

屍体の検案を終ると、法水はラザレフの室《へや》に入って行った。その室は、礼拝堂の円天井と、鐘楼《しょうろう》の床に挟まれた空隙《くうげき》を利用しているので、梯状《ていじょう》に造られてあった。扉《ドア》に続いて二坪程の板敷があり、それから梯子《はしご》で、下の寝室に下りるようになっていた。そこに

は、姉妹の室で見たと同じ、採光窓《あかりとり》が床に明いていて、その上を太い粗目《あらめ》の金網で覆うてあった。こう云う奇妙な構造と云い、またこの室の存在が、外部からは全然想像されないのを見ても、その昔白系華やかなりし頃には、恐らく秘密な使途に当てられていたらしく思われた。然し、室内は整然としていて、結局法水は何物にも触れる事は出来なかった。

それから、向う側にある娘達の室へ行く迄に、一つの発見があった。と云うのは、礼拝堂の円天井に当る部分の中央の床に、二個所彩色硝子《ステインドグラス》の採光窓《あかりとり》が明いていて、そこから振綱の下にかけて、僅かではあったが、剝れ落ちたらしい、凝血の小片が散在している事であった。然し、法水はそれに一瞥《いちべつ》を呉れただけで、振綱の下から三尺程の所を、不審気に眺めていた。そこには、短い瓦斯《ガス》管が挟んであったのだが、やがて彼は、その下から何物かを抜き取ると、それを手早く衣袋《ポケット》に収め、その儘すたすた歩き出した。姉妹の室の扉《ドア》には掛金が下りていて、しかも鍵は、鍵穴の中に突っ込まれた儘になっている。

「鍵にはないけども」そう云って検事は、扉《ドア》の前方の床に、僅か飛散している血粉を指摘した。「して見ると、始末の不完全な手で、犯人は余程複雑な動作をしたと見えるね」

そこへドヤドヤ靴音がして、外事課員迄も網羅した全機能を率い、捜査局長熊城卓吉《くましろたくきち》がズングリとした肥軀《ひく》を現わした。それを見ると、法水は頓狂《とんきょう》な声を挙げて、

「いよう、コーション僧正！」

然し、熊城の苦笑は半ばで消えてしまい、側《かたわら》にいるルキーンの姿を魂消《たまげ》たように瞶《みつ》めていたが、軈《やが》て法水の説明を聴き終ると、彼はその瘤々《こぶこぶ》した顔に容《かたち》を作って、

「成程、純粋の怨恨《えんこん》以外のものじゃないね。手口に現われた特徴も、犯人が相当の力量を具えた男――と云う点に一致しているよ」と如何《いか》にも勿体らしく頷くのだった。そして、早速部下に構内一帯に渉《わた》る調査を命じたが、程なく堂外の一隊を率いた警部が、非《ひ》度《ど》く亢奮して戻って来た。

「実にどうも得体が判らなくなりまして。最初入った貴方がた三人以外には、何処にも足跡がないのですからな。昨夜は二時頃に降り止んでいるのですから、凍った霙《みぞれ》の上に付いているものなら、吾々でなくとも子供でさえ判らなけりゃなりません。それから兇器は、裏門側の会堂から二十米程離れた所で、落ちていた紙鳶《たこ》を突き破っていたのです」

そう云って、警部は一振りの洋式短剣《ダッガー》を突き出した。銅製の鍔《つば》から柄《つか》にかけて血痕が点々としていて、烏賊《いか》の甲型をした刃の部分は洗ったらしい。それがラザレフの所有品で、平素扉の後の棚の上に載せてあると云う事が、すぐルキーンに依って明らかにされた。そして、紙鳶は比較的最近のものらしい、二枚半の般若であって、糸には鉤切《がんぎり》が付いていた。

「真逆、使者神《マーキュリー》の靴を履いた訳じゃあるまいよ」法水が動じた気色を見せなかったように、他の二人にも、足跡を残さずに済む脱出経路と、不可解な兇器の遺留場所を解くも

のが、何となく漠然と暗示されているような気がして、必ずや鐘楼内から、それを鑑識的に証明するものが、現われるに違いないと信じられていた。だから、熊城は寧ろ、部下の狼狽《ろうばい》振りに渋面を作った程で、早速法水に姉妹への訊問を促した。

扉《ドア》が開かれて最初眼に映ったのは、この室の構造がラザレフの室と同一であると云う事だった。その時梯子を下りかけていた妹娘《いもうと》のイリヤは、愕然《ぎょっ》としたように振り向いたが、警部の正服を見ると、すぐに険しい緊張を解いた。六尺近い豊かな肉付きは、正にアマゾンと云う形容であろう。そして、直線と角の全然《まるで》ない、平和な丸顔を見ると、邪《あど》気《け》ない単純な性格らしく思われる。が、時折顔の向け様に依って、積極的な意志と細心な思慮を隠しているとしか思われない、深い陰影が作られるのだった。彼女は男のような幅のある声で姉を呼び、少しも動じた気色を見せない。

姉のジナイーダは、寝台の下にある尿瓶《しびん》を布片《ぬのぎれ》で覆うてから、悠然と梯子を上って来たが、二十七八になるらしい彼女の神々しい美しさには、粗服の中にも、聖ベアトリチエの俤《おもかげ》があった。それが、高い思索と叡智を語るものである事は云う迄もないが、全体の感じは妹とは違い、非常に複雑であって、侵し難い厳かさの中にも、脆《もろ》い神経的な鋭さと、瞑想めいた不気味なものとの両面が包まれているように思われた。またそれだけに、酷烈な実行力を認める事は出来なかったのである。然し、此等《これら》の特徴以外に法水に注目されたのは、ジナイーダとルキーンとの対照が寧ろ悲劇的に隔絶している事と、父の変死を伝えても、姉妹二人には睫毛《まつげ》の微動すら見られなかった事である。

「一昔前は、神父フリスチァンと呼ばれた——父が変死を遂げたにしたところで、それが今日では、当然だと申さなくてはならないのですから……」ジナイーダは唇を歪めて、まず父親の死に冷たい嘲りの色を現わした。

「でも御実父なのでしょう?」

「所が、養父で御座います。両親を一時に失った私共二人は、慈愛深い神父フリスチァンの手許に引き取られて、その後を実父にも優った愛《いつく》しみの下に育てられて参りました。イリヤは父の手許で、私は年頃になってから、かねての希望通り修道院に……。その頃父は、キエフの聖者と呼ばれて居りましたのですが」然しジナイーダは、ピインと眉をはね上げて次の言葉に移った。

「所が、一九二五年に愈《いよいよ》私の居りました僧院が破壊されたので、当時巴里《パリ》に移っていた父の許に戻らなければならなくなりました。すると、其処には、以前とはてんで似ても付かぬ父を見出したので御座います。ああ、何たる変り方でしょうか⁉ 父は何時の間にか、聖職を捨ててしまって、聖器類を売払った金を資本《もとで》に、亡命人《エミグラント》達の血と膏《あぶら》を絞っているのです。そして、無論私達に対する態度も、昔の父では御座いませんでした」

「恐らく有り得る事でしょう」法水は重た気に頷いた。「革命の衝撃《ショック》ですよ。大戦後に、性格の激変が因《もと》で起った悲劇は、可成りな数に上っていると云う話ですからね。で、その後は?」

「それから父は、過去った日の栄光《はえ》を、真黒な汚れた爪で剝ぎ取って行きました。なかにも、僅かな金に眼が眩《くら》んだばかりに、ニコライ・ニコラエウィッチ大公の許で例の『ジイノヴィエフの書翰』を偽造した位ですから。ですから、同志と不和を起して日本に渡った後も、やはり窮迫した人達を絞り、その金で、此処の堂守の株を買ったので御座います。サア、怨恨の心当りですって⁉　そう云った日には、東京中の白露人全部が嫌疑者にならなくてはなりませんわ。あの貪慾《どんよく》と高い利息とでは、幾ら堪忍《かんにん》強い神様でも、お憎しみにならずにはいられないでしょう。ですから、現在の父を見て昔の高い情操を考えると、私にはどうしても、それが同じ人間だとは思われないのです」

そこで、法水は新しい莄に換えて、愈《いよいよ》、彼の質問が本題に転じて行った。

「所で、鐘の音をお聴きになったでしょうな」

「所が、それ以前に気味の悪い出来事が御座いまして。四時半頃眼を醒《さま》しますと、階段の壁灯が点《とも》っているのです。父は御存知の通りなので、ルキーンが戻ったかなとも思いましたが、帰って来れば、当然鳴子が鳴らなくてはならぬ筈です。然し、大して気にも留めずにいた所が、間もなくこの室《へや》の扉《ドア》の前を離れて、コトリコトリと遠ざかって行く跫音が、鐘楼に起りました」

「それには、何か特徴がありましたか？」

「それが、通例の歩き方で二歩の所が一歩と云う具合で、非常に一足毎の間が遠いのです。何か考えながら歩いているようでした」

「すると、妙な事になりそうですね」そう云って法水は、眉をよせ黙考に沈んだ。が、やがて顔を上げた時には、その顔色が死人さながらに、蒼ざめていた。「確かあなたは、お父さんの亡霊が歩いていたと云われるのでしょう。ですがジナイーダさん、実は、その一時間も前に、絶命が医学的に証明されているのですよ」

まさにそれこそ、心臓が一時に凝縮したと云う感じだった。それよりも、一体何処に推定の根拠があって云うのか？――その法水の意外な言葉に、周囲《ぐるり》の人々は一斉に驚かされてしまった。が、ジナイーダだけは、宛《さなが》ら動かない水のように静かだった。

「医学的にどう斯《こ》うは、問題では御座いません。この世界は、計り知れない神秘な暗号と象徴とに充ちているのですから。私は、正しくそれが父だと信じて居ります。しかも、その音は非常に明瞭《はっきり》して居りまして、聴き誤る惧《おそ》れは毛頭もなかったのです。また仮令《たとい》それが、肉体の耳では聴こえぬ消された音であったにしても、必ずや私には、異ならない啓示となって、現われたに違い御座いません」

それは、如何なる理法如何なる批判を以ってしても律し得ようのない、人間最高浄福の世界だった。そして、ジナイーダの全身からは、その厳粛な魂が脈打って来るのを、聴き取れるような気がした。法水もそれに酬いるかのように、呼吸を正し沈痛な声音で応じた。

「成程。然し、ハインリッヒ・ゾイゼ（十三世紀独逸の有名な神学者）が、屢《しばしば》見た耶蘇《イエス》の幻像と云うのは、その源が、親しく凝視《みつ》めていた聖画にあったとか云いますがね。それに、誰やら斯う云う言葉を云ったじゃありませんか。――自分の心霊を一つの花園と考え、そこに主が歩み給うと想像するこそ楽しからずや――とね」

最後の一句が終らぬうちに、ジナイーダの総身に細かい顫動《せんどう》が戦《おのの》いた。が、次の瞬間、彼女はカラカラと哄笑《たかわら》って、

「これは驚きましたわね。私を犯人に御想像なさるとは恐縮ですわ。私達が現在父からどんな酷《ひど》い目に逢わされていようと、孤児の境遇から救い上げてくれた大恩を考えれば、そんな事何でもない事ですわ。この点をとくと御記憶下さいまし。それに、もう一つ法水さん、永い間費《かか》って自然科学が征服したものと云うのが、カバラ教や印度《インド》の瑜伽《ユカは》派の魔術だけに過ぎないと云う事もね……」

法水は、神学《セオロジイ》との観念上の対立以外に、嘲笑を浴びたような気がしたが、ジナイーダは相手の沈黙を流眄《ながしめ》に見て、愈冷静に語を続ける。

「で、ともかく洋燈《ランプ》を点して、覗《のぞ》こうと致しますと、外側から鍵を下ろしたと見え、扉《ドア》はビクとも致しません。そこで妹を起しましたが、二人共恐怖のために、梯子を上って洋燈《ランプ》を消しに行く事さえ出来なかったのです。すると、そのうち程なく鐘が鳴り始めました」

「それがまた妙なんですわ」イリヤが口を挟んだ。「最初にゴーンゴーンと大鐘が鳴り出して、それから小鐘が始まったのですから」

「エッ、何ですって⁉」法水は一度で血の気を失ってしまった。所が、ジナイーダも口を添えて、イリヤの前言を繰り返すのだった。

それこそ、文字通りの鬼気であろう。鳴鐘の機械装置は如何《いか》なる方法に依っても、そう云う顚倒《てんとう》した鳴り方を許さぬのである。大体法水にしろ、鐘の鳴った原因を、犯人の行動の一部に結び付ければ、この事件には芥子粒《けしつぶ》程の怪奇もない――と信じていた矢先の事とて、イリヤの一言は立所に、推理の論理的な進行を破壊してしまった。検事もブルッと身慄いして、

「そう云えば、確かにそうだったよ。僕は大変な所をうっかりしていたもんだ」

法水は堪《たま》らなくなったように扉《ドア》の外に飛び出して、何度も鐘を振り仰いでいたが、それを見て拡大鏡を振り廻していた一人の刑事が側に寄って来た。

「法水先生、鐘ですか？　然しあの大鐘は今も上って見た所ですが、二三人掛かって手で押した位では、歯車があるのでビクともしませんぜ。また、内部の振錘《ふりこ》を手で動かしたにした所で、音だけは妙に詰ったような鳴り方をしますが、肝腎の鐘が動かないのですから、振動を上の小鐘に伝える事は出来ないのです」

「成程、すると、鐘を傾けるのは、振綱以外にないと云うのだね。いや有難う」

法水は再び姉妹の室《へや》に戻って来たが、こうして鐘の性能一切を知り尽してしまうと、最早この上鐘声《かねのね》の不思議を科学的に考察する余地はないと思った。第一それよりも、何故鳴らされねばならなかったか？――が判らなくなってしまった。それがもし犯人だとすれば、どうして自分自身の存在を曝《さら》け出すような危険を冒してまで、それを敢てする必要があったのだろうか？　（もしそれに安易《イージー》な解釈法を当てると、鐘が鳴った時、下

の鐘楼には屍体の外誰一人いなかったと云う結論になってしまうのだ）然し、また屍体になった筈のラザレフが歩いていたと云うジナイーダの言を考えると、肉体を離れた執拗な魂魄《こんぱく》――或る種の動物磁気に頗《すこぶ》る鋭敏だと云う説であるが――それを操って跫音《あしおと》を現わし、一方では鐘を奇蹟的に動かした、一人の神現術者《セオソフィスト》が存在するのではないかとも思われるのだった。だが、そう考える事は、彼にとってこの上もない屈辱だったのだ。

やがて法水は、今迄にない緊張を罩《こ》めて、ジナイーダに問いを発した。が、その内容は、雑談以上のものとは思われなかった。

「時に妙な質問ですが、貴女がいられた修道院と云うのは？」

「ハア、ビーンロセルフスクにありましたが」

「すると、何派ですか」

「トラピストで御座います」

「ああ、トラピスト」それだけで法水の言葉がブッツリと杜《と》絶《ぎ》れたけれども、その後数秒間に渉《わた》って、二人の間に凄愴《せいそう》な黙闘が交されているように思われた。然し、その時鑑識課員が姉妹の指紋を採りに入って来たので、偶然そこで緊迫した空気が解《ほぐ》れ、一同は辛《や》っと一息吐く事が出来たのである。

その間、法水は側の置洋燈《ランプ》を調べていたが、偶然注目すべき発見に打衝《ぶっか》った。そのナデコフ型置洋燈《ランプ》と云うのは、電燈普及以前露西亜の上流家庭に流行ったもので、芯の加減捻子《ねじ》がある部分にそれがなく、そこが、普通型のものより遙かに大きく、小太鼓形をしている。そして、鎧扉式《よろいど》に十数条の縦窓が開くようになっていて、そこから外気が入ると、上方の熱い空気との間に気流が起って、それが中央の筒にある弁を押して廻転させ、徐々に芯を押し出すのである。然し、法水に固唾《かたず》を呑ませたものは、この装置ではなく、安手の襟飾《ネクタイ》を継《つ》ぎ合わせて貼ってある、台の底だった。彼が何の気なしにそれを剝がして見ると、内側の羊皮紙に――イワン・トドロイッチよりニコライ・ニコラエウイッチ大公に贈る――と認められてあった。それを肩越しに見て、一人の外事課員が驚いたように云った。

「これなんですよ――四年程前巴里警察本部から移課のありましたのは。大公の死後に、手ずから書かれた備品目録の中から、カライクの宝冠と皇帝《ツアール》の侍従長トドロイッチから贈られたこの置洋燈《ランプ》が紛失していたのです」

「道理で、昼間はこれを寝台の下に隠すよう、厳しく云い付けられて居りました。父なら多分盗み兼ねませんわ」ジナイーダが恥入ったように嘆息するのを、熊城は得たり顔に頷いた。

「何《いず》れ劇《ドラマチック》的な秘密のある事だろうがね。とにかく動機としての資格は充分にある。だけど法水君、そうなると、一人殺すも三人殺すも同じ事になるがね。それだのに、何故外側から下ろした、鍵をその儘にして逃げ出したのだろう」

「それが判れば犯人の目星が付くぜ。だが僕の想像する所では、その原因が、床の採光《あかり》窓《とり》だろうと思うのだ。此処から外壁の回転窓が見えるのだから、あれが恰度、階段の天井に当っているのだよ。だから、姉妹の誰か一人が、金網を外して硝子《ガラス》を踏み抜きさえすれば、犯人が迂回して窓の下に着く頃には、充分戸外へ飛び出してしまう事が出来る。つまり、明敏な犯人は、そう云う危険な条件を悟って、昨夜は障碍《しょうがい》を一つ除いたのみに止めて置き、更に次の機会を狙う事にしたのだろうと思うね」

それから、法水は再びジナイーダに向って、

「所で、鍵ですが」と訊ねた。

「鍵は、父の室と兼用のものが一つしかないのです。そして、いつも父の室の花瓶の中に入れて置く事に致して居りますが、どちらにも、夜分鍵を下ろす習慣は御座いません。とにかく、跫音と鐘声以外には、何も私達に触れたものがなかった事を御承知下さいまし」

が、そう云い終ると同時に、突然ジナイーダは幽《かす》かな呻声《うめきごえ》を発し、クラクラと蹌踉《よろめ》いた。法水は危うく横様《よこざま》に支えたが、額からネットリした汗が筋を引いて、顔面は蠟黄色を呈している。それが何とはなしに、抗争する気力の全く尽き果てた――犯罪者として最も惨めな姿のように思われるのであったが……。

脳貧血を起したジナイーダを寝台に横たえてから、法水はイリヤを伴って鐘楼に出たが、その時S署員が、六時頃聖堂とは十五六町程隔っている地点で、非常線に引っ掛かったと云う、三十がらみの露人を同行した旨を伝えて来た。デミアン・ワシレンコと云う名を聴くと、

「あ、とうとう」とイリヤがルキーンと同じような言葉を呟いた。

「あの人は、姉さんにはそれは大変な、逆上《のぼ》せ方なんです。でも、姉さんと云う人は、人間の一番人間らしい所には、てんで興味を持てない人なんですからね。一寸法師でも綺麗なワシレンコでも、結局同じものにしか見えないのでしょうよ」

「すると、ワシレンコは姉さんの愛人ではないのですね」

「それ所ですか」イリヤは鳥渡蓮葉《ちょっとはすっぱ》な云い方をして、「姉さんはルキーンが一番好きだと云っている位ですわ。ですから、昨夜ルキーンとの結婚を拒んだと云うのも、私には父に対する面当てとしか思われません。実は昨夜こうなんです。――父が姉の花婿にルキーンを択んだのは、抑《そもそも》一寸法師の貯金が目当てだったからです。そして、内々で可成り貰っていたらしいのですが、姉にそれを打ち明けたのがつい一昨日の話で、それから二日の間執拗《しつこ》く付き纏《まと》って、結婚の実行を迫るのでした。けれども、姉は何と云われても一言も口をきかず、頑強に拒み続けて、父と争いながら夜になりました。すると、娘の翻心を絶望と見た父は、俄かに態度を変えて、今度はルキーンに法外な金を要求するのです。無論二人の間に激論が沸騰して、一時はどうなるかと危ぶまれましたけれども、折よくその場に、ルキーン宛の電報が舞い込んで来たので、それが一時だけでしたが、まあ何とか危機を防ぎ止めてくれたのでした」

イリヤがペラペラ喋ってしまうのに、法水は少なからず驚いたが、何となく先手を打たれるような気がして、この女は単純なようでも案外莫迦《ばか》じゃないぞ――と思った。イ

リヤは続けて、

「姉と父の争いが、一番激しかったのは、夕方五時頃の事でした。霙が横殴りに吹き込んで来るのに、姉は振綱の下で満身に雪を浴びながら、何時迄も黙って父の顔を睨み付けているのです。それは物凄い形相でしたわ」

「するとこれが、踏み躙《にじ》った婚礼の象徴《シンボル》なんですね」法水は衣袋《ポケット》から泥塗れに潰《つぶ》れた白《しろ》薔薇《ばら》を取り出して、「多分これは姉さんの持物でしょうが、この髪飾りが、振綱の下から五寸程の所に引っ掛かっていたのです。然し、そう判れば、もうこれには用はありません」と床に抛《ほう》り出してから、「だが妙ですな。嫌いでなければ結婚してもいいでしょうがね」

「それは、真実《ほんとう》の事を云いますと」イリヤはポウと頬を染めて、「私がルキーンを好《す》いているのを知っているからでしょう。ねえ法水さん、旧露字体《ヤッチ》のシラノは僧院の中から出て来るのですわ」

「成程、面白い観察ですね。では、今度は階段の方を説明して下さい」

それから、調査が階段の外壁にある回転窓に移ると、熊城は窓硝子の中央に、太い朱線が横に一本引かれてあるのを見て、

「成程、この壁灯《かべあかり》が点け放しになっていたのを、ルキーンは不審がったと云うけれども、その理由は確か、この朱線にある。然し、これがどうして外から見えねばならなかったのか？」

法水は窓枠の埃《ほこり》をスイと撫でて、

「半分しか開かないし、金具が錆《さび》付いている所を見ると、永らく開かれなかったと見えるな。それからイリヤさん、窓の下に引き込んである動力線らしいのは?」

その太い二本の電線は、正門の側にある電柱迄一直線に伸びていて、その上には氷結した雪が載っていない。イリヤはその周囲全部に渉って説明を始めた。

「ええ、あれは、パイプ風琴《オルガン》があった頃の動力線なんですの。それから、窓の上に、三尺許りの鉄管が、電線と並行に突き出ていますでしょう。以前は式日になると、あれにロマノフ旗を結び付けたそうです。また、鉄管に絡んでいる裸線は、私のラジオのアンテナなんですわ。何時だったか、陸軍飛行機の報告筒が鐘楼の屋根に落ちた事がありまして、その時塔に上った兵隊さんに頼んで、先を十字架に引っ掛けて貰ったのです。サア、これだけ判ったら、私を放免して、姉さんの看病をさせて頂戴」

鐘楼に戻ると、堂内担当の係員から報告が齎《もたら》されたが、それは——。両人の身体検査をしても芥子粒程の血痕さえ付着していない事。振綱にも期待された着衣の繊維が発見されなかった事。それから、礼拝堂の聖壇の下に、間道が発見されたのだったが、それには使った形跡がない許りでなく、途中が全く崩壊していて通行が絶対に不可能な事。そして最後に、指紋の無効果と、円蓋《ドーム》には烈風と傾斜とで霙の堆積がない事——などで、凡てが空しく終ってしまった。

「鐘は曲芸《アクロバチック》的な鳴り方をするし、とうとう犯人の脱出した経路が判らなくなってしまった。それに短剣を下から投上げたにした所で、五尺とない塔の狭間《はざま》の何処かに打衝《ぶつか》ってしまうぜ」検事は落胆《がっかり》した態《てい》で呟いたが、法水に是非訊かねばならないものがあった。

「先刻君は何故、ジナイーダが聴いた跫音に、ラザレフを想像したのだったね」

その瞬間、法水の瞳《ひとみ》がチカッと光ったけれども、彼は冴《さ》えない声を出した。

「それは、屍体の左腕が内側に彎曲《まが》っていたからだよ。歩ける所を見ると、可成り軽度なもので、恐らく発病が眩暈《めまい》を起した程度だったろうがね。然し、ラザレフの左半身は中風性麻痺《まひ》に罹《かか》っていて、それが殆ど軽快に近い症状だったのだ。麻痺が薄らいでいたと云う証拠には、腕が内側に捻《ねじ》れ、指先が鉤形《かぎがた》になっている。また、そう云う時には、肢《あし》を曲げるのに困難を覚えるので、あの跫音をそれと想像させた、環状歩行が起って来るのだ。つまり、不自由な方の足を、趾先《ゆび》がガクッとならないよう足掌《あしのひら》を斜にして、内側から外方《がいほう》にかけて弧線を描きながら運ぶからだよ。そうすると健康な脚を運んだ時しか音が立たないから、二足運んでも跫音は一つしか聞こえて来ない。だからそれに似た調子が連続して聴こえたとしたら、当然ラザレフを想像する外にないだろう」

ラザレフの左半身付随であると云う事よりも、法水の理路整然たる推論に驚かされたが、

「成程」と熊城は深く頤《あご》を引いて、「すると振綱に瓦斯管《ガス》を挟んである理由が判ったよ。半身の余り自由でないラザレフは、あれに足を掛けて、引く力を助けるのだ」

「ウン、所が熊城君、僕がズバリと云い当てた許りに、思い掛けない収穫があったのだ

よ」と法水の顔に紅潮《あかみ》が差して来た。「あの時、ジナイーダの外見《みかけ》は頗《すこぶ》る冷静だったけれども、内心ではそれが異常な衝動《ショック》だったのだ。尤《もつと》も吾々の心理には、鳥渡した恐怖を覚えると、極くつまらない所で嘘を吐いてしまうものだが、兎に角どうであるにしろ、あの天使のような女の陳述の中に、一つ虚構の事実があったのは確かなんだよ。ねえ熊城君、ジナイーダはたしか、自分のいた修道院をトラピスト派だと云ったね。然し、真《ほん》実《とう》はカルメル教会派《カルメリテル・クロスター》なんだぜ」

「カルメル教会派って?」

「例の裸足《はだし》の尼僧団の事さ。裸足の上に、夏冬共セルの服一枚で過し、板の上に眠るばかりか、絶対菜食で、昔は一年のうち八ケ月は断食すると云う――実に驚くべき苦行が、教則だったとか云う話だがねえ」

「だが、どうしてそれが判ったね?」

「と云うのは、僕が先刻、自分の心霊を一つの花園と考え、そこに主が歩み給うと想像するこそ楽しからずや――と云ったっけね。その時ジナイーダは確かに驚いたらしい。勿論僕の積りでは、それを一つの脅迫的な比喩《ひゆ》として使ったに過ぎないのだが、然しジナイーダを驚かせたのは、自分が犯人に擬せられたのを悟ったからではない。元来犯罪者と云うものは、そう云う点には予め用意のあるものだからね。では、何故かと云うと、その一句の文章と云うのが、自分の不思議な夢幻状態を語った、カルメル派の創始者聖テレザの言葉だったたからだよ。西班牙《スペイン》の女は、カルメンだけだと思っちゃ間違いだぜ。

その昔、神秘神学の一派を率いて、物体浮揚《レヴイテーシヨン》や両所存在《ビロケーシヨン》までも行ったと云う、偉大な神秘家がいたのだ。それにもう一つ――これはまず日本に五百人と馴染のない顔だけども、聖テレザの後継者と呼ばれる、僧モリノスの画像が寝台の横手の壁に掛かっていたからだよ」

「そう云えば、確かに中世紀の、修道僧らしい画像があったよ」検事が合槌を打つと、

「ウン、そこでだ。ジナイーダが童貞女生活のうちに、どの程度迄この一派の修道を積んだか？　また、何故嘘を云わねばならなかったか――判らないけれども」と云いかけて、法水は俄然厳粛な表情になった。「とにかく、唯一人虚偽の陳述をしたと云う点だけでも、あの女が一番犯人に近いと云えるね」

　熊城は吃驚《びつくり》して叫んだ。

「冗談じゃない。君は鍵の事を忘れてしまったのか」

「それがさ。此処の扉口《とぐち》には回転窓もないし、床との間に隙もない。けれども、糸で鍵を操る術と云うのは、ヴァンダインの『ケンネル殺人事件』だけで尽きちゃいないぜ。君、いいかい、お化け結びと云う結び方を知ってるだろう――一方の糸は喰い込む一方だが、片方のを引くと、スルリと解けてしまうのを。マア、実験すれば判る事だ」

　法水は鍵の輪形をお化け結びで結んで、ラザレフの室《へや》の前に立った。

「憶えて置き給え。最初に鍵を差し込んで、もう一捻《ひね》りで、桟が飛び出すと云う瀬戸際迄捻って置くのだ。そして、片方の糸を――解《ほど》けない方をだよ――把手《ノツブ》の角軸に結び付

けないで、二廻り程に絡め、間をピインと張らせて置く。それから、片方引くと解ける方のを鍵穴から潜らせて、それには幾分弛《たる》みを持たせて置くんだ。無論鍵の押金が上へ向いていればこそ、可能な話なんだよ。そこで、扉の内側に入って把手《ノッブ》を廻すと、この通り糸が鍵を引いて廻転させるので掛金は下りるが、鍵の押金は下へ降り切らずに中途で糸に支えられる。で、その次に、鍵穴を通った糸を引くんだ。無論鍵の輪形の結び目が解けるから、それから把手《ノッブ》を何度も廻転して、角軸に絡めたのを弛めながら糸を引けば、どうだい、スルスル中へ入ってしまうだろう。そして、鍵の押金が垂直になって痕が残らないのだ」

然し法水は、精気のない弛んだ顔をして扉《ドア》を開いた。

「所が、鐘声があるので、この思い付きだけで事件を終らせてしまう訳には往かないのさ。構内に足跡がないと云う事は、結局犯人が堂内にあり――と云う暗示なんだがね」

検事と熊城はやや暫し放心の態であったが、やがて熊城は階下に下りて行き、二人の囚虜に対する訊問を終って来た。

「ルキーンの奴は、イリヤの話は全部それに違いないと云うのだが、行くふりをした豪徳寺行だけは、飽く迄頑張り通している――何と云う浅薄極まる不在証明《アリバイ》じゃないか。それから、ワシレンコは一種の志士業者で、右翼団体の天龍会が養っているそうだが、非度い結核患者で見る影もないよ。彼奴《あいつ》は昨夜ジナイーダが結婚すると云う噂に亢奮《こうふん》して、終夜《よっぴて》この周囲《ぐるり》を彷徨《うろつ》き歩いていたと云うのだがね。然し、あの男は犯人じゃない」

そう云って、熊城は、脂《やに》で染まった指先をピチリと鳴らした。

「ねえ法水君、風が烈《はげ》しかったのと傾斜とでもって、円蓋《ドーム》に霙が積っていない。だが、円蓋《ドーム》に足跡のないと云う事が、却《かえ》って僕に想像を自由にしてくれる。そして、何だか犯人の目星が付きそうなんだよ。それから、鐘の鳴った原因もさ」

「そりゃ奇抜だ」法水は猛烈に皮肉った。「すると、君はどう云う方法で、鐘にああ云う不思議な鳴り方をさせるんだね。それに、第一犯人の特徴を具《そな》えた人物と云うのが、現在知られているうちにはない筈だぜ」

三、ラザレフは如何にして殺されたか

「冗談じゃない。ルキーン以外に犯人があって堪るもんか」熊城の声が思わず高くなった。「屍体の謎も、六呎《フイート》と三呎《フイート》半との差を、如何に除くかに依って解決されるんだ」

「ホホウ、と云うと」

「それは、構内に足跡がないからだよ。と云って、犯人を姉妹のうちに想像すると云う事は、既に鐘声が、明確な反証を挙げているのだからね。結局、犯人は霙《みぞれ》の降り止んだ二時頃には既に堂内にいて、兇行を終えてから、地上に踵《かかと》を触れず遁《のが》れ去ったと観察するより外にない。その際に鐘が鳴った事は云う迄もないが、然し、脱出の径路は頗る単純なんだよ。まず振綱に攀《よ》じ登ってから塔の窓に出て、そこで兇器を裏門の方へ投捨て

てから、架空線《アンテナ》を伝わって円蓋《ドーム》を下り、そして回転窓の下に引き込まれている、動力線に吊り下って、スルスル猿みたいに構外へ出てしまったのだ。所で、何が僕にそう云う推定をさせたかと云うに、第一が動力線に霙の氷結がない事で、次が振綱に突っ刺さっていた白薔薇なんだ。——あれは、ルキーンが拾って、それでジナイーダの移香を偲《しの》んでいたものらしいが、綱を登る際に何かの拍子で移ったのだよ。それからもう一つは、そう云う離業《かるわざ》を演《や》って退《の》けられる、膂力《りょりょく》と習練を具えた人物が、現在この事件の関係者中にあるからなんだ。三丈もある綱を軽々と登れる許りでなく、動力線を猿渡りする場合に、もし普通人程度の膂力と体重だとすれば、引込個所や電柱上の接合部分に、相当眼に留まる程度の損傷が現われるだろうし、恐らく一町以上の距離は容易に渡り切れぬだろうと思うね。そうなると、人並優れた腕力とそれに反比例する小児程度の体重——と云う至極難条件が、ルキーンに依って易々と解決されてしまうのだよ。しかも、綱に織物の繊維が残っていないと云う事が、却って逆説的にも、防水服で固めたルキーンを、証明する事になるだろうからね」

検事は呆れたように熊城を瞶《みつ》めていたが、

「そんな事なら、態々君に聴く迄もないぜ。至極容易な解釈に有頂天になってしまって、君は鐘の機械装置を忘れてしまったのだ」

然し、その時はまだ、いま述べた熊城の解釈以上に、鐘声の怪を実務的に説明するものがなかったのだ。

「マア、聴き給え。いま綱の振動で鐘が鳴ったと云ったけれども、それは、あの不可解な鳴り方をした際を指して云うのではない。それ以前にあったのだ。つまり、時刻外れに鐘の鳴ったのが二度あったのだよ。その二度目の時が君達始め姉妹の耳に入ったので、最初脱出の時のは、恐らく聴こえぬ程度の弱音だったに違いない。何故なら、ルキーン程度の腕力を具えた人物だと、尺蠖《しやくとりむし》みたいな伸縮をしなくても、最初グッと一杯に引いて鐘を一方に傾けて置き、その位置が戻らぬように腕だけを使って登る事が出来るだろうからね。そうすると、始めと終りの二度だけ、ガチャリと幽《かす》かに打衝《ぶつか》る音しか立たん訳だよ」

「すると、君の云う二度目の鐘は」

「フフフ、あれは潤色的な出来事さ」熊城は洒々《しやあしやあ》として鐘声排除説を主張した。「成程、鐘に直接触れた形跡はないのだし、あったにしても、手で押した位や振錘《ふりこ》を叩き付けた位の事では、大鐘は微動もせんと云うのだからね。どうして大鐘が動いて、逆に振動が小鐘に伝わり、鐘全体が、ああ云う首尾顛倒した鳴り方をしたのか判らない。勿論不思議と云えば、これ以上の不思議はないのだが、然しこの事件ではそれがホンのつまらない端役に過ぎないのだ。では、何故かと云うと、鐘と屍体を繞《めぐ》って推定されるものが、悉《ことごと》く一寸法師ルキーンの驚異的な特徴に一致している。また、そればかりでなく、鐘の現象が犯人脱出後に起っているのだからね。だから、事件の複雑を増す戯曲的な色彩にはなっても、到底本質を左右するものではない。ねえ法水君、捜査官が猟奇的な興味を起した許りに、折角事件の解決を失った例が、古今東西決して少なくはないのだぜ。いや僕も、危うくその轍《てつ》を踏む所だったよ」

「成程、君近来の傑作だけども」露骨な嘲弄味《ちょうろうみ》を見せて、法水が煙の輪を吐いた。「だがそうなると、殺した者と綱を攀登《よじのぼ》った者と、こう別個の人物が二人現われる訳になるね」

熊城は相手が法水だけに、殆ど怯懦《きょうだ》に近い警戒の色を泛べたが、検事は腿を叩いて、

「ウン、それに違いない」と法水に同意してから、自説を云い出した。

「ねえ熊城君、この屍体は、恐らく他殺屍体には類例を求めようのない、妙な恰好をして踞《しゃが》んだ儘死んでいたんだ。それ許りでなく、屍体を繞《めぐ》って謎だらけなんだ。第一格闘の形跡がないし、苦悶に引《ひ》ん歪《ゆが》んだ顔や指先をしていても、のた打ち廻ったり逃れようとして床を掻き捲《むし》った跡もなければ、傷口を押えた形跡も見られない。幾ら君でも、気管を切断されただけで、雷撃的な即死は考えられないだろう。それから、外傷はたった一つだけで、しかもその創道と云うのが、自殺者以外には到底見る事の出来ない方向を示していて、咽喉を斜上に突き上げている。そう云う風に、目標の困難な個所を狙って一撃で効果を収めると云う事は、被害者が故意に便宜な姿勢を採らない限り、まず絶対に、不可能と見て差支あるまい。勿論ルキーンでは、跳躍《ジャンプ》しない限り傷口には届かないし、逆にラザレフが踞《かが》んでいたと考えれば、凡てがより以上不可解になってしまうのだ。それにまた、手燭には上から取落された形跡がなく、着衣に焦げ痕がないばかりか、し

かも、ああ云う風に、行儀よく据《す》えられているんだ。だから、僕には凡《あら》ゆる状況に渉って、ラザレフの意志が現われているように思われるのだがね。熊城君、僕はラザレフの死に自殺説を主張するぜ」

「すると、屍体はどう云う方法で、兇器を堂外に持ち出したのだね？」

「それは後から抜き取られたのだよ。君はその抜き取った人物を指して、犯人だと云ってるんだ。所で、奇抜な想像かもしれないが、何がラザレフを自殺させたか——を述べる事にしよう。僕はナデコフの置洋燈《スタンド》を見てから、ラザレフとルキーンとの間にもっと深刻な秘密——と云うよりも、ルキーンがこの老人の致命的な弱点を握っているのではないか、と考えられて来た。で、それと交換条件に、ルキーンはジナイーダを求めたのだろうと思うね。然し、ジナイーダは頑強に拒み続けるので、縺《もつ》れに縺れた紛争は恐らく夜半を越えたに違いないのだ。だから、ルキーンは電報が来ても実際は行かずに食堂の中に止《とど》まっていたのだよ。所が、そうして抜き差しのならない窮地に陥ったラザレフは、忽ち一策を案じたのだ。それは、妹のイリヤに含めて、ルキーンを挑ませる事なんだよ。あの女は何処か変態的な所があると見えて、自分からルキーンに対する感情を告白しているぜ。然し、ジナイーダに対する執着の飽く迄強いルキーンは、妹娘には手を触れようともしない。それがために、その成行を扉《ドア》の陰から窺っていたラザレフは、遂に絶望の揚句自殺を遂げてしまったのだよ。君は点け放しになっていた壁灯を憶えているだろう。多分ルキーンが消し忘れたのだろうが、ラザレフは、あれがあったばかりに、ルキーン対イリヤの、鳴神《なるがみ》式な色模様を見る事が出来たのだ」

法水はニヤニヤ微笑みながら、濛々《もうもう》と煙ばかり吐き出していたが、

「成程、各人各説と云う訳だね。それでは支倉君、君は手燭をどう説明する？」

「それは斯《こ》うなんだ。その時ラザレフは、最初五分許りに残った蠟燭を点して、扉の前に立ったのだが、左手が不随なために一先ず手燭を床の上に置いてから、扉を細目に開いたのだ。そうして、手燭を消すのも忘れて凝視しているうちに、やがて蠟燭は燃え尽きてしまい、その暗黒の中で、最後の怖ろしい断定を前方に認めねばならなかったのだ。所で、ラザレフの自殺を発見したルキーンが、それからどうしたかと云えば、彼はそれを利用して、対ジナイーダの関係を有利に展開させようと試みた。と云うのは、ルキーンの邪推からして、ジナイーダの蔭にあり――と信じられているワシレンコを除く事なので、深夜会堂の周囲を、まるで狂人のようになって徘徊《はいかい》している姿を目撃したからなんだよ。そしてイリヤに口止をしてから、短剣を抜き取って姉妹の室に鍵を下ろし、それから、君の推定通りの経路を辿って、構外に脱出したのだ。扨《さて》そうなると、鐘をルキーンが鳴らした事は云う迄もあるまい。その幻妙不可思議な手法は無論ルキーンだけの秘密だけれども、発見を一刻でも早める事が彼奴《きゃっ》にとってこの上もない利益なのだからね。鳴らさねばならない理由はこれで立派に判った事になる。だから熊城君、この事件には、一人の犯人もないと云う事になってしまうのだよ」

「すると、屍体の謎はどうなるね？」

「それは、或る病理上の可能性を信ずる以外にはないと思うね。刃を突き立てた瞬間に、それ迄健康だった脳髄の左半葉に溢血《いっけつ》して、自由な右半身に中風性麻痺が起ったのだ。半身不随者が絶えず不意の顚倒を神経的に警戒しているのを見ても判るだろうが、異常な精神衝撃や肉体に打撃をうけると、残り半葉によく続発症が発するものなんだ。その意味でも、剖見の発表が待たれてならないと云う訳さ」

「フム」と頷いたが、熊城は意地悪そうに笑って、「然し、それは寧ろ他殺の場合に云う事だろう。それに、君は屍体の奇妙な鉾立腰に注意を欠いている。尤も、その辺を曖昧にしなければ、自殺だなんて荒唐無稽な説が到底成立する気遣《きづかい》はないのだからね。しかもその真因が解ると、君の説が出発している創道の方向から、ラザレフの意志が消えてしまうのだよ。所で何があゝ云う形を作ったかと云えば、それは一寸法師ルキーンの体軀《たいく》なんだ。——まずルキーンが扉《ドア》の外から声を掛けたとする。そうすると、ラザレフは当然彼の身長を知っているのだから、恐らく、半ば習慣的に上体を曲げて、扉の間から首を突き出したに相違ない。そこを下から突き上げられたのだよ。そして、ラザレフはその儘の形で崩れ落ちたのだが、その時健康な半身に中風性麻痺が起ったのだ。つまり、ルキーンの頭上にラザレフの咽喉が現われたのだから、加害者が如何なる姿勢で突いたと云うよりも、ルキーンの特殊な身長では、あの個所をあゝ云う方向に突くより外に方法がなかったのだ」

「すると、着衣に焦げた痕が現われなければならんよ」検事は半ば敗勢を自覚して、声に力がなかった。「無論手燭を下に置いて扉を開けたのだろうが、それには、蠟燭が燃え尽きる迄の余裕《ゆとり》がない」

そこで熊城は、昂然と最後の結論を云った。

「然し、ルキーンが五分許りだと云った蠟燭《りんしょく》が、その間に一度使われていたとしたらどうだろう。そして、芯だけになったのに、吝嗇なラザレフが灯したとすると、芯の下方が燃える事になるから、下の蠟が熔けるにつれて、自然横倒しに押し流されてしまい、焰が直立しなくなってしまうぜ」と凱歌《がいか》を挙げたが、彼はチラと臆病そうな流眄《ながしめ》を馳《は》せて、

「時に法水君、君の意見は？」と訊ねた。

「サア、僕の意見って只」と云い淀《よど》んだが、然し彼の眼光には、決定したものの鋭さがあった。「それに、困った事には、ただ鐘声《かねのね》の地位を主役に進めるだけのものなんだがね。マア我慢して貰って君達の推論を訂正する労だけでも、買って貰う事にしよう」と、最初検事に向って、「所で、君の自殺説だが、それが謬論《びゅうろん》だと云う事は、屍体の最後の呼吸が証明しているのだ。知っての通り、気管を見事に切断しているのだが、犯人はすぐその場で短剣を引き抜かず、暫く刺し込んだ儘で放置して置いたのだ――その理由は後で述べるがねえ。それで、気道がペタンと閉塞されてしまったので、恰度《ちょうど》絞殺したような具合になってしまったのだ。無論解剖に依らなければ、競合状態になっているその二つの孰《いず》れかが最終の死因だか判らないけれど、とにかくこの場合は、出血が致死量に

達する以前に、ラザレフが窒息で意識を失ってしまった事だけは確実なんだよ。その証拠には糞尿を洩らしているし、鞏膜《きょうまく》に溢血点が現われている。そこで、重大な分岐点となるのは、最後の呼吸——即ち刺される、いや君の説に依ると刺した瞬間前の呼吸が——吐いたか引いたかの孰れにありやなんだ。所が、胸隔を見ると、それが吐息の直後になっている。つまり、それを問題にしなければならないのは、自殺者の定則として——と云うよりも人間の緊迫心理に、当然欠いてはならぬ生理現象があるからだよ。それはマイネルト等の説だが、末端動脈が烈しく緊縮して胸部に圧迫感が起るので、吸息《いき》を肺臓一杯に満たして不安定な感覚を除いてからでないと、意志を実行に移す事が不可能だと云う事なんだ。所が、ラザレフの屍体にそれがないとすると、どうして空の肺臓が許したか疑問になって来るだろう。だから、その矛盾は却って僕は、他殺の推定材料に挙げているのさ」

「成程」検事は率直に頷いたが、「すると、熊城君のルキーン説が確立される訳かい」

「所が、そうじゃない」法水は静かに微笑して、熊城を皮肉そうに見やった。「君の云う侏儒《こびと》の殺人にも、大いに異論がある。そこで最初に僕は、ラザレフの右半身に中風性麻痺が起らなかったと主張するよ。そして、その証拠として、屍体の両腕の温度を挙げたいのだ。麻痺の起った部分は屍冷《しれい》に等しい程冷たくなっていなければならないのだが、ラザレフの両腕を比較してみると、麻痺の軽くなった左腕は云う迄もない事だが、問題の右腕にも均《ひと》しい温度で微かに体温が残っている。と云った所で多分君は、皮膚の感触みたいな微妙《デリケート》なものに信頼は置けぬと云うだろうが、それならそれで、もう一つ適確に否定出来る材料がある。で、それを云う前に、君が芯だけになっていたと云う蠟燭の形に、もう少し具体的な説明が欲しいのだがね」

するとと、熊城は鳥渡《ちよつと》神経的な瞬きをして、

「勿論僕は、あの手燭の実際に就いて想像しているんだよ。知っての通り、残蠟が鉄芯の止金を越えて盛り上っている。だから、糸芯の周囲の蠟が全部熔け落ちてしまうと、芯が鉄芯に付着《くつつ》いて直立して、下端《した》の僅かな部分だけが、熔けた蠟に埋まると云う形になるだろう」

「ウン、それには異論はない。僕にしろ幼い頃から飽きる程見せられている形だからね。そして君は、恰度そう云う状態の時に、吝嗇漢《りんしよくかん》ラザレフがそれを吹き消して、その後にルキーンが扉を叩いた払暁《ふつぎよう》に、また使ったと云うのだね。然し、それだけで焦痕を残さなかったものと証明しようとするのは、妙な用語だけれども、蠟燭の生理と云うものに全然不用意だからだよ。それに、百目蠟燭さえ使えそうなあの鉄芯の太さも、君は計算の基礎に加えていないのだ」そうしてから法水は、該博《がいはく》な引証を挙げて繊密極まる分析を始めた。

「然し、此処で僕が冗々《くどくど》云うよりも、僕等の偉大な先輩が残した記録を紹介する事にしよう。一八七五年と云えば、日本では違警罪布告以前で刑事警察の黎明期だ。恰度大蘇《たいそ》芳年《よしとし》の血みどろな木版画が絵草紙屋の店頭を飾っていた邏卒《じゆんら》時代なんだが、その頃ドナ

ウヴェルト警察に、現在科学警察を率いている君よりも遙かに結構な推理力を具えた、ヴェンツェルシェルデルップと云う警部がいたのだ。その警部が、やはり燃え尽きた大燭台の蠟燭の長さを推定して、それで一番嫌疑の深かった盲人を死線から救い上げたのだが、その時推理の根源をなしたものと云うのが、実に平凡極まる、それでいて誰しも迂闊《うつかり》見逃してしまう点にあったのだ。それは鉄芯の温度なんだよ、元来蠟燭の芯は穴の左右何《いず》れかに偏在しているものなのだから、ああ云う太い鉄芯で際迄燃えて来ると、それから先は鉄芯に隔てられてしまって、焰が充分反対側に届かなくなる。それで、蠟の燃焼が不均衡になって、急角度の傾斜が現われて来るのだ。つまり、一方は芯だけになってても、片側には幾分でも蠟が残っていなければならない。だが、その儘燃え切らせてしまえば、鉄芯に熱が加わって来るから、芯が落ちる迄には反対側の蠟も、ズルズル熔け落ちてしまうのだけれども……。芯だけになった時一旦消して、その後時間を隔てて灯したとすると、生憎今度は鉄芯が冷却している。だから反対側の蠟も、ホンの僅かな間だけ燃える――芯の下方に当る部分だけが熔けて、上端の部分はその儘の形で残るか、少なくとも蠟膜《ろうまく》位は存在していなければならない。所が、あの手燭には、鉄芯が真黒に燻《くすぶ》っているだけで、蠟は完全に燃焼してしまっている。するとそれが、ホンの僅かでも蠟燭の形をしたものが残っていて、その儘燃え終ったと云う証拠じゃないか。そして、厭が応でも、着衣に焼痕が残らなければならないのだ」

熊城は真蒼になって唇を慄わせたが、

「すると、そこに犯人の技巧《トリック》がある訳だね」と検事は法水に口を措《お》かせなかった。

「ウン、そうなんだよ。で、実際を云うと、ラザレフの屍体はいていて焔の届かない位置にあったのだ。だから、当然そこに詭計《トリック》が必要なので、無論それが解ると、中風性麻痺を想像させて、君に自殺説を主張させ、熊城君にルキーンの幻を描かせたところの屍体の謎が、余す所なく清算されてしまうのだよ。所で、それは一本の丈夫な紐なんだ。犯人は、それを把手《ノッブ》とその右寄りの板壁の隙間に挟んだ鍵との間に、六七寸の余裕を残して張ったのだよ。だから、左手の不随なラザレフは床に手燭を置いて右手で把手《ノッブ》を廻してから、左の肩口で扉を押して出ようとしたのだが、生憎扉が、紐の間隔しか開かないのだからね。出ようとした機《はず》みが、半身になった肩口をスッポリその中に嵌《は》め込んでしまって、頭から右腕にかけて動けなくなってしまったのだ。それを犯人は外側から押え付けて、動きのとれない目標を目がけて返り血を浴びないように悠々頸動脈を避け、落着いた一撃を下したのだ。然し、その時すぐ兇器を引き抜かなかったと云うのは、呻声《うめきごえ》を立たせないためで、その儘で暫時《しばし》絶え行くラザレフの姿を眺めていたのだよ。無論そのうちに蠟燭は絶えてしまうので、紐を少し弛めると、ラザレフは腰に紐をかけて二つに折れてしまう。そして、絶命を見定めてから、更に紐を弛めながら徐々にやんわり床へ下ろしたのだから、屍体は恰度踞《かが》んだような恰好になり、傷口も床の滴血《てきけつ》の上へ垂直に降りて、流血の状態に不自然な現象は現われなかったのだ。しかも、自由な右手は全然運動の自由を欠いていたので、扉を掻き挘《むし》る事さえ出来なかったんだぜ。そうすると熊城君、ルキーンのような一寸法師には、生れ変りでもしなければ、到底及びもつかない芸当だろう。つまり、ラザレフ殺害者の定義を云うと、普通人の体軀を具えていて、非力なために尋常な手段では殺害の目的を遂げる事の出来ない人物なんだが、無論体力の劣性を補う許りでなく、捜査方針の擾乱《じょうらん》を企てた陰険冷血な計画も含まれているのだ。だから、手口だけから見ると、ルキーンの幻が消えて、短剣《ダッガー》を握ったワシレンコの陰が現われて来るのだよ」

「ああ、彼奴《あいつ》じゃ到底駄目だ。歩いて出入する以外に術《すべ》があるまいからね」熊城は悲し気な溜息を吐いたが、法水の顔は更に暗く憂鬱だった。

「ウン、もう一押しと云う所なんだがねえ。それも、殺したらしいのと脱出し得るのと、こう二つ模型《モデル》が並んだ事になるのだから、犯人は案外、この二つの特徴を具えた新しい人物かも知れないぜ。それとも、此処で何か素晴らしい思い付きでも発見《みつ》けるとすれば、その結果ジナイーダに凡てが綜合されるか、或は、ワシレンコに出没の秘密が明らかにされるだろうがね。とにかく、ルキーンは全然犯人の圏内にはない。すると熊城君、こうして今迄摑んだ材料には九分九厘迄説明がついたのだから、解決の鍵は残された一つに隠されていると云って差支えあるまいね。つまり、機械装置を顚倒させて超自然に等しい鳴り方をした鐘声に、犯人の姿が描かれている事なんだ。……けれど、僕等はどうしてもジナイーダの云うように、屍体を歩かせ、その手に振綱を引かさなければならないのだろうか⁉」

そうして、鐘声《かねのね》が単純な怪奇現象から一躍して、事件の主役を演ずる事になった。熊城は戦慄を隠して強いて気勢を張り、

「何にしろ、動機は結局あの置洋灯《ランプ》だろうからね。僕は当分この寺院に部下を張り込ませて置く積りだよ。そして次の機会に否応なくふん捕まえてやるんだ。とにかく、僕等の眼に見えない橋があるのだから、彼奴は、何時か屹度《きっと》やって来るに違いないよ」とは云ったものの、その彼に、平素の精気が全然見られなかったのも無理ではない。

その頃から霙《みぞれ》が降り出して烈風が交り、恰度昨日と同じ天候になったが、法水は人々を遠ざけて独り鐘楼に罩《こも》ったきり何時迄も出て来なかった。そして、その間彼の実験らしい鐘声が何度かしたけれども、遂に期待した一鳴りを聴く事が出来なかった。夕方になると、漸《ようや》く法水は、疲労し切った姿を現わして、

「熊城君、君の成功を祈るよ。だけど、その時もし犯人の捕縛が出来なかった時には、姉妹の誰か一人に云って、僕の事務所にナデコフの置洋灯《ランプ》を持って寄越させてくれ給え」

そして、霙の中を一人歩んで帰って行ったが、その一時間程後になると、扉の外で再び彼の声がした。

「法水だがねえ。済まないが回転窓の朱線を消して、壁灯《かべあかり》を点けて呉れ給え」

壁灯を点けに行った刑事の一人が、何気なく窓の外を見ると、中空に浮んだ一枚の紙鳶《たこ》が、暗夜の帆船のようにスウッと近付いて来る。——ああ、法水は何故に、壁灯を点

けて朱線を消し、紙鳶を上げたのだろうか？

所が、その夜法水は、何時《なんじ》になっても、寝ようとはせず、眼に耳に神経を集めて、何物かを見、或は聴き取らんとするかの如くであった。果して彼は、夜半一時頃聖アレキセイ寺院の鐘声を聴いた。しかも、始めにゴーンと大鐘が鳴り出して……聖堂の神秘と恐怖が再び夜空を横切って訪れて来たのであったが、それを聴くと、何故か彼はニッと微笑んで、それから昏々《こんこん》と睡り始めたのである。

四、天主の花嫁

翌日の正午《ひる》頃、置洋灯《ランプ》を抱えてイリヤがやって来た。

「昨夜は大変な騒ぎだったそうですね」

「ええ、でも捕まらないのは何故でしょうか？　入ったのが明らかなのに、足跡はないし、鐘があんな鳴り方をするなんて」

「当然《あたりまえ》ですよ。ありゃあ僕が鳴らしたのですから。それで、ラザレフ事件は解決されました」と吃驚《びっくり》したイリヤを尻眼にかけて、法水は置洋灯の底から一通の封書を取り出した。

「すると、もしや姉が……？」

「そうなんです。これは、姉さんの告白書です」法水は流石《さすが》相手の顔を直視するに忍びなかったが、イリヤはそれを聴くと、全身の弾力を一時に失って椅子の中へ蹌踉《よろめ》き倒れ、暫くあらぬ方をキョトンと瞶《みは》っていた。その間、法水は告白書に眼を通していたが、程なくイリヤは我に返って、歔欷《すすりなき》を始めた。

「信ぜられませんわ。姉さんは何故大恩のある父を殺さなければならなかったのでしょう？」

「それは、或る強い力が、姉さんを本能的に支配しているからなんです」そして法水は、特に刺戟的な用語を避けて、ジナイーダの犯罪動機を語り始めた。「私は、あの人がカルメル教会派の童貞女だったと云う事を知った時に、あの美しい皮一重の下に、戒律のためには父と名の付く人さえ殺し兼ねない頑迷《がんめい》な血が培われているのを知りました。御承知の通り童貞女は、天主の花嫁である事のためには、凡ゆるものを賭《と》して迄争わねばなりません。然し、一朝現世との間の鉄壁が崩壊したら、どうなりましょう。そうなった場合に、天主の花嫁達が新しい生活の中でどんなに苦しまねばならないか――考えてみて下さい。まして、課せられた試練を耐え忍んでいるうちに、童貞女はその奇怪な生活に、一種の英雄澆望主義《ヒロイズム》を覚えるようになります。また、一方身体的《フィジカル》に云うと、清貧と貞潔の名に隠れた驚くべき苦業が、却って被惨虐色情症《マゾヒズムス》的な肉感を誘発して来るのです。そして、自然の法則に反《そむ》く苦痛の中に、天主の肌と愛撫の実感を描かせるのですよ。然しそうなると、清純な処女に有り勝ちの潔癖――と云うだけでは許されなくなります。明白な精神障礙《しょうがい》なんです。で、姉さんの場合も恰度《ちょうど》それと同じ事で、不幸にもそこへラザレフがルキーンとの結婚を強要したのですから、神を瀆《けが》すよりはと、養父の咽喉に刃を突き立てたのですよ。でも、一時は恐らく、パウロが云った――修道生活は優れた生活ではあるが義務ではない――と云う言葉などで、非度く悩んだ事でしょうが、結局根強い偏執のためには敵すべくもなかったのです。所で、告白書の中にこう云う一節があります。――軟骨と云うものは妙な手応えがするものですわね。けれどもそれを感じた瞬間、童貞女のみが知る気高い神霊的な歓喜を、養父を殺《あや》める苦悩の中で染々《しみじみ》と味わされました――と云うのですよ。すると、何が養父ラザレフを殺させたか判然《はっきり》お解りになったでしょう。それを一口に云うと、もう一つパウロの言葉を例に引きますが、家庭の義務に心を分けられざりし一人が、不幸にも革命の難をうけて再び家庭に戻ったために、起った悲劇なのですよ」

この陰惨な動因に、イリヤは耳を覆いたかったであろう。閉じた瞼《まぶた》が絶え間ない衝動で顫《ふる》えていた。法水は辛《や》っと解放された思いで、説明を殺人方法に移した。

「所が、驚いた事には、姉さんの犯罪にはその方法と動機とが、恰度二重人格的な対比を示しているのです。あの蒙迷固陋《もうめいころう》な宗教観に引き換えて、犯行の実際には真《まこと》に素晴らしい科学的な脳髄が現われています。それを知って、私は全く唖然としてしまいました。その二つを個々別々に離して見たら、誰が同一人の所業《しわざ》だと思うでしょうか⁉　所で、犯行はルキーン宛の偽電報で始まるのですが、あれは、午前中秘かに男装した姉さんが、近所の子供に金を呉れて夜の九時頃局へ持って行かせたのでしたよ」と最初まず、殺害

方法と鍵の件《くだり》を述べてから、

「兎に角、その一本の紐は、事件を難解にした許りでなく、女性の非力な点を巧みに覆《カヴァー》して、凡てに於いてルキーンの犯罪のように見せ掛けようとしたのです。ですから、老練な熊城でさえも、甘々《まんま》と引っ掛かってしまったのですよ。然し、真《ほんとう》の驚嘆《おどろき》と云うのは、これから云う不思議な鐘声の技巧にあるのですが、その前に鳥渡断って置きたいのは、例の鐘楼に起った跫音なのです――実にあれが、鐘を鳴らせた人物を確認させようとする嘘言《いつわり》だったので、それを僕の余計な神経が、遂《つい》複雑にしてしまったのでした。つまり、姉さん以外には、ただ一人の登場人物もないのですよ」

それから、法水は告白書に眼を移して、

「では、読まなかった先を続けますから、聴いて下さい。――私が自然の事物の中から導体になるものを択《えら》んだのは、不図した発見からです。床の採光窓《あかりとり》から覗いて、それが外壁の回転窓にある朱線に迄達した時、後何分経てば下の動力線に触れるか？　数回に渉って実見した結果、その時間に正確な測定を遂げる事が出来ました。そして、その導体は瞬時に消滅してしまうばかりでなく、その出発点である鉄管には、頂上の十字架に続いているイリヤの架空線《アンテナ》が絡まっているのです。更に十字架の根元は、鐘を吊す鉄の横木を支えているのですから。扨《さて》、私は頃合を見計い置洋灯《ランプ》に点火して、愈《いよいよ》聖アレキセイの恐怖が起るのを待ちました。ですから、階段の中途にある壁灯を点したのは、光が恰度あの辺迄届くので、導体の具合を見るためだったのです。しかも、硝子に映る壁が黒いので、それが、視野を妨げる事はありませんでした」と一節の区切迄朗読を終ると、不意《いきなり》告白書を卓上に伏せて顔を上げた。

「これから先は、僕の想像に従って申上げましょう。所で、その導体と云うのが、何だと思います？　実に、大鐘の振錘《ふりこ》を挟んで、導体と置洋灯《ランプ》との間を連ねた線が、姉さんの脳髄から跳ね出した火華《ひばな》なのでした。判りませんか……鉄管の先端から始まって、霙の溶水《とけみず》で下へ伸びて行く氷柱《つらら》がそれなんですよ。然し、それ以前に一つの仕掛を用意して置く必要がありました。と云うのが一巻の感光膜《フイルム》でして、それを鉄管から動力線迄の垂直線よりも幾分長めに切って、その全長に渉って直線に一本引いた膠剤《にかわざい》の上に、アルミニウム粉を固着させて置いたのです。扨それから、その側を内にして巻いた端に輪形を作ったのですが、その一巻の感光膜を短剣の発見場所だった紙鳶《たこ》に結び付けて、飛ばせました。そして、感光膜の輪を鉄管の先端に巧《うま》く嵌め込むと同時に、鉤切《がんぎり》につけたもう一本の糸を操って感光膜を結び付けた糸を切り、更に、その鉤切で、垂直下に当る動力線の一点に傷を付けたのです。で、その仕掛で、頭上の大鐘に何を目論んだと思います？」

「サア」イリヤは姉の犯罪の事も何処へやら、好奇心で眼をクリクリさせた。

「その目的は、大鐘を傾斜させていたものを取り除くにあったのですよ。で、それを云う前に是非触れて置かねばならないのは、一昨日の天候なんです。何故かと云うと、横殴りの風を伴った霙の真最中五時頃に、姉さんは犯行の最初の階段を踏んだからです。

あの時振鍾の真下で、父娘《おやこ》が猛烈な争論をしたと云いましたが、姉さんの真実の心は他にあったのです。足で段々と綱の端を踏みながら、片手に渾身の力と体重とをかけて、徐々に綱を引き、鐘を傾けました。無論小鐘は水平になったでしょうが、大鐘は稍々《やや》傾いて振錘が内壁に接触します。所が、あの吹き降りなんです。間断なく吹き込んで来る霙は、やがて振錘と内壁とをペッタリ氷結させてしまうではありませんか。然し、上方に隠れている小鐘には無論影響ありませんが、大鐘は後で綱を戻しても、重たい振錘が一方の壁に密着しているので、当然重心の偏《へん》したただけ傾かねばなりません」

「そうしますと、鳴らしたのは」

「電流が振錘の氷結を解かしたからです。で、その径路を説明すると……、鉄管の端に集まった水滴が感光膜《フイルム》の上に伝わり落ちますが、ツルツルしたセルロイド面からは滑り落ちて、凸凹のあるアルミニウム粉の上にだけ溜ります。そして、そこに出来上った氷柱が、線状なりに長さを増すと共に、その下端が感光膜の巻軸を押して、徐々に伸ばして行くのです——それが、姉さんの思い付いた素晴らしい趣向《アイデア》なんですよ。そうして遂に伸び切った時、アルミニウム粉の線の末端が、動力線の被覆を傷付けた個所に触れるのですから、否が応でも瞬間電流が塔上の大鐘に迄伝わらなくてはなりません。で、その結果は云う迄もなく明白です。勿論氷柱は瞬時に消失して感光膜が発火しますが、やがて銀色の軽金属粉を包んだ白い灰が、水滴の重さに耐えず地上に崩れ落ちるのです。然し比重が軽く積雪に対して擬色《ぎしょく》のある金属粉は、次第に散逸して行って、捜査官の視力の限度を越えてしまうと同時に、それで機構《メカニズム》の一切が消滅してしまうのですよ。ですから、伝わった瞬間電流が振錘の氷結を解けば、当然振錘が反対側に打衝《ぶつか》ると共に傾斜が戻るのですから、その結果振綱を引く以外には動かす事の出来ない鐘の振動が起って、ああ云う奇蹟が現われた訳です。無論昨夜の鐘は折よく天候に恵まれたので、僕がその儘を再演したに過ぎません。然し何より貴重な暗示だったのが、あの髪飾りの薔薇でした。踏み躙《にじ》られていたものが、振綱の下から五寸程の所に刺さっていたのですからね」

「マア」イリヤは思わず驚嘆の声を発したが、「でも短剣は？　何故あんな途方もない場所に捨ててあったのでしょう」

法水が最後の推論に入った。

「それは、あの置洋灯《スタンド》が投げたのですよ。姉さんはラザレフの絶命を見定めると、咽喉から短剣を抜き取ってそれを階下の洗面所で洗ってから、再び鐘楼に戻って来ました。今度は長い麻糸の先に錘《おもり》を付けて、それを二つの大鐘の中間を目掛け、横木を越えるように投げ上げたのです。そして、一方の端を、短剣の束に凝固しかけた糊のような血潮で粘着させて置き、片方は振綱に挟んである足踏み用の瓦斯《ガス》管から、扉の鍵穴を通して、その端を置洋灯《スタンド》の内側の、筒を廻転させる芯に結び付けたのです。勿論この装置は、外側から鍵を下ろす操作の終らないうちに仕掛けられたのですから、鍵の押金が上向いている鍵穴には、二本の糸が通っていたと云う訳なのです。そうして、姉さんはまず糸で鍵を操って扉を閉めてから、氷柱の具合を見定めて置洋灯《スタンド》に点火し、鎧扉式の縦窓を開きました。ですから、内部《なか》の円筒が気流に依って廻転を始めるにつれ、やがて紐は手繰《たぐ》られてピインと張り、片方の端にある短剣を吊り上げたのです。所で、氷柱が動力線に達する迄の時間と円筒の廻転数との間に、非常に精密な計算が必要だったと云うのは、短剣が大鐘の裾に達する寸前に、氷柱が電流を導かねばならなかったからです。何故なら、触電に依って鐘に起る磁性を期待する以外に、短剣の投擲《とうてき》を実現する方法がないからでした。つまり、鐘に起った磁力が短剣の頭を吸い付けたのでしたが、一方釣り上げられるので横様になった所を、もう一つの鐘が銅製の鍔《つば》を弾き飛ばしたのです。その時、束に糸を粘着させていた凝血が剝れて、それが鐘楼の採光窓の付近に落ちたのですよ。また扉の前方にあったのも、糸が通過した径路を証明する以外のものはありませんでした。そうして、糸は鍵穴を通過し終って置洋灯《スタンド》の円筒の中に巻き納められ、と同時に、それ迄糸に支えられていた鍵の押金が垂直に下りて、それで犯行の全部が完全に終りました」

説明が終ると法水の顔から照《ほて》りが引いて、

「どうですイリヤさん、今度は鐘声《かねのね》を中心に、脱出して行くルキーンの姿が描かれているでしょう。勿論それは、姉さんの仕組んだ二つの不在証明《アリバイ》の一つなのです。外側から鍵を下ろす技巧は相当幼稚なものですが、鐘声はその神秘感許りではありません。幸い解けたものの、扨《さて》あれ程の計画を創造出来るかと聴かれた日には、残念ながら否と答えるより外にないでしょう。兎に角姉さんは、従来僕に挑戦した犯罪者中最大の強敵でしたよ」

「そうすると、姉は死刑なのでしょうか」イリヤはとうとうそれに触れてしまったが、法水は告白書の終りの数行を折って示した。すると、突然彼女は机の端をギュッと掴んで血相を変えた。

「毒!?　では、貴方は姉に自殺を……」

「冗談じゃない。怒るのは僕の話を聴いてからにして下さい」法水はそう云って立ち上り、彼女の肩に優しく手を置いた。「昨日の夕方、僕が帰りがけに貴女《あなた》方の室《へや》へ寄りましたっけね。その時、そっと姉さんの衣袋《ポケット》へ忍ばせて置いたのです。勿論すぐに気が付いた事でしょうが、夜半に鐘が鳴ったりして服毒する機会がなく、今日になって貴女の外出を待つより外になかったのです。と云って、包には或るアルカロイドの名が書いてありますが、内容は僕の衣袋《ポケット》に偶然入っていた催眠剤なんですよ。つまり、この事件の生因に、僕独自の解釈を施した結論なのでして、犯人に対する刑の執行が、刑務所よりも精神病院の方が適《ふさ》わしいと考えたからです。真相が僕一人だけの秘密だとすれば、当然僕に裁く権利がある筈ですからね」

　それから数時間経ったのち、二人の同乗した寝台車《アンビユランスカー》が、折から茜色《あかねいろ》に変った雪解の跡をついて或る癲狂院《てんきょういん》の門を潜った。

夢殿殺人事件

一、密室の孔雀明王

——（前文略）違法とは存じましたけれども、貴方様《あなた》がお越しになるまで、所轄署への報告を差控える事に致しました。と申しますのは、まことにそれが、現世では見ようにも見られない陀羅尼《だらに》の奇蹟だからで御座います。

ある金剛菩薩《こんごうぼさつ》の歴然《れつき》とした法身の痕跡を残して、高名な修法僧は無残にも裂き殺され、その側に尼僧の一人が、これもまた不思議な方法で絞《くび》り殺されているので御座います。それればかりではなく、現場には、この世にない香気が漂い、梵天《ぼんてん》の伎楽が聴こえ、黄金の散華が一面に散り敷かれているのです。ああ法水《のりみず》様、申す迄《まで》もなく終局には、この真理中の真理が大焔光明と化して、十方《じっぽう》世界に無遍の震動を起すに相違御座いませんけれども……、まずそれに先立って、貴方様の卓越した推理法に依《よ》り、奇蹟を否定しようとする凡《あら》ゆる妄説を排除して頂きたく、御願いする次第で御座います——。

恐らく読者諸君は、盤得沙婆《ばんとくしゃば》のこの一書を指して、如何《いか》にも狂信者らしい、荒唐無稽《こうとうむけい》を極めた妄覚と嗤《わら》うに相違ない。が、事実それには、微塵の虚飾もなかったのだ。その三十分後には、法水麟太郎《りんたろう》と支倉《はぜくら》検事の二人が、北多摩軍配河原《きたたまぐんばいがわら》の寂光庵に到着していて、まさにそこで、疑《まご》う方なく菩薩の犯跡を留めている二つの屍体に直面したのだった。それが恰度《ちょうど》、爐中《ろちゅう》さながらにうだり切った八月十三日午後三時の陽盛り——事件発見から数えて、その二時間に当っていた。

扨《さて》ここで、寂光庵に就き掻《か》い摘んだ説明をして置こうと思う。この尼僧寺は、婦人の身で文学博士の肩書を持ち、自ら盤得沙婆と号する工藤《くどう》みな子の建設に係わるものであって、あまねく高識な尼僧のみを集め、瑜伽《ゆか》大日経秘密一乗の法廓として、ひろく他宗に教論談義を挑みかけていた。所が最近になって、この異様な神秘教団に不可解な人物が現われた、と云うのは、推摩居士《すいまこじ》と称する奇蹟行者の出現だった。それが奇怪至極にも、尼寺の鉄則を公然と踏み躙《にじ》っているばかりではなく、推摩居士は竜樹の再身と称して、諸菩薩の口憑《くちよせ》や不可思議な法術をも行い、次第に奇蹟行者の名を高めるに至った。しかも、それ等一切の行を御廉《みす》一重の奥で行って、決して本体を見せなかったのであったが、それが却って、神秘感を深める効果ともなって、渇抑の信徒が日に増し殖《ふ》えて行った。その矢先折も折から、到底この世にあろうとは思われぬ不可思議な殺人事件が、寺内の夢殿に起った。そして、端なくもそれが起因となって、推摩居士の本体が曝露されるに至ったのである。

寂光庵は、新薬師寺を髣髴《ほうふつ》とする天平建築だった。その物寂びた境域には、一面に菱《ひし》が浮かんでいる真蒼《まつさお》な池の畔《ほとり》を過ぎて、櫺子《れんじ》の桟が明らかになって来ると、軒端の線が、大海を思わせるような大きな蜒《うね》りを作って押し冠さって来るのだ。その金堂が、五峯八柱、櫓《やぐら》のように重なり合った七堂伽藍《がらん》の中央になっていて、方丈の玄関には、神獣鏡の形をした大銅鑼《どら》が吊されていた。そして、その音が開幕の合図となって、愈《いよいよ》法水は、真夏の白昼鬼頭化影《きずけえい》の手で織りなされた、異様な血曼荼羅《ちまんだら》を繰り拡げて行く事になった。

法水は庵主盤得尼の切髪を見て、この教団が有髪《うはつ》の尼僧団なのを知った。盤得尼は五十を越えていても脂ぎって艶々《つやつや》しく、凡てが圧力的だった。見詰めていると、顔全体が異様に昂《たかぶ》って来る感じがするけれども、そこにまた、冷酷な性格を充分満たせないような、何となく秘密っぽい画策的な、まるで魔女のような暗い影が揺《ゆら》めいているようにも思われるのだった。間もなく、法水は案内されて、本堂の横手口にある室に入った。そこは、左右に廊下を置いていて、書院一つ隔てた外縁の櫺子窓からは、幽暗な薄明りが漂って来る。入ると、盤得尼は正面の扉を指差して、

「此処《ここ》で御座います」と男のような声で云った。「夢殿と申しまして、以前は寺院楽と黙行の修行所に当てて居りましたのですが、最近では此処で、推摩居士が祈禱《きとう》と霊通を致すようになりまして……」

そこには、黒漆塗《くろうるし》の六枚厨子《ずし》扉があって、青銅で双獅子《ならびじし》を刻んだ閂《かんぬき》の上には、大きな錠前がぶら下っていた。盤得尼が錠前を外し扉を開くと、正面には半開きになっている

太格子の網扉があって、その黒い桟の内側には、西の内を張った櫺子障子が、格の間に嵌められてあった。然し、その重い網扉がけたたましい車金具の音と共に開かれ、鉄気《かなけ》が鼻頭から遠ざかると同時に、密閉された熱気でムッと噎《む》せ返るような臭気を、真近に感じた。前方は二十畳敷程の空室で、階下の板敷と二階の床に当る天井の中央には、関東風土蔵造り特有とも云う、細かい格子の嵌戸《はめど》が切ってあった。そして、双方の格子戸から入って来る何処《どこ》かの陽の余映を、周囲の壁が、鈍い銅色で重々しく照り返していて、またその弱々しい光線が、正面の壁に打衝《うちあた》ると、そこ一面にはだかっている十一面千手観音の画像に、異様な生動が湧き起されて来るのだった。所が、その画像を見詰めながら、法水が一足閾《しきい》を跨《また》いだとき、右手にある階段の上り口に、それは異様なものが突っ立っているのに気が付いた。その薄《うす》ら茫《ぼん》やりとした暗がりの中には、地図のような血痕の付いた行衣《ぎょうえ》を着て、一人の僧形をした男が直立している。そして、その男は、両手をキチンと腰につけたまま膝をついていて、正面に炯々《けいけい》たる眼光を放っているのだ。然し、眼が暗さに慣れるにつれて、更に驚くべきものを見た、と云うのは、その男の両足は、膝蓋骨《しつがいこつ》から三寸ほど下の所で切断されていて、その木脚のような二本の擂木《すりこぎ》が、壁に背を凭《もた》せ全身を支えて突っ立っているのだった。「これが推摩居士なので御座います」と、この凄惨な場面《シーン》に適《ふさ》わしからぬような、恍《うつ》とりとした声で、盤得尼が云った。ああ、なんと皮肉な事であろうか、殺された当の人物と云うのが、奇蹟行者だったのだ。「所が、正午頃夢殿に入られてから発見される一時十五分迄の間と云うものは、一向に何の物音もなく、それに、嗄《しやが》れ声一つ聴こえませんのでしたが……」

推摩居士の年齢は略々《ほぼ》盤得尼と頃合だけれども、その相貌《そうぼう》からうける印象と云えば、まず悉《ことごと》くが、打算と利欲の中で呼吸している、常人以外のものではなかった。鋭く稜形《りようけい》に切りそがれた顴骨《かんこつ》、鼠色の顎鬚《あごひげ》——と数えてみても、一つは性格の圭角《けいかく》そのもののようでもあり、またもう一つからは、浅薄な異教味や、喝するような威々《たけだけ》しさを感ずるに過ぎなかった。総体として、唵《おん》の聖音に陶酔し、方円半月の火食供養三昧に耽《ふけ》る神秘行者らしい俤《おもかげ》は、その何処にも見出されないのであった。所が、その相貌とは反対に、推摩居士の表情姿体を観察して行くと、それには、恐怖驚愕などと云うような、殺人被害者固有の表出を全く欠いていた。それればかりか、何となく非現世的な夢幻的なものに包まれていて、その清冽《せいれつ》な陶酔に輝いている両眼、唇の緩やかな歪《ゆが》みなどを見ると、そこから張り溢《みなぎ》れて来る異様なムードは、この血腥《ちなまぐさ》い情景を瞬間忘却させてしまい、それはてっきり、歓喜とか憧憬とか云ったら似付かわしいのであろうか、全く敬虔《けいけん》な原始的《プリミテイヴ》な、子供っぽい宗教的情緒に外ならぬのであった。恐らく、到底この世にあり得ようとは思われぬ、或る異常な情景が、推摩居士の眼前に現われ出たのであろう。そして、彼の視覚世界が最終の断末魔に至るまで、その何ものかの上に、執着していたのを物語るのではないだろうか。然し肱《ひじ》だけの行衣に平ぐけの帯を締めた血みどろの身体は、コチコチに硬直していて、体温は既に去っていた。法水は屍体の大腿部を見詰めていた眼を返して、血に染んだ右掌を拭《ふ》き、そこに何やら探している様子だったが、やがて、行衣に現われている四つの大血痕の下を調べ始めた。すると、そこから、心臓をギュッと摑まれたような駭《おどろ》きとともに、犯人の異形な呪文が現われ出たのだった。

　そこで、四つの創形を云うと、そのうちの二つは左右上膊部《じようはくぶ》の外側、即ち肩口から二寸ほど下方にあって、残り二つは、左右腰骨の突起部、即ち大臀筋《だいでんきん》の三角部だった。何《いず》れも、人体横側の最高凸出部であり、その位置も左右ともに等しく、尚、その上下の一対が、垂直線の両端に位しているのが注目されるが、何よりの駭きと云うのは、明瞭な字紋様の創形と、それに到底人間業とは思われない——恰度精巧な轆轤《ろくろ》で、刳《く》り上げたような一致が現われている事であって、またその二つが、左右とも微細な点に至るまで符合しているのだった。それをなお詳細に云うと、上膊部のものは、最初上向きになった鋭い鉤《かぎ》様のものを打ち込んだらしく、創底が三糎《センチ》程の深さになっていて、それを上方に向けて刳《えぐ》りながら次第に浅くなって行き、全体が六糎《センチ》程の長さで、ろの形になって終っている。次に腰辺のものは、𛀁の形をしていて、全長は前者よりも稍《やや》長く、深さは略《ほぼ》等しいと云って差支えなかったが、疑問は、それのみには止まらなかったのである。いずれも、傷の末端が、V字型をせずに、不規則な星稜《せいりよう》形をなしていて、何か棒状のもので掻き上げたような、跡を留めているのだった。即ち、以上四つの創傷に就いて、その生因を瞼《まぶた》の裏に並べてみると、てっきり首尾を異にしているとしか思われぬような——まるで猫の爪みたいに、自由自在な隠現をするかのような兇器を、想像するより外にないのだった。法水は盤得尼を振り向いて、彼には稀らしいくらい、神経的な訊き方をした。

「何となく僕には、これが梵字《ぼんじ》のように思われてならないのですが」

「明らかにそうで御座います。これは、𑖮（訶《か》）と𑖨（囉《ら》）の二つで御座いまして、双方ともに、神通誅戮《ちゅうりく》と云う意味が含まれて居ります」

と盤得尼は、妙に皮肉にともとれる微笑を湛えて云い返した。

「成程」法水は幾分蒼ざめた顔をして頷いたが、再び屍体に視線を向け始めた。屍体の周囲には、四箇所の傷口から滴《したた》り落ちた僅かなものだけが、ところどころ点滴を作っているだけであって、全身には大出血特有の不気味な羸痩《るいそう》が現われ、弛《たる》んだ皮膚は波打って、それが薄気味悪く、燐光色に透き通って見えるのだった。左は中指右は無名指が第二関節からない両手の甲は、骨の間がすっかり陥没して居て、指頭が細く尖《とが》って異様に光っているばかりではなく、膝蓋骨から下の擂木は、殆ど円錐状をなす迄に萎《な》え細っていた。それから推《お》して考えてみるに、夢殿の何処かには、恐らく大量の血液が残っていて、推摩居士は其処から運ばれたに違いなかった。けれども、一方四つの創傷が、それぞれに大血管や内臓を避けているのを考えると、血友病が到底あろう道理のない身体に、どうして斯《か》かる大出血が起されたものか——その点が頗《すこぶ》る疑問に思われるのだった。と云って、その四つ以外には針先程の傷もなくて、法水は簡単に全身を調べ終わってしまった。それを見て盤得尼が云った。

「これで、すっかりお解りになりましたでしょう。尼寺の鉄則を何故推摩居士だけに許していたか……。御覧の通りこの方は男でもなければ女でも御座いません。つまり、そうなりましたと云うのは、日独戦争の折炸裂弾をうけて、両足と或る器官を失ってしまったからなので御座います。然し不思議なことには、それ以後此の方に、竜樹菩薩の化影が現われるようになりました」

「それは庵主、この太腿で、一目瞭然たるものなんですよ」法水が白々し気に云い返した。

「内側へ捻《ねじ》れているでしょう。これで下肢が完全ですと、恰度馬の足のような形が見られるのです。それを内翻馬足《ないほんばそく》とか云いましてね、たしか外傷性のヒステリヤには、一番多く見る現象なんですよ。そうすると、変則な強直をしている点に、第一説明が付きますし、何より犯人が、その無意識状態を利用した許《ばか》りか、日頃不思議な法術の種になっている悪魔の爪《デイヴルス・クロウ》（中世期の所謂魔女に現われた宗教性ヒステリー現象）を、却って逆用した事がお判りになりましょう。然しこの梵字の創跡《きずあと》だけは、人間の手では到底不可能な芸でしょうな」

「悪魔の爪《デイヴルス・クロウ》⁉　そうなりますかね」盤得尼は怒りに顫《ふる》えながらも嘲弄の響きを罩《こ》めて、

「そうすると、あれは一体どうなるのでしょうか、お気付きになりませんか？　階段の頂上から此処までの間に、血の滴り一つないのですよ。ねえ法水さん、血みどろの推摩居士は、大体どう云う方法に依って此処まで運ばれて来たのでしょうね？　それに、どう考えたって、自分の着衣に血を移すような愚かな自殺的行為を、第一犯人のする気遣いがないでは御座いませんか」

事実盤得尼の云う通りだった。それまで二人ともそれに気付かなかったのは、光線の加減で五六段から上が血溜りのように見えたからだった。それから、法水は階下の調査を始めたけれども、床の嵌戸に付いている錆《さび》付いた錠前を壊して、床下から数片の金泥を拾い上げたのみの事だった。そうして調査が、赭岩《しやがん》ばかりで出来た海底のように、仄暗い階下から離れて、階段の上に移された。

然し、階段の中途まで来ると、さしもの彼も思わず棒立ちになってしまった。パッと眼を打って来た金色《こんじき》の陽炎《かげろう》に眩《くら》まされて、殺人現場と云う意識がフッ飛んでしまったばかりでなく、先刻盤得尼の手紙を読んで妄覚と笑ったものが、今や彼の眼前で、寒天のように凝り固まって行こうとしている。そこに横たわっている尼僧の屍体も玉幡《たまばた》も経机も、すべて金泥の花弁に埋もれていて、散り敷いた数百の小片からは、紫磨《しま》七宝の光明が放たれているのだ。ああ、まさにこれこそ、観無量寿経や宝積経《ほうじやくきよう》に謳《うた》われている、阿弥陀仏の極楽世界なのであろうか⁉

階上は階下と同様無装飾の室だった。階段を上り切った右手の壁には、鉄格子を嵌めた小窓が一つあって、残り三方は得斎塗《とくさいぬ》りの黒壁で囲まれていた。また、降り口の突き当りには、もう一つ階段が作られているのだが、それは屋根裏の三階に続いているものであって、その部分だけが切り込まれ、右側には、壁に添うた突出床が出来ている。と云うのは、三階の床が、所謂神馬廏《しんめうまや》作りだからである。従って、そこの床寄り約四分の一ばかりの間が、長方形に切り取られているので、振り仰ぐと上層の暗がりの中に、巨大な竜体のような梁《はり》が、朧《おぼろ》げに光って見えるのだった。さて法水は、散り敷かれている金泥の小片を、一々手に取って調べたけれども、表面に血痕が付着しているのも、またしていないのもあって、その二様のものが雑然と入り乱れている始末なので、最早血痕の原型を回復する事は不可能に違いないのだった。けれども、打ち倒れている四流の玉幡を見ると、それが、ところどころ僅か許り、金泥の斑点を残しているままで、殆ど赤裸に引ん剝かれ、曼陀羅の干茎《かんけい》が露《む》き出しになっている。それからだけでも、この無数の片々が、以前玉幡の衣だった事は明らかであるけれども、一方、金泥の上には踏んだ跡がなく、曼陀羅の肌にも掻傷一つないと云う始末だった。一体、金泥は如何なる方法に依って剝ぎ取られ、そして散華が起されたのだろうか!

法水は、金泥を一個所に掻き集めて、調査を始めた。床には血の点々が僅か残っているだけであったが、此処で、階上の室内に於ける配置を云うと……、中央には、階下から眺めた通りに格子形の嵌戸が切ってあって、その後方には、膝蓋骨の下部にピッタリ付くように作られてある、推摩居士の義足が二本並んでいた。前方には、竹帙《たけちつ》形に編んだ礼盤《らいばん》が二座、その左端に火焰《かえん》太鼓が一基、その根元に笙《しょう》が一つ転がっている。二つの礼盤の中央には、五鈷鈴《ごこれい》や経文を載せた経机が据えられ、右の座の端には、古渡りらしい油時計が置かれてあった。それは、目盛の付いた、円鐘《えんしょう》形の硝子筒の中に油を充たして、中部の油が、長柄の端にある口芯まで流れて行き、その点火に伴う油の減量に依って、時を知る仕掛なのである。が、その時は既に灯は消え、不思議な事に目盛は二時を指していた。そして、礼盤の突当りに掲げてある、「五秘密曼陀羅」の一幅を記せば、配置の説明の全部が終るのである。

尼僧浄善《じょうぜん》の屍体は、両眼を瞠《みひら》き、階段の方を頭に足首を礼盤の上に載せて、四肢を稍《やや》はだけ気味に伸ばしたまま仰向けに横たわっていた。三十恰好で大して美しくはないけれども、その平和な死顔には、静思とでも云いたい、厳かなものが漂っているように思われた。それに、未だ硬直がなく、体温も微かに残っていたけれども、何より、二つの驚くべき跡が印されてあったのだ。その一つは四肢の妙な部分に索痕があると云う事で、各々上膊部《じょうはくぶ》の中央と、膝蓋骨から二寸許り上の大腿部に残されていた。それから次は、更に異様なものであって、咽喉から両耳の下にかけて、そこを扼《やく》したように見える、四本の華奢な指股様《ゆびまたよう》の跡が深く喰い入っていて、それが二筋宛並んで印されてあった。しかも、その四つが同時に行われたと云う事は、一つの血痕の上に各々の端が載っていて、そこが少しも乱れていないのでも判るのだった。また、それ以外には擦り傷一つなかったのである。

「こりゃ酷い！」法水が辛《や》っと出たような声で、「軟骨が滅茶滅茶になっているばかりじゃない、頸椎骨《けいついこつ》に脱臼まで起っているぜ。どうして、吾々には想像も付かぬような、恐ろしい力じゃないか。だが、決してこれは、固い重量のある物体を載せた跡じゃない。紛れもない人間の指をかけた跡なんだよ」と云ってから検事を振り向いて、「所で支倉君、この屍体の死因には、到底正確な定義は付けられんと思うね。成程、皮下出血や腫脹があって、扼殺の形跡は歴然たるものなんだ。所が、一方不思議な事には、窒息死に必ずなくてはならぬ痙攣《けいれん》の跡がない。そして抵抗した形跡もなく、此の通り平和な顔をして死んでいるんだ。おまけに、推摩居士の行衣にある瓢箪《ひょうたん》形の血痕と、浄善の襟に散っている二つを比較してみると、片方は血漿《けっしょう》が黄色く滲《にじ》み出ていてあの形を作っている。所が、この屍体になると、それが全く見られないのだ。つまり、その一事から推しても、推摩居士から、浄善に及ぶまでの間と云うのが、決して直後とは云われない時間だった事が証明されるだろう。然し、そうなると、そこに当然新しい疑題が起って来て、一体その間、浄善は何をしていたと云う事になってしまうぜ」

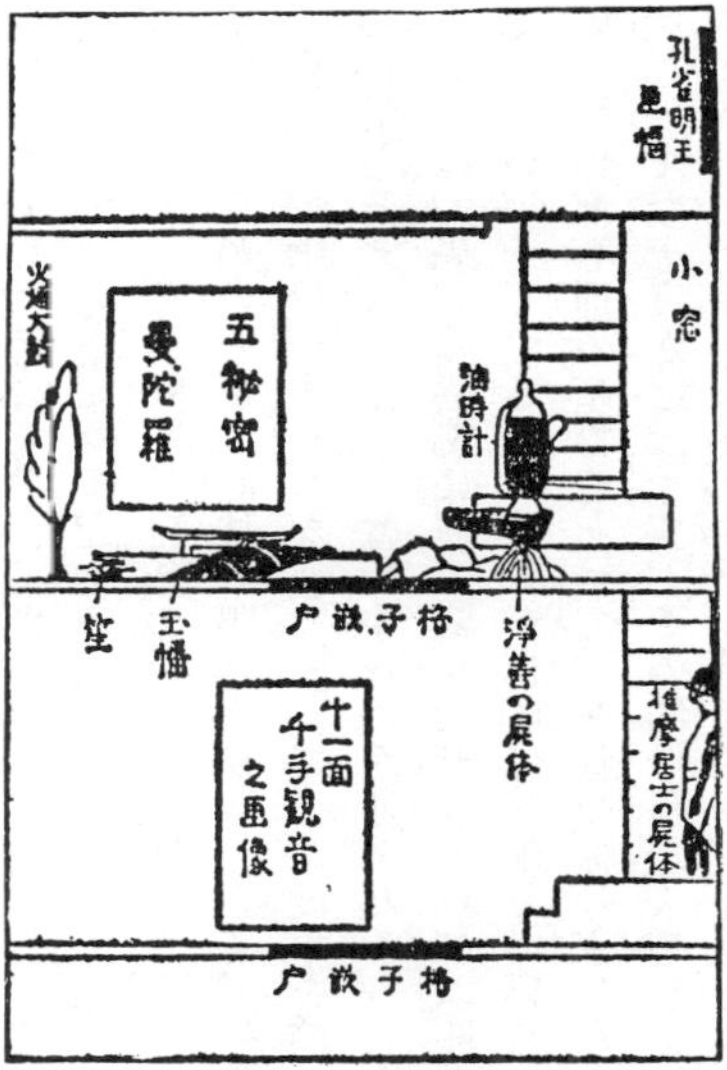

「では、毒物が……」検事が自説を述べようとするのを、法水は抑えて、

「所が支倉君、ここに途方もない逆説《パラドックス》があるのだよ。と云うのは、全くあり得ないような事だけれども、この女にはたしか、絶命するまで意識があったに違いないのだ。だから、もし解剖して、腺に急激

な収縮を起すような毒物が証明されない日には、恐らく浄善は、その間人間最大の恐怖を味わっていた事になるだろうね。ねえ、薄気味悪い話じゃないか。麻痺した体で眼だけを瞠《みは》って、その眼で、自分の首に手が掛かるまでの、惨《むご》らしい光景を凝《じっ》然と眺めていたんだからね」と更に屍体の眼球を擦《こす》ってみて、結論を述べた。

「見給え、水分が少しもない。そして、恰度《ちょうど》木を擦《さす》っているようじゃないか。大体屍体の粘膜と云えば、死後に乾燥するのが通例だろう。だが、二時間やそこいらで斯《こ》んなに酷《ひど》いのは、恐らく異例に属する事だぜ。それに、眼球の上に落ちた血滴が少しも散開していない。そうすると、涙腺が極度に収縮しているのが判るだろう。つまりその凡てが、異常な恐怖心理の産物であって、血管や腺の末管が、急激に緊縮してしまうからなんだ。然し、またそうかと云って、その間浄善が失神していたのでないと云う事は、痙攣の跡がない――と云う一事だけでも、瞭然たるものなんだよ」

然し、立ち上ると法水は、ブルッと胴慄いして、明らかにその顔色には、容易ならぬ例題に直面しているのを、語るものがあった。

「だが支倉君、そんな事よりも、あれだけの血が一体何処へ行ってしまったのだろう？」

「ウン、確かに体外血量の測定をする必要はあると思うね。吸うのもいいだろうが、吸血鬼でも人間じゃ、立ち所に恐ろしい生理が起ってしまうぜ」と検事が尤もらしく呟くのを、法水は嘲《あざけ》り返すように見て、

「所が、此の事件には、ポルナで働いたチームケ教授は要らないのだよ。此処に散らば

っている金泥全部を集めた所で、恐らく二百瓦《グラム》とはあるまいからね」

と暫く莨《たばこ》を口から放したまま考えていたが、やがて法水は玉幡の一つを取り上げた。玉幡は四本とも同型のもので、幅二尺高さ七尺ばかり、上から三分の一までの部分は、ビルマ風の如意輪観音が半跏《はんか》を組んでいる繡仏《しゅうぶつ》になっていて、顔を指している右手の人差指だけが突出し、それには折れないように、薄い銅板を菱形にして巻いてあった。そしてその下に、中央には、日の丸形の円孔が空いている、細かい網代《あじろ》織りの方旛《ほうばん》が、五つ連なっていた。重量は非常に軽く一本が六七百匁《もんめ》程度で、それが普通の曼陀羅より余程太い所を見ると、たしかに蓮《はす》の繊維ではなく、何か他の植物の干茎らしいと思われた。尚、盤得尼の云う所に依ると、始めから終りまで、結び目なしの継ぎ合せた一本ものだと云う事だったのである。然し、試みにその一つを、三階の突出床から、礼盤の前方にかけて張ってある紐に結び付けてみても、床から五寸余りも隙《す》いてしまう。更に法水は、玉幡の裾の太い襞《ひだ》の部分を取り上げて、それを浄善の扼痕《やくこん》に当てがってみたが、形状が非常に酷似しているにも拘らず、太さも全長も、到底比較にならぬ程小さいのだった。法水は、他からもそれと判る失望の色を泛べて、それから悠《ゆ》ったりと室内を歩き始めたが、やがて火焔太鼓の背後の壁に、一つの孔を見付けて盤得尼に問うた。

「伝声管で御座います。礼盤の右手は浄善、左手《ゆんで》の火焔太鼓に寄った方が推摩居士の座になって居りまして、つまり、推摩居士に現われる竜樹の御言葉を、書院の中にある管の端から聴くので御座います。今日は、それが普光尼《ふこうに》の番で御座いました」とそれに次いで、盤得尼は左の通り事件発生当時の情況を語り始めた。

――推摩居士に兆候が現われたので、盤得尼と浄善が夢殿の中へ連れ込み、盤得尼は油時計に、零時の目盛まで油を充たして点火し、夢殿を出たのが零時五分。そうすると、扉を出ると同時に笙が鳴り始めたけれども、火焔太鼓の音は聴えず、その笙も二三分鳴り続けたのみで、その後は一時十五分に、智凡尼《ちぼんに》が変事を発見するまで、物音一つしなかったと云うのである。尚、尼僧達の動静に就いて云えば、盤得尼が自室に、普光は書院に、寂蓮《じゃくれん》は遙か離れた経蔵に、智凡は本堂の飾り変えをしていたと云うのみの事であって……、更に、事件を境にして夢殿内に起っていた変化と云えば、小窓が開かれていた事と、油時計が一時三十分を指して消えている――と云う二つに過ぎないのだった。

以上の聴取を終ると、法水は再び動き始めた。

「それでは支倉君、床に付いている推摩居士の皮膚の跡を探すとするかな」

所が、その捜査は空しく終ってしまい、真夏の汗ばむ陽盛りに、鏡板の上に付いていなければならぬ筈の、何物をも発見されなかった。が、最後に至って、検事の眼が床の一点に凍り付いてしまった。彼が無言のまま指差した個所を、横合から透して見たとき、法水は、自分の心動を聴いたような心持がした。左手の推摩居士が座っていた礼盤から始まって、三階へ行く階段の方角へ点々と連なっているのが、中央の塊状《かいじょう》を中心に、前方に三つ後方に一つ、それぞれに鏃形《やじりがた》をした、四星形の微かな皮紋であって、その形は、疑うべくもない巨鳥の趾跡《あしあと》だった。しかも、前方から歩んで来て、礼盤の縁で止まっている。それを逆に辿って行くと、遂に三階の階段を上り切ってしまって、突出床から壁に添うて敷かれてある、竹簀《たけす》の前で停まっていた。検事は前方の壁面を見上げて思わず声を窒《つ》めた。それ迄バラバラに分離していた多くの謎が、そこで渾然《こんぜん》と一つの形に纏《まと》まり上っている。梵字形の創傷も、流血の消失も、浄善の咽喉に印された不可解な扼痕も……それ等凡て一切合財のものが、孔雀に駕《が》し四本の手を具《そな》えた、「孔雀明王」の幽暗な大画幅の中に語られているのではないか。高さ四尺幅三尺程の大幅の中には、画面一杯に羽を拡げた印度孔雀に駕し、左右四つの手に、各《それぞれ》宝珠を捧げ説法の印を結んだ異形の女身仏が、背上の蓮台の上に趺座《ふざ》しているのだ。それは、如何《いか》にも密教臭い、病理的なヒステリカルな暗い美しさだった。しかも、輪羽の中芯を、密陀僧の朱が核《たね》のような形で彩取《いろど》っていて、その楕円形をした鮮やかな点列だけが、暗い、血を薄めたような闇の中から泛かび上っていた。然し、そう云った秘密仏教特有の、喝するような鬼気と云うのが、この場合、単なる雰囲気にのみ止まってはいなかったのである。その中には、犯行にとどめられている様々な異様な特徴が、一々符合し具体化されていて、それが幾つとなく、数え上げられて行くのだった。

「成程、素晴らしい犯人の制作です。これでは、画中から孔雀が脱け出して階段を下り、そうして鋭い爪で推摩居士を掻き捲《むし》ったばかりではなく、更に、四本の手を伸ばした背上の菩薩が、浄善の首を絞めた——と云うより外にないでしょう」と一端法水は、夢見るような調子で呟いたけれども、それからすぐ、冷然と盤得尼に微笑み掛けた。「所が、庵主、この童話劇《メエルヘン・ショウスピイル》の結論は、結局菩薩の殺人と云う仮定に行き着いてしまうでしょう。然し、考えれば考える程、却って僕は、その逆説的な解釈の方に、惹《ひ》かれて行ってならないのですよ」

「承わりましょう——一体何を仰言《おつしや》りたいのです」

　盤得尼は屹然《きつぜん》と額を上げた。

「要するに、接神妄想《シュルティ》なんですよ。これは、ボーマンの『宗教犯罪の心的伝染』と云う著述の中にある事実ですが、十六世紀の始めチューリッヒの羅馬加特力《ローマン・カトリック》教会に、所謂奇蹟が現われたのです。ある八月の夕方、会堂の聖像が忽然と消え失せてしまって、その代り、創痕から何まで聖像と寸分も異ならない肉身の耶蘇《やそ》が、十字架の下に神々しい屍体を横たえているのです。しかも、その創痕と云うのが、皮膚の外部から作った傷ではなくて、斑紋様に、内部から浮き上っているものなのです。従って、当然市中《まちじゅう》は大変な騒ぎとなりましたが、更に不思議な事には、翌朝になると、その耶蘇の屍体が何時《いつ》の間にか消え失せてしまっていて、旧通《もとどおり》、木製の耶蘇が十字架にかかっているのでした。所が、その後三世紀も奇蹟として続いて来たこの謎を、十九世紀の末になって、遂にジャストローが解いたのです。多分、聖痕と云う心理学用語を御存知でしょうが、あのフランス・カレッジの先生は、一人の田舎娘を見出して、それから聖像凝視が因《もと》で起る、一種の変態心理現象を発見したからなんですよ。で、そうなって……」と云いかけた法水の顔には、殺気とでも云いたいものが、メラメラと盛り上って来た。「そうなって、当時の瑞西《スイツル》を考えると、新教アナバプチスト派の侵入をうけていて、加特力《カトリック》の牙城が危胎に瀕《ひん》していたのですからね。ですから、何とはなしにその奇蹟と云うのが、司教の奸策ではないかと思われて来るのですよ。そうして、此の事件にも、私は奸悪な接神妄想《シュルティ》を想像しているのです」

その間盤得尼は、ただ呆れたようになって、相手の顔を見詰めていたが、キュッと皮肉な微笑を泛かべて云い放った。

「そうしますと法水さん、その司教と置き換えられた私は、一体何処から入って何処から出た事になるのでしょうか。実を申しますと、今も入口の網扉を私は故意《わざ》と半開きにして置いたのですよ。あの網扉の音は河原までも響きますし、厨子扉には、当時もやはり錠前が下りていたのです。それに、智凡尼が入った時には、二階で笙を吹いている者がありました。ねえ法水さん、この夢殿は密室だったのですよ。密閉された室の中で、一体孔雀明王と供奉鳥《くぶちょう》以外に誰がいた事になりましょうかね」

密室、しかもその中で、大量の血が消え失せてしまっている——。流石《さすが》の法水も、ハタと行き詰まって、まざまざとその顔には、羞恥と動揺の色が現われた。

二、火焔太鼓の秘密

盤得尼が去ってから、尚も三階の一劃《かく》を調べたけれども、そこには何一つ発見されなかった。そして、再び二階に下りると、法水は油時計を指差して云った。

「判ったのは、たったこれだけさ。一時十五分に発見した時消えていたと云う油時計が、何故二時を指しているか――なんだ。その気狂い染みた進み方からして、犯人が小窓を開いた時刻が判るのだがね」

「そうすると、多分消えたのは、金泥が散った時じゃないだろうか」

「うん、まずそうだろうと思うが……」と法水は気のない頷き方をして、「所で、問題はこの油容器の内側にあるんだが……、現に今も見る通り、除《と》れ易い足長蚊の肢が一本、油の表面から五分許り上の所に引っ掛かっているだろう。肢鉤《あしかぎ》の方が上になっていて、右の方へ斜に横倒しになっている。所が、胴はその方向にはなくて、却って反対側に――肢から一寸許り離れた左の方で、これは、油の表面に浮かんでいるんだ。それから考えると、容器の辺りを、胴体が何周《ぐる》りかした事が判るじゃないか。つまり、還流が起った証拠なんだよ。大体油時計そのものが、頗《すこぶ》る温度に敏感であって、夜中燈火兼用以外には使えない代物なんだ、だから、当然それに、陽が当った場合を想像しなくてはならんと思うね。つまり、それを一口に云うと、油の減量につれて、蚊の屍体が肢鉤のある点まで下って来たとき――その時、犯人は小窓を開いたのだ。そうすると、陽差が容器の下方に落ちて、熱した油が上層に向う事になるから、当然表面の縁に、還流が起らねばならないだろう。おまけに、油の流出が次第に激しくなって行くので、時刻が飛んでもない進み方をしてしまったのだ。だから支倉君、犯人が小窓を開いたのは、十二時四十分前後だと云えるんだよ」

「成程。然し、犯人が窓を開いた意志と云うのは、恐らくそれだけじゃないと思うね。或は、兇器を捨てるためにか……」

それを法水は、力のない笑い声を立てて遮った。

「では、探して見給え――決してありっこないからね。梵字の形が、左右符合しているのを見ただけでも、とうに僕は、人間の手で使うものでない――と云う定義を、この事件の兇器に下しているんだ。それよりも支倉君、孔雀の趾跡が一体どうして付けられたか――じゃないか。たとえば、推摩居士を歩かせたにした所で、たかが膝蓋骨の、三角形ぐらい印されるだけだからね」

「すると、何か君は？」

「うん、これは非常に奇抜な想像なんだが、さしずめ僕は、推摩居士に逆立ちをさせたいんだよ。それも掌を全部下ろさずに、指の根元で全身を支えるんだ」

「冗談じゃない」検事は呆れたような顔になって叫んだ。

「所が支倉君」と法水は真剣に顔を引き緊め、一歩一歩階段を下りながら云い始めた。

「大体、其処以外には、何処ぞと云って、推摩居士の肉体に理論上ああ云う作用を、現わす部分がないのだからね。と云うのは、第二関節以下しかない、推摩居士の右の中指と左の無名指に、所謂光指《グランツフィンガー》が現われているからなんだ。その根元に弾片をうけて神経幹が傷付いているので、君も先刻見た通りに、指尖《ゆびさき》が細く尖って青白く光っているんだ。然し、戦地病院などでは大神経幹と違い、決して包鞘《ほうしょう》手術などをやる気遣いはないのだけれども、傷口さえ治れば、日常の動作には事欠かないようになってしまうのだ。つまりそこに、レチェヴァンが神経代償機能と名付けた現象が起るからなんだよ。繊維だけが微かに触れ合っている周囲の神経が、栄養や振動を伝えてくれて、その瀕死の代償をしてくれるからなんだ。所が、これは、外傷性ヒステリー患者の、実験報告にも現われている事だけれど……、周囲の神経が麻痺してしまうと、時偶《ときたま》その遮断されている神経のみが、他の筋肉からの振動をうけ、実に不思議千万な動作を演ずる事がある。それなんだよ支倉君、そこに奇想天外な趣向を盛る事が出来れば、或は推摩居士がいきなり逆立ちして、あの孔雀の趾跡を残しながら、歩き出しはすまいかと思われるんだ」

それから夢殿を出ると、その足で普光尼の室へ赴いた。普光尼はとうに意識を取り戻していたが、激しい疲労のために起き上る事は出来なかった。四十に近い、思索と理智に及んだ顔立ちで、顎を布団の襟に埋めながらも、正確な調子で答えて往った。

「誅戮《ちゅうりく》などと云う怖ろしい世界が、御仏の掌《たなごころ》の中にあろうとは思われませんでした。私は推摩居士が悲し気に叫ぶ声を聴いたのです」

「なに、声をお聴きでしたか?」

「そうです。夢殿から庵主が出る網扉の音が聴こえて、それから間もなくの事でした。笙が鳴り出すと、それにつれてドウと板の間を踏むような音が聴こえました。そして、その二度目が聴こえると同時に、ブーンと云う得体の判らない響きがして、それなり笙も止んでしまったのです。それから二十分ほど後になってから、推摩居士が四本の手と叫ぶのを聴きましたが、二階のはそれだけで、今度は階下の伝声管から響いて参りました」

「すると、伝声管は二本あるのですね」

「ええ、階下の方は、恰度《ちょうど》階段の中途で、横板と壁との間にありまして、それは、鳥渡《ちょっと》判らない場所なので御座います。それで推摩居士が、今度は低い声で云うのでした」普光尼は幽かに声を慄わせ、異様な光を瞳の中に漂わせた。「宝珠は消えたが、まだ孔雀は空にいる——と斯う仰言《おつしゃ》るのでしたが、それから間もなく、二階で軽いものが飛び散るような音が始まりましたが、それが止みますと、今度はまた笙が鳴り出して——いいえ、無論それには、息を入れる所謂間が御座いましたのですわ。所が、その音は網扉が開くと同時に、パタリと止んでしまったのです。もう、これ以上、お耳に入れる事は御座いませんが」

「有難う。所で、推摩居士の屍体を御覧になりましたか？」と法水は、突然異様な質問を発した。

「ハア、先刻寂蓮さんと一所に……。それで、すっかり疲れてしまいましたのですが」

「すると貴女《あなた》は、推摩居士の行衣の袖に、何を御覧になりましたね」

「サア一向に……。私、そんな事はてんで存じません」と普光尼は、いきなり突慳貪《つっけんどん》に云い放って、ふと首を向け変え夜具の襟に埋めてしまった。

「二本の伝声管か……」廊下に出ると、法水は意味あり気な口吻《くちぶり》を洩らしたが、側の室が眼に入ると検事に向って、「どうだね支倉君、ここにある天平椅子にかけて、残りの訊問をする事にしようじゃないか」

最初に呼んだ寂蓮尼は、まさにゴッツオリの女だった。まだ二十六七だろうけれども、見ていると透通ってでも行きそうな、何となく人間的でない、崇高な非現世的なものが包んでいるように思われた。所が、図書掛りを勤めているこの天使のような女は、事件当時経蔵にいた旨を述べ終ると、推摩居士の死因に就いて、驚くべき説を云い出したのである。

「推摩居士は、御自分で美しい奇体な墓場をお作りになって、その中で、仮死の状態に入られたのではないかと思いますわ。やがて屹度《きっと》、あの方は蘇《よみがえ》るに違い御座いません。それから、浄善さんの死因に就いては、智凡さんが確《しっ》かりした説を持っていらっしゃいますが」

「なに仮死ですって。たしか貴女は、いま仮死と云われましたね」検事は眼を円くして聴き咎めた。

「左様で御座います。現実その証拠には、内臓が損われて居りませんし、また、事実些《さ》程《ほど》の出血がなかったにも拘らず、てっきり大出血を思わせるような虚脱状態が現われて居ります」と寂蓮尼はキッパリと云い切ってから、「そうしますと貴方は、ハニッシュの天啓録をお読みにはならなかったのですね。瑜伽式呼吸法は？　ベエゼルブブの呪術は？　ダルヴィラやタイラーの著述は如何で御座いますか」

「遺憾ながら、いずれもまだ読んでは居りません」と法水は、アッサリ、ブッ切ら棒な調子で答えたけれども、続いて俄然挑むような態度に変って、「所が寂蓮さん、もう後六時間と絶たぬ間に、推摩居士の内臓は寸断されなければならないのですよ」

「エッ、解剖を！」寂蓮尼はのけぞらんばかりに驚いたらしく、彼女の全身に、まるで眩暈《めまい》を感じた時のそれのような動揺が起って行った。「何故生体に刀を入れる必要があるのです。庵主が大吉義神呪経の吸血伝説を信じているように、貴方がたも大変な誤ちを冒そうとして居ります。それこそ、適法の殺人者ですわ」

「それが、証拠の虚実を決定するものだとすれば……、一向構わんではありませんか」

法水は冷然と云い放った。「たしか、ヴォルテールでしたね。ストリキニーネさえ混ぜれば、呪文でも人間を殺せる――と云ったのは」

寂蓮尼は顔一杯に凄愴な隈《くま》を作って、憎々し気に法水を凝視《みつ》めていたが、やがて、襖《ふすま》を荒々しくたて切って、室を出てしまった。

「ねえ支倉君、たしかあの女は、推摩居士の巫術《ふじゅつ》の方に興味を持っているんだよ。どうやら、此の寺が二派に分れているとは思わんかね。そこに動機がある……」

法水がそう云った時、智凡尼が入って来た。その、薄髭が生えて男のような骨格をした女は、座に着くと莨を要求してスパスパやりながら、

「莫迦らしいとはお思いになりませんか。推摩居士が、真実竜樹の化身ですのなら、何

故南天の鉄塔を破った時のように、七粒の芥子《けし》を投げて、密室を破らなかったのでしょう」

「成程、それは面白い説ですね。所で貴女は、浄善の死因に就いて何か御存知なようですが」

「実は、誰にも云いませんでしたが、私、犯人の姿を見たのですわ」

「何ですって⁉」検事は思わず莨を取り落したが、智凡尼は静かに語り始めた。

「済んだ合図の筌が鳴ったので、鍵箱から厨子扉の鍵を出して、網扉を明けますと、天井の格子に何か急いで複雑な動作をしているような影が映りました。そして、鳴っていた筌がピタリと止んでしまったのです。然しその時は、側の推摩居士に気が付いたので、私は暫くその場に立ち竦《すく》んで居りました。けれども、間もなく気を取り直して、階段の上まで上ってみますと、浄善さんはあられもない姿で、両袖で顔を覆って仰向けになって居りました。ああそうそう、その時階下には誰も居りませんでしたが……」

「そうしてみると、現在の浄善とは、屍体の状態が異《ちが》う事になる」と云って検事が法水を見ると、法水も慄毛《そうけ》立った顔になっていた。

「浄善がその時まだ生きていたか、それとも屍体が動いたか——だよ。けれども、強直が来ない前は微動する訳もない筈だぜ」

「そうです。生きていた浄善は、その後に殺されたのですわ」智凡尼はグイと刳《えぐ》るような語気で云った。「だって、推摩居士が魔法のような殺され方をしているのを、眼前に見ながら、その側で凝っとしていると云う訳はないでしょう。それに、私がそれからすぐ飛び出して、その旨を庵主に告げると、庵主は夢殿に入ったきりで、暫く出て来なかったのですからね。私と寂蓮さんはその後に見に行ったのですが、その時は、浄善さんの姿勢が変ったと云うだけの事で、他にはこれぞと云う異状も御座いませんでした。つまり、浄善さんが推摩居士を殺して、その浄善を庵主が殺したのですわ。此の論理には、ともかく中断が御座いませんわね。多分それで、庵主は一番いい夢を見る、阿片を造る積りだったのでしょう」

そして、智凡尼はゲラゲラ笑いながら、出て行ってしまった。法水も同時に立ち上った。

「僕は鳥渡経蔵を見て来るからね。君は、盤得尼から浄善の屍体に就いて、詳細な要点を聴取しといてくれ給え」

それから一時間程経って、二度目の網扉の音がしたかと思うと、再び法水が現われた。そして、検事と獣のような顔で、睨《にら》み合っている老尼に慇懃《いんぎん》な口調で云った。

「御安心下さい。智凡尼の偏見が、これですっかり解けましたよ。支倉君、やはり浄善は、発見した際には死んでいたのだ」と一冊の書物を卓子《テーブル》の上に置いて、「貴女が蒐《あつ》められた書籍の中に、大変参考になるものがありましたよ。これは、ロップス・セントジヨンの『ウエビ地方の野猟』なんです」

「――それで、何か？」

「その中に斯う云う記述があるのです。――予の湖畔に於ける狩猟中に、朝食のため土人の一人が未明羚羊《かもしか》猟をせり。然るに、クラーレ毒矢にて射倒したる一匹を、捕獲したる鬣狗《ハイエナ》の檻際へ置けるに、全身動かず死したりと思いし羚羊の眼が、俄かに瞳孔を動かし恐怖の色を現わしたり――と。ねえ支倉君、浄善は最初に、微量のクラーリンを塗った矢針で斃《たお》されたんだよ。つまり、羚羊と同じに、運動神経が麻痺して動けなくなったまでの事で、その眼は凝然《じいっ》と、怖ろしい殺人模様を眺めていたんだ」

「冗談じゃない」検事は此処ぞと一矢酬いた。「一体、何処に外傷があるんだ」

「それが、襟足にある短い髪の毛の中なんだよ」と法水が掌を開くと、その中から、四寸程の頭髪の尖《さき》を、巧妙な針に作ったものが現われた。「所で、僕がどうして発見したかと云うに、普光が笙の鳴っている間に聴いたと云う、妙な音響からなんだ。板の間を踏むような、ドウと云う音が二度ばかりして、その二度目の直後に、ブーンと唸るような音が聴こえたと云ったね。では、仮りにそれを、太鼓の両側の皮を、内側から強く引緊めて置いて、全然振動を、起させないようにしたのを打ったとしよう。そして、二度目にその緊縛が解けたとしたら、凹みの戻った振動でもって、恰度そう云うような唸りが起りはしないだろうかね。案の定、その思い付きからして火焔太鼓を調べて見ると、果して其処に、三つ針穴程の孔が明いていた。つまり、そのうちの二つは、皮の両側を引き緊めた糸の跡であって、またもう一つのには、二度目の撥《ばち》で糸が切れ、両側とも旧《もと》の状態に戻った時に、その反動を利用する、簡単な針金製の弩機《どき》が差し込まれてあったのだよ」

　そうして、浄善の死因に関する時間的な矛盾が一掃されてしまうと、法水は再び、盤得尼に云った。

「とにかく、その発見からだけでも、貴女に対する疑惑は稀薄になります。つまり、智凡が見たと云うのは、筌を吹いていた犯人の影と云う事になりますが、さてそうなると、浄善の屍体を動かした犯人が、その場は三階へ隠れたにしてもです。一体どうして、それから、あの場所を脱出したものか――問題は再び密室で行き詰まってしまうのですよ」

「それが取りも直さず、孔雀明王の秘蹟では御座いませんか?」と盤得尼は、透かさず眉を張って尚も執拗に奇蹟の存在を主張するのだった。それを、法水は冷笑で酬い返した。

「然し、この点だけは、誤解なさらないで頂きたいのです。貴女にしても、ただ智凡尼の推測から解放されたと云うだけで、つまり、謬説《びゆうせつ》から遁れたと云う事は、正しい推定から影を消したと云う事にはなりませんからね。大体他の三人にしたところが、当時の動静を、的確に証明するものがない始末ですから。いずれ、僕が密室を切開した際に、改めて四人の顔を、膿《うみ》の上へ映してみる事にしましょう」

　盤得尼が出て行ってしまうと、法水は衣袋《ポケット》から一枚の紙片を取り出した。それには、次のような文字が認められてあった。

黄色い斑点の中に赤黒い蝙蝠《こうもり》――盤得尼
全部暗褐色の瓢箪――寂蓮尼
真黒な英仏海峡付近の地図――智凡尼

普光尼は答えず。

「成程、心理試験か……」検事が訊ねるともなしに呟くと、この一葉の上に、法水が狂的な憑着《ひようちやく》をかけているのが判った。

「うん、推摩居士の行衣の右袖に、瓢箪形の血痕があったっけね。その印象を、僕は求めたのだよ。で、これを見ると、各自が一番印象をうけた時の位置と、大凡《おおよそ》の時刻が判るんだ。盤得尼のは階段を下りながら、正面から光線をうけた時眺めたものなんだ。寂蓮と智凡は横手からだが、陽差の位置に依って、眼に映った色彩が異なっている。扨《さて》、これからどう云う結論が生れるか、今はまだ皆目見当がつかないのだがね。然しこれだけ集めるのに、僕は大変な犠牲を払ってしまったよ。寂蓮尼に、推摩居士の屍体を解剖しないと約束してしまったのだ」

三、吸血菩薩の本体

それから三日後に、法水と検事は再び寂光庵に赴いた。が、それまでに彼が得た情報と云えば、穴蔵に横たえた推摩居士の屍体に、瑜伽式仮死を信じている寂蓮尼が凄惨な凝視を始めた――と云う事のみだった。その食事も採らず一睡もしない光景からは、聴くだけでも、慄然《ぞっ》とするような鬼気を覚えるであろう。二人が寂光庵に着いた頃は、恰度雷雨の前提をなす、粘るような無風帯の世界であった。が、入るとすぐに普光尼を呼んだ。然し、法水だけは、案内の尼僧が去ると同時に室から出て、普光尼が来てから大分経って戻って来た。

「僕は貴女だけに聴いて頂いて、当時貴女が、伝声管から聴き洩らした音を憶い出して頂きたいのです。所で、その前に、犯人が一体どう云う方法で、密室から脱出したものか――それをまず、お話する事にしましょう」

ああ、法水は何時《いつ》の間にか、密室の謎を解いていたのだ。彼が語り始めた犯人の魔術とは、一体何であったろうか？

「僕がこの説を組立てる事が出来たのは、多数の手や首を持っている、所謂多面多臂仏《たひぶつ》の感覚からなのです。所で、御承知の通り夢殿には、階下の正面に、殆ど等身大と思われる十一面千手観音の画像が掲っています。そして、僕がその感覚に気付いたと云うのは、恰度《ちょうど》事件当日四時半頃の事なのでした。その時表面の厨子扉には、横手の櫺子窓《れんじ》が黒漆の上に映って居りました。所が、それから網扉を開くと、正面の千手観音に不思議な運動が起るのを見たのです。と云うのは、最初厨子扉に映った櫺子を見詰めて、それから網扉に嵌まっている縦桟の格障子を見たからなんです。つまり櫺子窓の残像が縦桟の間に挟まって――そうした時に網扉を開いたのですから、当然一つの実像と一つの残像とが交錯して、そこに所謂驚盤現象（縦穴の並んでいる円筒を廻転させると、内部の物体が動くように見える活動写真的現象）が起らねばなりません。然しその現象は、網扉が眼前から去ると同時に、当然止むだろうと思うでしょうが、事実は、その後も暫く続いて居りました。多分、視軸に影響して廻転が続くので、それにつれて、やはり以前通りに動いたのでしょう。すると、眼前の十一面千手観音にどう云う現象が起ったと思いますね。臂《ひじ》を上方に立てている肩口の七本と、下に向けている腰辺の四本が……、各々が一本の手になってしまって、その手を左右に振っているかのような錯視が現われたのです。つまり、残像の列と符合している縦の線が、目撃者に動いたように見えたからなんですが、同時にそれにつれて、全身の線や襞《ひだ》が、不気味な躍動を始めて来ました。ですから、僕がそれと気が付いた時、これが密室を開く鍵ではないかと思ったのですよ。けれども、発見当時の刻限は恰度反対でして、生憎櫺子窓から陽差が遠ざかっていたのです。ですから、改めてそこに、新しいフィルターを探さねばならなくなりました。所が、画像に運動感を与え、一人の白衣を被った人物を、その眩影《げんえい》の中に隠してしまう――と云う不可思議な作用が、階上にある浄善の屍体の中にあったのですよ」

「君は、何を云うんだ？」検事は思わず度を失って叫んだ。

「そうなんだ支倉君。あの屍体――いや動けない生体が、自転したからなんだよ。たしか君は、四肢の妙な部分に索痕が残っていたのを覚えて居るだろうね。あんな所を何故犯人が縛ったかと云えば、精神の激動中に四肢の一部を固く縛って血行を妨げると、その部分に著しい強直が起るからなんだ。それと同じような例が、刑務所医の報告にもある事で、死刑執行前に殆ど知覚を失っている囚人の手首を縛ると、全部の指が突張ってピインと強直してしまうそうだがね。この事件でも犯人は奇怪な圧殺をする前に、浄善の手足に紐を結び付けて置いたのだよ。それを詳しく云うと、まず両膝と両肘を立てて、腕は上膊部の下方、肢は大腿部の膝蓋骨から少し上の所を、俗に云うお化け結びで緊縛して置いたのだ。それから、その緊縛を右膝と左腕、右腕は左膝と結び付けて、その二本の紐を中央で絡めグイと引緊めたので、浄善は頗る廻転に便宜な、まるで括猿《くくりざる》みたいな恰好になってしまった。そうして置くと、やがて強直が始まるにつれて、当然関節の伸びる方向が違うからね。二本の紐が反対の方向に捻《ねじ》れて行って、浄善の身体が廻転を始めたのだ。そして、強直が極度になってピインと突っ張ってしまう頃には、それに加速度も加わって、まるで独楽《こま》のような旋廻になってしまったのだよ。そう判ると、格子扉から落ちて来る唯一の光線の中で、宛《さなが》ら映写機のフィルターのように旋廻していたものがあった――それが取も直さず、浄善だったと云う事が判るだろう。勿論それが、千手観音に運動錯覚を起させて、目撃者に細かい識別を失わせてしまったのだ。事実、犯人は至極簡単な扮装で、画像の前に、像の衣の線と符合するように立っていたのだったよ。そして、それ以前に、まず屍体を廻転させて、それが頂点に達した時紐を解いたのだ――無論加速度で、暫くは廻転が止まなかったと、思わなければならないだろう。それから犯人は、笙の鳴り出す時刻に近付いたので、頃やよしと階下に下りて行った。所が、智凡尼は入るとすぐ、千手観音の画像が不気味な躍動をしているのを、発見したのだったけれども、これは屢《しばしば》出逢う事で、とうに脳裡の盲点になっていたのだから、当然気にしなかったと同時に、その時階下が、誰もいない空室だったと誤信してしまった。で、その一瞬後に、階上に動いている影を発見したのだったけれども、嵌格子を斜下から眺めて、そこに影らしい珍しいものが、チラッと映じたのみの事で、それをすぐに確かめようとはしなかった。と云うのは、横手にある異形な推摩居士を発見したからなんだよ。それから推《お》して考えると、推摩居士を階段の上り口に下ろしたと云うのは、その殆ど全部の目的が、フィルターの正体を曝露させないために、すぐ目撃者の注意を、惹くためだったに相違ない。斯うして、精密な仕掛を種に錯視を起させて、やがて智凡尼が二階へ上った隙に、明け放した網扉から脱け出したのだが……。さて、残った謎と云うのは、笙がどうして鳴らされたか――と云う一事なんだよ。階下に潜んでいる犯人が、階上の笙を吹けると云う道理はないし、それとも、事実二階に人間がいたとすれば、密室の中へ、更にもう一つの密室が築かれてしまうのだよ」

「ウン、浄善の姿勢が変ったと云う事だけは、不自然に作られた強直が絶命後に緩和するからね。それは、それで解るにしても……」と検事が合槌を打った時に、青白い光が焼刃のように閃《ひらめ》いて雷鳴が始まった。雷の嫌いな法水は、鳥渡《ちょっと》顔色を変えたが、そのためか一層蒼白になって、凄まじい気力を普光尼に向けた。

「そこで、私は最後の断案を下したいのですが、それを云う前に、先日密かに試みた心理試験の結果をお話する事にしましょう。と云うのは、推摩居士の行衣にある瓢箪形の血痕を、各人各様に見た印象が素因《もと》なのです。所が、貴女だけは、それを知らない——と答えましたっけね。私は、あれ程特異な形を知らないと云う言葉に、異様な響きを感じて、早速その分析を始めました。そして気がついたのは、私と貴女とでは、目的とするものが全然異なっていると云う事なんです。言葉を換て云えば、貴女は私の術中にまんまと陥ってしまったのですよ。実を云うと、あの心理試験を用いた真実の目的と云うのは、決して瓢箪形の血痕にあるのではなくて、寧ろ智凡尼が英仏海峡付近の地図と云った、下の血痕との間に挟まれている溝にあったのです。貴女が知らないと答えたのは、あのU字形の溝なんですよ。ねえ普光さん、聯想と云うものは、非常に正確な精神化《メンタル・ケミス》学《トリー》なんですよ。あの二つの伝声管を繋いだとしたら、それがU字管になるでしょうからね。するとU字管には色々な現象が想像されますが、さしずめ、一本の伝声管の端に銛《もり》を作ったと仮定しましょう。そして、それに空気を激突させるような仕掛を側に置いたとしたら、そこでは下らない雑音に過ぎないものが、管の気柱を振動させて二階の孔からどう云う音響となって飛び出しますか——その事はとっくに御承知の事と思われます。いや、筮の蜃気楼を作った貴女の魔術を、私が此処でくどくど説明する必要はないのですよ。とうに貴女は、それを問わず語らずのうちに告白してしまっているのですからね」

法水の論理と巧妙なカマに掛かって、普光尼は一溜《ひとたま》りもなく、その場に崩れ落ちてしまうものと思われた。所が意外にも、彼女の態度が見る見る硬くなって行って、やがて厳粛な顔をして立ち上った。

「いいえ、どうあろうと一向に構いませんわ。仮令《たとえば》、私が犯人にされた所で、菩薩にあるまじき邪悪の跡に、反証を挙げてさえ頂ければ……。けれども、孔雀明王が残した吸血の犯跡が、依然として謎である以上は、貴方の名誉心のために払わされる犠牲が、余りに高価過ぎやしないかと思われるのです。それよりも、寂蓮尼が期待している推摩居士の復活の方が、どうやら真実に近付いて行きそうですわ。この暑熱の些中《さなか》に、一向腐敗の兆が見えて来ないのですから」

斯うして、法水の努力も遂に徒労に終って、階下の密室が解けたと思うと、その一階上に、更に新しいものが築かれてしまった。が、法水は一向に頓着する気色もなく、その日は他の誰にも遇わず、経蔵の再調査だけをして、轟々《ごうごう》たる大雷雨の中を引き上げて行った。所が、それから五日目の夜、突然検事が招かれたので法水の私宅を訪れると、彼は憔悴《しょうすい》しきった頬に会心の笑を泛べて云った。

「やはり支倉君、僕は考える機械なんだね。書斎に籠ると、妙に力が違って来るように思われるんだ。とうとう孔雀明王の四本の手を捥《も》いでやったよ。然し、それは偶然思い付いたのでなくて、例の浄善尼がした不思議な旋廻が端緒だったのだ」

それから、法水の説き出し行く推理が、さしも犯人が築いた大伽藍《がらん》を、見る見る間に壊して行った。そして、夢殿殺人事件は、漸《ようや》くその全貌を白日下に曝《さら》されるに至った。

「所で、君にしろ誰にしろ、結局行き詰まってしまうにしてもだ。浄善尼が奇術的な廻転をした事が判ると、一応は、飛散した金泥に遠心力と云う事を考えるだろうね。そして、あの四本の玉幡が気になって来るのだが、あんな軽量なものには、たとえばそれを廻転させたにしても、結局それだけの分離力のない事が明らかなんだからね。あの一番手近な方法を、残り惜し気に諦《あきら》める事になってしまう。けれども、あの玉幡に、重量と膨脹とを与えたとしたらどうなるだろう」

「なに、重量と膨脹！」検事は眩惑されたような顔になって叫んだ。

「うん、そうなんだ支倉君、結局そう云う仮定の中に、犯人の恐ろしい脳髄が隠されていたのだよ。とにかく、順序よく犯行を解剖して行く事にしよう。所で、事件の直前から、犯人が夢殿の中に潜伏していたと云う事は、当時各自の動静に、確実な不在証明《アリバイ》が挙がらなかったのを見ても明らかだろう。だが、却ってそれが、この場合逆説的な論拠になるとも云えるんだ。そして、何処に隠れていたかと云う事は、あの当時の夢殿が、油火一つの神秘的な世界だったのだから、それは改めて問う迄もない話だろう。所で、浄善の昏倒と推摩居士の発作が適確なのを確かめると、犯人は四本の玉幡を合せて、繍仏の指に凸起《とつき》のある方を内側にして方形を作り、それを三階の突出床の下に吊して置いたのだ。そして、愈《いよいよ》画中の孔雀明王を推摩居士の面前に誘《おび》き寄せたのだが……、そうすると支倉君、あの神通自在な供奉鳥は、忽《たちま》ちに階段を下り、夢中の推摩居士に飛び掛かったのだよ」

そう云ってから法水は、唖然とした検事を尻眼にかけて立ち上り、書棚から一冊の報告書めいた綴りを抜き出した。そして、それを卓上に置き、続けた。

「もとより画中の孔雀が抜け出すと云う道理はないけれども、それが孔雀明王の出現と云えるのには他に理由がある。と云うのは、推摩居士の異様な歩行が始まったからなんだ。君は、ヒステリー麻痺患者の手足に刺戟を与えると、様々不思議な動作を演ずると云う事実を知っているだろう。然しその前に、所謂体重負担性断端――それを詳しく云うと、義足を要する肢のどの部分が、足蹠《あしうら》のように体重を負担するか、その点を是非知っていて貰いたいのだ。で、推摩居士にはそれが何処にあるかと云うと、現に義足を見れば判る通りで、腓骨《ひこつ》の中央で切断されている擂木の端にはなく、却って、膝蓋骨の下の腓骨の最上部にある。そして、それ以下の擂木は、義足の中でブラブラ遊んでいるのだ。つまり、足蹠《あしうら》の作用をするものの所在が、非常に重大な点なのであって、無論犯人は、その部分に刺戟を与えたのだったよ。それは云う迄もなく、正気ならば、膝蓋骨を下につけて歩くに違いない。けれども、夢中裡の歩行では、長い間の習慣からして、体重をかけていた腓骨の最上部を床に触れ、それを足蹠の意識にした直立の感覚で歩くのが当然なんだ。恐らく、さぞや重心を無視した滑稽な歩き方をした事だろうがね。然し義足を外した推摩居士には、それが一番自然な状態なんだよ。そうすると、推摩居士の足は栄養が衰えていて、目立った羸瘦《るいそう》を示しているのだから、当然、その部分の菱形を中心にして、三稜形をした骨端と、膝蓋骨の下端に当る部分とが合したもの――それが、てっきり孔雀の趾跡《あしあと》のように見えはしないだろうか。そして、礼盤から離れて行った跡が、恰度前方から孔雀が歩んで来た跡に符合したと云う訳なんだよ」

「ああ」検事は溜らなく汗を拭いて、「だが、どうして推摩居士は三階へ上って行ったんだ？」

法水は卓上の一書をパラパラとめくって、最後に指で押えた頁《ページ》を検事に突き付けた。

「支倉君、君はヒステリー患者の五官のうちで、何が一番最後に残るか——、それが視覚だと云う事を知っているかね。また、その中でも赤色だけは、発作中でさえも微弱に残っているのだ。勿論、巫術などでは、巧《たくみ》な扮飾を施して、それを恐ろしい鬼面に捏《で》っち上げるのだが、現在僕の手に、それを証明する恰好な文献があるのだ。とにかく、その件《くだ》りを読んで見よう。——（一九一六年十月、メッツ予備病院に於いてドュッセンドルフ驃騎兵《ひょうきへい》聯隊付軍医ハンス・シュタムラアの報告）余の実験は、該患者に先登症状なる震顫《しんせん》を目撃せしに始まる。まず円筒形の色彩板を持ち出して、それを紫より緩く廻転を始めたるに、最終の赤色に至りて、同人は突如立ち上り、その赤色を凝視しつつ色彩板の周囲を歩み始めたり。此処に於いて、余は新規の実験を思い出し、同人の面前に赤色の布を掲げて、銃器を両壁に並べし通路の中に導き入れたり。然るに、その際興味ある現象を目撃せりと云うは、余が屢《しばしば》赤布を側《かたわら》の壁際へ寄せたるに、同人もまたそれに応じて、埋もれんばかりに身体《からだ》を片寄せるかと思えば、また銃器に触れると、同時に身体を離し、その儘静止する事もありき。その現象は数回に渉り同一の実験を繰返して、結局確実なるを確かめたり。即ち、全身に斑点状の知覚あるためにして、その部分が銃器に触れたる際には、横捻《おうねん》が起らざりしものと云うべし――」

読み終ると、法水は椅子を前に進め、徐《おもむろ》に莨に火を点じてから、云い続けた。

「所で支倉君、そこに推摩居士を導いたものと、もう一つ、傷跡に梵字の形を残したものがあったのだ。勿論、犯人が、赤色の灯を使って、推摩居士を導いた事は云う迄もないだろう。そして、三階の階段口にある突出床から、下に方形の孔を開いている玉幡の中へ落し込んだのだ。また、それ以前に犯人は、繡仏の指の先に、隠現自在な鉤《かぎ》形をした兇器を嵌め込んで置いたのだが、その兇器は、その場限りで消え失せてしまったのだよ。で、最初まず、如何にして梵字形の傷跡が出来たか――それを説明しよう。一口に云えば、最初に向き合った二つの鉤が、推摩居士の腰部に突き刺《さ》さり、それが筋肉を抉《えぐ》り切ってしまうと、続いて二度目の墜落が始まって、それまで血を嘗《な》めていなかった残り二つの鉤が、今度は両の腕に突っ刺ったのだ。つまり、そこには到底信ぜられない、廻転がなければならない。けれども、それは勿論外力を加えたものではなくて、その自転の原因と云うのは、推摩居士の身体に現われた、斑点様の知覚にある事なんだよ。最初腰に刺さった二本がどうなったかと云うと、体重が加わって筋肉を上方に引裂いて行くうちに、左右のどっちかが、知覚のある斑点の部分に触れたのだ。そうすると、当然その部分に触れる度毎に、それから遠ざかろうとして身体を捻るだろうから、偶然そうして描かれて行った梵字様の痕跡が、左右寸分の狂いもなく、符合してしまったのだよ。

つまり一口に云えば、推摩居士の自転が、轆轤《ろくろ》の役を勤めたと云う事になるのだけれど、最後に筋肉をかき切って支柱が外れた際——その時、捻った余力で直角に廻転して墜落したのだった。そして、その肩口をハッシと受け止めたと云うのが、残り二側の玉幡だったのだよ」

「そうすると、傷の両端が違っているのは？」

「それでは支倉くん、硬度の高い割合に、血液のような弱性のアルカリにも溶けるものを、君は幾つ数える事が出来るね。例えば、烏賊《いか》の甲のような、有機石灰質を主材に作ったとしたら、その鉤は血中で消えてしまって、脱け出した時には、それが繍仏《しゅうぶつ》の硬い指尖《ゆびさき》に化けてしまうだろう。然し、その変化の中に、驚くべき吸血具が隠されていたのだ」そうして、法水の推理が愈眼目とする点に触れて行ったが、その真相を聴いた検事は、思わず開いた口が塞がらなかった。どうしてあの時、曼陀羅を一本だけでも切ってみなかったのだろうか。

「つまり、一番複雑に思われるものが一番簡単なんだよ。あの曼陀羅を作った原植物と云うのが、毬華葛《まりげかずら》の干茎だからさ。シディの呪術には、あの茎とテグス植物の針金状の根とが、非常に巧みに使われていて、それを馬鹿な馬来人《まれいじん》が驚いている始末だがね。あの茎の内部にある海綿様繊肉質は血であろうと何であろうと、苟《いや》しくも液体ならば、凡て容赦しない。つまり、あの曼陀羅と云うのは数千本の茎を嵌め込みにした結び目なしのものなんだから、その最後の一寸にまでも、繍仏の指頭から推摩居士の血液を啜《すす》り込む事が出来たのだよ。勿論そう云う吸血現象があったがために、下方に流れた血が少なかったのだ。だが支倉君、当然そうなると、そこに重量と膨脹と云う観念が起って来るだろう。実は、浄善尼を扼殺した四本の手も、同様其の中に蠢《うごめ》いていたのだよ。で、血を吸い尽した曼陀羅の干茎が、不気味に膨脹すると云う事は、斯う判れば、改めて云う迄もない事だろう。けれども、一方全長に於いても、恐らく五分の一以上も伸びたに違いないと云うのは、階段に血痕を残さず、推摩居士を上り口に下ろしたのを見ても判る事なんだ。つまり浄善尼は、重量の加わった玉幡の裾を咽喉に当てられ、おまけに、猛烈な廻転までもさせられてしまったので、結局それが、頸椎骨の脱臼までも惹き起す原因になってしまったのだよ。そこで、犯人はどうしたかと云うと、玉幡を吊した紐の片方を、階段の上層の壁に持って行って、膨らんで推摩居士をしっくりと包んでいる、玉幡を動かして行った。そして、四つの幡《はた》を合せた剔《えぐ》り紐を引き抜いて、予《あらかじ》め両脇に廻《めぐ》らして置いた紐を徐々に下ろして行ったのだ。それから、吊り紐を旧通《もとどおり》の位置にしてから、その裾を二列に合せて、四つの幡の裾を浄善の咽喉に当てたのだがね。然し、その頃から、干茎中の血液が次第に消失して行ったのだったけれど、それは前以って、自分の着衣に血痕を残さないため、犯人が小窓を開いて置いたからなんだ。当然そこからは、灼《しゃく》熱《ねっ》せんばかりの日光が差込んで来る。ねえ支倉君、血液の九〇％以上は水分なんだぜ。それが蒸発した後は、無論以前と大差ない重量になってしまうのだ。然し、その減量と収縮は、僕等が到着する迄の、二時間余りの時間内に終ってしまったのであって、発見した際に尼僧達は、玉幡の膨脹には気が付かなかったのだ。そうしてから、犯人は、愈最後の幕切れになって、あの金色燦然《こんじきさんぜん》たる大散華を行ったのだよ。と云うのは、無論浄善の廻転にある事だが、その時尼僧の咽喉に喰い入っていた玉幡が、どう云う状態にあったかと云うと、急激な膨脹と収縮が相次いで起ったために、表面の金泥が浮き上って剝離しかかっていた所なので、あの猛烈な遠心力が、一気に振り飛ばしてしまったのだ。だが、そうした玉幡の廻転は、階下にいる推摩居士にも影響して、その瀕死の視覚に映じたものがあった。君は推摩居士が、「宝珠は消えたが、まだ孔雀は空にいる」と云った言葉を覚えているだろう。可成り神秘感を唆《そそ》る文句だけれども、その正体と云うのは、一種の異常視覚に過ぎないのだ。つまり、格子戸の枡目《ますめ》に映った火焔太鼓の楕円形が、玉幡の円孔《まるあな》の現滅につれて、或は孔雀の輪羽のように見えたり、また円孔が現われない時には、その二つ三つだけが残ったりして、結局推摩居士に、そう云う錯覚を起させたに違いないのだよ」

検事は聴くだけでも相当疲労を覚えたらしく、彼は夢の中のような声を出した。

「すると密室は？　君が切り開いた中にもう一つあったのは？」

「それは、密室と云うよりも、笙がどうして自然に鳴ったかなんだよ」法水は几帳面な訂正をして、「それから犯人は、笙に仕掛を施して、その後に、玉幡を切り落してから階下へ下りたのだがね。所で君は、酒精《アルコール》寒暖計を知っているかね――細い管中の酒精《アルコール》が熱で膨脹すると云うのを。つまり犯人は、笙の吹き口に酒精《アルコール》を詰めて、それを縦にした根元を日光へ曝《さら》したのだ。そうすると当然膨脹した酒精は、中の角室の空気を圧し出して弁を唸らせる。所が、その一部が管中から吹き出てしまうので、それが竹質に吸収されて、膨脹は一端止み酒精は下降する。つまり、それが何遍となく繰返されるので、吹手が息を入れるような観が起る。そして、やがてそのうちに、酒精は跡方もなく消え失せてしまったのだ。だが支倉君、斯うして犯行の全部が判ってしまうと、犯人がヒステリー患者の奇怪な生理を遺憾なく利用したと云うばかりでなく、たった一つの小窓に、千人の神経が罩《こ》められていた事が判るだろう」

検事は息を詰めて最後の問を発した。

「そうすると犯人は――一体犯人は誰なんだ?」

「それが、寂蓮尼なんだよ」と法水は沈んだ声で答えて、熱した頬を冷やすように窓際へ寄せた。

「たしか、あの日に寂蓮尼が、大吉義神呪経の中にある、孔雀吸血の伝説と云う言葉を云ったっけね。所が、調べてみると、その経文の何処にもそんな章句はない。けれども、僕は経蔵の索引カードの中から、異様な暗合を発見したのだ。と云うのは、いつぞやの『ウエビ地方の野猟』と、大吉義神呪経の図書番号とが、入れ違いになっている事なので、意外にも片方になかった記述が、セントジョンの著述にある挿話から発見されたのだよ。それは、ケラット土人の伝説なんだ。孔雀が年老いて来ると、舌に牙のような角質が生えるそうだが、それを他の生物の皮膚に突き刺し、血液の中に浸して置くと、その角質が忽ち、ポロリと欠け落ちてしまう――と云うのだがね。すると支倉君、推摩居士に加えた殺人方法が、そこから暗示されているとしか思われまい。つまり、寂蓮が示《じ》威《い》的な嘘を作ったものには、自分だけしか知らない、入れ違っている図書番号の聯想が現われたからなんだ。然し、動機は一言にして言い尽せるよ。奇蹟の翹望《ぎょうぼう》なんだ。ユダ(ユダの叛逆は耶蘇《やそ》に再生の奇蹟を見んがためと云われる)、グセフワ(奇蹟を見んがために、ラスプチンを刺そうとした露西亜《ロシア》婦人)、そして寂蓮さ。けれども、あれほど偉い女が、水分を失った屍体が木乃伊《ミイラ》化する事実を、知らぬ筈はないと思うがね。それさえも忘れさせて、あの凝視を続けている所を見ても、神秘思想と云うものの怖しさが……、どんな博学な人間でさえも、気狂い染みた蒼古《そうこ》観念の、ドン底に突き落してしまう事が判るだろう。ねえ支倉君、もう永い事はあるまいから、あの女には○○○○待ってやる方がいいよ。それが、この陰惨な事件にある、ただ一つの希望なんだからね」

失楽園殺人事件

一、堕天女記

湯の町Kと、汀《なぎさ》から十丁の沖合にある鵯島《ひよどりじま》との間に、半ば朽ちた、粗末な木橋が蜿蜒《えんえん》と架《かか》っている。そして、土地ではその橋の名を、詩人青秋《せいしゅう》氏の称呼が始まりで、嘆きの橋と呼んでいるのだ。

その名はいうまでもなく、鵯島には、兼常龍陽《かねつねりゅうよう》博士が私費を投じた、天女園癩《らい》療養所があるので、橋を渡る人達といえば、悉《ことごと》くが憂愁に鎖された、廃疾者かその家族に限られていたからであった。

所が三月十四日のこと、前夜の濃霧の名残りで、まだ焼色《やけいろ》の靄《もや》が上空を漂うている正午頃に、その橋を、実に憂鬱《ゆううつ》な顔をして法水麟太郎《のりみずりんたろう》が渡っていた。せめて四五日もの静養と思い、切角無理を重ね作った休暇ではあったが、その折も折、構内に於いて失楽園と呼ぶ、研究所に奇怪な殺人事件が起ったのであるから、対岸に友人法水の滞在を知る以上、副院長の真積《まづみ》博士がどうして彼を逸することが出来たであろうか。

また、一方の法水も、外面では渋りながらも、内心では沸然《ふつぜん》と好奇心が湧き立っていたというのは、兼々《かねがね》から、院長兼常博士の不思議な性行と、失楽園に纏《まつ》わる、様々な風説を伝え聞いていたからであった。

扨《さて》、真積博士に会った劈頭《へきとう》から、法水に失楽園の秘密っぽい空気が触れて来た。真積氏は、まず自分より適任であろうといって、失楽園専任の助手杏丸《きょうまる》医学士を電話で招き、そうした後に、こんな意外な言葉を口にしたのである。

「僕が坐魚礁《ざぎょしょう》（失楽園の所在地）に、一度も足を踏み込んだ事がないといったら、君はさだめし不審に思うだろう。けれども、それが微塵も偽りのない実相なので、事実河竹《かわたけ》に杏丸という二人の助手以外には、この私でさえも入ることを許されていなかったのだ。つまりあの一廓は、院長が作った絶対不侵の秘密境だったのだよ」

「所で、殺されたのは？」

「助手の河竹医学士だ。これは明白な他殺だそうだが、妙なことには、同時に院長も異様な急死を遂げている。とにかく、斯《こ》んな田舎警察にも、万代不朽の調書を残してやってくれ給え」

その時、三十恰好《かっこう》のずんぐりした男が入って来ると、真積氏は、その男を杏丸医学士といって紹介した。

杏丸は、まるで浮腫《ふしゅ》でもあるような、泥色の黄ばんだ皮膚をしていて、見るからに沈鬱な人相だった。然し法水は、まず現場検証以前に、失楽園の本体と三人の不思議な生活を杏丸の口から聴くことが出来た。

「院長が、坐魚礁の上に失楽園の建物を建設してから、今月で恰度《ちょうど》満三年になりますが、その間完全屍《し》蠟《ろう》の研究が秘密に行われておりました。つまり、防腐法と皮鞣《ひじゅう》法、それからマルピギ氏粘液網保存法とが、主要な研究項目だったのですよ。そして、その間私と河竹は、高給を餌《えさ》にされて、失楽園内部の出来事について、一切口外を禁ぜられておりました。で、この一月に完成された研究はともかくとして、ここに何より先にいわなければならない事があります。というのは、過去三年を通じて、失楽園にもう一人、秘密の居住者があったという事なんです」

と杏丸は懐中から、罫紙の綴《つづ》りに、「番匠幹枝狂中手記《ばんしょうみきえ》」と、題した一冊を取り出した。

「とにかく、院長が書いたこの序文を読めば、院長という人物がどんなに悪魔的な存在だったかまた、病苦に歪められたその耽美思想が、どういう凄惨《せいさん》な形となって現われたかは、詳しくお判りになりましょう。そして、これが完全屍蠟の研究以外に、失楽園で過された生活の全部だったのです」

宝相華《ほうそうげ》と花喰鳥の図模様で飾られた表紙を開くと、法水の眼は忽ち冒頭の一章に吸い付けられて行った。

——××六年九月四日、余は岩礁の間より、左眼失明せる二十六七歳の美《うる》わしき漂流婦人を救えり。所持品により、本籍並びに番匠幹枝という姓名だけは知りたれども、同人は精神激動のためか、殆ど言語を洩《も》らさず、凡《すべ》てが憂鬱《メランコリア》狂の徴候を示せり。されど、時偶《ときたま》発する言葉により、同人が小机《こづくえ》在の僧侶の妻にして、夫の嫉妬のために左眼を傷つけられ、それが引いては、入水《じゅすい》の因をなせしこと明らかとなれり。そのうち、余の心は次第に幹枝に惹かれ行き、やがて狂女と同棲生活に入りしこそ浅ましけれ。

——されど、余には一つの計画あり、まず、その階梯《かいてい》を踏まんがため、眼科出の杏丸に命じて、幹枝の左眼に義眼手術を施せり。しかして、その手術中彼を強要して、生ける螺旋菌《スピロヘーター》（黴毒《ばいどく》菌）を眼窩《がんか》後壁より頭蓋腔中に注入せしめたるなり。実に、大脳を蝕んで、初期に螺旋菌が作り出すものは、現実を超えたる架空の世界ならずや。即ち余は、幹枝に麻痺《まひ》狂を発せしめて、それ特有の擬神妄想を聴かんと企てたるものなりき。果して、幹枝の高き教養と脱俗の境地に過せし素質は忽ちに自身を天人に擬して、兜羅綿《どらめん》の樹下衆車苑《じゅげしゅうしゃえん》に遊ぶの様を唱い始めたり。その聴き去るに難き美しさは、この一書を綴るの労を厭《いと》わぬほどにして、正に宝積経や源信僧都《げんしんそうず》の往生要集の如きは、到底比すべくも非ずと思いたりき。

——然るに、その最中余を驚かせたるものありて、幹枝の懐妊を知れり。早速沼津《ぬまづ》在の農家に送りて分娩を終らしめ、再び本園に連れ帰りしは、本年の一月なりき。されど、その間において幹枝の心身には、果して期せるが如く痛ましき変化を来たせり。即ち、螺旋菌の脊髄《せきずい》中に入りしためにして、運動に失調起り下腹部に激烈なる疼痛現われて、幹枝の幻想も苦痛に伴う悲哀の表現に充ち、華鬘《けまん》萎《しぼ》み羽衣《はごろも》穢《けが》れ——とかいう、天人衰焉《すいえん》の様を唱うようになれり。かくなりては、一路植物性の存在に退化するのみにして、治療の途《みち》はあれども、余には既に幹枝の必要なきことなれば、余《あま》す手段は安死術のみなりというべし。

——されど、自然は余の触手をまたず、幹枝に大腹水症を発せしめたり。六尺余りに肥大せる腹を抱えて、全身は枯瘦《こそう》し、宛然《さながら》草紙にある餓鬼の姿よりなき幹枝を見れば、ありし日の俤《おもかげ》何処《いずこ》ぞやと嘆ずるのほかなく、転変の鉄鎖の冷たさは、夢幻まさに泡影の如しというべし。

——ここにおいて、三月六日切開手術を行い、腹水中に浮游せる膜囊《まくのう》数十個を取り出せしも、予後の衰弱のため、その日永眠せり。斯くの如く、余は幹枝に天女の一生を描かせ、一年有余の陶酔を貪《むさぼ》りたるものなれば、その終焉《しゅうえん》の様を記憶すべく、坐魚礁研究所を失楽園とは名付けたるものなり——

法水が読み終るのを待って、杏丸医学士は続けた。

「然し、研究の完成と同時に、幹枝以外に二つの屍体を、手に入れることが出来ました。二人とも療養所の入院患者で、一人は黒松重五郎《くろまつじゅうごろう》という五十男で稀《めずら》しい松果状結節癩。もう一人は、これがアディソン病という奇病で、副腎の変化から皮膚が鮮やかな青銅色になるものでしたが、この方は東海林徹三《しょうじてつぞう》という若い男でした。ですから、現在では三つの屍体が、完全な死蠟に作られていて、それに、院長が繧綢《うんげん》彩色と呼んでいる、奇怪な粉飾《ふんしょく》が施されているのです。幹枝は膨《ふく》らんだ腹をそのままに作り、他の二人には冥界《めいかい》の獄卒《ごくそつ》が着る衣裳を纏《まと》わせて、いわゆる六道図絵の多面像を作り上げたのでした」

とそういってから、杏丸の眼にチカッと嗤《わら》うような光が現われた。

「所が、法規上屍体保存の許可と取引代価を、遺族の者に交渉することになりますと、偶然三人の代表が島へ渡って来ました。それが、一昨々日、つまり十一日の事だったのです」

「すると、まだ滞在しているのですね」

「そうです。ですから、この事件は簡単に3－2＝1とはいえないのですよ。勿論交渉も易々《やすやす》とは運びませんでした。大体が、屍体の閲覧を拒絶した、院長の措置から発したのでしょうが、黒松の弟も東海林の父親も、代価に不服をいい出しましたし、殊に、幹枝の姉で鹿子《しかこ》といって、前身がU図書館員だという救世軍の女士官は、この手記を見ると、途方もない条件をいい出したのです。それが金銭ではなく、失楽園の一員に加えてくれというのだから、妙じゃありませんか」

「成程、失楽園の一員に……」

法水も怪訝《けげん》そうに眉間を狭めると、

「多分、これを見たのでしょう」

といって、杏丸は最後のページを開いた。

その日付は手術の当日で、幹枝永眠す——と書いた次に、一枚の鋤《スペード》の女王《クイン》が貼り付けられ、その骨牌《かるた》の右肩に、「コスター初版聖書秘蔵場所」とまた、人物模様の上には、「Morrand足《モルランド》」と書かれてあった。

「モルランド足というのは、たしか八本指の、いわゆる過贅畸形《かぜいきけい》だったね。だが、これは暗号なのかな」

法水が小首を傾けながら訊ねると、真積博士は頷いたが、その下から、

「だがコスター初版聖書とは？」と反問した。

「あったら大変だよ。それこそ歴史的な発見なのさ」

法水は頭から信じないように、

「世界最初の活字聖書は、一四五二年版のグーテンベルク本だが、それと同じ年に和蘭《オランダ》ハーレムの人コスターも、印刷器械を発明して、聖書の活字本を作ったという記録が残っているんだ。然し、この方は現在一冊も残っちゃいないけれども、グーテンベルク本は時価六十万ポンドといわれているんだぜ。だから、もしもこれが真実なら、実に驚くべしといわざるを得んじゃないか」

そう云ってから杏丸に、

「所で、事件を発見した顛末《てんまつ》を伺いましょう。院長と河竹医学士とどちらが先でしたか」

「院長の方です」

といって、杏丸は、見取図を認めた紙片を取り出し、法水に与えてから、

「院長は相当時期の進んだ結核患者なので、無風の夜には、窓を開放して眠る習慣になって居るのです。ですから、今朝の八時頃でしたか、開いている窓から、異様な姿体が容易《たやす》く眼に入りました。所が、その旨を河竹へ報《しら》せに行くと、室《へや》の扉《ドア》が、押せど叩けど開かないのです。でも一時間余り待ってはみたのですが、何時になっても出て来ないので、止むなくほかの男二人と力を併せて扉を叩き破りました。すると、河竹は背後から、心臓に短剣を刺し通されて、俯向《うつむ》け様に斃《たお》されているのです。で、二つの室の情況をいいますと、院長の室は、中庭側の窓が開放されているだけで、扉や他の窓は残らず鍵が掛かっていました。それから、屍体検案の結果は、河竹の方はどうでしょう、全然密閉された室だったのですよ。それから、屍体検案の結果は、河竹はまず論なしとしても、院長の方は、詳細剖見を待つにしろ、まず急性の病死としか思われません。それに、絶命時刻がまた妙なんですよ。院長は、午前二時から三時までの間と思われますが、河竹の方は今朝十時の検視で、絶命後二時間以内という推定しか得られんのです。つまり、吾々が立ち騒いでいる間に、叫声《さけびごえ》も物音も立てなかった、犯人の陰微な暗躍があった訳ですな」

といってから、杏丸は狡猾《こうかつ》な笑いを作って、声を低めた。

「所が法水さん、此処《ここ》に見逃してはならぬ、出来事があるのです。というのは、院長の死を発見する直前に、屍蠟室の窓下で、番匠鹿子が卒倒しているのを見付けたのでした。

勿論すぐ室に抱え込んで気付を与えましたが、その後は顧《かえりみ》る暇がないので、十一時ごろになって漸《や》っと見舞ってみました。すると、その時は平常通りケロリとなっていて、何時の間にか寝台から離れて起き上っていたのです」

「すると、河竹の死に対して、鹿子は明白な不在証明《アリバイ》を欠いているという訳ですね」

法水は相手の顔にジロリと一瞥《いちべつ》を与えて、

「では、現場へ案内して頂きましょう」

二、六道図絵の秘密

失楽園は、鶉島に続く三町四方ほどの、岩礁の上に盛土をして、その上に建てられているのだが、周囲の鬱蒼《うつそう》たる樹木が、その全様を覆い隠していた。本島との間には刎橋《はねばし》があって、その操作は、院長と二人の助手以外には、秘密にされているとかいう話である。

中央の平地に図通りの配列で並んでいるのが、失楽園の全部であって、四棟ともいずれも白塗りの木造平屋で、外観はありきたりの、病棟と少しも異なっていなかった。

法水はまず、周囲の足跡を調べ始めたが、昨夜の濃霧で湿《しめ》っている、土の上にあるものは発見する際の杏丸のもののみで、結局それからは、何も得るところがなかった。

しかし、兼常博士の室《へや》に入り、窓越しに対岸の一棟を見ると、斜《はす》かいに見える杏丸の実験室がこれも窓が、開け放たれているのに気がついた。
兼常博士の室の窓は、廊下側の二つは単純な硝子窓で、それには掛金が下りているが、

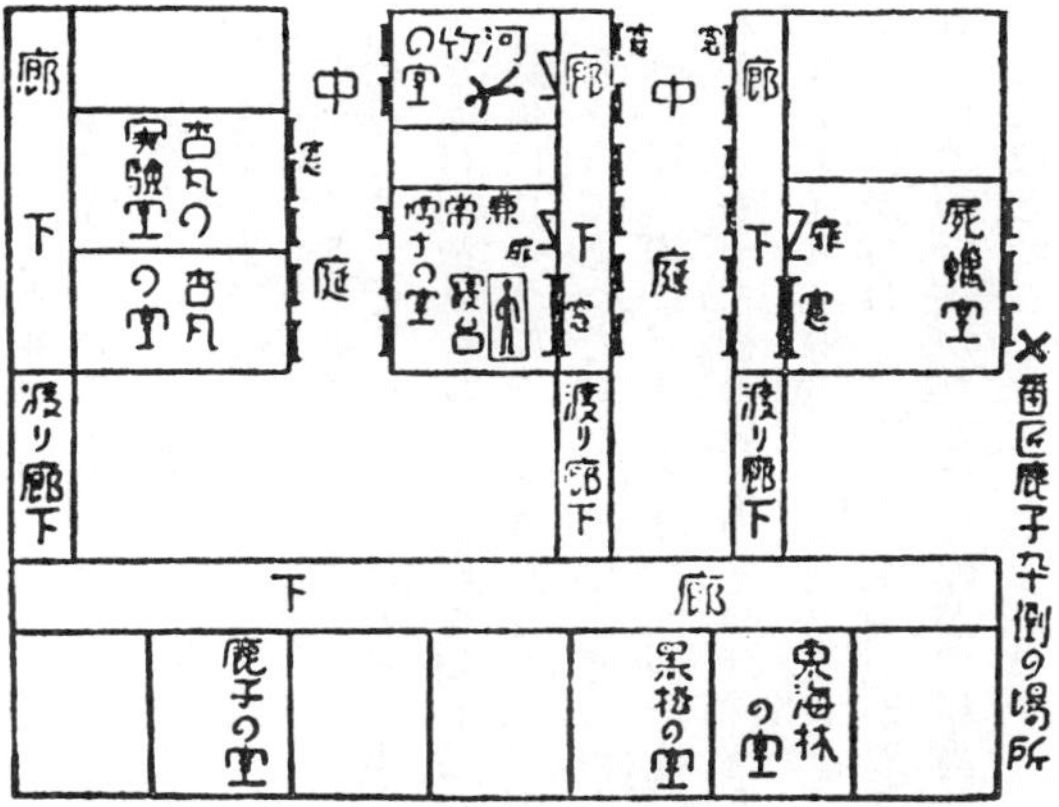

中庭側の三つが開け放されてあった。扉は廊下側の左端に、そして、その側の右隅には寝台があり、その上で兼常博士が、寝衣《ねまき》のまま四肢をややはだけ気味に、仰臥《おうが》している。

年のころは五十四五で、ブリアン型の髭さえなければ、余程厳《いか》つい顔立ちであろうが、その半ば口を開いた死相を見ると、ただただ安らかな眠《ねむり》という外にない。

室内には位置の異なった調度類もなく、何処と云い、取り乱された形跡がないばかりか、指紋や犯跡を証明するものも皆無であった。屍体にも外傷は愚か、中毒死らしい徴候さえ、残されていないのである。尚絶命を証明する時刻は、小卓の上に投げた、右手の甲の下で、腕時計の硝子が割れていて、その指針が正二時を指しているだけでも、明らかだった。

「やはり、心臓麻痺ですかな」

屍体を弄《いじ》っている法水の背後から、杏丸が声をかけた。

「空気栓塞《せんそく》には、猛烈な苦悶が伴いますし、流涎《よだれ》や偏転の形跡もないのですから、脳溢血とも思われませんし……。それに、こんな開放された室内では、有毒瓦斯《ガス》は用をなさんでしょう」

「そうです。そうあってくれると、実に助かるんですよ」

法水は何故か、反対の見解を匂わせたが、今度は屍体の周囲を調べ始めた。

鍵束は枕の下にそっくりしていて、杏丸の話では、各々《それぞれ》の室ごとに鍵の形が異なっているそうであった。が、彼はすぐ寝台から離れて、付近の床上に眼を停めた。

その辺一体に、ひしゃげ乾《こわ》ばった膀胱《ぼうこう》みたいなものが、四つ五つ散乱しているのであるが、その一寸程の袋体のものは、杏丸医学士の説明により、俄然注目さるるに至った。

「実は私も不審に思っているのです。これは、幹枝の腹水と一緒に取り出された、膜囊なんですからね。当時、三十幾つか取り出されて、現在は屍蠟室の硝子盤の中に貯蔵されているのですがなかには膜が、相当強靭《きょうじん》なものもあるのですよ」

「なるほど」

と法水も頷いたが、

「全く腹腔内の異物が、こんな所に散乱しているなんて、実に薄気味悪い話です。けれども、そう思うのは、これを犯罪の表徴《シンボル》だとするからですよ。もし、兇器の一部だとしたら……」

「オヤオヤ、他殺説を持ち出されると、前が私の室ですからね。しかし、この膜嚢に有毒瓦斯《ガス》を詰めたと仮定しても、これだけの距離を投擲《とうてき》する前に、第一この薄い膜が無事ではいないでしょう。そうすると今度は、中庭に足跡がないと、いうことになってしまうのです」

と嗤うような杏丸の顔に、法水は皮肉な微笑を投げた。

「いや、足跡なんぞは要りません。大体この膜嚢は、中庭とは反対の方角から、投げられているのですからね」

膜嚢の一つ一つを指し示して、

「貴方は、此処にある全部を連ねて行くと、その線が、屍体を中心とした、半円なのに気が付きませんか。その放射状に、なんだか意味がありそうですね。そうなると、後の硝子窓には、掛金が下りているのですから、この形が何となく、博士に加わった不可解な力を、暗示しているようじゃありませんか。とにかくこの情況は、明白に自然死ではありません。そして、他殺にしろ自殺にしろ、この形に、博士の死の秘密があるのです」

こうして、死因不明のままに博士の室を出ると、その足で、調査を河竹医学士の室に移した。

その室は、同じ棟の中で、間に小室を一つ挟んでいるのだが、窓は凡て鎖《とざ》され、打ち破った扉だけが開かれていた。室の四辺は、殆ど実験設備が埋めていて、その中央に、寝衣《ねまき》の上にドレッシングガウンを羽織った河竹医学士が、扉《ドア》の方に足を向け、大の字なりに俯伏している。

そして、その背後には、恰度《ちょうど》心臓部に当る辺に、柄も埋まらんばかりに深く、一本の短剣が突き刺さっているのだが、血は創口《きずぐち》の周囲に盛り上っているだけで、付近には血滴《けってき》一つない。おまけに、室内で眼に止った現象といえば、屍体の足下に椅子が一脚倒れているのみであった。

なお、短剣も河竹の所有品で、犯人が手袋を用いたと見え、柄には指紋が残っていない。こうしてすべての情況が、その即死したらしい有様といい、何もかも博士の室と酷似していて、格闘の形跡は勿論のこと、犯人が跳躍した跡は、何処にも見出されないのである。が、然し、扉の鍵が寝衣の衣袋《かくし》にある所を見ると、密閉された室に、神変不思議な侵入を行った犯人の技巧には、法水も眩惑《げんわく》に似た感情を抑える事が出来なかったのである。

やがて、屍体から右手の壁にある、鳩時計が鳴き始めると、法水はその側にある、実験用の瓦斯栓《ガスせん》までも調べたが、それが最後で、全部の調査を終ったらしく、彼に似《に》げない吐息を吐《は》いて言った。

「こりゃ全く、手の付けようがない。内出血が起って、外部へ流れた血が少ないので、刺された時の位置さえ判らんのですよ」

「然し、二時前後に博士を殺して、それから夜が明けて、八時ごろ河竹を殺すまでに、犯人は一体どこに潜んでいたのでしょうな」

と杏丸が、心持《こころもち》仄《ほの》めかすようにいったが、法水はその言葉に、不快気な眉を顰《ひそ》めただけで、答えなかった。

そして次に、三人の来島者を訊問することになったが、二人の男は、何《いず》れも杏丸と同じく、昨夜は就寝後室を出ず、今朝騒がれて初めて知ったというのみの事で、黒松九七郎《くしちろう》という癩患者の弟は屍体買入代価の増額を希望しているのみであったが、東海林泰徳《たいとく》というアディソン病患者の父は、さすが職業が薬剤師だけに、病の性質上死期の早かった点に、濃厚な疑念を抱いているかのような口吻《くちぶり》だった。

所が、最後の番匠鹿子になると、胸に手を当てて、思い出に耽《ふけ》るかのような彼女の口から、影も形もない五人目の人物の存在を、明確に指摘している所の、実に不気味な、目撃談が吐かれて行ったのである。

「たった一目妹を見たいと思ったばかりでした。昨夜一時ごろ、あのひどい濃霧の中を、私は屍蠟室の窓下へ参りました。でどうやらこうやら、鎧窓《よろいまど》の桟だけを、水平にする事が出来ましたが見えたのは、嚢《ふくろ》のようなものが浮いている、硝子盤らしいものだけで、それが擦《す》った、燐寸《マッチ》の火に映っただけで御座います。けれども、その時あの室の中に誰かいるような気配が致しました」

「冗談じゃない。三つの死蠟の他誰がいるものですか。あの室は、院長以外には絶対に開けられんのですよ」

　杏丸医学士が険相な声を出すと、鹿子はそれを強くいい返して、

「それでなければ、妹はじめ二人の方が、生きていた事になるのです。実は私、不思議なものを見たのですわ」

　と、まざまざ恐怖の色を泛かべて、鹿子は語り始めた。

「その折、何処かで二時を打ちましたが、私は最後に残った、一本の燐寸を擦りました。すると急に硝子盤が、真白な光で明るくなったかと思うと、恰度内部《なか》を掻《か》き廻しているかのように、嚢《ふくろ》のようなものが浮きつ沈みつ動いて行くのです。それも、ホンの一二秒の間でしたが、私はハッと思った瞬間、駭《おど》きと疲労とで、気を失ってしまったので御座います。断じて、幻覚では御座いません。その真実なことは、是非信じて頂きたいと思いますわ」

　驚いた二人は、思わず慄然としたように視線を合わせたが、杏丸は信ぜられないかの如くに呟いた。

「もし、なかの膜嚢が、破れてでもいるのでしたら、腐敗瓦斯《ガス》の発散で、動くこともあるでしょうがね。然し、その光というのだけは、どうしても判らん。確かに吾々以外の人物が潜んでいるんだ——其奴《そいつ》が屹度《きつと》犯人なんですよ」

　そして、狐《きつね》の様に刺々《とげとげ》しい、鹿子の顔を凝視《みつ》めるのだった。

　こうして、訊問は終了したが、鹿子はコスター聖書に関して、片言《かたこと》さえも洩らさなか

ったし、一方法水も、鹿子の不在証明《アリバイ》を追求しようともしなかったのである。

然し、法水は何事か思い付いたと見えて、杏丸を残して、二時間程この室を留守にしていたがやがて戻って来ると、愈《いよいよ》最後の調査を、死蠟室で行うことになった。

死蠟室は、事件の起った一棟の右手にあって、その室だけには、窓に鎧扉が付いていた。その二重扉の内側には、堕天女《だてんにょ》よ去れ——と許りに下界を指差している、忉利天《とうりてん》の主帝釈《あるじたいしゃく》の硝子画《え》が嵌まっていた。

そして扉の前に立つと、異様な臭気が流れて来て、その腐敗した卵白のような異臭には、布片で鼻孔を覆わざるを得なかったのである。然し室内には、曽《かつ》て何人も見なかったであろう所の、幻怪極まりない光景が展開されていた。

それを、陰惨などというよりも、千怪万状の魁奇《かいき》もここまで来れば、恐怖とか厭悪《えんお》とかいう、感情などは既に通《とう》り越していて、まず一枚の、密飾画然とした神話風景といった方が、適切であるかも知れない。

扉《ドア》の右手には、朱丹《しゅたん》・群青《ぐんじょう》・黄土・緑青《ろくしょう》等の古代岩絵具の色調が、見事な色素定着法で現わされている、二人の冥界の獄卒が突っ立っていた。

右はアディソン病患者の青銅鬼で、緑青色の単衣《ひとえ》を纏い、これはやや悲痛な相貌であるが、左手の赤衣を着た醜怪な結節癩は、その松果形《まつかさ》をした瘡蓋《かさぶた》が、殆ど鉱物化していて鋳金《ちゅうきん》としか思われず、それが山嶽《さんがく》のように重なり合って眼も口も塞ぎ、おまけに、その雲を突かんばかりの巨人が、金剛力士さながらに怒張した四肢を張って、口を引《ひ》ん歪《ゆが》め、半ば虚空を睥睨《へいげい》しているのだ。

そして、その二人に挟まって蹲《しゃが》んでいるのが、頭髪を中央から振り分けて、宝髻《ほうき》形《がた》に結んでいる、裸体の番匠幹枝だった。肋骨《ろっこつ》の肉が落ち窪み、四肢が透明な琥珀《こはく》色に痩せ枯れた白痴の佳人は、直径二尺に余る太鼓腹を抱えて、今にもそれが、ぴくぴく脈打ち出しそうだった。

然し法水は、それに一瞥を呉れたのみで、すぐ死蠟と窓との間にある、卓子《テーブル》の側に歩んで行った。

幹枝の腹から出た腹水と、膜嚢を容れた大きな硝子盤が、その上に載っていて、褐色をした濁った液体の中に、二十余り鼈《すっぽん》の卵みたいに、ブヨブヨしたものが浮いていた。そして、異臭も腐敗した腹水から、発していることが判った。

其処で、杏丸を顧みて法水がいった。

「この腐敗瓦斯には、硫化水素の匂いが強いじゃありませんか。硝子盤の下の布も、淡緑色に変色していますぜ。多分犯人は、これから純粋の瓦斯を採取して、それを膜嚢に充《み》たしたもので、博士を殺した、とでもたしか思わせたかったのでしょう。けれども、生憎硫化水素は、患者の毒気といわれるほどで、到る処に痕跡を残して行くのです。それに、仮令《たとえ》純粋のものでも、昨夜のような、猛烈な濃霧に遇《あ》っちゃたまりませんよ。散逸する以前に、何より水蒸気が、吸収してしまいますからね。さてこれから、鹿子の目撃談を解剖しますかな」

と、法水は窓際に立って、暫く中腰になり、硝子盤と睨《にら》めっこしていたが、やがて莞《かん》爾《じ》と微笑んで腰を伸ばした。杏丸医学士は、その様子を訝《いぶか》しがって、法水と同じ動作を始めたが、この方は、単に不審を増すに過ぎなかった。

「僕には、貴方が得たり顔をした、理由が判りません。疑問はいよいよ深くなる一方じゃありませんか。破れた膜嚢がないのですから、第一浮動した説明が、付かないでしょう。それに、鹿子が見た光というのが、また問題です。それが、ガラス窓越しに中庭の向うから放たれたのだとすると、見た通りガラス盤の後方は、二人の死蠟が着ている、朱丹と緑青色の布とで塞がっているのですから、あの様に真白に見える、気遣いはないのです。いよいよ以って、妖しい光は、ガラス盤の周囲で起ったことになりますよ。犯人は、明白に吾々四人以外の、霧のような人物です。それなのに、どうして貴方は？」

「その理由はほかにあるのですよ」

法水は静かにいった。

「で、こういったら、或は皮肉と考えられるかも知れませんが、鹿子の目撃談が、真実に証明されたからなんです。ねえ杏丸さん、その刻限が、恰度博士の絶命時刻に、符合しているでしょう。ですから、暈《ぼう》っとした気体のようなものから、結晶を作ってくれる、媒剤を発見した気持がしたのですよ。つまり、以毒制毒《いどくせいどく》の法則が使えるからです。謎を以って謎を制すのです」

「だが、犯罪の捜査に弁証法は信ぜられませんな」

杏丸は反駁《はんばく》した。

「何より直覚ですよ。貴方は何故鹿子を追求しないのです？」

「ハハハハハ、ところが、鹿子より以上の嫌疑者がいますぜ」

「なに、鹿子以上の？」

杏丸は驚いて叫んだ。

「それが杏丸さん、貴方だとしたらどうしますね」

法水は止めを刺すようにいった。

「先刻、貴方の実験室の棚の中から、こんなものを発見したのです。このくの字なりの木片は、御覧の通り飛去来器《ブーメラング》（いわゆる『飛んで来い』という玩具）です。そして、それを銜《くわ》えている、穴のある紙製の球形は何でしょうかねえ。僕は大体において、この事件が判ったような気がして来ました。サア、貴方がたは本島の方へ行って、しばらく僕を静かに考えさせて下さい」

三、コスター聖書を曝く

真積博士をはじめ関係者一同が、片唾をのんでいる席上へ、法水が現われたのは、日没を過ぎて間もなくの事だった。そして、席につくや静かにいった。

「犯人が解りました」

「コスター聖書の在所《ありか》もですか」

サッと引き緊《しま》った空気の中で、まるで殺人事件には関心がないかのよう、鹿子が始めてコスター聖書のことを口に出した。

その唇は鉛色に変って、戦《おのの》いている顳顬《こめかみ》からは汗が糸を引き、その眼には明らかに、0の素晴らしい行列を追うている、卑しい欲求が燃え熾《さか》っている。

「左様、コスター聖書もです。では、順序を追ってお話し致しますが、所で、私を分析にまで導いて呉れた鍵《キー》というのが、何あろう鹿子さん、実は貴方の眼だったのですよ」

と騒然となった一同を制して、法水は語り始めた。

「如何にも、あの目撃談は真実です。まさに、妖しい白光が起り、内部の膜嚢は動いたのでした。すると、無論その光の光源が、硝子盤の付近にあれば、事実あの室に人間が潜んでいたか、それとも、超自然の妖怪現象になるのですが、飽くまでも実在性を信じたい私は、その光源を、硝子盤の遙か後方に持って行ったのです。けれども、硝子盤の背後には死蠟が着ている、朱丹と緑青色の衣裳があって、それが障碍《しょうがい》になります。然し、この場合は却ってその障碍が、鹿子さんの眼にあり得ない不思議を映したのでした。鹿子さん、たしか貴方の眼は、軽微な赤緑色盲に罹《かか》っているのですね」

「それを、よくマア御存知で……」

と思わず鹿子は、驚嘆の声を発して、法水の顔を呆れたように見入った。

しかし、法水は事務的に続ける。

「ところで、生理学の術語にフューゲル彩色表という言葉がありますが、彩色した表面に灰色の文字《もじ》を書いて、その上を薄い布で覆うと、色盲には、その字が消えていて読めないのです。あの場合が恰度《ちょうど》それに当て嵌《はま》っていました。つまり、一口でいうと、後方に起って硝子盤の中に入った光が、赤と緑の布を通過しているのですから、それを透した褐色の腹水は、鹿子さんの眼には灰色としか映《み》えません。従って、なかにある、同じ色の膜嚢は消えてしまったのです。しかもそれが燐寸の火で見た瞬後なのですから、恰度膜嚢が、浮動するような錯覚を起したのですよ。皆さん、こうして私は、硝子盤の後方に、光るものを証明することが出来たのですが、さてその光源が何処にあったかというと、それは幾つかの硝子窓を隔てた、兼常博士の室だったのです」

そして、法水が飛去来器《ブーメラング》と紙製の球体を取り出したのを見ると、杏丸は顔を伏せ、焦《いら》だたし気に爪を噛み始めた。

法水は続けて、

「実は、この二つのものが、博士の室の対岸にある、杏丸氏の実験室から発見されたのですが、投げた手許に再び戻って来る、飛去来器《ブーメラング》の性能を考えると、どうしても、杏丸氏に疑惑をかけざるを得ません。それにこの、所々円孔《えんこう》の空いた紙製の球体は、花火の弾殻《だんから》なのですよ。そうすると、膜嚢に有毒気体を充たしたものを孔につめて、弾殻には極く力の弱い煙硝を使い、そして、飛去来器《ブーメラング》に噛《か》ませて、それを飛ばせたとすれば、適当な場所で煙硝の燃焼から飛び出した膜嚢が、恐らく死因不明の即死を起させやしないでしょうか。勿論、弾殻は飛去来器《ブーメラング》に伴って、再び手許に戻って来るのですが、その時の火花が、幾つかの硝子窓を通って、屍蠟室の硝子盤に映じたのです」

その瞬間杏丸に向けて、何やら含んでいそうな視線が、一斉に注がれた。

が、法水には抑揚さえも変らなかった。

「然し、もう一歩進んで、飛去来器《ブーメラング》特有の弧線飛行を――殊に復路の大きな弧線――を考えると、杏丸氏の室を基点とする容易《たやす》い解釈が、実に誤った、皮相な観察に過ぎない事が判るのです」

それから、見取図に弧線を描いて、法水は説明を続けた。

「御覧の通り、杏丸氏の実験室からでは、位置が一寸斜《ちょつとはすか》いになっているので、弧線のために、隣室へ打衝《ぶつか》ってしまうのです。また、煙硝が直接火を呼ばないためには、導火線の長さも考えなければなりません。そうすると、飛去来器《ブーメラング》使用の犯行が、すっかり行き詰まってしまうのですが、私は不図《ふと》した思い付きで、復路が終わろうとする際に、もう一度、飛来する力を与えたらと思いました」

「なに、もう一度……」

真積博士は、驚いたように顔を挙げたが、その眼を法水は、冷やかに弾き返して、

「つまり、折り返した時の大きな弧線の中途で、反対の方向へ、もう一度弾き飛ばす動力に思い当ったからです。その力が、煙硝の燃焼でした。そうなると、今度は基点が変って、博士と同じ棟にある、河竹の室になるのですが、まず飛去来器《ブーメラング》を、対岸の杏丸氏

の実験室に飛び込ませるとその折返《おりかえ》した大きな弧線が、兼常博士の室に入ります。その時、煙硝が燃えたのですから、膜嚢を排出した時の排気の反動で、恰度ロケットのような現象が現われたのです。ですから、その新しい力を与えられた飛去来器《ブーメラング》は、再び来た線を逆行して、もとの杏丸氏の実験室の中へ飛び込んでしまったのですよ」

そうなってみると、一体犯人が誰なのやら、とんと霧中を彷徨《さまよ》うの感じだった。現象的には、解決の近さを感ずるとは云え、肝心な一人の名——それが法水の口から、何時《いつ》かな容易に洩れようとはしない。

「要するにこれは、犯罪を転嫁しようという行為なのですが、飛去来器《ブーメラング》といい花火といい、十分理学的に計算出来る性質のものですから、この犯行には相当の確実性がありますす。使った有毒気体は、屍体に青酸死の徴候がない所を見ると、多分砒化《ひか》水素だったのでしょう」

「だが、瓦斯《ガス》は散逸してしまうぜ」

真積博士は、もう一度反駁した。

「所が一瞬に床へ下降させたものがあったのだ。それに、あの猛烈な濃霧《ガス》さえなければね」

と法水は皮肉にいい返してから、

「所で、霧の中へ、温度の違う気流が流れると、霧が二つに分れる現象を御存知でしょうか。つまり、ヘルムホルツなどという、偉い学者の名を使わなくても、水蒸気の壁と温度の相違が、散逸を防ぐからなのです。ですから、昨夜の濃霧は、犯人にとると此の上もない好機だったのですが膜嚢が破れて飛び出した砒化水素は、炸裂《さくれつ》に際して起る旋廻気流が上方にあったため、それに押されて、長い紐状となって下降して行きました。そして、その一端が、博士の鼻孔に触れたのです」

「すると、犯人は？」

「無論、河竹医学士です」

「では、その河竹を殺した者は？」

「所が、河竹は自殺したのです」

　法水は笑った。ああ、凡ゆる情況が転倒されてしまったのだ。

「河竹の捻《ひね》れた性根は、自分の非運を何人《なにびと》かにも負担させようとして、実に驚くべき技巧を案出しました。あの短剣は、横手にある実験用瓦斯の口栓から、発射されたのでした。まず河竹は短剣の柄《つか》を栓の口に嵌め込んでから、そこと元捻迄《もとねじ》の鉛管に小さな孔を開けて、其の部分の空気を排気喞筒《ポンプ》で抜いてしまったのです。そして元捻には蝶形の一方に糸を結び付け、片方の端を、鳩時計の小さい扉の中にある、螺旋《らせん》に結び付けました。その螺旋は、一時間毎に弛んで、弛んだ時に小扉が開き鳩が動くのですが、勿論その仕事は、時間が来て小扉が開く、直前になされたと見なければなりません。すると、時刻が来て、鳩の出る扉が開くと、糸が押されてピインと張るので、蝶形を引いて瓦斯の栓を開きます。そして、真空の中に噴出する悽まじい力が、口元の短剣を発射させたのでした。然し、計量器のねじが閉っているので、噴出した僅かな量は、瞬く間に散逸してしまいました。また、一方の糸は手許に引いた機《はず》みに蝶形から抜けて、その後一時間の間に、鳩時計の螺旋の中に納められてしまったのですよ」

「では、やはり河竹が犯人だったのか。それにしても、一体どう云う動機で……」

と同じような意味を、真積博士と杏丸医学士とが、眼の中で囁き続けているうちにも、法水は舌を休めなかった。

「で、その動機をいうと、自分に兼常博士を殺させたものが、途方もない正体を現わしたからで、それはいうまでもなく、コスター聖書でした。河竹は、漸《ようや》くその在所《ありか》を知ることが出来たので、強奪を企んで兼常博士を殺したのですが、不思議なことにコスター聖書は、自身を河竹に奪わせなかったのです」

「おお」

鹿子は思わず狂的な偏執を現わし、卓子《テーブル》の端をギュッと摑んだ。

「如何にも、河竹に続いて、私はコスター聖書の秘蔵場所を突き止めました。それには、無論あの骨牌《カード》に示された、博士の謎を解いたからですが、あれは非常に他愛なく、こんな具合に解けて行くのですよ」

法水は、始めて莨《たばこ》を取り出し、悠々暗号の解読を始めた。

「大体、モルランド足というのが八本趾《ゆび》で、普通より三本多いのですから、その剩《あま》った三という数字が、この場合三字を控除せよ――という意味ではないかと思いました。そして、とつおいつの挙句、モンドの三字を除いて、さて残ったラとルとで、今度はラを左へ横倒しにしてみると、丁度その二つが、紙に書いたルの字を裏表から眺めた形になりましょう。これこそ、死蠟室の扉にある、帝釈天の硝子画ではないでしょうか。また鋤《スペード》の女王《クイン》は、そのどう向けても同じ形のところから、井という字の暗示ではないかと考えたのです。それで、硝子画の帝釈が指差している床下を探ると、果してそこに、自然の縦孔があって、コスター聖書はその中から発見されました」

そういって鹿子に向き直り、法水は莞爾《にっこり》と微笑んだ。

「然し、その所有は明らかに貴女へ帰すべきです」

法水の衣袋《ポケット》から、時価一千万円に価する稀覯《きこう》本が取り出される刹那《せつな》は、恐らく歴史的な瞬間でもあったし、また驚異と羨望とで、息吐く者もなかったであろう。が取り出されたものを見ると、一同はアッと叫んだ。

なんとそれが、聖書は愚か、似てもつかぬ胎児のような形をした、灰色の扁平《ひらべた》いものに過ぎなかったのだ。

鹿子は怒りを罩《こ》めて叫んだ。

「お戯れは止めて下さい。サア早く、コスター聖書を」

「これがそうなのです。兼常博士は、この胎児の木乃伊《ミイラ》をコスター聖書に比喩《たと》えたのですが、その理由はというと、双胎《そうたい》の一方が圧《お》し潰《つぶ》されて出来る紙形胎児を、単に他の美しい言葉と換えたに過ぎなかったのです」

法水は、今にも泣き出しそうな鹿子の顔を見ながら、静かにいった。

「幹枝さんに妊《みごも》ったのは、双胎児だったのですよ。所で、虚弱な双胎児は、片方が死ぬと、残された方が健全に育つのですが、幹枝さんのも恰度それで、つまり、一方の犠牲になったというのを、切角同時代に印刷器械を発明して聖書を作りながらも、グーテンベルクの光輝のため、暗の中へ葬られた不運なコスターに比喩えたのです。ねえ皆さん、兼常博士と河竹医学士の生命を絶ったものは、実に、この一つの比喩にすぎなかったのですよ」

オフェリヤ殺し

序、さらば沙翁舞台よ

すでに国書の御印も済み
幼友達なれど　毒蛇とも思う二人の者が
使節の役を承わり、予が行手の露払い
まんまと道案内しようとの魂胆。
何でもやるがよいわ。おのが仕掛けた地雷火で、
打ち上げられるを見るも一興。
先で穿《うが》つ穴よりも、三尺下を此方《こっち》が掘り
月を目掛けて、打上げなんだら不思議であろうぞ。
いっそ双方の目算が
同じ道で出会《でっく》わさば、それこそまた面白いと云うもの。

〔と云いつつ、ポローニアスの死骸を打ち見やり〕
この男が、わしに急《せ》わしい思いをさせるわい。
どれ、この臓腑奴《ぞうふめ》を次の部屋に引きずって行こう。
母上、お寝みなされ。さてもさて、この顧問官殿もなあ
今では全く静粛、秘密を洩らしもせねば、生真目《きまじめ》でも御座る。
生前多弁な愚か者ではあったが
ささ、お前の仕末もつけてやろうかのう。
お寝みなされ、母上。
〔二人別々に退場――幕〕

そうして、ポローニアスの死骸を引き摺《ず》ったハムレットが、下手に退場してしまうと、「ハムレットの寵妃《クルチザン》」第三幕第四場が終るのである。緞帳の余映は、薄《う》っすらと淡紅《とき》ばみ、列柱を上の蛇腹から、撫で下ろすように染めて行くのだった。その幕間は二十分余りもあって、廊下は非常な混雑だった。左右の壁には、吊燭台《つりしょくだい》や古風な瓦斯灯《ガスとう》を真似た壁灯が、一つ置きに並んでいて、その騒ぎで立ち上る塵埃《じんあい》のために、暈《ぼっ》と霞んでいるように思われた。そして、あちこちから仰山らしい爆笑が上り、上流の人達が交わす嬌声《きょうせい》の外は、何一つ聴こえなかったけれども、その渦の中で一人超然とし、絶えず嘆くような繰言を述べ立てている一群があった。

その四五人の人達は、どれもこれも、薄い削いだような唇《くちびる》をしていて、話の些《さ》中には、極まって眉根を寄せ、苦い後口を覚えたような顔になるのが常であった。その一団が、所謂《いわゆる》Viles（碌でなしの意味――劇評家を罵る通語）なのである。

彼等は口を揃えて、一人憤然とこの劇団から去った、風間《かざま》九十郎《くじゅうろう》の節操を褒め讃《たた》えていた、そして、法水麟太郎《のりみずりんたろう》の作「ハムレットの寵妃《クルチザン》」を、「悼ましき花嫁《ゼ・マウリング・ブランド》（チャールス二世朝の淫靡を代表すると云われるウィリアム・コングリーヴの戯曲）」に比較して、如何にも彼らしい、ふざけるにも程がある戯詩《パロディ》だと罵《ののし》るのであった。

が、訝《おか》しい事には、誰一人として、主役を買って出た、彼の演技に触れるものはなかったのである。所が、次の話題に持ち出されたのは、いまの幕に、法水が不思議な台《せり》詞《ふ》を口にした事であった。

その第三幕第四場――王妃ガートルードの私室だけは、ほぼ沙翁《さおう》の原作と同一であり、ハムレットは母の不貞を責め、やはり侍従長のポローニアスを、王と誤り垂幕《たれまく》越しに刺殺するのだった。その装置には、背面を黒い青味を帯びた羽目《パネル》が繞《めぐ》っていて、額縁《プロセニアム》の中は、底知れない池のように蒼々としていた。そうした、如何にも物静かな、悲しい諦《あきら》めの空気は、勿論申し分なしに王妃の性格を――弱き者《フレイリー》よと嘲られる、弱々しさを様式化してはいたが、俳優二人の峻烈な演技――わけても王妃に扮する、衣川暁子《きぬがわあきこ》の中性的な個性は、充分装置の抒情的な気息《いぶき》を、圧倒してしまうものであった。

所が、その演技の進行中、法水は絶えず客席に眼を配り、何者か知りたい顔を、捜し

出そうとするような、素振りを続けていた。そして、幕切れ近くなると、王妃との対話中いきなり正面を切って、

「僕は得手勝手な感覚で、貴方の一番貴重な、一番微妙なものを味い尽しましたよ。ですから、それを現実に経験しようとするのは、よそうじゃありませんか」と誰にとなく大声に叫んだのだった。

　勿論そのような言葉が、台本の中にあろう道理とてはない。或は、日々の悪評に逆上して、溜り切った鬱憤《うつぷん》を、舞台の上から劇評家達に浴せたのではないかとも考えられた。けれども、冷静そのもののような彼が、どうしてどうしてさように、端たない振舞を演じようとは思われぬのである。然し、そうして根掘り葉掘り、さまざま詮索を凝らしているうちに、ふと彼等の胸を、ドキンと突き上げたものがあった。

　と云うのは、はじめ座員に離反されて、失踪して以来、かれこれもう、二ケ月にもなるのだが、それにも拘らず、生死の消息さえ一

ハムレットの寵妃《クルチザン》

登場人物

ハムレット	法《のり》水《みず》麟《りん》太郎
王クローディアス	ルッドキッヒ・ロンネ
王妃ガートルード	衣《きぬ》川《がわ》暁《あき》子《こ》
父王の亡霊 待従長ポローニアス	淡路研二
ポローニアスの息 レイアティズ	小《こ》保《ぼ》内《ない》精一
同　娘 オフェリヤ	久《く》米《め》幡《はた》江《え》
ホレイショ	陶《すえ》孔《く》雀《じゃく》

向に聴かない風間九十郎のことである。

事に依ったら、何時《いつ》の間にか九十郎は、この劇場に舞い戻っていたのではないか。そして、こっそりと観客の中にまぎれ込んでいたのを、法水の炯眼《けいがん》が観破したのではないだろうか……。だが、云うまでもなく、それは一つの臆測であろうけれども、風間の神秘的な狂熱的な性格を知り、彼の悲運に同情を惜しまない人達にとると、何となくそれが、鬱然とした兆《きざし》のように考えられて来る。

何か陰暗のうちに、思いも付かない黙闘が行われているのではないか――そう考えると、はやそれから、秘密っぽい匂が感じられて来て、是非にも、最奥《さいおう》のものを覗き込みたいような、ときめきを覚えるのだった。

もしやしたら、この壮麗を極めた沙翁記念劇場の上に、開場早々容易ならぬ暗雲が漂っているのではないか――そうした怖れを浸々《しんしん》と感ずるほどに、この劇場は、既に風間の魂を奪い、彼の望みを、最後の一滴までも呑み尽してしまったのであった。

然し、何より読者諸君は、法水が戯曲「ハムレットの寵妃《クルチザン》」を綴《つづ》ったばかりでなく、主役ハムレットを演ずる、俳優として出現したのに驚かれるであろう。けれども、彼の中世史学に対する造詣《ぞうけい》を知るものには、何時か好む戯詩として、斯うした作品が生まれるであろう事は予期していたに相違ない。

その一篇は、「黒死館殺人事件」を終って、暫く閑地に暮しているうち、作られたものだが、もともとは、女優陶孔雀《すえくじやく》に捧げられた讃詩なのである。

現に孔雀は、劇中のホレイショに扮しているのだが、この新作《ニユー・ヴアージヨン》では、ホレイショが女性であって、ヴィッテンベルヒに遊学中、ハムレットと恋に落ちた娼婦と云う事になっている。

つまりその娼婦を、男装させて連れ帰ったと云うのが、悲劇の素因となり、全篇を通じて、色あでやかな宮廷生活が描写されて行く。そして、ホレイショはまず、嫉妬のためにオフェリヤを殺す。しかも一方では、王クローディアスやレイアティズとも関係するばかりでなく、末には諾威《ノルウエー》の王子フォーティンプラスとも通謀して、ハムレット亡き後の丁抹《デンマーク》を、彼の手中に与えてしまうのである。

その女ホレイショの媚体《びたい》は、孔雀の個性そのものであるせいか、曽《かつ》ての寵妃《ちようき》中の寵妃――エーネ・ソレルの妖泆《ようい》振りを凌《しの》ぐものと云われた。

従ってこの淫蕩極まりない私通史には、是非の論が喧囂《けんごう》と湧き起らずにはいなかった。第一、女ホレイショの模本があれこれと詮索されて、或は妖婦イムペリアだとか、クララ・デッティンだとか云われ、またグラマチクスの「丁抹史《ヒストリア・ダニカ》」や、モルの「文学及《デイ・エロテ》び芸術に於ける色情生活《イクス・イン・リテラツル・ウント・クンスト》」なども持ち出されて、些細な考証の、末々までも論議されるのだった。

然し、劇壇方面には、意外にも非難の声が多く、結局、華麗は悲劇を殺す――と罵られた。勿論その声は、風間九十郎に対する隠然たる同情の高まりなのであった。

風間九十郎は、日本の沙翁劇俳優として、恐らく古今無双であろう。のみならず、白鳥座《スワン》の騎士——と云われたほどに、往古のエリザベス朝舞台には、強い憧《あこが》れを抱いていた。

（前《ボーダー》、奥《ハインダー》、高《アッパー》）と、三部に分れる初期の沙翁舞台——。その様式を復興しようとして、彼は二十年前の大正初年に日本を出発した。それから地球を経めぐり、スタニスラウスキーの研究所を手始めにして、凡ゆる劇団を行脚《あんぎゃ》したのだった。

けれども彼の、俳優としての才能はともかくとして、その持論である演出の形式には、誰しも狂人として耳をかそうとはしなかった。そして、疲れ切った身に孔雀を伴い、敗残の姿を故国に現わしたのが、つい三年前の昭和×年——。

そう云えば、滞外中九十郎が、第二の妻を持ち、その婦人とは、ラヴェンナで死別したと云う噂はあったけれども、その浮説が遂に、混血児の孔雀に依り裏書された訳である。

然し、日本に戻ってからの九十郎には、言葉に不馴れのせいもあって、それは非度《ひど》い、厭人癖《えんじんへき》が現われていた。のみならず、声音《こわね》までも変ってしまって、その豊かな胸声は、さながら低音の金属楽器《ブラス》を、聴く思いがするのだった。然し、その後の生活と云えば、どうして不幸《すげ》どころではなかったのである。

二十年前情なく振り捨てた、先妻の衣川暁子も、その劇団と共に迎えてくれたのだし、当時は襁褓《むつき》の中にいた一人娘も、今日此の頃では久米幡江《くめはたえ》と名乗り、錚々《そうそう》たる新劇界の花形となっていた。そうして、僅かな間に、鬱然たる勢力を築き上げた九十郎は、秘かに沙翁舞台を、実現せんものと機会を狙っていた。

所へ、向運の潮《うしお》に乗って、九十郎を訪れて来たものがあり、それが外ならぬ、沙翁記念劇場の建設だった。最初その計画は、九十郎の後援者である、一、二の若手富豪に依って企てられたのだが、勿論その頃は、一生の念願とする、沙翁舞台が実現される運びになっていた。

ところが、そこへ他の資本系統が加わるにつれて、九十郎の主張も、いつかは顧みられなくなってしまった。それではせめて、クルーゲルの沙翁舞台とも――と嘆願したのであったが、それさえ一蹴されて、ついにその劇場は、バイロイト歌劇座《オペラ》そっくりな姿を現わすに至った。

もちろん舞台の額縁《プロセニアム》は、オペラ風のただ広いものとなった。また、その下には、隠伏奏楽所《ヒッズン・オーケストラ》さえ設けられて、観客席も、列柱に囲まれた地紙形の桟敷《さじき》になってしまった。これでは、如何《いか》にしようとて、沙翁劇が完全に演出されよう道理はない。九十郎は一切の希望が、その瞬間に絶たれてしまったのを知った。

しかも、それと同時に、彼を悲憤の鬼と化してしまうような、出来事が起った。と云うのは、一座が九十郎を捨てて、一人残らず劇場側に走ってしまったからである。

恐らくその俸給の額は、絶えず生計の不安に怯え続け、安定を得ない座員の眼を、眩《くら》ますに充分なものだったであろう。わけても、妻の暁子から娘の幡江、孔雀までが彼を見捨てたのであるから、ついに九十郎は、一夜離反者を前にして、激越極まる告別の辞を吐いた。そして、その足で、何処ともなく姿を晦《くら》ましてしまった——と云うのが、恰度二月ほどまえ、三月十七日の夜のことだったのである。

それなり、バルザックに似た巨軀は、地上から消失してしまい、あの豊かな胸声に、再び接する機会はないように思われた。が、また一方では、それが法水麟太郎に、散光《ライム》を浴びせる動機ともなったのである。

あの一代の伊達男《だておとこ》——犯罪研究家として、古今独歩を唱われる彼が、はじめて現場ならぬ、舞台を踏む事になった。然し、決してそれは、衒気《げんき》の沙汰でもなく、勿論不思議でも何でもないのである。曽て外遊の折に、法水は俳優術を学び、しかもルジェロ・ルジェリ（アレキサンドル・モイッシイと並んで、欧州の二大ハムレット役者）に師事したのであるから、云わば本職はだしと云ってよい——恐らく、寧ろハムレット役者としては、九十郎に次ぐものだったかも知れない。

従って、興業政策の上から云っても、彼の特別出演は上々の首尾であり、毎夜、この五千人劇場には、立錐の余地もなかった。そして、恰度《ちょうど》その晩——五月十四日は、開場三日目の夜に当っていた。

一、二人亡霊

法水の楽屋は、大河《おおかわ》に面していて、遠見に星空をのぞかせ、白い窓掛が、帆のように微風をはらんでいた。

彼が、長剣の鐺《こじり》で扉をこづき開けると、眼一杯に、オフェリヤの衣裳を着た、幡江の白い脊《せ》が映った。そして、卓子《テーブル》を隔てた前方には、前の幕合《まくあい》から引き続き坐り込んでいる、支倉《はぜくら》検事と熊城《くましろ》捜査局長が椅子に凭《もた》れていた。

検事は法水の顔を見ると、傍《かたわら》の幡江を指差して云った。

「ねえ法水君、実はさっきから、このお嬢さんが、君に役者を止めろ——と云っているんだぜ。とにかく、俳優としてよりも、探偵としての、君であって欲しいと云うんだからね」

その言葉が幡江の表情を硬くしたように思われた。久米幡江は、半ば開いた百合のように、弱々しい娘だった。

頸は茎のように細長く、皮膚は気味悪いほどに透明で、血の管が一つ一つ、青い絹紐のように見える。そして、肩の顫《ふる》えを見ても、何か抑え切れない、感動に戦《おのの》いているらしかった。

幡江は法水を振り向いて、その眼を凝然《じっ》と見詰めていたが、泣くまいと唇を噛んでいるにも拘らず、やがて二筋の涙が、頬を伝って流れ落ちた。

それに、法水は静かに訊ねた。

「ねえ、何を泣いているんです。貴方のお父さんの行衛《ゆくえ》なら、僕はその健在を、断言してもいいと思いますがね。いいえ、大丈夫——十日の興業《レスペックタブル》が終ってからでも、結構間に合うんですから。今朝の英字新聞で、僕の事を畏敬すべき——と云いましたっけね。だがそれは、一体どっちなんでしょうか。俳優としてか、それとも、探偵としての法水にでしょうか」

「ええ、お話したいのは父の事なんですけど」

幡江の瞳が、異様に据えられたかと思うと、みるみる全身が、はちきれんばかりに筋張って来た。「貴方は、いまの幕の亡霊を、淡路《あわじ》さんの二役だとお思いになりまして」

その亡霊と云うのは、云うまでもなく、ハムレットの父王の霊の事である。所が、配役の際に、その亡霊役一つだけが余ってしまったので、止むなく法水は、台本を訂正しなければならなくなった。

と云って、王クローディアスに扮する、独逸《ドイツ》人俳優ルッドイッヒ・ロンネは、傍《かたわら》演出者を兼ねているのだし、レイアティズ役の小保内精一《こぼないせいいち》は、音声上役どころでないと云った訳で、よんどころなく亡霊の台詞を消し、ポローニアスの屍体を、幕切まで露《あら》わさないようにした。そしてその間に、その役の淡路研二《けんじ》を使って、一人二役を試みるより外になかったのである。

つまり、垂幕の蔭を切り穴《グレイウ・トラップ》の上に置いて、その中で、亡霊の扮装と吹き換えを行い、それが済むと淡路は穴から奈落に抜け、舞台の下手《しもて》に現われると云う趣向にした。然し、何故に幡江は、その二役の淡路に疑念を抱いているのであろうか。法水はその一度で、好奇心の網をスッポリと冠せられてしまった。

「では、その吹き換えの謎を、淡路君に訊ねてみましたか。合憎とあの男は、僕の剣を喰ったが最後なんです。何しろ殺されたポローニアスなんですからね。あの狭い中で、動けばこそですよ。それで、僕に斯んな愚痴話をしましたがね。——苦しいの何のって、垂幕に向っては、碌々《ろくろく》充分に呼吸《いき》さえつけないって」

「ええ、あの方は、私にいい加減な嘘を並べ立てました。だって、あの亡霊は、擬《まぎ》れもない父だったのですから」

　幡江の淑《しと》やかな頰に、血の気がのぼって、神経的な、きっぱりした確信を湛えた顔に変ってしまった。

が、それを聴いた瞬間、検事と熊城は椅子を揺《ゆす》って笑いこけたが、法水だけは、この娘の幻に、不思議な信頼を置いているかの如く見えた。

「それは斯うなんですの。ねえ法水さん。貴方だけは真面目にお聴き下さるでしょうね。いまの幕の間に、私は下手の舞台練習室に居りました。それは、入水（小川に落ちて溺れるオフェリヤ最後の場面）の際の廻転に馴れるよう、実は稽古して居たからなんです。と云いますのは、身体《からだ》の調子のせいですかしら、どうも廻っているうちに、胸苦しくなって来るのです。それで、母も孔雀さんも、前々から、身体だけは馴らして置いた方がいい——と云うものですから、彼処《あすこ》の廻転椅子で、その稽古をする気になりました。所が、その椅子にかけて、緩く廻って居りますうちに、いきなり私の身体が慄《ぞっ》と凍り付いて、頭の頂辺《てっぺん》にまで、動悸がガンガンと鳴り響いて参りました」

「そうですか。しかし、貴女《あなた》に休演されることは、この際何よりの打撃なんですからね。

出来ることなら、少しくらいの無理は押し通して頂きたいんですよ。本当は、二三日静養なさるといいのですがね。わけてもそう云う、幻覚を見るような状態の時には……」

法水は、憮然と語尾を消したが、それが却って、幡江の熱気を掻き立てた。

「ああ、貴方も幻だと仰言《おつしや》るのね。ところが法水さん、その幻が――それが、どうしてどうして、幻とは思われないほど、鮮やかな形で現われたのですわ。御存知の通り、あの室には入口が二つありまして、一つは舞台裏に、もう一つは舞台の下手に続いているのですが、その時舞台から、退場して来る亡霊と云うのが、なんと父では御座いませんでしたろうか。ねえ法水さん、あれは他の老役《ふけやく》とは違いまして、貴方の好みから、沙翁の顔を引き写したので御座いましょう。ですから、髭も顎鬚《あごひげ》も細くて、そこから鼻にかけての所が、恰度光線の工合で、十字架のように見えるのです。すると、その亡霊の髭が、絶えずビクビク動いているのでした」

「しかし、髭が動いたと云う事に、何か特別の理由でもあるのですか」

「ええ、無論のこってすとも。それが隠そうたって、隠し了《おお》せない、父の習慣なんですから。父はいつも、顔にチック（ビクビク顔を顰める無意識運動）を起す癖があるんですの。ですから、懐かしさ半分、怖さ半分で、言葉が咽喉にからまり、目の前に靄《もや》のようなものが現われて来て、もしやしたら、父は死んでいるのではないかと思うと、その顔に覗き込まれたように慄然《ぞつ》となって、もう矢も楯もなく、私はハッと眼を瞑《と》じてしまいました。すると、その反動で、廻転椅子が廻り始めたのですが、それが幾分緩くなったかと思うと、今度は

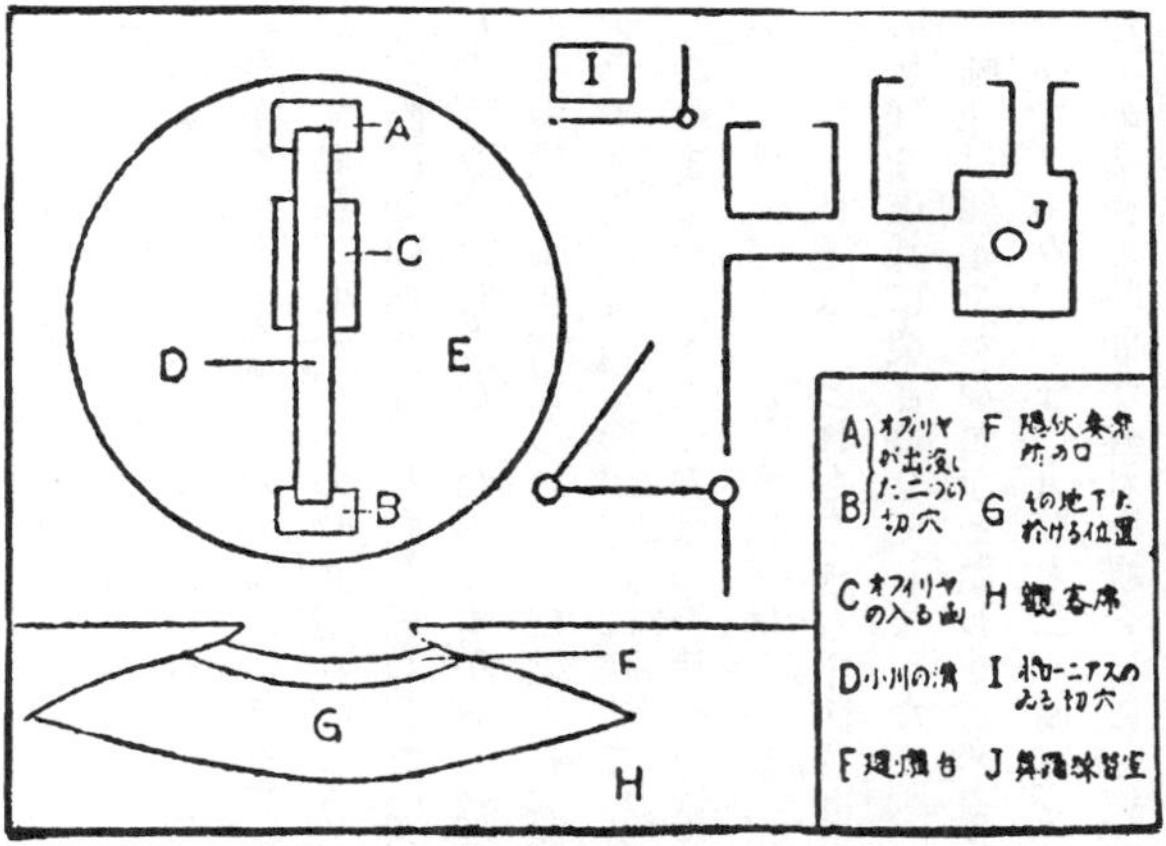

それに手をかけて、いきなりグイと、反対の方へ廻したものがありました。父——私は、ただそうとのみ感じただけで、その瞬間、神経が寸断《ずた》寸断《ずた》にされたような、麻痺を覚えました。けれども、一方にはまた、妙に強い力が高まって来て、いっそ父と話してみたい欲求に駆られて来たのです。それで、眼を開いてみますと、亡霊の後姿はもうそこにはないので、私は思い切って、舞台裏の方へ駈けて行きました。すると、道具裏の垂幕の蔭には——そこには、淡路さんが居りましたのですけど」

「ああ、それが淡路君なんでしたか。それなら、何もそう、奇異《ふしぎ》がる理由はない訳じゃありませんか。きっと、あの男ですよ——貴女にそう云う悪戯《いたずら》をしたのが——。で、その時は、まだ亡霊の扮装で居りましたか?」

そうしてはじめて法水は、気抜けしたように莨を取り出した。しかし、遂にその一人二役は、幡江の心中に描かれていた、幻とだけでは収まらなくなってしまった。

「いいえ、もうすっかりポローニアスになっていて、亡霊の衣裳を側に置いたまま、寝そべっていたのです。けれどもあの方は、一向何気なさそうな顔付で、舞踊練習室は通らなかった——と云うのでした。そう云えば、あの室の前には、横へそれる廊下が御座いますわね。所が、その時衣摺《きぬず》れのような音が——たしか天井の、それも簀子《すのこ》の方へ行く、階段の口あたりでしたと思われたのです。と云って、その前後には、何も床板を踏むような音はしなかったのですから、私は不審に思い行ってみました。すると、そこにあるのは、脱ぎ捨てられた、亡霊の衣裳では御座いませんか。そして、簀子の上の方で、チラチラ動いている影が、眼に映りました。けれども、私はもうその上追う事が出来なくなりました。と云うのは側《かたわら》の時計を見ますと、それが恰度九時になっていたからです。いいえ法水さん、たしかに父は、いまこの劇場の、何処かにいるに違い御座いませんわ。ところが私達は、どれもこれも卑怯者《ひきょうもの》ばかりなんですの。父の一生を台なしにして、あの無残な破滅に突き落してしまった……」

幡江は膝頭をわなわなと顫わせ、辛うじて立っているように思われた。

所で、彼女がいま、九時と云う時刻を口にしたのだったが、その理由を云うと、道具建ての関係で時間が遅れた場合には、続く二場を飛び越えて、次を、オフェリヤ狂乱の場とする定めになっていたからである。

　しかし、不思議な事には、検事の時計も、熊城のも、指針がまだ九時には達していなかった。そして、今がかっきり八時五十分だとすると、その時計が九時を指している頃は、ほぼ八時三十分頃ではなかっただろうか。更に、その時計を進ませたと云うのには、何か幡江の追求を阻《こば》む以外にも、意味があるのではないだろうか——などと考えて来ると、法水の頭の中が急にモヤモヤとして来た。

が、思い付いたように、化粧鏡の抽斗《ひきだし》から何やら取り出して、その品を卓上に載せた。けれども、その口からは、意外な言葉が吐かれて往ったのである。

「幡江さん、僕はこの品一つで、一人の男の心動を聴き、呼吸の香りを嗅《か》ぐ事が出来ました。とうにこの通り、貴方のお父さんから、消息を貰っているのですよ」

　そう云って、突き出したのは、洒落《しゃれ》た婦人用の角封だった。が、内容を読み終ると、同時に三人は、呆気にとられた眼で法水を見上げた。

　それは、韻律を無視した英詩で記されたところの、次のファン・レターに過ぎなかったのである。

In his costumes he recites

The word the poet to his dear ones composed: "*Hinder Bortier, it is per stages.* The flower of Heaven, once dreamed; now *enabled. Farea tell* happy field; where joy forever dwells. Hail quake *viles.* Lo, unexpected *tort*"

〔訳文〕　彼は舞台の上よりして、詩聖がその最も愛するもののために作りし章句を唱わん。――隠れたる最奥の紅玉石よ、そは凡ゆる場面にあり。天国の花よ、曽て夢みしも、今はなされたり。老いたる序詞役共は、幸ある園の事を語る。そこには、喜びとわに住むとかや。いざ、劇評家共を戦かせよ。見よ。この予期せざりし鋭さを。

幡江は、訝《いぶか》しさを満面に漲《みなぎ》らせて顔を上げ、

「これが、一体どうだと、仰言るんですの。一向に、何でもないでは御座いませんか」

そうは云ったが、法水の唯ならぬ気配に圧せられて、ただただ幡江は、相手の開こうとする脣《くちびる》を、凝視《みつ》めるばかりであった。

「所が、幡江さん、これを隠伏決闘《コンシールト・デュエル》と云うのですよ。つまり、嘲罵挑戦の意志を、反対に書き表わして、それを対敵に送るのです。然し、秘密の感受性に富んでいる人間なら、ほぼこれに傾斜体文字《イタリック》が混っている――それだけでも、妙に唆《そそ》られて来るじゃありませんか。僕は散々捻《ひね》った揚句に、とうとう電信符号記法《モールス・アルファベット・クリプトグラフィ》で、相手の意志を曝露する事が出来ました。大体電信符号《モールス・アルファベット》では、Ｄが線一つに点二つ（―・・）なのですから、短線がＴ、点二つがＩとすると、ＤはＴＩなり―になってしまうじゃありませんか。つまり、その筆法で、傾斜体文字《イタリック》の何処《どこ》か一個所を変えて行くのですよ」

と法水は、傾斜体文字《イタリック》の下に、すらすらその解語を書き添えて行った。

すると、見る見る不思議な変化が現われて、はては天国が奈落と変り、その紙のあちこちから見るだに薄気味悪い、爪の形が現われ出たのだった。

“Hinder, Border, Upper Stages, the flower of Heaven, once dreamed; now fabled. Farewell, happy field; where joy forever dwells, Hail, quake stiles. Lo. unexpected mort.

〔訳文〕　奥、前、そして高舞台よ。天国の花よ。そは曽て夢みしかど、今や欺かれたり。さらば幸ある園、喜びとわに住めど。来たれ、列柱を震い動かさん。見よ、予期せざりし獲物の死を報ずる角笛を。

「ねえ幡江さん、奥《ハインダー》、前《ボーダー》、高《アッパー》――と、この沙翁舞台の様式ですが、それを一生の夢に描いていた人と云えば、まず貴方のお父さん以外に、誰がありましょう。然し、法王アレキサンドル六世はカテリナ・リアリオから、毒を含んだ手紙を送られたとか云いますが、まさにそれを読んだとて、死にはしなかったでしょう。だがこの手紙には、予告している殺人にも優る、効果があるのです」

と風間の狂熱に魅せられたかの如く、法水は瞬きもせず云い続けた。

「ねえそうでしょう。真理は憎悪を生むと云います。そして、虚無と死とは、その強い衝動から一歩も離れ去る事が出来ないものなんです」

その紙片には、彼女にとって一番懐かしい人の手が、以前につけた跡をとどめている。幡江はさながら、屍体でも覆うかのように、その紙片を二つに折って見まいとした。が、その堪え難い苦痛を、どうしても取り去る事が出来ないように思われて来るといきなり癲癇《てんかん》のような顫えが襲い掛かって来た。

「ねえお父さん、貴方は私を戦《おのの》かしている、恐怖の事などは考えられないのでしょう。ああ、いつまでも、あの意地悪い幻にとりつかれているのでしょうか。いまも貴方のお声が——あの圧《お》しつけるような響が、まざまざと耳に入って参ります。でも私だけには、見ない振りをして、通り過ぎて下さるでしょうね。お父さん、あの最後の夜、貴方は私達を前にして、斯う云う言葉を仰言いましたわね。この劇場には形体も美もなく、云わば、幇間《ほうかん》は如何なるものであるかと云う画幅に過ぎない——と」

「幇間——。ああ貴女も、お父さんと同じ皮肉を僕に云うのですか。此処に穢わしき者《ソルデイ・スント・ヒック・》あり、彼処へ去れ《ベレンダ・スント・ソルデイダ》——なんでしょう。ハハハハ」

そう云って法水は、空虚を衝かれたような気持を、わずかに爆笑でまぎらわせてしまった。が、その時、開幕の電鈴《ベル》が鳴った。

そして、次の幕——「エルシノア城外の海辺」が始まったのである。

然し、その幕から始めて、観客には見えないけれども、暗澹《あんたん》とした雲が、舞台を一面に覆い包んでしまった。

俳優達はどれもこれも、演技が調子外れになり、台詞の節度がバラバラになった。そして、詰まらない事が神経をたかぶらせて、いっそ何事か起ってしまえば、この悪血《あくぢ》が溜り切った血の管が、空になるだろうなどと思われもするのだった。けれども、その後の二場は何事もなく終り、愈《いよいよ》オフェリヤ狂乱の場となった。

所が、幡江は、あのような打撃をうけた後のためか、それとも自分の現在が、オフェリヤに似ていて、心の奥底に秘められた、悲しい想い出を呼び醒《さ》まされたためでもあろうか。花渡しの場になると、彼女自身が、或はそうなったのではないかと思われたほどに、狂いの迫力が法水を驚かせてしまった。

そして、一人一人に渡す花にてんで違ったものを持ち出したのを見て、三人は秘かに顔を見合わせたのだった。

（オフェリヤの台詞《せりふ》）「さあ連理草《スウイート・ピイ》（レイアティズに）、別れってこと、それから三色菫《パンジイ》、これは物思いの花よ。あなたには茴香《ウイキヨウ》（王に）それから小田巻。あなたには芸香《ヘルウンダ》（王妃に）、私にも少しとって置こう。これね、安息日の祈草《いのりぐさ》と云うのよ。それから、あの方には、雛菊《ひなぎく》を上げましょう。ああ、この迷迭香《ローズ・メリー》でもフルール・ドウ・ルシイ――いいえ百合の花《フルール・ド・ルス》でも、どっちでもいいのだけれどきっと凋《しぼ》んでしまうにきまってますわ、父の没《な》くなりました時、それは立派な最期でしたけど」

と、弥生《やよい》の春の花薔薇、いとしのオフェリヤは、そうして残りの花を、舞台の縁にふり撒くのだった。

がその時、幡江は暫く前方の空間を矙《みつ》めていて、そこに何やら霧に包まれながら遠退いて行くようなものが、あるかに思われた。

続いて舞台が廻ると、そこはエルシノアの郊外。いよいよ女ホレイショが、オフェリヤを小川の中に導く、殺し場になった。

そこは、乳色をした小川の流れが、書割一体を蛇のようにのたくっていて、中央には、金雀枝《えにしだ》の大樹があり、その側《かたわら》を、淡藍《たんらん》色のテープで作られている、小川の仕掛が流れていた。その詩的な画幅が夢のような影を拡げて、それを観客席に押し出して行くのだった。

然し、その熟《う》れ爛《ただ》れた仲春の形容は、一方に於いては、孔雀の肢体そのものだった。孔雀は丈《せい》高く、全身がふっくらした肉で包まれていて、その眼にも脣にも、匂いだけで人の心を毒すような、烈《はげ》しいものがあった。得も云われぬ微妙な線が、肩から腰にかけ波打っていて、孔雀は肥《ふと》った胸を拡げ、逞ましいしっかりした肉付の腰を張って、夢幻の寵妃を、その人であるかの如く、演じて行くのである。そしてこの、男のような声を出す女優が、まだ十七に過ぎないのを知ったら、誰しも、その異常な成熟には怖しさを覚えるであろう。

さて演技が殺し場まで進むと、狂いのはかなさにオフェリヤは、ホレイショに導かれて、小川の中に入って行く。と、最初は裳裾《もすそ》が、あたかも真水であるかの如く、水面に拡がるのであるが続いてそれは、傘のように凋《すぼ》まって、オフェリヤは水底深くに沈んで行くのだった。そこが何より、この場面仕掛の見せ所だったのである。それから、ホレイショの凄惨《せいさん》な独白があって、それが終ると、頭上の金雀枝を微風が揺り、花弁《はなびら》が、雪のように降り下って来る。と、その下から、屍体が水面に浮き上って来るのだ。そして、花の冠をつけた弥生の花薔薇は、そのまま脚光の蔭にある、切り穴から奈落に消えてしまうのであった。

所が、そうしてオフェリヤの屍体が舞台から消え去ったとき、何ともたとえようのない、驚くべき出来事が観客席に起った。

最初は桟敷の後方から、柱が揺れる――と叫ぶ声がしたかと思うと、その劇動が、この大建築を忽ち震《ふる》い始め、ぎっしりと詰まった五千人の観客が、悲鳴を上げながら総立ちになった。

然し、その数瞬後には、また夢から醒めたような顔になって、一度はたしかに覚えた筈の震動が、不思議にもその瞬間限りで去ってしまったのに気が付いた。そして、再び視線を舞台に向けたとき、そこに、何事が起ったのであろうか。いきなり、金雀枝の幹にしがみついて、孔雀がつんざくような悲鳴を上げた。

見ると、驚いたことには、一端は消え去った筈のオフェリヤの屍体が、再び今度は、書割際の切り穴から現われて来た。彼女は、ジョン・ミレイズの「オフェリヤ」そのままの美しさで、キラキラ光る水面を、下手にかけて流れ行くのである。そして、前方の切り穴の上を越えて、上体を額縁《プロセニアム》の縁から乗り出し、あわや客席に墜落するかと思われたが、その時折よく、緞帳《どんちょう》が下り切ったので、彼女は辛くも胸の当りで支えられた。するとその機《はず》みに、頸《くび》だけがガクリと下向きになって、その刹那、一つの怖しい色彩が観客の眼を射った。

オフェリヤの頸には、その左側がパクリと無残な口を開いていて、そこから真紅の泉が、混々《こんこん》と湧き出して行くのである。しかも、その液汁の重さのためか、素馨花《ジャスミン》の花冠が、次第に傾いて行って、やがて滴りはじめた、血滝の側から外れて行くではないか。

二、オフェリヤ狂乱の謎

「まるで熊城君、この顔は少しずつ眠って行ったようじゃないか。だんだんと脣の上の微笑が分らなくなって行って、遂に消え失せる。そして、その脣が一寸《ちょっと》触れたかと思うと、再び分れる。然し、気のせいか、どうも、眼球が少し突き出ているようじゃないかね。たしかにこれは、云い表わし難い言葉の幽霊だよ。この事件の幽霊は、淡路の一人二役にもなければ、柱の震動でもない。僕は、この一点にあると思うのだ」

と白い皮膚の上の脈管を、しげしげと見入りながら、法水はまるで、詩のような言葉を吐いた。

突如起った惨劇のために、その日の演技はそれなり中止されて、人気のない、ガランとした舞台に立っているのは、この三人きりであった。

幡江の全身には、この世ならぬ蒼白さが拡がっていた。手足をダラリと臥《ね》かして、その顔には恐怖も苦痛の影もなく、陰影の深い所は、殆ど鉛色に近かった。そして、脣は緩《ゆるや》かな弓を張りそれには無限の悲しみが湛えられていた。

右の頸筋《くびすじ》深く、頸動脈を切断した切り創《きず》は、余程鋭利な刃物で切ったと見えて、鋭い縁をそのまま、パクリと口を開いている。そしてそこには、凝結した血が、深い溜りを作っていて、緞帳の余映で、滲《にじ》み出た脂肪が金色に輝き、素馨花《ジャスミン》の冠が薄っすらと色付いている。それが、この惨状全体を、極めて華やかなものにしていたのである。

「熊城君、君は忘れやしまいね。風間九十郎の挑戦状の中に、来たれ、列柱を震い動か《ヘイル・クウェーク・スタ》さん《イルズ》——とあったのを。それが、とうとう実現されてしまったのだよ」

検事は、風間の魔術に酔わされて、声にも眼にも節度を失っていた。

「うん、地震でもないのに、この大建築を玩具《おもちゃ》のように揺り動かすなんて、九十郎の不思議な力は底知れないと思うよ。だが、奈落とはよく云ったものさ」

熊城は屍体から顔を離して、プウッと烟を吐いた。

「この事件でも、舞台の床一重が、天国と地獄の境いじゃないか。サア法水君、奈落へ下りるとしようか」

いずれにしても惨劇が奈落に於いて行われた事は明らかなので、舞台の上は、事件とは何の関係もないのだった。それから三人は、煤《すす》け切った陰惨な奈落に下りて行ったが、そこで凡ての局状が明白にされた。

が、それに先立って、一ことオフェリヤを運んで行く、小川の機械装置に触れて置かねばならぬかと思う。

それは、前後二つの切り穴を利用して、間に溝を作り、その中で、調帯《ベルト》を廻転する仕掛になっていた。従って、その装置は、戦車などに使う無限軌道のように作られていて、奈落から天井を振り仰ぐと、二重に作られている調帯の中央に、一つ大きな、函様のものが見える。

それが、オフェリヤを沈ませる装置であって、最初幡江がその函の中に入ると、下には扇風器が設けられてあって、その風のために、水面に浮んだような形で、裳裾が拡がる。そして、廻りながら、腰を落して行くので、てっきり観客の眼には、泥の深みへ、はまり込んで行くように見えるのだった。

幡江はそれが終ると、扇風器の上にある、簀子《すのこ》の上で仰向けになって、きっかけを、下の道具方に与える。と今度は、調帯が幡江を載せたまませり上って行って、その儘前方の、切り穴から奈落に落し込むのである。

所が、血の滴りは、調帯の恰度《ちょうど》中央辺から始まっていて、最初の切り穴からそこまでの間にはなかった。それを見ても、幡江が刺された場所は明白であり、その高さも、六尺近いものなら、し了《おわ》せるだろうと思われた。けれども、兇器は何処《いずこ》を探しても見当らず、血痕も、調帯《ベルト》の後半以外には皆無だった。尚、当時奈落には、二人の道具方がいたのだったけれども、合憎《あいにく》二人とも、開閉室《スイッチ》に入っていたので、その隙に何者が入り来ったものか、知る由もなかった。

然し、調査は簡単に終って、三人は法水の楽屋に引き上げた。

「とにかく、犯人が未知のものでないだけでも、助かると思うよ」

検事は椅子にかけると、すぐさま法水を振り向いて云った。

「つまり、この事件の謎と云うのは、却って犯罪現象にはない。むしろ、風間の心理の方に、あるのじゃないかね。真先に、殺すに事かき自分の愛児を殺すなんて、どうも風間の精神は、常態でないような気がする」

「うん」熊城は、簡単に合槌を打った。

が、法水は椅子から腰をずらして、むしろ驚いたように、相手を瞶《みつ》めはじめた。

「なるほど支倉君、君と云う法律の化物には、韻文の必要はないだろう。然し、さっきの告白悲劇はどうするんだい。あの悲痛極まる黙劇《パントマイム》の中で、幡江が父に、何を訴えたかと思うね」

「なに、告白悲劇……とにかく、冗談は止めにして貰おう」

と棘々《とげとげ》しい語気で、熊城が遮った。

「どうして冗談なもんか。現に前の幕で、オフェリヤは一々花を取り違えたじゃないか。然し、決してそれは、幡江の錯乱が生んだ産物ではないのだよ。あの女の皮質たるや、実に整然無比、さながら将棋盤の如しさ。ねえ熊城君、僕はエイメ・マルタン（花言葉の創始者）じゃないがね。人は自分の情操を書き送るのに、強《あな》がちインキで指を汚すばかりじゃない。それを花に託《かこつ》けて、送る事も出来るだろうと思うのだよ」

そう云って法水は、机の蔭から取り出した花束を、卓上に置いた。二人はその色や香りよりかも、法水が繰り拡げて行く、美しい霧に酔わされてしまった。

「君達にも、記憶が新しいだろうとは思うが、幡江は幕切れの際に、父の最期と云い、これだけの花を舞台に撒《ま》き散らしたのだ。最初は花葛《フラワー・クリーパー》――夜も昼も我が心は汝《なんじ》が側にあり――さ。次は木犀草《ミニヨネット》、これは、吾が悩みを柔げんは、御身の出現以外にはなし。それから、尋麻草《ネットル》――貴方は余りに怨《うら》深くいらっしゃる。そして、幡江は最後に、この翁草《アネモネ》と紅鳳仙花《レッド・バルサム》とで、結び付けたのだよ。あの女は、許して下さい《フォア・ギブ・ミイ》、私にだけ触れないで《タッチ・ミイ・ナット》――と叫んだのだ」

「許してくれ――成程、よく判った」そう云って検事は、皮肉な微笑を法水に投げた。

「然し、それだけでは、決して深奥だとは云われない。第一それでは、風間が吾が子を殺さねばならなかった心理が説明されていない」

「それから王妃の衣川暁子には、二つの花の名を云ったにも拘らず、折れた雪の下《サクジフルージ》を渡した……」

検事の抗議にも関《かか》わらず、法水はずけずけと云い続けた。

「それは折れた母の愛――なんだよ。ねえ支倉君、この譬喩《ひゆ》の峻烈味《しゅんれつみ》はどうだね。それから、レイアティズの小保内精一には、白蠅取草《ホワイト・キャッチフライ》と黄撫子《エロ・カーネーション》とを渡して、恥じよ、裏切者――と云い渡しているのだし、あの方と云って、その場にいないポローニアス役の淡路研二には、仏蘭西金盞花《フレンチ・マリゴールド》と蝗豆草《ローカスト》を渡して、復讐《リヴエンジア》、地下から報い《フエクション・ビヨンド・グレーヴ》——と叫んでいる。勿論その二人には、風間に対する裏切者と云う意味の、風刺を送った訳だが、寧ろそれは、主謀者だったロンネに送られねばならないだろう。

所がまた、王に扮したあの男に、渡した花と云うのが、頗《すこぶ》る妙なんだよ。第一に、紫丁香花《パープル・ライラック》——これは初恋のときめきだ。それから花蕈草《フラワー・マッシユーム》は、もう信ぜられぬ——と云う意味なんだし、最後には、紅おだまき《レッド・カラムバイン》を渡して、怖るべき敵近づけり——と警告を発しているのだ。

それを見ると、二人は曽て恋仲であり、最近には疎んぜられていたにも拘らず、なおかつ幡江は、ロンネの身を庇《かば》おうとしている。所が支倉君、幡江は自分のものとして、紅水仙《グリムスンポリアンサス》をとっている——つまり、心の秘密さ。

ハハハハ、一つ僕も、その花を取ろうかね。僕は、幡江の最奥のものに触れた手を、しばらくそのまま、そっとして置きたいのだよ」

法水は冷然と云い放って、湯気のなくなった紅茶を、一気に啜り込んだ。すると、その時扉《ドア》の向うで、衣摺れがしたかと思うと、その隙間から、楽屋着を押えた孔雀の腕が現われた。

彼女は、ズカズカ入り込んで来て、法水に声をかけた。

「それなら、私が黒苺《カラント》を貰ったとしたら、どうするんですの、曰く、正義は遂行されん《ジャスティス・シャル・ビー・ダーン》

——でしょう。私、幡江さんの事なら、何でも聴いて貰いたいと思って、やって来たんですの」

「然し、幡江と云う人は、父親に殺される理由が、一番少ない人物なんじゃありませんか」

　そう云って検事は、孔雀の顔を見上げ、瞼《まぶた》の縁《へり》に浮んでいる、奇麗な血管を眺め入った。この淫《みだ》らがましい獣のような娘を、少しでも見ていると、誰しも忌わしい誘惑を感じ、眩暈《めまい》がして来るのだった。

　孔雀は臆面なく、肥った腰を椅子の上にポンと投げ出して、

「じゃ、まだお気付きにならないのね。父なんて、この小屋の何処にいるもんですか。第一幡江さんが、今夜の亡霊は父が勧めたのだ——なんて云いましたけども、真逆にそんな事、御信用なさってるんじゃありますまいね。もしそうでしたら、法水さんの新釈ハムレットには、至極縁遠い方ですわ。ねえ検事総長、貴方はあのフロイト式解釈には、感覚がないんですの。あの亡霊はハムレットの幻覚で、もともとは、クローディアスにとついだ母に、嫉妬を感じたからなんですって。ねえ如何《どう》、それがもしかしたら、この事件永生の秘鑰《ひやく》かも知れませんわ。それに、もし私だったら——もし柱を震わすような、魔法が出来るんでしたら、多分法水さんにああ云う手紙を送ったでしょうからね。父をいくら捜したって、見付からないのが当然ですわ。それに、めいめいあの当時の不在証明《アリバイ》が判ったそうじゃありませんか。小保内さんにも母にもあるんですってね。すると、

ロンネと淡路はどうなんですの。ですから、淡路さんにお聴きなさいってば。そうしたらきっと、二人一役の夢が醒めるにきまってますわ。それから、父はあの夜、もう二度と帰らないと云いました。私は悲しくなって、父の胸に抱きついて、キュッとしめつけてみましたが、やはり同じ事を云って、それなり劇場の前で、別れたのが最後でした」

と孔雀は、捲毛《まきげ》の先についていた金雀枝の花弁を湿した口に噛ませて、じっと押し黙ってしまった。その花を、法水がスイと引き抜いて、

「たしかこの花降しは、警察の注意で、今夜からしたのでしたね。だが、これに僕は、妙な逆説《パラドックス》を感じているんですよ。あの真に迫った殺し場を、隠そうとしたものが、却って……」

「じゃ、私が犯人だって云うんですの」

孔雀は眼をクリクリさせたがパッと口を開いて、真赤な天鵞絨《びろうど》のような舌をペロリと出した。

「サア見て頂戴。キプルスでは口に入れた穀粒《こくつぶ》に、唾《つば》のついていない時には、その人間が犯人なんですってね。たとえ、あの時、雪のように降って来る花弁が、私の身体を隠し了《おお》せたにしてもだわ。どうして、あの短い間に、奈落まで往復出来るでしょうか。あぁ私、ほんとうは隠し通そうとしたのでしたけど、思い切って云ってしまいますわ。実は、父を見たのです。見たどころかいきなり後から脊《せ》を打たれて……」

「なに、脊を打たれて……」

熊城は莨《たばこ》を捨てて、思わず叫んだ。孔雀は左眼をパチリと神経的に瞬いて、

「よく、オフェリヤの棺《かん》と間違えますが、衣裳部屋にある櫃《ひつ》の中から、もう一着、亡霊の衣裳を取り出して来いと云われました。私は初日から、雑夫の中に父が混っているのを知っていたのです。だって、喰べ物を口にするとき、辺を見廻すなんて、誰が父以外にあるもんですか。それで、私は最初断りましたの。すると、私が着換えをしていると、またやって来て、あの大きな影法師に愕《ぎょっ》とした途端、いやというほど拳で脊を打たれました。ですから、右手の扉の方に逃げようとすると、その前へ立ち塞がって、とうとう私は、衣裳盗みをさせられてしまったのです。その時の痛さと云ったら、左の手首にずうんと響いた位ですわ」

そう云って、取り出した、莨の烟《けむり》の中で、孔雀は裸の腕を擦《さす》り始めた。

「すると、それは何時《いつ》頃ですか」

法水はその横顔をチラリと見て、事務的な訊き方をした。

「僕は円錐形《コーン》の影が、一体何処を指していたか、知りたいのですよ。貴女はミルトンの『失楽園』の事を、誰からかお聴きになった事がありますか。これは、天上から見た地球の話ですが、太陽の蔭になった方には円錐形《コーン》の影が出来て、それが天頂に達すると夜半。そこと六時との間が、ほぼ九時になると云うのです。つまり、童話の神様が見る時計なんですよ」

「ああ、あの悪魔《ルシファー》がやって来た時のこと……」

孔雀はちょっと、白い頸窩《ぼんのくぼ》を見せたが、

「最初は多分三時前後だったでしょう。それから二度目に来た時は、正確に憶えていますけども、それが六時十五分だったと思いますわ」と云って、放逸な焔を眼一杯に輝かせた。

そして桃を包んだそのもののような、生毛《うぶげ》が生えている腕を露わに投げ出して、それには打たれても避けそうもない、まるで身体を擦《す》り付けて来るようなものが感ぜられた。然し、孔雀の垂れた睫毛の間が、しんみりと濡れて来て、

「もう訊く事がないのなら、今度は私の話を聴いて頂戴。ほんとうに法水さん、つくづく今度と云う今度は、役者が嫌になりましたの。もうこの興業が終ったら、いっそ生活を変えて、私、子供でも生んでみたくなりましたわ」

孔雀が去った後でも、何やら四肢五体を、ほぐらかすようなものが残っていた。法水はプカプカ莨を灰にしながら、黙考に耽っていたが、熊城は絶えず揉手《もみて》をしながら、悦に入っていた。

「法水君、結局君の智脳が孔雀を救った事になるじゃないか。そうでなければ、仮令《たとえ》犯行が奈落で行われたにしてもだ。誰しも一応は、あの震動が孔雀の擾乱《じょうらん》手段ではないか——と考えるだろうからね」

今までも、あの不可解な震動については、妙に法水は沈黙を守っていた。その時も、彼は別の事を考えていたらしく、いきなり検事を振り向いて、

「ねえ支倉君、君が知ろうと欲している、心理上の論理だが、一つ僕は、その確固たるものを握っている。だが、九十郎と幡江は、おなじ同肉同血の親子じゃないか。その中で、たとえどのような動機があるにしてもだ。ああも容易《たやす》く、自然の根や情愛が、運び去られてしまうものだろうか……」

と暫く莨を持ったまま、ポツネンとしていたが、その時喚《よ》ばれた、ルッドイッヒ・ロンネが入って来た。

ロンネは鳥渡《ちよつと》見ただけでは、三十前後にしか見えないけれども、彼は四十を幾つか越えていて冷たい片意地らしい、尖《とんが》った鼻をした男だった。そして、入るとすぐ、故意《わざ》とらしい素振りをして、

「法水さん、貴方ほどの方が、不在証明《アリバイ》なんて云う、運命的な代物を信じようとはなさいますまいね。僕はこの通り、不在証明《アリバイ》もなければ、空寝入りしようともしませんよ」

「いや、運命的なのは、オフェリヤ狂乱そのものじゃありませんか」

法水は甲を顎にかって、突飛《とつぴ》な譬喩《ひゆ》めいたものを口にした。

「実は、君に聴こうと思って、待ち兼ねていたのですが、たしかこの劇場の中には、もう一つ——ねえロンネ君、もう一つ屍体がある筈ですがね」

その瞬間、ロンネの長身が竦《すく》んだように戦いて、殆ど衝動的らしい、苦悩の色が浮かび上った。そして、ゴクゴク咽喉を鳴らして、唾を嚥《の》み込もうとしているのを、法水は透《す》かさず追求した。

「僕は、不図した機会から、誰一人知らない——君と幡江との関係を知る事が出来たのです。然し、幡江は狂乱の場で、自分のために紅水仙《グリムスンポリアンサス》をとったのですが、それを花言葉で解釈すると、心の秘密と云う事になるのです。だが、まあそれはそれとして、それから何故、台詞を台本通りに云わなかったのでしょうか。迷迭香《ローズ・メリー》でも——と云って、その次に、それでも百合の花《フルール・ド・ルス》でもどっちでもいいのだけれど、きっと凋《しぼ》んでしまうだろう——と云った。しかも、その百合の花を、フルール・ド・リシイと発音しているのですが、そうなると僕は、是が非にもフロイトぐらい、担ぎ出さなくてはなりますまい。何故なら、人間の心理的機構と云うものは、至って奇妙なもので、類似した二つの言葉があると、一方の何処かに、その強い方のものが影響してしまうのです。つまりフルール・ド・リシイと語尾を云い違えたのは、迷迭香《ローズ・メリー》と云って、RoseとMaryと二つの言葉を思い浮かべたために、それが聯想的に引き出したものがあったからです。ねえロンネ君、フルール・ド・リシイにフリードリッヒ——。この二つの音が非常によく似ているために、ルスをリシイと発音してしまったのですよ。つまり迷迭香《ローズ・メリー》でも百合《フルール・》の花《ド・ルス》でも——と云った台詞の意味は、もし女の子が生まれたらローザかマリア、男の子だったらフリードリッヒと付けよう——。そう生まれる子の名定めを、幡江がいじらしくも、思い続けていたからなんです。ねえロンネ君、幡江は君の種を宿していたのだ。そして、今夜を限り、君が堕胎させようとしたその子は、闇《やみ》から闇に葬られてしまったのだよ」

法水の意表に絶した透視のために、勝敗がこの一挙に決定してしまった。ロンネの蒼ざめた影のような身体が、扉《ドア》から蹌踉《よろめ》き出たのはそれから間もなくの事で、法水は何と考えたか、それなり追求を止めて去らしめてしまった。然し、その一事は、事件の表裏二様に咲いた、二つの花に等しかったのである。

やがて、検事がいそいそとして、その意味を口にした。

「君は早々に、この事件の賽《さい》の目を、二つだけにしてくれた――その事は、何と云っても感謝するよ。幡江が、自分の仇敵であるロンネから離れられず、あまつさえ、その種を宿しているのだとしたら、風間の憎悪は、第一自分の肉身にかかって行くだろう。また、妻のあるロンネにとると、幡江が仇《あだ》し子を生むと云う事は、どんなに怖しい事か。そして、幡江から堕胎を拒絶されたとすれば、それは母子《おやこ》ごと葬ろうとしたと云っても、もはや心理上の謎でなくなるのだ。おまけに不在証明《アリバイ》はないのだし、六尺豊かなあの男なら、幡江の咽喉を下から刺し貫く事も出来るだろう」

「いや、そうされるのは、多分法水さんの方でしょうよ。いま小保内のやつが、最後の幕で彼奴《あいつ》の胸をぶん抜いてやる――と力味返っていましたぜ」

と背後で太い濁声《だみごえ》がしたかと思うと、何時の間にか、そこには淡路研二が突っ立っていた。

この老練な新劇界の古強者《つわもの》は、臆する色もなく、椅子を引き寄せた。彼はずんぐりとした胴に牡牛のような頸を載せていて、精悍《せいかん》そうな、それでいて、妙に策のありそうな四十男だった。

「何しろ小保内には、照明掛りの証言があるんですからね。自然気の強い事も云える訳ですが僕は今始めて、舞台裏にも、絶海の孤島と云うやつがあるのを知りましたよ。所で、これだけ云ってしまえば、もうそれ以外に、お訊ねになる事はないと思いますが。ああそうそう、貴方から幡江さんの幻覚論を伺うんでしたっけな」

「いや、あの両所存在《ビロケーション》（同時に一人の人物が異なった場所に出現する事）の謎なら、とうから僕は問題にしちゃいませんがね」

法水は、眦《めじり》に狡《ず》るそうな皺を湛えて、云い出した。

「あの時、亡霊に吹き変ってから、君はたしか奈落へ下りたでしょう。そうすると、君にとって何とも不幸な暗合が生まれてしまうのです。君は、クリテウムヌスの『虚言堂《ブギアーレ》』を読んだ事がありますか。羅馬《ローマ》の婦人は、男の腰骨を疲れさせるばかりではなかったそうです。凍らせた月桂樹の葉で、手頸の脈管を切ったとか云いますからね」

「なに、それでは僕が、その間に何か、仕掛でも作って置いたと云うのですか」

淡路の顔には、突然憤《ふん》怒《ぬ》が漲《みなぎ》って、両手をわなわなと顫わせた。が、そうしているうちに、その硬張った筋が次第に弛《ゆる》んで行って、何か激情を解かして行くものが、あるように思われた。

やがて、淡路は切なそうな諦めの色を現わして、

「止むを得ません。自分の無辜《むこ》を証明するためには、恩師との約束も反古《ほご》にせんけりゃ

ならんでしょう。実はあの時、僕は奈落に降りはしなかったのです」

と奈落と云う言葉を口にすると、左眼を奇妙にビクリと瞬き、淡路は風間の存在を裏書した。そして、最後に付け加えて、

「そんな訳で、今では僕も小保内も、恩師に反《そむ》いた事を後悔して居ります。そして、貴方と云う侵入者に、決して快くない事は、今も聴いた小保内の言葉でもお判りでしょう。だが、どうして師匠が捕まるもんですか。決して決して捕まりっこありませんぞ」

遂に、法水の巧妙なカマが、淡路の口を割り、あの朦朧《もうろう》とした幻が、実在に移される事になった。そうして次々と、焦点面に排列されてゆく風間の姿は、最早疑うべくもないものになってしまった。

然し、法水の顔は、益々冴えないものとなって、間もなく衣川暁子が、入って来たのも気付かないほどであった。

風間九十郎の妻、幡江の母暁子は、既に二十余年も新劇のために闘い続けている。そのためか、暁子の容姿からは女らしさが失せていて、眼は落ち窪《くぼ》み、鼻翼には硬い肉がついて、何かしら、冷酷な感情と狂熱めいた怖しさを覚えるのだった。

彼女は座につくと、胸をせり上げ、荒々しい語気を吐いた。

「どうしたって云うんでしょう。あのメデアみたいな男が、捕まらないなんて。彼奴《あいつ》は、自分の目的のためなら、それが吾が子だって、殺し兼ねませんわ。私、あの男の眼も胸も剔《えぐ》り抜いてやって、いっそ片輪にしてしまいたいんですの」

「いや、僕は決して、そうとは信じませんね」

法水は強く否定して、今までにない厳粛な調子になった。

「そうなったら第一、人間生活の鉄則がどうなってしまうのでしょう。父と娘《こ》――その間には無意識ですが、極く微妙な×××な結合があるのです。いっそこの事件は、父に依っては絶対に行えないものだ――と云いましょうか」

「では、父でないとすると」

暁子は冷やかに云ったが、顔には包むにも包み了《おお》せようのない、憎悪の波が高まって行った。

「ですから、いま貴女が云われたメデアと云う名を、僕はクリテムネストラに変えて貰いたいんです。姦通・嫉妬・復讐――ねえ暁子さん、ロンネと幡江は、今までどんな関係にあったのでしょうか」

と風間が帰朝してからも、尚絶とうともしないロンネとの不倫な関係を、法水は暗に仄《ほの》めかした。そして、暁子の怖し気な眼を見やりながら、

「なるほど子供は、自分の血と肉を分けた、一部に違いありません。だがもし、その愛と同じ程度の、憎しみが傍《かたわら》にあるとしたらどうなりましょう。そうなると、母親の残虐性は、もはや心理上の謎ではなくなってしまうのですよ。僕は思い切って云いますが……」

と云いかけたときに、暁子は、聴くまいとするものの如く立ち上った。そして、引っ

瘞《つ》れた顔を、法水にピタリと据えて、

「よろしい、私は自分自身で、風間を探し出しますわ。でも貴方は、私に斯う仰言りたいのでしょう。お前は、吾が子の死の悲しみを忘れ、そうしてまでも、自分だけを庇《かば》おうとする――って。結局、風間を突き出すのが、一番いい方法だと云う事は、私にもよう く分っているんですの」

そうして、暁子は去ってしまったが、今の問答は何となく、法水の詭弁《きべん》のように思われた。四人をほしいままに踊らせたと云うのも、それぞれに底を割ってみれば、風間を捜し出す、前提に過ぎないのではないだろうか。

然し、それまでに宏壮な場内を、隅々までほじり散らしたにも拘らず、遂に風間は発見されなかった。そして、事件の第一日は空しく終ってしまった。

三、風間九十郎の登場

翌日は、他の劇団から傭《やと》った女優で、欠けたオフェリヤを補い、沙翁記念劇場はいつも通り蓋を明けた。

が、前夜の惨劇が好奇心を唆《そそ》ったものか、その夜は補助椅子までも、出し切った程の大入りだった。然し、オフェリヤ殺し場は、遂に差し止められて、あの無残な夢を新たにしようとした、観客を失望させた。

法水は演技の進行中も、絶えず俳優の動作に注意を配っていたが、恰度《ちょうど》四幕目が終って休憩に入ると、何と思ったか、暁子と孔雀を自分の室に招いた。

「僕はとうとう、一つの結論に達しましたよ。と云うのは、あの当時、風間は奈落には居りませんでした。実は舞台の前方――隠伏奏楽所《ヒッズン・オーケストラ》の中に潜んでいたのです」

と冒頭吐かれた言葉には、女二人のみならず、検事も熊城も驚かされてしまった。熊城は透《すか》さず抗議した。

「冗談じゃない。常套《じょうとう》を嫌う君の趣味は、いつもながらの事だが、然し、隠伏奏楽所《ヒッズン・オーケストラ》の入口と云えば、下手の遙か外れじゃないか。そして、そこと奈落の壁には、ほんの腿が入る位の丸窓が二つ三つ明いているに過ぎないのだ。だから、道具方が開閉器室《スイッチ》に入るのを、見定めてからだと、彼処《あすこ》へ行くまでに、時間の裕《ゆと》りがない。第一君は、刺されたのが奈落の中央だと云う事を、忘れているらしいね」

「そうなるかねえ」

法水は、嘲《せせ》ら笑うような響きを罩《こ》めて云った。

「知っての通り、屍体の顔は至極平静な表情をしている。所が、奇妙な事には、眼球が非度く突き出ているんだ。そこに、あの奏楽所からでないと行えない、一つの徴候が含まれているんだよ。ねえ熊城君、幡江が一気に咽喉をかき切られた場所と云うのは、実を云うと、奈落の中央ではないのだ――その端にあったのだよ。つまり、舞台から奈落に落ち込んで行く間は、身体がくの字なりになり、胸が圧《お》されて、非度く窮屈な姿勢だったに相違ない。所が、漸《ようや》く半身が奈落に入ると、胸が寛《ゆる》やかになって、一時に溜り切った息を吐き出すだろうからね。そこへ、奏楽所の小窓から手が差し伸べられて、頸動脈も迷走神経も、幡江はともども、一文字に掻き切られてしまったのだよ。何故なら、縊死者《いししゃ》の眼を見ても判る通りだが、激しい息を吐く際には、脳が膨張するので、眼球がそれに圧されて、突き出てしまうのだ。また、犀利《さいり》な刃物を、非常な速力で加えた場合には、血管の断面が、一時は収縮するけれども、やがて内部の圧力が高まるにつれて、傷口からドクドクと吹き出て来るのだ。つまり熊城君、その二つの理論で、奈落の中央から血が滴り始めた理由が判るじゃないか。それから次に云いたいのは、あの妖術のような震動が、どうして起されたか——なんだ」

と息の間を置かずに、法水は云い続けた。

「たしかに、あれからうけた印象は、悽愴《せいそう》の極みだったよ、まさにその超自然たるや、力学の大法則を徹底的に蹂躙《じゅうりん》している。然し、あの現象は、この建築固有のもので、決して人の手で行われたのではない。当然、あの場面には起るべきだったし、ただ風間がそれを知っていて、舞台裏の注意を、自分から他に、外《そ》らそうとして利用したに過ぎない。ねえ支倉君、群衆心理の波及力には、悪疫以上のものがあると云うじゃないか。所が、その病源と云うのが、有名なツェルネル錯視《さくし》なんだよ。現に、桟敷の円柱を見給え。横につけられた溝が、上から斜めに捲《ま》かれていて、それが一本置きに向き合っているだろう。だから、花弁が散って来て、その反映がチラチラ明滅すると、柱の平行線が、かわるがわる傾《かし》いで行くように見えるのだ。確か、三十年程前ライプチッヒ劇場にも、略々《ほぼ》それに似た、現象が起ったとか云うそうなんだよ」

その間他の四人は、生気のない脱殻《ぬけがら》のように茫然としていた。まさに、変異の極みとのみ思い込んでいた劇場の震動も、蓋を割ってみれば他愛もなく、五千人の眼の中に、追い込まれてしまったではないか。

暁子は、指を神経的に絡ませて云った。

「ですけど、風間の方は一体どうなるんでしょう。なるほど、そう云う仮説は、貴方がたには是非必要でしょうけれども、私達には、風間の身体一つさえあればいいのですからね」

「それは次の幕に……」

法水は確信を仄めかして、立ち上った。

「実は、風間が奏楽所を利用したのを知って、僕はその場所に最短線を引いてみました。するとそれに当ったのが、道具置場じゃありませんか。たしか彼処には、次の幕に使うオフェリヤの棺などが置いてありましたね。僕はその棺に、舞台の上から風間を指摘して、抛《ほう》り込んでやりますよ」

次の場面「墓場」の幕が上ると、書割は一面に、灰色がかった丘である。雲は低く垂れ、風の唸りが聴こえて、その荒涼たる風物の中を、ハムレットがホレイショを伴って登場する。

やがてハムレットが、オフェリヤの棺を埋めた、墓穴の中に飛び下りると、その瞬間、王妃の暁子が絹を裂くような悲鳴を上げた。何故なら、その重た気な棺の蓋を、法水が両手に抱えてもたげ始めたからである。

所がその中には、重錘《おもり》と詰め物が詰まっていると思いのほか、蓋の開きにつれて得も云われぬ悪臭が立ち上って来る。そして、全く明け切られたとき、一同の眼は暗さに馴れるまで、凝《じっ》と大きく見開かれていた。すると、その薄闇の中から次第に輪廓を現わして、やがて一同の眼に、飛び付いて来たものがあった。

そこには一人の、腐爛《ふらん》した男の屍体が、横たわっていたのである。

「ああ、風間だ。風間が……」

暁子は、地底から湧《わ》き出たような声で叫んだ。

意外にもそれは、幡江の下手人と目されている、風間九十郎だったのである。

着衣も、腐汁《ふじゅう》に浸みた所だけは、腐ってボロボロになり、そこから黄ばんだ、雁皮みたいな皮膚が覗いている。眼窩《がんか》には、……………溜っているだけで、黒いバサバサした髪が……………跡には、肉の表面がドス黒い緑色に見える。そして、その上には、瘠せた蛔虫のような形、……………………。

既に、風間九十郎の上には、見る影もない腐朽の印《しるし》がとどめられているのだった。

「こら坊主、香を焚《た》け、香を……」

墓穴の中から躍り出ると、法水は台本にもない台詞を叫んだ。そして観客に悪臭を覚られまいとした。

然し、続いて今度は、満場を総立ちにさせたほどの出来事が起った。と云うのは、レイアティズがハムレットに争いを挑むところで、その役の小保内精一が長剣を抜いて突っ掛かって来ると、いきなり蹌踉《よろめ》いたものか、その剣光を目がけて、孔雀が飛び出したのであった。それはまったく、電光のような敏《す》ばやさで、ハッと感じた小保内も、剣を引く隙がなく、余勢が孔雀の心臓を貫いてしまった。

その刹那、孔雀の全身が像のように静止して、何か言葉のような引っ痙《つ》れが、ひくひくと頬の上で顫えていた。そして、唇の両端から、スウッと血の滴りが糸を引くと、何やら模索しているようだった眼が一点に停まり、やがて孔雀は、棒のように仆《たお》れてしまった。

その同時に起った二つの出来事に依って、事件の帰趨《きすう》は、略々《ほぼ》判然と意識されたけれども、果してそれが、真実であるかどうか迷わなければならなかった。

然し、その翌夜になると、法水は劇場に一同を集め、事件の真相を発表した。淡い散光《ライム》の下で昨夜通りの書割の前で、法水はあの妖冶《ようや》極まりない野獣――陶孔雀の犯罪顚末を語り始めたのであった。

「最初に順序として、僕はこの事件に現われた、風間の影を消して行きたいと思うのです。勿論あの手紙は偽造であり、淡路君の経験も孔雀の陳述も、みな、供述の微妙な心理から生まれ出たものに相違ありません。然し、幡江が淡路君の亡霊姿を見て、それを九十郎と信じたのは、まさに偽りではない。が、さりとてまた実相でもなく、実は幡江の錯覚が、起した幻に過ぎないのです。と云うのは心理学上の術語で仮現運動と云って、十字形に小さい円を当てて、その中心に符合させる。そして、その二つを、かわるがわるに入れ換える。すると、十字の横の一に、先がピクピク動くような、錯覚が起るのです。もともと、僕の嗜《この》みからして、あの亡霊の顔粧《つく》りに、沙翁の顔を引き写したのですが、それが廻転している、幡江の眼を誤らせたのでしょう。また幡江は、恐怖に眼を瞑《めい》じて廻転に任せているうち、いきなりその椅子を逆に廻したものがあったと云いました。然し、それは恐らく、経験した人には不気味な記憶となって残る事でしょうが、椅子の実際廻転が衰えて行って、停止する十数秒前になると、今度は反対の方向に、烈しく廻り始めたような感覚が起るのです。皆さん、以上が真相の全部です。だが、もともと自然の悪戯《いたずら》であるとは云え、そうして幡江の心の末端に触れたものが、後々の謎に、どれほどの陰影を添えたか知れなかったのでしたよ」

そうして、幡江に映った心の魔像を消してしまうと、法水の舌は、続いて孔雀の分析に移って行った。

「所で、虚言の心理と云うものには、得てして饒舌《じょうぜつ》が過ぎた場合、無意識に自己を曝露してしまう事があるのです。と云うのは、孔雀の場合にも当て嵌《はま》るのでして、あの女は、九十郎に脊の真中を打たれて、左手の甲まで痛みを感じたと云いました。然し、それがもし真実だとすれば、感動の伝導法則が根本から覆《くつがえ》されてしまわねばなりません。勿論、痛みをその部分以外にも覚えると云う事は、日常屢《しばしば》経験される事でしょう。然し、それには退歩運動と云って、多くの場合、逃走しようとする方向に伝えられるのです。ですから、当然扉《ドア》が右手にあるとすれば、何故孔雀が嘘を吐いたか、訝しく思われねばなりますまい。所がその後になって、孔雀はうっかりそれを裏書してしまったのです。と云うのは、御承知の通り、幡江が九十郎と推《すい》した影を追い詰めて行くと、不図側の時計が、九時を指しているのに気が付いたのです。所が、その真実の時刻は八時三十分だったのですから、恰度その進ませ方が、十五分の直角を逆さに倒したようになりましょう。私はそれに気付いたので、試みに円錐形と云う、図形の観念を孔雀に与えてみました。そうして、その後に、九十郎に逢った時刻を訊ねると、前の一回は三時前後、二度目は六時十五分だったと云って、明らかにその直角を、追うている事が曝露されたのです。つまり、淡路君は忠実に勤めを果したので、孔雀は王の衣裳を脱ぎ捨ててから、時針の変化で、幡江を遮ったのでした」

法水の、凄まじい推理力から迸《ほとばし》り出る力に圧《あっ》せられて、一座の者は化石したように硬くなってしまった。検事は胸苦しくなった息をフウッと吐き出して、

「それでは、オフェリヤの棺《かん》槨の外から、君が風間九十郎を透視した理由を聴こう。僕は、それを不思議現象だけで葬りたくはないのだよ」

「それは支倉君、実は斯うなのだ。孔雀の瞬きが、ある一つの微妙な言葉となって、僕に伝えてくれたのだよ。よく会話中に見る事だが、酸《す》いような感覚を覚えると、僕等は

どっちかの眼を閉じるものなのだ。所が、オフェリヤの棺と——僕が云った時に、孔雀は無意識にそれを行った。それで僕は、もしかしたらその感覚に、孔雀は死臭を経験しているではないかと考えたのだ。また、その神経現象は、奈落——と云った時の淡路君にも現われたけれども、それは却って、無辜《むこ》を証明するものになってしまった。と云うのは、あの当時は、奈落にニスの臭いが罩《こも》っていたので、酸味の表出で、淡路君が余儀ない偽りを吐いたと云う事が判ったのだよ」

「それでは、一体、九十郎は何時誰に殺されたのだね」

と今度は、熊城が疑題を投げた。

「云うまでもなく孔雀にさ。そして、その時期は、二た月ほどまえ家族と別れた——その直後だろうと思うのだがね」

法水は一向に素っ気ない声で云った。

「それには、九十郎の驚くべき特徴を、知る事が出来たからなんだ。あの男は、俳優とは云え半聾《はんろう》だったのだ。然し、内耳の基礎膜には、微かに能力が止まっているので、それが九十郎に頗る科学的な発声法を編み出させたのだよ。それは、耳を塞いで物を云うと判る事だが、ハ行やサ行などの無声音以外は、欧氏管《おうしかん》を伝わって内耳に唸りを起す。然しその無声音も、胸腔《きょうこう》に響かせて胸声にして出すと、それが幾つもの段階に分かれて、勿響いて来るのだ。つまりそれに依って、九十郎は自分が出した声を判別する訳だが、勿論相手の言葉は、読唇《どくしん》法や胸震読法などで、読み取る事が出来るだろう。然し、この場合も胸腔を圧迫したとしたら、自分が口にした音が、耳底には異なって響くに相違ないのだ。そうすると、別れの際に、孔雀が九十郎の胸に抱きついたと云う事は、結果に於いて、その微妙な法則が如何なる毒と化したかも判らない。つまり、自分の意志に反して口に出たと信じた言葉のために、九十郎は死地に誘われたに相違ないのだよ。それで熊城君、九十郎が半聾である事を僕が知り得たのは、孔雀が云った、――喰物を口にする時は四辺《あたり》を見廻すと云う一事からなんだ。それが、半聾者にとると、最《もっと》も不安な時で、つまり、欧氏管から入る外部の音響が、唇で遮断されてしまうからなんだよ」

そこで、法水が一息入れると、聴き手は漸く吾に返り、惑乱気味に嘆息するのだった。人間を弾奏する――孔雀が最後の別れの際に、九十郎を抱擁したのは、その目的がまさにそうではないか。さながら、風琴《オルガン》のカップラーを引き出して音色を変えるように、彼女は相手の胸腔を引きしめ、弛ませつつ、音符を変化させた。そして、九十郎の耳底に思わぬ響きを送って、彼に錯想を起させたのである。

続いて法水は、音響病理学者のグツマンや、ダーウィンの友人ドンダース教授の実験などを例に引いたが、それは悉《ことごと》く、彼の仮説を裏書するものに外ならなかった。たしか、その微妙な秘密の中には、九十郎を再び劇場へ誘ったものがあったに相違ない。そしてその際に孔雀は、恐らく最初の犯行を行ったのであろう。

熊城は、妖《あや》しい霧の渦に巻かれているような思いがしたが、なお二つ三つ、残っている疑義を取り纏《まと》めねばならなかった。

「それでは、舞台の上にいた孔雀が、どうして奈落の幡江を殺す事が出来たのだね」

「それがこの事件の才智の魔術《ウイッチクラフト・オブ・ウイズダム》さ。詳しく云うと、オフェリヤの裳裾と繰り出しの調帯《ベルト》に孔雀が驚くべき技巧を施したからなんだ。君も知っての通り、オフェリヤが小川に落ちたと見せて、幡江が函の中に入ると、下からの風で、裳裾がパッと拡がるじゃないか。そして、その拡がった裳裾を、傘のように凋《すぼ》めながら、如何にもはまり込んで行くかの体《てい》で、腰を落して行ったのだ。だが、そうすると熊城君、風が裳裾の周りを激しく吹き上げるので、当然オフェリヤの頭上には、その輪廓なりに、気洞《きどう》の円柱が出来てしまう。すると、それには対流の関係で、下行する気流が起る道理だから、当然頭上の金雀枝《えにしだ》の花弁はあたりに散らばらず、その気流なりに、裳裾の中へ落ちて行くだろう。然しその花弁には、多分クラーレあたりの、皮膚を麻痺させる毒物が塗られていたに違いない。それが、幡江の鼻から吸収されるので、次第に全身が気懶《けだ》るくなって行く。わけても、頭から上に触覚が鈍くなって、漸く横にはなったものの、それからは夢心地で奈落へ運ばれて行った事だろう。すると、恰度その折、観客は揺ぐような錯覚を感じて、総立ちになったのだ。然し、孔雀だけは自若としていて、最後の止めを幡江に加えたのだよ。と云うのは、予《あらかじ》め二条《すじ》の調帯《ベルト》のうちどれかの一本に、孔雀は鋭利な薄刃を挟んで置いた。そして、折からの騒ぎにまぎれて、その調帯の上を絶えず踏み付けたのだ。すると、緩く張った調帯が当然引き緊まって、廻転が早められる道理だから、アッと云う間もなく、その刃物は恐ろしい速力で幡江に追い付いた。そして、グタリと垂れた頸を、横様に掻き切ってしまったばかりじゃない、その瞬後には、再び孔雀の眼前に戻っていた理由《わけ》だよ」

そうして余す所なく、犯行の説明を終えると、法水は衣袋《ポケット》から、一葉の紙片を取り出した。その刹那、彼の眼には、何かしら熱っぽい輝きが加わって、その紙片ごと、指先がわなわなと顫えた。

然し、その一片には、故国の空に憧《あこが》れる、孔雀の不思議な心理が語られてあった。

――もう幕にも間がないままに、鉛筆で走り書きに記す事に致します。貴方はいま、次の幕には必ず風間を指摘すると仰言いましたわね。それで、何もかも終ってしまったのに気が付いたのでした。何故かと申せば、次の幕に現われるものと云えば、風間を入れたオフェリヤの棺以外に何がありましょう。私はもう、最後の覚悟をかためねばならなくなりました。ですけど、私は何故風間を殺し、幡江にも手を加えねばならなかったのでしょうか。

と申しますのは、外でも御座いませんが、あの風間と云う男は、まこと真実の父ではないので御座います。当時私の母は、父に先立たれて、私を胎内に抱えたまま、路傍を彷徨《さまよ》って居りました。そこを、風間に救われたのですが、多分そうした、風間の強い印象が、胎内の私に影響したからでしょう。私の髪や皮膚の色には、御覧の通り、混血児のそのままのものが現われてしまったのです。

所が、日本に連れて来られてからと云うものは、日増し私には、郷愁が募って参りました。あの濃碧《のうへき》の海、同じ色のような空――街中はひっそり閑としていて、塔があちこちに聳《そび》え、時折は家毎《やごと》の時計が、往還の真中でさえ聴こえる事が御座います。ねえ法水様、北イタリー特有の南風《フェーン》が吹き出す頃になると、チロルの聯隊では、俄《にわ》かに傷害沙汰が繁《しげ》くなるとか申します。けれども、まったく土の肌、大気の香りと云うものには、事実、云うに云われぬ神秘な力があるものですわね。

で、いつのまにか私は、あの荒涼たる淋しさを、どうする事も出来なくなってしまいました。外面は、さぞ燥《はしや》ぎおごっているように見えましたろうけれど、絶えず私は、体内に暴れ狂っている雨風を凝《じっ》と見詰め、どうしたらいいか――それのみ考え続けて居りました。そうして遂に、私にとれば枷《かせ》に等しい風間を葬って、あの懐かしい土を、再び踏もうと決心致しました。

ですから、幡江さんを手にかけたのは、父のない私の、本能的な嫉妬なので御座います。父と娘――あの血縁の神秘は、それを欠いているものにとれば、寧ろ嘲りに過ぎません。

どうか法水様、いつまでも私をお憶い出し下さいませ。そうして、その時はきっと、あの古びた街《まち》の幻影《まぼろし》をお泛《う》かべ下さいますよう……。

潜航艇「鷹の城」

第一篇　海底の惨劇

一、薄明の追悼

それは夜明けまでに幾《いく》ばくもない頃であった。

既《すで》に雨は止み、波頭も低まって、そのひびきが幾分衰えたように思われたが、闇《やみ》はその頃になると一しおの濃さを加えた。

その深さは、ものの形体運動《かたちうごき》の一切を呑《の》み尽《つく》してしまって、その頃には、海から押し上ってくる、平原のような霧があるのだけれど、その流れにも、さだかな色とてなく、何物をも映そうとはしない。

ただ、その中をかいまぐって、時折妙にひいやりとした――まるで咽喉《のど》でも痛めそうな、辛《から》ほろい塩気が飛んでくるので、その方向から前方を海と感ずるのみであった。

然《しか》し、足元の草原は、闇の中で茫乎《ぼうこ》と押し拡がっていて、やがては灰色をした砂丘となり、またその砂丘が、岩草の蔓《はびこ》っている辺りから険《けわ》しく海に切れ折れていて、その岩の壁は、烈しく照り付けられるせいか褐色に錆《さ》びついているのだ。

しかし、そういった細景が、肉眼にはてんで映ろう道理はないのであるが、またそうかといって闇を見つめていても、妙に夜という漆闇《しつあん》の感じがないのである。というのは、その折天頂を振りあおぐと、色も形もない、透きとおった片雲のようなものが見出されるであろう。

その光は、夢の世界に漲《みなぎ》っているそれに似て、色の褪《あ》せた、何ともいえぬ不思議な色合であるが、はじめは天頂に落ちて、星を二つ三つ消したかと思うと、その輪形《わがた》は、いつか澄んだ碧《あお》みを加えて、やがては黄道《こうどう》を覆い、極から極に、天球を涯《はて》しなく拡がって行くのだ。

いまや岬の一角は、はっきりと闇から引き裂かれ、光が徐々に変りつつあった。それまでは、重力のみを浸々《しんしん》と感じ、境界も水平線もなかったこの世界にも、漸《よう》く停滞が破られて、あの蒼白い薄明が、霧の流れを異様に息づかせ始めた。すると、黎明《れいめい》はその頃から脈づき始めて、地景の上を、もやもやした微風《びふう》がゆるぎ出すと、窪地《くぼち》の霧は高く上り、様々な形に棚引《たなび》き始めるのだ。そして、その揺動の間に、チラホラ見え隠れして、底深い、淵のような黝《くろず》みが現われ出るのである。

その巨大な、竜骨《りゅうこつ》のような影が、豆州《ずしゅう》の南端――印南岬《いなみみさき》なのであった。

所がその折、岬の外れ——砂丘がまさに尽きなんとしている辺りで、ほの暗い影絵のようなものが蠢《うごめ》いていた。

それは、明け切らない薄明の中で、妖《あや》しい夢幻のように見えた。時として、幾筋かの霧に隔てられると、その塊りが細々《こまごま》切りさかれて、その片々が、また一々妖怪めいた異形なものに見えたりして、まこと、幻の中の幻とでもいいたげな奇怪さであった。

けれども、その不思議な単色画《モノクローム》は疑いもない人影であって、数えたところ十人余りの一団だった。

そして、いまや十七年前の快走艇《ヨット》「鷹の城《ハビヒツブルグ》」の艇長——故テオバルト・フォン・エッセン男爵の追憶が、その夫人ウルリーケの口から述べられようとしている。

然し、その情景からは、何とも云えぬ悲哀な感銘が眼を打って来るのだった。海も丘も、極北の夏の夜《よ》を思わせるような、どんよりした蒼鉛《そうえん》一味に染め出されていて、その一団のみが黒くくっきりと浮かび上り、いずれも引き緊《しま》った、悲痛な顔をして押し黙っていた。

その折、海は湧き立ち泡立って、その人達にあらんかぎりの威嚇《いかく》を浴せた。荒《し》けあとの高い蜒《うね》りが、岬の鼻にぶつかると、そこの稜角《りょうかく》で真っ二つに截《た》ち切られ、ヒュッと喚《かん》声《せい》を上げる。そして、高い潮煙が障壁から躍り上って、人も巌《いわ》も、その真白なしぶきをかぶるのだった。

風も六月の末とはいえ、払暁《ふつぎょう》の湿った冷たさは、実際の空気よりも、烈しく身を刺した。しかも、岬の鼻に来ては既に微風ではなく、髪も着衣《きもの》も、何か陸地の方に引く力でもあるかのように、バタバタと帆のように棚引いているのだ。

人達は、いずれも両脚を張ってはいるが、ともすると泡立つ海、波濤《はとう》の轟《とどろ》き、風の喊声《かんせい》に気怯《きお》じがして来て、いつかはこの蒼暗たる海景画が、生気を吸《すす》り取ってしまうのではないかと思われた。

然し、その一団は、はっきりと二つの異様な色彩に依《よ》って区分されていた。というのは、まことに物奇《ものめずら》しい対象であるが、夫人と娘の朝枝《あさえ》以外の者は、七人の墺《オー》太利《ストリヤ》人と四人の盲人だったからである。

そのうち七人のオーストリヤ人は、いずれも四十を越えた人達ばかりで、なかには、指先の美しい音楽家らしいのもいた。また、髭《ひげ》の雄大な退職官吏風の者もいて、顳顬《こめかみ》の辺りに、白い房を残した老人が、二つ折れになっているかと思えば、また、逞《たくま》しい骨格を張った傷病兵らしいのが、全身を曲った片肢《かたあし》で支えているのもあって、服装の点も区々《くく》まちまちであった。

然し、誰しもの額やこめかみには、痛ましい憔悴《しょうすい》の跡が粘《ね》着《ば》りついていて、着衣にも苦労の皺《しわ》が畳まれ、風がその一団を吹き過ぎると、唇に追放者《エミグラント》らしい悲痛なはためきが残るのだった。

また盲人の一群は、七人の向う側に立ち並んでいて、そのぎごちないからだつきは、神秘と荒廃の群像のように見えた。

もはや、眼以外の部分も、生理的に光をうけつけなくなったものか、弱っためくら蛆《うじ》のように肩と肩を擦《す》り合わせ、艶《つや》の褪せた白い手を互いに重ねて、絶えず力のない咳《せき》をし続けていた。

然し、このふしぎな一団を見れば、誰しも、一場の陰惨な劇《ドラマ》を、頭の中で纏《まと》め上げるのであろう。

あの黒眼鏡を一つ一つに外して行ったなら、或はその中には、天地間の孤独をあきらめ切った、白い凝乳《ぎよにゆう》のような眼があるかも知れないが、恐らくは、眼底が窺《うかが》えるほどに膿潰《のうかい》し去ったものか、もしくは蝦蟇《ひきがえる》のような、底に一片の執念を潜めたものもあるのではないかと思われた。

が、何《いず》れにせよ、盲人の一団からは、故しらぬ好奇心が唆《そそ》られて来る。そしていまにも、その悲愁な謎を解くものが訪れるのではないかと考えられた。

その四人は朝枝を加えて、稍々《やや》金字塔《ピラミッド》に近い形を作っていた。

というのは、中央にいる諾威《ノルウエー》人の前砲手、ヨハン・アルムフェルト・ヴィデだけがずば抜けて高く、それから左右に、以前は一等運転手だった石割苗太郎《いしわりなえたろう》と朝枝、そして両端が、現在はウルリーケの夫——前には室戸《むろと》丸の船長だった八住衡吉《やずみこうきち》に、以前は事務長の犬射《いぬい》復六《またろく》となっているからだった。

そのヴィデは、はや四十を越えた男であるが、丈は六尺余りもあって、がっしりとした骨格を張り、顔も秀《ひい》でた眼鼻立ちをしていた。亜麻《あま》色の髪は柔らかに渦巻いて、鼻は鷹《たか》の嘴《くちばし》のように美しいが、絶えず顔を伏目に横へ捻《ね》じ向けていた。その沈鬱《ちんうつ》な態度は、盲人としての理性というよりも、寧《むし》ろ底知れない心持暗さを帯びた品位であろう。

所が、ヴィデの頸《くび》から上には、生理的に消し難い醜さが泛《うか》んでいた。頬には、刀傷《かたなきず》や、異様な赤い筋などで皺が無数に畳まれているばかりでなく、兎唇《みつくち》、るいれき、その他いろいろ下等な潰瘍《かいよう》の跡が、頸から上を目まぐるしく埋めているのだった。

それらは、疾病放縦《しっぺいほうじゅう》などの覆い尽せない痕跡なのであろうが、一方彼が常に、砲手として船に乗るまでは数学者だった――などという所をみると、その数々の醜さは、到底彼の品位が受け入れるものとは思われなかった。

寧ろ、その奇異《ふしぎ》な対象から判断して、事実はその下に、美しい人知れない創《きず》があって、それを覆うている瘤《こぶ》というのが、あの忌《いま》わしい痕のように考えられもするので、もしそうだとすると、ヴィデには二つの影があらねばならなくなるのだった。

それから、犬射復六《こぶと》は小肥《た》りに肥った小男で、年輩は略々《ほぼ》ヴィデと同じ位であるが、一方彼は詩才に長け、広く海洋の詩人として知られている。

柔和な双顎《ふたあご》の上は、何から何まで円《まる》みを帯びていて、皮膚はテカテカ蠟色《ろういろ》に光沢《つや》ばんでいる。また唇にはいつも微《かす》かな笑いが湛《たた》えられていて、全身に何ともいえぬ高雅な感情が燃えているのだった。

それに反して石割苗太郎は、神経的な、まるで狐《きつね》みたいな顔を持っていた。

彼は即座に感情を露《あら》わして、その皮膚の下に、筋肉の反応がありありと見える位であるが、その様子は寧ろ狂的で悲劇的で、絶えず彼は、自分の頓死《とんし》を気づかっているのではないかと思われた。

然し、最後の八住衡吉となると、誰しもこれが、ウルリーケの夫であるかと疑うに相違ない。

それは、世にも痛ましく、浅ましい限りであったからだ。衡吉ははや六十を越えて、その小さな身体と大きな耳、まるい鼻には、どこか脱俗的なところもあり、大体が人の良い堂守《どうもり》と思えば間違いはない。

所が、その髪を仔細に見ると、それも髭も玉虫色に透《す》いて見えて、どうやら染められているのに気がつくだろう。そうして、愚かしくも年を隠そうとしていることは、一方に二十いくつか違う、妻のウルリーケを見れば頷《うなず》かれるが、事実にも衡吉は、不覚なことに老いを忘れ、あの厭《いと》わしい情念の囚虜《とりこ》となっているのだった。

その深い皺、褪《あ》せた歯ぐきを見ると、それに命を取る病気の兆候を見出したような気がして、年老いて情慾の衰えない事の如何《いか》に醜悪なものであるかが如実に示されていた。

そのせいか、大きな花環を抱いているその姿にも、どこか一風変った、感激とでもいいたいものがあって、恐らく思慮や才智も、十分具えているに違いないが、同時にまた、痴呆《ちほう》めいた狂的なものも閃《ひらめ》いているのだった。

そうして、以前はその四人が、同じ室戸丸の高級船員だった事が明らかになれば、是非にも読者諸君は、それと失明との関係に、大きな鎖の輪を一つ結び付けてしまうに相違ない。

その折ウルリーケは、静かに列の間を、岬の鼻に向って歩んで行った。ウルリーケが立ち止って、波頭の彼方《かなた》を見やった時、その顔には、影のような微笑が横切った。それは極く薄い、やっと見えるか見えないか位の、薄衣《ヴエール》のようなものだったが、しばし悲しい烙印《らくいん》の跡を、覆っているかのように見えた。

ウルリーケは、見たところ三十がらみであるが、実際は四十に近かった。のみならず、その典型的な北欧型《スカンディナヴィアンタイプ》といい、どうみても彼女は、氷の稜片で作り上げられたような女だった。生え際《はぎわ》が抜け上って眉弓《まゆみ》が高く、その下の落ち窪んだ底には、蒼い澄んだ泉のような瞳があった。

両端が鋭く切れ過ぎた唇は、隙間なくきりりと締まっていて、稍々顎骨《がくこつ》が尖《とが》っている所といい、全体としては、何かしら冷たい――それが酷《むご》いほどの理性であるような印象をうけるけれども、また一面には、氷河のような凄烈《せいれつ》な美しさもあって、何か心の中に、人知れぬ熾烈《しれつ》な、狂的な情熱でも秘めているような気もして、折よくその願望が発現《はつげん》する時には、忽《たちま》ちその氷の肉体からは、五彩の陽炎《かげろう》が放たれ、その刹那《せつな》、清高な詩の雰囲気がふりまかれそうな観も否めないのだった。

然し、ウルリーケのすらっとした喪服姿が、折からの潮風に煽《あお》られて、髪も裾も、たてがみのように靡《なび》いている所は、どうして、戦女《ワルキューレ》とでもいいたげな雄々《ゆゆ》しさであった。

空は水平線の上に、幾筋かの土堤《どて》のような雲を並べ、その辺りに、色が戯《たわむ》れるかの如く変化して行った。彼女は暫《しばら》く黙禱《もくとう》を凝《こら》していたが、やがて、波間に沈んだ声を投げた。その言葉は数々の謎を包んで神秘の影を投げ、暫くはこの岬が、白い大きな妖しげな眼の凝視の下にあるかのようであった。

「いつかの日、私はテオバルト・フォン・エッセンという一人の男を知って居りました。その男は、オーストリヤ海軍の守護神、マリア・テレジヤ騎士団の精華と謳《うた》われたのですが、また海そのものでもあったのですわ。

ああ貴方《あなた》！　あの日に、貴方という竪琴《たてごと》の絃《いと》が切れてからというものは……それからというもの……私は破壊され荒され尽して、ただ残滓《かす》と涙ばっかりになったうつろなからだを、いま何処《どこ》で過しているとお思いになりまして。

私は、貴方との永くもなかった生活を、この上もない栄誉《はえ》と信じて居りますの。だって貴方は、怖れを知らぬ人――その方にこよなく愛されて、それに貴方は、オーストリヤ全国民の偶像だったのですものね。

所が、あの日――一九一六年四月十一日、貴方は急に海から招かれてしまったのです。と云うのも、貴方が絶えずお慨《なげ》きになっていたように、なるほど軍司令部の消極政策も、恐らく原因の一つだったには違いないでしょうが、もともといえば、貴方お一人のため――その一人の潜航艇戦術が伊太利《イタリー》海軍に手も足も出させなかったからです。

ねえ、そうで御座いましたでしょう。あれまでは、トリエステの湾は愚か、アドリヤチックの海の何処にだっても、砲弾《たま》の殻一つ落ちなかったのでは御座いませんか。その安逸が――いいえ蟄居《ちつきょ》とでも申しましょうか。それが、貴方に海の憧《あこが》れを駆り立て、硝《しょう》烟《えん》の誘いに耐え切れなくさせて、秘かにＵＲ《ウー・エル》―４号の改装を始めたのでしたわね」

古き欧州動乱の年――一九一五年五月、参戦と同時に、イタリーは海上封鎖を宣言した。

それが、男爵フォン・エッセンの血をわき立たしたのである。彼は、機《おり》さえあれば、軍主脳部に潜航艇戦をせまったのであった。

しかし彼はマリア・テレジヤ騎士団の集会でその意味の演説を行ったのを最後として、もはや何もいわなくなった。そして、秘かに、ＵＲ―４号の改装をはじめたのである。

こうした経緯《いきさつ》が、言葉を待つまでもなく、七人の復辟派《ふくへきは》には次々へと泛んで往った。まるで、ウルリーケの一言が礫《つぶて》のように、追憶の、巻き拡がる波紋のようなものであったのである。

「そうして、ＵＲ―４号の改装が終りますと、次に私を待っていたのが、悲しい船出で御座いました、私はあの前夜に慌《あわただ》しい別れを聴かせられたとき、その時は別離の悲しみよりか、却《かえ》って、あの美しい幻に魅せられてしまいました。

あの蒼い広々とした自由の海、その上で結ぶ浪漫主義《ロマンチシズム》の夢――。まあ貴方は、艇《ふね》を三《さん》檣《しょう》のヨットにお仕立になって……、しかもそれには、『鷹の城《ハビヒツブルグ》』という古風な名前をお付けになったでは御座いませんか。

ああそれは、王立《ロイヤル》カリンティアンヨット倶楽部《クラブ》員としての、面目だったのでしょうか。

いいえ、いいえ、私は決してそうとは信じません。

きっと貴方は、最後の悲劇を詩の光輪で飾りたかったに違いありませんわ。そして、しめやかな通夜《つや》をよそめに見て――俺は、生活と夢を一致させるために死んだのだ――とおっしゃりたかったに相違ありませんわ。

そうして、その翌朝一九一六年四月十一日に、その日新しく生まれ変った『鷹の城《ハビヒツブルグ》』は、朝まだきの闇を潜り、トリエステをとうとう抜け出してしまったのでした。あの時すぐに始まった朝やけが、恰度《ちょうど》このようで御座いましたわね」

その時、水平線が見る見る脹《ふく》れ上って、美《うる》わしい暁《あかつき》の息吹《いぶき》が始まった。波は金色のうねりを立てて散光を彼女の顔に反射した。

ウルリーケは爽《さわ》やかな大気を大きく吸い込んだが、恐らく彼女の眼には、そのきらびやかな光が錫《すず》色をした墓のように映じた事であろう。

「所が、その時積み込んだ四つの魚雷からは、どうした事か、功績《いさお》の証《あかし》が消え去ってしまったのです。

その月の十九日、タラント軍港を襲撃しての、レオナルド・ダ・ヴィンチ号の撃沈も、年を越えた五月二十六日コマンドルスキイ沖の戦闘も、この通り艇内日誌にはちゃんとしるされては居りますが、その公表には、どうした事か時日も違い、各自自爆のようにしるされてあるのです。

それがドナウ聯邦派の利用する所となって、ハプスブルグ家の光栄《はえ》を、貴方一人の影で覆い、卑怯者《ひきようもの》、逃亡者、反逆者と、ありと凡《あら》ゆる汚名を着せられて、今度は共和国を守る、心にもない楯《たて》に変えられてしまったのです。

それにつれて、同じ運命が私にも巡って参りました。

わけても、貴方の生存説が、何処からともなく伝わって参りました折の事とて、私達の家には毎夜のように石が投げられ、無論貴方のお墓などは、夢にも及ばなくなったのです。

所へ、貴方が拿捕《だほ》した『室戸丸』の船長から、――それが現在私の夫で御座いますが、貴方の遺品《かたみ》を贈るという旨を申しでて参りました。それがそもそも、いまの生活に入る原因となったのでしたけど、私の悲運は、いまなお十七年後の今日になっても尽きようとは致しません。

折角貴方の墓と思い、引き揚げた『鷹の城《ハビヒツブルグ》』も、遂には私達の生計の糧《かて》として用いねばならなくなりました。

私達はこの上、安逸《あんいつ》な生活を続ける事が不可能になったので御座います。それで八住は、船底を改装してガラス張りにしたのを、愈《いよいよ》海底の遊覧船に仕立てる事に致しました。

そうして再び、貴方のお船『鷹の城《ハビヒツブルグ》』は動く事になりましたけど、私にとれば、貴方のお墓を作る機会が、これで永遠に失われてしまった事になります。

ですけど、貴方の幻だけはかたく胸に抱きしめて――あの気高くも運命《さだめ》はかなき海賊《カーセイア》、いいえ、男爵テオバルト・フォン・エッセンは、死にさえも打ち捷《か》って、このような熱い接吻《せっぷん》で私の唇を燃やすでは御座いませんか。

貴方、そんな頸《うなじ》の上などは擽《くすぐ》っとう御座いますわ。ねえ、耳の朶《たぶさ》へ……貴方……」

フォン・エッセン艇長とウルリーケとを結び付けた、かくもかたい愛着の絆《きずな》を前にしては、現在の夫、八住衡吉などは、無論影すらもないのだった。

ウルリーケは交々《こもごも》湧き起る回想のために、暫くむせび泣きしていたが、やがて歩を返し、続いて艇長の最後を語るために、詩人の犬射復六が朝枝に連れ出された。

所が、この前事務長の口からして、艇長の最後に纏《まつ》わる驚くべき事実が吐かれたのであった。

二、「鷹の城」の怪奇

「私はこの際、フォン・エッセン艇長の最後を明らかにして坊間《ぼうかん》流布されて居りますところの、謬説《びゅうせつ》を打破したいと考えます。

私共四人が当時乗り込んで居りました貨物船室戸丸は、その折露西亜《ロシア》政府の傭船《ようせん》となって居りましたので、『鷹の城《ハビヒツブルグ》』の襲撃を蒙《こうむ》る事は、寧ろ当然の仕儀であると云い得ましょう。一九一七年三月三十日、室戸丸は『鷹の城《ハビヒツブルグ》』のために、晩香波《バンクーバー》を去る七〇カイリの海上で拿捕《だほ》されました」

こうして、犬射が語りだす遭難の情景を、作者は、便宜上艇内日記を、借りることにする。

本船は横浜解纜《かいらん》の際、以前捕鯨船の砲手であったヴィデを招き、同時に四吋《インチ》の砲を二門積み込んだのであった。それは、左右両舷に据えられた。しかも数箱の砲弾が甲板に積み上げられたのである。だが、どうしてだろう？　北太平洋には、いま氷山のほか何ものも怖れるものはないではないか。

実に本船は、フォークランド沖の海戦で、撃ち洩《も》らされた独艇を怖れたからである。独逸《ドイツ》スペイン艦隊シャルンホルスト号には、二隻の艦載潜航艇があったのであるが、そのうち一つは傷《きず》つき、他の一隻は行衛《ゆくえ》知れずになってしまった。

それ以来、濃霧《ガス》のような海魔《ボレイティフオルス》のようなものが、北太平洋の北米航路を覆い包んでしまったのである。

ある船は、海面に潜望鏡《ペリスコープ》を見たといい、また、覗《のぞ》いてすぐに姿を消したという船もあった。しかし本船は、この一夜で航程を終ろうとしていた。それが、西経一三三度二分、北緯五十二度六分、女王《クイーン》シャーロット島《ランド》を遠望する海上であった。

日が暮れると、同時に重い防水布を張り、電球は取り除かれて、通風口は内部から厚い紙で蓋《ふた》をしてしまった。操舵室も海図室も同じように暗く、なかもそとも、闇夜のような船であった。

「ですが、奴らは、なかなかうまくやりますからね」

六回も、独逸《ドイツ》の追跡をうけたという手練のヴィデは、碧い眼をパチパチと瞬いていった。

「僕は、本船のまえは仏蘭西《フランス》船にいたんですが、あれに、こういう大砲《やつ》の一二門もあったらなア。なにしろね、船に魚雷を喰《くら》わせやがって、悠々と現われてくるんです。おまけに、奴ら、桟敷《さじき》にいるような気持で、見物しているじゃありませんか。

ところが船は、右舷をしたたに急速に傾斜してゆく。それから、全員が去ってからも、まだ私たちは船橋に止っておりました。すると、そこへ近付いてきて、立ち去らなきゃ、殺すぞと嚇《おどか》すんです。いや間もなく、私だけは漁船に救けられましたがね」

それからヴィデは、通風筒の蔭で莨《たばこ》に火を点けたが、なんと思ったか、遭難事の注意を細々《こまごま》聴かせはじめたのである。

「ところで、いざという時には、電光形《ジグザグ》の進路を採るんです。絶えず羅針盤《カムパス》で、四十五度の旋回をやる。そうすると、よしんば潜航艇が船影を認めたにしろ、魚雷を発射することが、非常に困難になってくるんです。

ねえ、そうでしょう。最初目的の船の、進路と速度を正確に計算しなけりゃならぬ。それから、いよいよ発射する位置にむかって、潜行をはじめるのです。

所がねえ、さてという土壇場になってまたペリスコープをだすと、なにしろ、船のほうはジグザグの進路を採っている。そこで、計算をはじめから、やり直さなけりゃならなくなるんです。

それから端艇《ボート》は、上甲板の手縁《レール》とおなじ線におろして置いてください。いや、すぐ降せるように。それから、水樽《みずたる》とビスケットを……」

「だが、本船の危険は、もう去ったも同じじゃないか」

八住船長は、ヴィデが警戒をはじめたのを、不審に思ったらしい。

「とにかく、夜明けまでには、バンクーバーへ着く。それに、本船には大砲があるのだ。ヴィデ君、君も、砲術にかけては、撰《え》り抜きの名手じゃないか。ハハハハ、出たらガンと一つ、お見舞い申して貰いたいもんだな。なアに、君の腕なら、潜航艇も抹香鯨《スペーム・ホエール》も同じことさね」

「いや却《かえ》って、明日入港というような晩が危険なんです。船長、甲板で葉巻は止めて頂きましょう」

と、銜《くわ》えていた葉巻をグイと引き抜いたとき、側《かたわら》にいた、無電技師がアッと叫び声を立てた。

「おいヴィデ君、ありゃなんだ！」

そうして一同は、高鳴る胸を押えて、凝視すること暫しであった。

しぶきのなかを、消えあるいは点《つ》いて……闇の海上をゆく微茫《びぼう》たる光があった。その頃は、小雨が太まってきて長濤《うねり》がたかく、舳《へさき》は水に没して、両舷をしぶきが洗ってゆく。そうして、ヴィデは部署につき、無電技師は、電鍵《キイ》をけたたましく打ちはじめたのである。

「危険に瀕《ひん》す。現在の位置に於いて、救助を求む」

その返電に、バンクーバー碇泊艦隊から、急派の旨を答えてきたが、時はすでに遅かった。

ヴィデも、長濤に阻《はば》まれて、照尺を決めることが出来ない。なにしろ相手は一点の灯、此方《こっち》は、闇にうっすらと浮く巨館のような船体である。それが、悔《くや》んでも及ばぬところの室戸丸の不幸であった。

煙筒は、真黒な煤煙に混えて、火焔《かえん》を吐き出しはじめた。船体が、ビリビリ震動して、闇に迫る怪艇の眼から遁《のが》れようとした。

高速力で、旋回を試みながら、絶えず、花火のような火箭《ロケット》を打ち上げていた。しかし、波間の灯は、室戸丸から執拗に離れなかったのである。やがて、警砲が放たれ、右舷に近く水煙があがった。

「駄目です、船長。なまじあがいたら、僕等は復讐《ふくしゅう》されますぜ、発砲は止めます。敵艇の砲手の腕前は驚くべきものですよ。断じて、めくら弾ではない。最初の警砲は、本船の右舷近くに落ちたでしょう。それから、旋回したにも拘《かかわ》らず、二の弾は、船首の突梁《とつりょう》に命中したのです。船長、本船は翻弄されているんです」

そういって、ヴィデの蒼白な顔が、砲栓《ほうせん》から離れようとしたとき、三の弾が、今度は船尾旗桿《きかん》に囂然《ごうぜん》と命中した。

「よろしい、抵抗を中止して、君の意見に従おう」

と同時に、機関《エンジン》の音が止み、石割一等運転手が舵機室から出て来た。彼はそれまで泡よくば衝角《しょうかく》を狙おうと、操舵していたのであったが、船長の決意は、全員の安危に白旗の信号を送ったのであった。

所が、その瞬間、四の弾が舷側を貫いて、機関室に命中した。そうして、進行を停止した船に艇から、次の信号が送られたのであった。

「幹部船員四名、書類を持って艇に来れ」

かくて、八住船長以下、犬射事務長、ヴィデ砲手、石割一等運転士の四名が、全員に別れを告げ、船を離れ去ることになったのである。

その直後に、全員が短艇《ボート》で、四散する様も、また哀れであった。が、間もなく、室戸丸に最後の瞬間が訪れた……。

燃料や食料を、積み得るだけ艇に移したうえ、室戸丸は、五発の砲弾を喰いそのまま藻屑《もくず》と消えてしまったのである。

室戸丸は、見る見る悲惨な傾斜をなしてゆき、半ば以上も海面に緑色の船腹が現われてきた。やがて、鈍い、遠雷のような響《ひびき》がしたかと思うと、いきなり船首から真縦に水に突き刺った。そして、たかい、長濤のような波紋が、艇をおどろしく揺《ゆす》りはじめたのである。

しかし、艇内に収容されて、最初の駭《おどろ》きというのは、この艇が独艇ではなく、オーストリヤの潜航艇だということであった。

艇は、一九〇六年の刻印通り旧型の沿岸艇だ。巡航潜水艇ではない。それにも拘らず、七つの海を荒れまわる胆力には驚嘆のほかはないのである。

しかも、艇内の四人は、厚遇の限りを尽されていた。どこでも、自由に散歩が出来るし、折には、艦長とも戯《ざ》れ口を投げ合う。

そして艇は、クイーンシャーロットランドを後に、北航をはじめたのであったが、間もなく艇首をカムチャツカに向けた。

その間も、十三ノットか十四ノットで、大抵海面を進んで行った。事実水中に潜ったことは、数えるほどしかなかった。一度はかれこれ、五十尋《ひろ》近くも下ったことがあったが、その時は、駆逐艦《くちくかん》に援護された、日本の商船隊を認めたときであった。

「艇長、貴方は、あの駆逐艦が怖いのですか」

事務長の犬射は、時折独詩を書いて示すので、艇長とは打ち解け合った仲であった。

「いや、怖くもないがね。君も知ってのとおり、本艇には、余すところ魚雷が一本だけだ。でなるべくは大物という訳でね」

そういって艇長は、蓄音器のハンドルをまわし、「碧《あお》きドナウ」をかけた。三鞭酒《シャムパン》を抜く、機関室からは、兵員の合唱が洩《も》れてくる。

が、こうして語るその情景を、眼に、思いうかべてもらいたい。霧立ちこめた夜、波たかく騒ぐ海、駆逐艦からは爆雷が投ぜられて、艇中の鋲《びょう》がふるえる。

しかも、そのまっ暗な、水面下三百呎《フィート》の下では、シュトラウスのワルツが響き、三鞭酒《シャムパン》の栓がぶっ飛んでいるのである。四人は、嚙《か》みかけた維納腸詰《ウィン・ソーセージ》を嚥《の》み下すことも出来ず、しばらくは、ふしぎな、ロマンチックな、悪夢のなかをさまよっていた。

以上の経過を、犬射は言葉すくなに語りおえたのであるが、すると、見えぬ眼を海上にぴたりと据え、そこを墓とする、故人の俤《おもかげ》を偲《しの》んでいるようであった。が、やがてその口は、怪奇に絶する、「鷹の城《ハビヒツブルグ》」の遭難に触れていた。

「そんな訳で、われわれが過ごした艇内の生活は、意外にも好運だったといい得ましょう。――そのわれわれに、誰が、一週間後になって悲運が訪れようと信じられたでしょうか。

それは、忘れもしない六月二日の朝、濃霧《ガス》の晴れ間に、日本国駆逐艦の艦影を望見したので、ともかく、衝角だけは免かれようと、急速な潜水をはじめたのです。

ところが、そうして潜って二三十米《メートル》のあたりに、どうしたことか、ふいに艇体に激烈なショックをうけました。それなり艇体を、四十五度も傾けたまま動けなくなってしまったのです。その機《はず》みに、機関室からは有毒のクローリン瓦斯《ガス》が発生して、艇長を除く以外の乗組員は、悉《ことごと》くその場で斃《たお》れてしまいました。

そうして五人の生存者には、その時から悲惨な海底牢獄の生活が始まって、刻々と、死に向い暗黒にむかって歩み始めたのです。

然し、万が一の希望を繫《つな》いでいたとはいえ、あの夢魔のように襲い掛かって来る自殺したい衝動と、どんなに……闘うのが困難だったことか。所が、その日の夜半、突然艇長の急死が吾々を驚かしたのです。

艇長は士官室の寝台の上で、左手をダラリと垂れたまま、脈も失せ氷のように冷たくなって横たわって居りました。それは、明白な突然の死でした。誓ってそうであった事だけは、かたく断言致します。

何故でしょうか……それにはまず、吾々は艇長に対し寸毫《すんごう》の敵意さえもなかったことがいわれます。それに吾々は、万が一の幸運の際のことも考えねばなりません。そうなった時、なんで艇長の指図なくして吾々の手が、迷路のような装置を操り脱出できましょうや。

所が、続いて驚くべきことが起ったのです。それはその後、四時間ほど経つか経たぬかの間にあろうことか、艇長の屍体が烟のように消え失せてしまったのです。

勿論蘇生《そせい》して閉鎖扉《ドア》を開けて機関室に入ったとすれば、吾々もともどもクローリン瓦斯で斃れねばなりませんし……仮令《たとえ》発射管から脱出するにしても、肝心の圧搾《あっさく》空気で操作するものが吾々無能の、四人をさて措《お》いて外に誰がありましょう。

また、夜中の脱出は凍死の危険があり、頗《すこぶ》る無謀であるのは自明の理であるし、現にその救命具も引揚後調べると、数が員数通り揃っていたのです。

ですから私達は、ただただ怖しい現実に唖然《あぜん》となって、殊《こと》にああした折でも何かしら、悪夢のような不思議な力に握り竦《すく》められている気が致してなりませんでした。

ああ艇長の屍体を艇から引き出したのは、兼ねて伝説に聴く海魔《ボレイティフォルス》の仕業《しわざ》でしょうか。それともまた、文字通りの奇蹟だったのでしょうか。

何《いず》れにしても、艇長の死と屍体の消失が厳然たる事実である事は、その後に艇を引き揚げた、日本海軍の記録的に明記する所なのです」

風はなぎ、暁は去って、朝靄《あさもや》も切れはじめた。犬射は、感慨ぶかげな口調を、明けきった海に投げつづける。

「艇内は、その前後に蓄電の量が尽きてしまい、吾々が何より心理的に慴《おそ》れていた、あの怖しい暗黒が始まったのです。すると、それから二時間ばかり経つとがたりと艇体が揺れ、それなり何処へやら、動いて行くような気配が感ぜられました。

そうして、われわれは奇蹟的にも救われたのですが……もともと沈没の原因は、艇の舳を蟹網《かにあみ》に突き入れたからで、もちろん引揚と同時に、水面へ浮び出た事はいうまでもないのであります。

所が、その暗黒のさ中に、四人がとんでもない過失を冒してしまったのです。

というのは、寒さに耐えられず嚥《の》んだ酒精《アルコール》というのが木精《メチール》まじりだったのですから、折角引き揚げられたにも拘らずあの暗黒を最後に、吾々は光の恵みから永遠に遠ざけられてしまったのでした。

あの燃え上るような歓喜は、艙蓋《ハッチ》が開かれると同時に、跡方もなく砕け散ってしまいました。もともと自分から招いた過失であるとはいえ、私達は第二の人生を、光の褪《あ》せた晦冥《わだつみ》の中から踏み出さねばならなくなったのです。

斯《こ》うして『鷹の城《ハビヒツブルグ》』は浮び、同時に、吾々に関する部分だけは終りを告げるのですが、一方『鷹の城《ハビヒツブルグ》』自身は、それからも尚も数奇を極めた変転を繰り返して行きました。というのは、引揚後火艇《かてい》に繋がれて航行の途中、今度は宗谷《そうや》海峡で、引綱の切断が因《もと》から沈没してしまったのです。

そして、三度水面に浮んだのは御承知の通り、夫人の懇請《こんせい》で試みた、船長八住の引揚作業でした。

然し、上述した二回の椿事《ちんじ》に依って、『鷹の城《ハビヒツブルグ》』の悪運が、既に尽きた事は疑うべくもありません。

ただ願わくば、過ぎし悪夢の回想が、のちの怖れを拭い、船長の新しい事業に幸あらん事を。そうして、故フォン・エッセン男爵の霊の上に、安らかな眠りあらんことを……」

三、濃緑の海底へ

艇長フォン・エッセン男爵の屍体が消失した。しかも蒼海《あおうみ》の底で、密閉した装甲の中で――この千古の疑惑は、再び新しい魅力を具《そな》えて一同の上に拡がった。

朝風の和《なご》やかな気動が、復六の縮毛《ちぢれけ》をなぶるように揺すっているが、彼は思案気に手を揉《も》み合せるのみで、再びあの微笑が頬に泛んでは来なかった。

そうして、犬射復六が座に戻ると、今度は一人の老人が、道者杖《しるべつえ》をついて向うの列から抜け出て来た。

その老人は、勿論追放された復辟派《ふくへきは》の一人で、長い立派な髯《ひげ》に、黄色い大きな禿頭《とくとう》をした男だったが、その口からは、艇長屍体の消失を更に紛糾《ふんきゅう》させ、百花千弁の謎と化してしまうような事実が吐かれて行った。

「儂《わし》は、王立《ロイヤル》カリンティアンヨット倶楽部員の一人として、曾《かつ》てフォン・エッセン男爵に面接の栄を得たものでありますが、儂ですらも、これまでは様々な浮説に惑わされ、艇長の死を容易に信ずることが出来なかったのでした。

それが、今や雲散霧消したことは、何よりも祝福さるべきであろうと信じます。けれども、『鷹の城《ハビヒツブルグ》』そのものは、極めて初期の沿岸艇でありまして、恐らく艇長のような、鬼神に等しい魔力を具えた人物でない限りは、それに依って、大洋を横行するなどは絶対不可能に違いないのです。だが儂は、あの折『鷹の城《ハビヒツブルグ》』の脱出を耳にしたとき、ふと暗い迷信的な考えに圧せられました。

と云うのは、元来あの艇は、ゲルマニア型としてオーストリヤ帝国最初の潜航艇だったのですが、その中膨《なかぶく》れのした船体を御覧になって、これはキムブルガーの唇（ハプスブルグ家代々の唇の特徴）じゃ――と陛下が愛《め》でられたほどに由緒《ゆいしょ》あるもの――それが沿岸警備にもつかず、塗料の剝《は》げた船体を軍港の片隅に曝《さら》していたのは何が故《ゆえ》でしょうか。

それは、シュテッへ大尉の消失――そのトリエステ軍港の神秘が、抑々《そもそも》の原因だったのです。

一九一四年開戦瞬前に起って、さしも剛毅《ごうき》な海兵どもを慄《ふる》え上がらせたというその不思議な出来事は、いま耳にした艇長屍体の消失と、生死こそ異なれ、全く軌道を一つにしているではありませんか。

夫人は御承知でしょうが、シュテッへ大尉は、フォン・エッセン男爵の莫逆《ばくぎゃく》の友でありまして、同じヨット倶楽部でも、シーワナカの支部に属して居りました。

所が、決闘の結果同僚の一人を傷《きず》つけて、査問されようとする所を、艇長がUR―4号の奥深くに匿《かく》したのです。

所が、ヴェネチア湾を潜航中不思議な事に、シュテッへ大尉は忽然《こつぜん》と消え失せてしまいました。

その際は、傷ついた足首を一面に繃帯《ほうたい》して、跛《びっこ》を引いていたそうですが、それもやはり、士官室の寝台から不意に姿が消えてしまったのです。それ以後UR―4号には、妙に妄想じみた空気が濃くなって来て、まさに不祥事続出と云う惨状だったのでした。

そうすると、やれシュテッへ大尉の姿を、目撃した――などという者が出てくる始末。終《しま》いには全員が、転乗願に連署するという事態にまでなったのですから、最早当局としても捨てては置けず、遂にUR―4号を艦籍から除いてしまったのでした。

UR―4号の悪霊《ベーゼルガイスト》――そのように、おぞましい迷信的な力は到底考えられないにしても、その二つの事件は、偶然には決して符合するものでないと考えて居ります。

儂はそれを、如何にも明白な、絶対的な事実として信じているのです。そして、もしやしたら、シュテッヘ大尉が、その時もまだ不思議な生存を続けていて、友に最後の友情をはなむけたのではないか。つまり、艇長の遺骸を、海の武人らしく、母なる海底に送ったのではないか――というような、妄想めいた観念が折ふし泛び上って来て、儂を夢の間にも揺り苦しめるのでした」

老人はそこで言葉を截《き》り、吐息を悩ましげに洩らした。然し、そのシュテッヘ大尉事件の怖しさは、艇長消失の可能性をも裏付けて、妙に血が凍り肉の硬ばるような空気を作ってしまった。

続いて老人は、現在維納《ウイン》に於《お》いて艇長生存説を猛烈に煽《あお》り立てているところの、不可思議な囚人の事を口にした。

「然し、一方共和国は、ハプスブルグ家の英雄を巧みに利用して、今や復辟運動は、それがために全く望みないものと化してしまったのです。

というのは、曽て国民讃仰《さんこう》の的だったフォン・エッセン男爵を忌《い》むべき逃亡者とした ばかりではなく、傍《かたわら》一つの人形を作って、それとなく艇長の生存説を流布《るふ》し始めたのでした。

それが今日、ウインの噂に高い鉄仮面で、フォールスタッフの道化面《どうけめん》を冠った一人の男が、郊外ヘルマンスコーゲル丘のハプスブルグ望楼に幽閉されているというのです。

そうなって、重大な国家的犯罪者らしいものといえば、まず艇長を扨置《さてお》き外にはないのですから、その陋策《ろうさく》がまんまと図星を射抜きました。そして、情けない事にオーストリヤ国民は、付和雷同の心理をうかうかと摑《つか》み上げられてしまったのです。そして、聴く所に依ると、その男の幽閉は一九一八年から始まっていて、最初はグラーツの市街を、身体《からだ》中に薔薇《ばら》と蔦《つた》とを纏《まと》い、まるで痴呆か乞食としか思われぬ、異様な風体で徘徊《はいかい》していたというそうなのです。然し、既に海底深く埋もれている筈の艇長が、どうして、故国に姿を現わし得ましょうや。

まさに左様、艇長フォン・エッセン男爵の墓は、東経一六〇度二分北緯五十二度六分——そこに、いまも眠り続けているのです。

そうして、ハプスブルグ家の王系は、彼の死と共に絶えたのですが、それを再び、栄光の中に蘇《よみがえ》らせようとしても何事もなし得ず、今や戦史と系譜の覇者《はしゃ》は、二つながらに埋もれ行こうとしているのです」

そして、一同は打ち連れ立って、岬を陸《おか》の方に歩み始めたのであるが、艇長フォン・エッセンの死に対する疑惑は、いまや全く錯綜《さくそう》たるものに化してしまった。

一同は、奇怪な恐怖に駆られて、夢の中をさ迷い歩くような惑乱を感じていたのである。わけても、その得体の知れない蠢動《しゅんどう》のようなものは、四人の盲人にはっきりと認められた。

その四人は、一人として口を開くものがなく、互いに取り合った手が微かに顫《ふる》え、何か感動の極限に達しているのではないかと思われた。彼等は明らかに、これから乗り込もうとする「鷹の城《ハビヒツブルグ》」に恐怖を感じているのだ。

所が、当の「鷹の城《ハビヒツブルグ》」は、その時岩壁を縫い、岬の尻の入江の中で、静かに揺れていた。

それは水上噸《トン》数約四百噸《トン》ばかりの沿岸艇で、オレンジ色に染め変えられた美しい船体は、何か彩色でもした烏賊《いか》の甲のように見えたが、潜望鏡と司令塔以外のものは一切取り払われて、船首に近い三吋《インチ》大仰角速射砲の跡には、小さな艙蓋《ハッチ》が一つ作られていた。然し、そこは断崖《だんがい》の下で、そこへ行くには、岩を切り割った、二つの路を迂廻《うかい》して行かねばならないのだが、朝枝と他の人達はそこで別れて、愈《いよいよ》ウルリーケと四人の盲人が「鷹の城《ハビヒツブルグ》」に乗り込む事になった。

海底遊覧船「鷹の城《ハビヒツブルグ》」——。しかも、前途に当って隠密の手があるのも知らず、ふたたび彼等は、回想を新たにしようと濃緑の海底深くに沈んで行くのだった。

司令塔の艙蓋《ハッチ》から鉄梯子《てつばしご》を下りると、そこには、クルップ式の潜望鏡と潜水操舵器があって、右手が機関室、左手は二つの区劃に分れていて、手前のは、以前士官室だった底を硝子《ガラス》張りにした観覧室、またその奥は前の発射管室で、そこに艇長の遺品《かたみ》が並べられてあった。

然し前方の観覧室には、到底この世ならぬ異様な光が漲《みなぎ》っていた。

それは、蒼味《あおみ》を帯びた透明な深さであるが、水面に蜒《うね》りが立つと、多分様々な屈折が影響するのであろうが、その光明にはふしぎな変化が起って行くのだった。

一度は金色《こんじき》の飛沫《しぶき》が、室《へや》一杯に飛び散ったかと思うと、次の瞬間、それが濃緑の深みに落ち、その中に蜒りの影が陽炎《かげろう》のようにのたくって、その燦《きら》びやかさ美しさといったら、まず何に例えようもないのである。

けれども、その——三稜鏡《プリズム》の函に入ったような光明の乱舞が、四人の盲人には、一向感知出来ないのも道理であるが、いつかの日艇長と死生を共にしたこの室の想い出は、塗料の匂いその他何かと繰り出されて、それにシュテッヘ大尉の事件を耳にした今となっては、あの不思議な力の蠢動《しゅんどう》が沁々《しみじみ》と感ぜられ、はては襲い掛かって来る恐怖を、どう制しようもなかったのであった。

そして、それが募《つの》り切った結果であろうか、四人の集めた額が離れると、八住は手さぐりに入口の壁際に行って、そこにある食器棚から、一つの鍵を取り出して来た。間もなく、その鍵は二つの扉《ドア》に当《あて》がわれたが、済むと再び旧《もと》の場所に戻して、八住は発艇の合図をした。

艇が暫く進むうちに、潜航の電鈴がなり、検圧計に赤い電灯《あかり》が点いた。そして機械全体が呻吟《しんぎん》したような唸《うな》りを立てると、同時に、足許の水槽に入り込む水の音が、ガバガバと響いた。

水深五メートル、十メートル——一瞬間泡が収まると、そこはまさに月夜の美しさだった。

キラキラ光る無数の水泡が、音符のように立ち上って行って、濃碧《のうへき》の何処かに動いている紅《あか》い映えが、次第に薄れ黝《くろず》んで行く。するとヽ間遠い魚の影が、ひらりと尾鰭《おひれ》を翻《ひるがえ》して、滑《す》べらかな鏡の上には、泡一筋だけが残り、それが花弁のような優《しと》やかさで崩れ行くのだった。

水中にも、地上と同じような匂いが、限りなく漂っていて、こんもりと茂った真昆布《まこんぶ》の葉は、すべて宝石《たま》のような輪虫《りんちゅう》の滴《しずく》を垂らし、吾々はその森の姿を、一々数え上げる事が出来るのだ。

そしてその中を、銀色に光るかますの群が、賑《にぎ》やかな行列を作ったり、鯖《さば》が玉虫色に輝いたりなどして、それが前方に薄れ消えるとき彼等は星を降り撒《ま》き、或は尼鯛《あまだい》が、えごのりの捲毛《まきげ》に戯れたりして、時折海草の葉が揺めく陰影《かげり》の下には、大蝦《おおえび》の見事な装甲などが見られるのであるが、その夢の蠱惑《こわく》は、次第に水深が重なると共に薄らいで行った。

最早三十メートル近くになると、軟体動物の滑《なめ》らかな皮膚が、何かの膀胱《ぼうこう》のように見えたり、海草は紫ばんだ脱腸《だっちょう》を垂らし、緑の水苔《みずごけ》で美しく装われている暗礁も、まるで象皮《ぞうひ》腫《しゅ》か、皺ばんだ瘰癧《るいれき》のように思われるのであるが、そうして色が次第に淡く、視野が漸《ようや》く闇に鎖されようとしたとき、ふと異様な物音を、ウルリーケは隣室に聴いたのである。

と、すぐさま、合いの扉《ドア》を叩く犬射の声がした。

が、生憎《あいにく》とそれは、エンジンの響で妨げられたけれど、絶えずその物音は、狂喚《きょうかん》と入れ交《まじ》って、隣室からひっきりなしに響いて来るのだ。

やがて鎖されたドアが開かれるとその隙間からガラスの上に横たわっている真黒な人影が見えた。

が、次の瞬間、ウルリーケはハッと立ち竦《すく》んでしまったのである。

そこには、彼女の夫八住衡吉が三人の盲人の間に打ち倒れていて、迸《ほとばし》り出る真紅の流れの糸を、縞鯛《しまだい》がもの奇《めずら》しげに追うているではないか。

第二篇　三重の密室

一、アマリリスの奇蹟

「助からんね支倉《はぜくら》君、多分海精《シレエヌ》の魅惑かも知らんが、こりゃ全く耐《たま》らない事件だぜ。だって、考えて見給え。海、装甲、扉《ドア》――と、こりゃ三重の密室だ」

法水麟太郎《のりみずりんたろう》と支倉検事が「鷹の城《ハビヒツブルグ》」を訪れたのは、かれこれ午《ひる》を廻って二時に近かったが、陽盛《ひざか》りのその頃は、漁具の塩気がぷんぷん匂って来て、巌《いわ》は錆色に照り付けられていた。

ウルリーケと共にハッチを下りるまでには大体の聴取は終っていたが、何より海底という、あり得べくもない自然の舞台と謎の味が、彼を全く困惑させてしまった。のみならず、それは曽《かつ》て如何《いか》なる事件に於いても現われた事のない、驚くべき特質を具えていたのである。

というのは、現場がドアと鍵で閉されていたにも拘らず、艇内を隈なく探しても、八住を刺した兇器が発見されなかったのである。しかも周囲は厚い装甲で包まれ、その外側が海底であるとすれば、とりも直さず、現場は三重の密室ではないか。

ウルリーケは細々《こまごま》当時の情況を述べたが、それは頗る《すこぶ》機宜《きぎ》を得た処置だった。彼女は、犬射復六の手で扉《ドア》が開かれると、すぐ前方のドアがまだ開かれていないのを確かめた。そうしてから、機関部員の手で、自分を始め三人の盲人にも身体検査を行い、なお且《か》つ、その時刻が、五時三分であった事までも述べたが、ウルリーケはそれに言葉を添えて、

「それにまだ訝《いぶか》しく思われる事が御座いまして。と申しますのは、まだドアが開かれないうちでしたけど、たしかにヴィデさんの声で、どうしてうろうろしているんだ。君達は何を隠そうとしているのか――と妙に落着いたような、冷たい明瞭《はっきり》した声でいうのが、聴こえたので御座います。

ですから、あの室に入って夫の屍体を一瞥《いちべつ》すると同時に、私の眼は、まるで約束されたもののようにヴィデさんに向けられました。

すると、あの方だけは、椅子の上で落着き済ましていて、まるでその態度は、当然起るべきものが起ったとでもいいたいようで、とにかくヴィデさんだけには、夫の変死がなんの感動も与えなかったらしいのです。

まったくあの方には、底知れない不思議なものがあるのですわ」

とはいえウルリーケとて同じ事で、夫の死に慟哭《どうこく》するような素振りは、微塵《みじん》も見られなかったのであるが、間もなく法水は、その理由を知る事が出来た。

現場のドアは、鉄板のみで作られた頑丈な二重ドアで、その外側には鍵孔がなかった。

というのは、万が一クローリン瓦斯《ガス》が発生した際を慮《おもんぱか》ったからで、無論開閉は内側からされるようになっていた。

そして、ドアが開かれると、そこに漲《みなぎ》っている五彩の陽炎《かげろう》からは眩《めくら》まんばかりの感覚をうけ、既に彼には現場などという意識がなかった。

そのせいか、眼前に横たわっている八住の屍体を見ても、色電燈で照し出された惨虐《グラン》人形芝居《ギニョール》の舞台としか思われず、わけてもその染められた髪には、老女形《おやま》の口紅とでもいいたい感じがして、この多彩な場面を一層ドギついものに見せていた。

所がその時、屍体とは反対の側に、一人の盲人が佇《たたず》んでいるのに気が付いた。

それは、詩人の犬射復六だったが、その折屍体に何を認めたのか、法水は振り向きざま犬射に訊ねた。

というのは、何ともいえぬ薄気味悪い事だが、既に死後十時間近く経過していて、傷口は厚い血栓で覆われているにも拘らず、現在そこからは、ドス黒く死んだ血が滾々《こんこん》と流れ出ているのである。

その瞬間、この室の空気は、寒々《さむざむ》としたものになってしまった。

犬射は美しい髪を揺《ゆす》り上げて、割合平然と答えた。

「なに、私なら、今し方此処《ここ》へ来たばかりなんですよ。艇員の方に手を引かれて――さあ五分もたちましたかな。

それに、用というのが、実は向うの室にありまして、御承知の通り、乗り込むとすぐ

す。

この騒ぎだったものですから、てんで艇長の遺品《かたみ》には、手を触れる暇さえなかったのではないかと思われた。

なに、私が屍体を動かしたのではないかって。ああほんとうに、位置が変っているのですか……ほんとうに屍体が……」

と犬射の顔色は見る見る蒼白に変って行って、なにか心中の幻が、具象化されたのではないかと思われた。

その流血は、ほんの一二分前から始まったらしく、硝子《ガラス》の上を斜めの糸がすういと引いているに過ぎなかった。けれども、屍体の位置が異《ちが》ったという事は、以前の流血の跡に対照すると、そこに判然たるものが印《しる》されているのだった。

最初仰向《あおむ》けだったものを俯向《うつむ》けたために、出血が着衣の裾《すそ》を伝わって、身体なりに流れたからである。しかも傷口には、厚い血栓がこびりついていて、到底屍体の向きを変えた位で、破壊されるものではなかったし、また、気動一つ看過《みすご》さないという盲人の感覚を潜《くぐ》って、知られずこの室に侵入すると云う事も不可能に違いないのだった。

してみると、屍体を動かしたのは当の犬射復六か、それとも――となると、再びそこに「鷹の城《ハビヒツブルグ》」遭難の夜が想起されて来るのだ。

「ぞっとするね。十時間も経った屍体から、血が流れるなんて……。だが法水君、結局犯人の意志が、あれに示されているのではないだろうかね」

そう云って、検事が指差した所を見ると、その前後二様の流血で作られた形が、何となくまんじに似ていて、そこに真紅の表章が表われているように思われたからである。この暗い神秘的な事件の陰には、その潤色から云っても、迷信深い犯人の見栄を欠いてはならないのではないか。

然し、法水は無言のまま屍体に眼を落した。八住衡吉は、肩章のついたダブダブの制服を着、暑さに釦《ボタン》を外していたが、顔には殆ど表情がなかった。

硬直は既に全身に発していて、右手を胸の辺りで酷《むご》たらしげに握りしめ、右膝を立てたところは俯伏しているせいか、延ばした左足が太い尾のように見えて、それには、巨きな爬虫《はちゆう》の姿が聯想されて来る。

創《きず》は心臓の幾分上方で、恐らく上行大動脈を切断しているものと思われたが、円形の何か金属らしい、径《はば》一糎《センチ》ほどの刺傷《さしきず》だった。

そして、その一帯には、砕けた検圧計の水銀が一面に飛散っていて、それを見ると、握最初一撃を喰うと同時に、検圧計を摑んだのが、殆ど反射的だったらしい。そして、握ったまままくるりと一廻転して、引きちぎった検圧計もろとも、背後に倒れたのではないかと推断された。

そうすると、案外刺傷の位置が物をいって、心臓を突かなかったのも、事に依《よ》ったら突き損ねたのであって、或は三人の盲人のうちでか——とも考えられるが、一方には、その兇器がこの室になく、というよりも不可解至極な消失を演じ去ったのであるから、その点に行き当ると、依然盲人は、この血の絵に凄気《せいき》を添えている、三つの点景に過ぎないとしか思われないのであった。

その時、片隅にいる一団に遠慮したような声で、法水は検事に囁いた。

「見給え支倉君、これも、今までの定跡集にはなかった事だよ」

と検事に、赤鱏《あかえい》のような形をしたドス黒いものを示した。

それは、創口を塞《ふさ》いでいる凝血の塊りだったが、底を返して見て、検事は真蒼になってしまった。

「どうだ！　細い直線の溝があるじゃないか。たしか針金か何かで、皮膚と平行に突っ込んだにちがいないよ」

「多分そうだろうと思うがね。そうすると、これほど手数の掛る微細画《ミニアチユア》をだ。しかも、犬射復六を前に、堂々と描き去った者がなけりゃならん訳だろう。

所が、この奥の室には、先刻から朝枝という娘がいるそうだけど、こんな静かな中で、盲人の聴覚が把手《ノツブ》の捻《ひね》り一つ聴き逃すものじゃない。それにあの娘は、今朝この『鷹《ハビヒツ》の城《ブルグ》』には、乗り込んでいなかったのだ。

そこで支倉君、この結論をいえばだ——絶対に盲人のなし得るところではないということ。それから、一人の妖精染《ばけものじ》みた存在が、どうやら明瞭《はつきり》しかけて来たと云う事なんだ」

それから法水は、ウルリーケを手招いて、当時四人が占めていた位置を訊《ただ》した。

すると、一々椅子を据えてウルリーケは右端から指摘して行った。

「此処が、石割さんで御座いました。それからヴィデさん、次が主人、そして最後が、犬射というのが順序なのです。

所が、先程も申しましたように、犬射さんは立ち上ってうろうろしていたのです。だが、ヴィデさんだけは泰然と構えて居りました。

また石割さんときたら、それは滑稽《こっけい》にもまた惨めな形で、肩をぴくんと張った厳《いか》つさに似合わず、両膝を床について、ぶるぶる顫えていたのでしたわ」

ウルリーケが再び片隅に去ると、法水は暫く額の皺を狭めて考えていたが、やがて、検事をニコリともせず見て、別の事を云い出した。

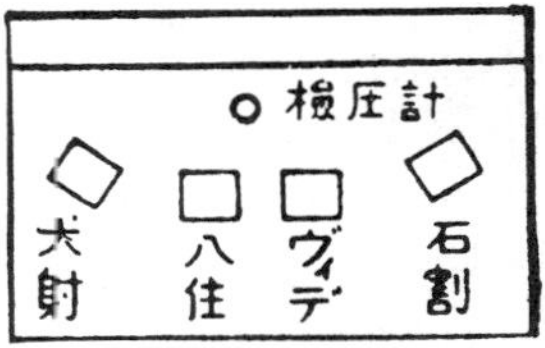

「ねえ支倉君、出来る事なら、見当ちがいの努力をせんように、おたがいが注意しようじゃないか。

何より怖しいのは、僕等の方で心気症的《ヒポコンデリツク》な壁——それを心理的に築き上げてしまう事なんだよ。現にこのまんじの形がそうなんだが、いつぞやの『黒死館殺人事件』（法水が超人的智力を傾け尽して闇黒界の大悪魔と、地軸を揺がす推理戦を展開した、陰惨にして豪華なる著名の事件。これを纏《まと》めて発表した『黒死館殺人事件』は、夙《つと》に——昭和九年頃より、日本に於ける探偵小説の傑作の一つに数えられている——註記）で、クリヴォフの屍体の上に何があったと思うね。あの時、それが手の形をして、壇上の右手を指差していた。なるほど、それには犯人の伸子《のぶこ》がいたにはちがいないが、然し理論的に、何と云って証明するものではない。こんな詰らん小細工に引っ掛かって、心の法則というやつを作られては堪《たま》らんからね」

けれども、そのまんじの形は、絶えず嘲《あざけ》るかの如くびくびく蠢《うごめ》いていて、舷側で波が砕け散るときには薄紅く透いて見え、また、その泡が消え去るまでの間は、四つの手が、薄気味悪く蠕動《ぜんどう》していて、それには海盤車《ひとで》の化物とでも思われるような生気があった。然し、法水は振り向きもせず、奥の室のドアを開けた。

その室には、前部の発射装置がそっくりその儘になっていて、その複雑な機械の影は、市街の夜景ででもあるように錯覚を起して来る。

その前で、朝枝は茫《ぼ》んやりと、一つの鉢を瞶《みつ》めていた。

その鉢は一本の紅いアマリリスだったが、そうしている朝枝を一瞥《いちべつ》したとき、なにかしら透き通ったような人間離れのしたものを法水は感じた。

朝枝は水っぽい花模様の単衣《ひとえ》を着、薄赤色《とき》の兵児帯《へこおび》を垂らしているが、細面《ほそおもて》の頸の長い十六の娘で、その四肢《てあし》は、せむしのそれのように萎《な》え細っていた。

全体が腺病的で神経的で、何かの童話にある王女のように、花の雨でも降れば消え失せるのではないかと危まれる――それ程に、朝枝は痛々しく児《みどりご》のような膚色《はだいろ》をしていたが、一方にはまた烈しい精神的な不気味なものがあった。

ウルリーケと八住衡吉との間に生まれた朝枝は従って混血児であった。所が、入って来るウルリーケを見ると、長い睫毛《まつげ》の下がキラリと光った。彼女は母に、棘々《とげとげ》しい言葉を吐いたのである。

「お母さん、貴女《あなた》はこのアマリリスを、どうして此処へ持っていらっしゃったのです。ああ判った。貴女は私を殺そうとお考えになっているのでしょう。だって此の花の事は、ようく御存知の筈なんですもの……私をまた床に就かせようとしたって……ああ、きっと、そうにちがいありませんわ」

朝枝のヒステリックな態度には、何かひたむきな神々しいような怖しさがあって、それには何より、法水が面喰ってしまった。するど、瞬間ウルリーケの顔には狼狽《ろうばい》したようなものが現われたが、彼女は動ぜず、静かに云い返した。

「まあ朝枝さん、私が持って来たのですって、……一体貴女は、何を云うのです？　お母さんは、貴女を癒《なお》して呉れたこの花に、感謝こそすれ、なんで粗略に扱うものですか。サア家へ帰って、すぐ床にお入りなさい……貴女はまだ、本当ではないのですよ」

その思いもよらぬふしぎな場面にぶつかって、暫く法水は、花と朝枝の顔を等分に見比べていたが、

「何だか知りませんが、僕にこの花のことを聴かせて頂けませんか」

「それはおじさま、斯《こ》うなのですわ」

と朝枝は、法水の顔にちらついている、妙に急迫した表情も感ぜず語り始めた。

「私は一月ほど前から、得たいの知れない病に罹《かか》りました。熱もなくただ瘠《や》せ衰えて行きまして、絶えずうつらうつらとしているのです。

後で聴きますと、医者は憂鬱《メランコリア》病の初期だとか何かの腺病だとかいったそうですが、どんなに浴びるほど薬を嚥《の》んでも、私の身体からは日増しに力が失せて行くのでした。そうして、だんだんと指の間が離れて行くのが朝夕目立って行くうちに、このアマリスの蕾《つぼみ》が、ふっくらと膨《ふく》らんで参りました。

私はそれを見て、はかない望みをこの花にかけてみたのです。もし私が癒《なお》るようなら、蕾をそれまで鎖ざして置いて下さいまし――と。

ほんとうをいえば、力を出そうとして血の気が上ったようなこの花の生々《いきいき》した姿に、私は妬《ねた》みを感じたのでしたわ、所がおじ様、まあ不思議な事には、今にも開きそうなこの蕾が五日経っても十日経っても、何日《いつ》になっても開こうとはしないのです。

そうして、私の病も、それと同時に薄皮を剝がすように癒って行きました。

所が、はじめて床を出た今朝、不図気が付いてみますと、この花が私の枕辺から消えているのです。それがおじさま、何時の間にか『鷹の城《ハビヒツブルグ》』に来ていて、この通りパッと開いているのでは御座いませんか」

その不思議なアマリリスが、赤い舌のような花弁をダラリと垂らしている所は、何か物いいたげであった。

そして、そのいいしれぬ神秘と詩味は、蒼味の強い童話本の挿画《さしえ》のようであったが、今朝の惨劇に時を同じくして起ったこの奇蹟には、なにか類似というよりも、底秘かに通っている整数があるのではないかと思われた。

法水は、次々と現われて来る謎に混乱してしまったが、間もなく一同を去らしめて、この室の調査を開始した。

そして、最初にまず、艇長の遺品《かたみ》二点を取り上げた。

二、ニーベルンゲン譚詩

作者はここで、艇内にあらわれた「ニーベルンゲン譚詩《リード》」に就いて語らねばならない。といって、このゲルマンの不朽《ふきゆう》の古典のことを考証的に云云《うんぬん》するのではない。

この物語が、おそらく十二世紀末に編まれたであろうということは、篇中に天主教の弥撒《みさ》などがあり、それが一貫して、北方異教精神と不思議な結婚をしているのでも分る。もともと素材はスカンディナヴィア神話にあって、ヴィベルンゲン伝説《ザガ》、ニーベルンゲン伝説《ザガ》などと、いくつかの抜萃《ばつすい》集成にほかならない。

ところが、ワグナーに編まれて尨大《ぼうだい》な楽劇になると、はじめて新たな、生々とした息《い》吹《ぶき》が吹きこまれてきた。

それは、三部楽劇として作った、「ニーベルンゲンの指環《デア・リング・デス・ニーベルンゲン》」のなかで、ワグナーが、この古話の構想を寓話的に解釈せよと、叫んだからだ。すなわち、倫理観を述べ、人生観をあらわし、社会組織を批判して、おのれの理想をこの大曲中に示したのであるから……。

まさに作者も、ワグナーに模倣追随を敢《あ》えてしてまで、この一篇を編みあげようとするのだ。

しかし、これには、権力を代表する指環もなければ、法と虚喝の大神《ヴオータン》も、愛のジーグフリードも、また、英雄の霊を戦場からはこぶ戦女《ワルキユーレ》もいない。事実この物語には、われわれの知らぬ、世界に活躍するものは一つとしてないのである。

けれども、篇中のどこかには、奇怪な矮人《わいじん》があらわれる、鳥がいる、鍛冶《かじ》の音楽、呪《のろ》い、運命、憎悪、魔法の兜《かぶと》がある。時とすると、森の囁き《ワルド・ワーベン》が奏でられ、また、「怖れを知らぬジーグフリード」の導調《ライトモチイフ》につれて、うつくしい勇士の面影が、緑の野におどる陽のようにあらわされる。

しかしそれは、篇中に微妙な影を投げ、いとも不思議な変容となって描かれているのだ。手繰《たぐ》りあう運命の糸――それは、いつの世にも同じきものである。ときに応じ、情勢につれて、自由に変形され展開されるとはいえ、絶えず、底をゆく無音の旋律はおなじである。

読者諸君も、つぎの概説中にある黒字の個所に御留意くだされば、決して、古典の香《こう》気《げ》に酔いしれてしまうことはないであろう。かえって、物語を綴《つづ》り縫う謎の一つ一つに、一脈の冷視をそそぐことが出来ると信ずるのである。

ラインの河畔ウォルムスの城に、クリームヒルトという、容色絶美の姫君が住んでいた。ブルガンディの王、グンテルの妹である。また、その下流低地にも、一つの城があって、そこには、ジーグフリードと呼ぶ抜群の勇士がいたのである。

ジーグフリードは、ニーベルンゲン族と闘って巨宝を獲《え》たのであるが、それ以前、一匹の巨竜を殺したため、殺竜騎士《ドラゴンスレーヤー》の綽名《あだな》があった。

しかも彼は、そのとき泉にしたたる巨竜の血に浴したので、菩提樹《リンデン》の葉が落ちた肩一ケ所のほかは、全身剣をはねかえす鋼鉄《はがね》のような硬さになってしまったのである。

ところが、旅人の口の端を伝わり伝わりして、クリームヒルトの噂が、ジーグフリードの耳に達した。そこでジーグフリードは、ひそかに見ぬ恋に憧《あこが》れる身となり、はるばるウォルムスの城に赴いたのである。しかし、その門出に、悪しき予占ありといって止められたのであったが、思えばそれは、やがて起る悲劇の兆《きざし》だったのであろう。

さてジーグフリードは、ウォルムスの城内に於いていたく歓迎され、ことに武芸を闘わして、クリームヒルトの嘆賞するところとなった。しかし姫は、それから一年もジーグフリードとは遭わず、ただ居室の高窓から微笑を送るのみであった。

と、そのうち、姫とジーグフリードを結びつける機会がきた。それはグンテル王がひそかに想いを焦がすブルンヒルデ女王であって、ブルンヒルデは、アイゼンシュタイン河を隔てた洋上に砦《とりで》をきずき、われに勝る勇士あれば、嫁《かし》づかんと宣言していたのである。

すなわち、ブルンヒルデ女王こそは、北方精神の権化《ごんげ》ともいう、鬼神的女王なのであった。

だからこそ、グンテル王は自分の力量を知って、それまで女王に近付こうとはしなかったのである。しかし、いまは吾れにジーグフリードあり。王は奇策を胸に秘めてアイゼンシュタインの城へ赴いた。

そこで、ジーグフリードは、かねてニーベルンゲン族から奪ったところの隠れ衣《タルンカツペ》を用い、王に化けて、女王の驕慢《きようまん》を打ち破ったのであった。そして、王は女王と、ジーグフリードはクリームヒルトと結婚することが出来た。

しかしブルンヒルデは、うち負かされたグンテルに、愛を感じなかったのみならず、ジーグフリードをしたい、やがてその身代りなのを知ると同時に、変じて憎悪となった。また一方、ジーグフリードの名声を妬《ねた》むものに、ハーゲンがあって、その二人はいつか知らず知らぬ間のうち接近してしまった。ある日、二人の睦《むつ》まじさに耐えかねた女王が、こっそりと、ハーゲンの耳におそろしい偽りを囁いた。

「ハーゲンよ、曽《かつ》て妾《わたし》は、ジーグフリードのために、いうべからざる汚辱《おじよく》を蒙《こうむ》りました。

王は、それを秘し隠してはいますが、そなたは、妾にうち明けてくれましょうな。アイゼンシュタインの城内で、妾をうち負かしたグンテルが、何者であったか。またその後も、王に仮身して、しばしば妾の寝所を訪れたのは、誰か。ほほほほほハーゲン、そちは、顔色を変えてなんとしやる。そうであろう、ジーグフリード……。妾は、とうからそれを知っておりましたぞ」

ハーゲンはそれを聴いて、ますます殺害《せつがい》の意志を固くした。また、女王とクリームヒルトの仲も、不仲というより、むしろ公然と反目し合うようになった。そうしてやがてハーゲンは、一つの奸策《かんさく》を編み出したのである。

それは、剣もこぼれるというジーグフリードの身体に、どこか一個所、生身と異ならぬ弱点があるからだ。それを知ろうと、ハーゲンはクリームヒルトをたぶらかし、聴きだすことが出来た。すなわち、隣国との戦雲に事よせられて、公主の心は、怪しくも乱されてしまったのである。

「それでは、私、目印をつけて置きますわ。綺麗《きれい》な絹糸で、十字をそのうえに縫いつけて置きましょう。ですから、もしものとき乱陣のなかでも、それを目印に夫を護ってくださいましね」

そうして、殺害の主題《モチイフ》が物凄く轟きはじめたころ、勇士の運命を決する、猪狩《ししがり》がはじまった。

しかしクリームヒルトは、その朝、前夜の夢を夫に物語ったのであった。

「わたくし昨夜《ゆうべ》は、恐ろしい夢を二つほど見ましたの。まだ、こんなに、破れるような動悸《どうき》がして……。わたくし貴方を、狩猟にやるのが心許なくなってきましたわ」

と、夫にとり縋《すが》って、諫《いさ》めたが聴かれなかった。そこで、いよいよ心許なく、クリームヒルトは喘《あえ》ぎ喘ぎいうのであった。

「では、お聴かせいたしますけど……。はじめのは、あなたが二匹の猪にさいなまれていて、みるみる、野の草のうえに血が滴ってゆくのでした」

「そんなこと、何でもないじゃないか。いいから、次のをお話し……」

「その次は、暁《あかつき》まえの醒《さ》め際に見たのですけど、**あなたが、谷間をお歩きになっていらっしゃると、突然二つの山が、あなたのお頭《つむり》のうえに落ちてくるのです。**あなた、それでも、これが悪夢ではないと仰言《おっしゃ》るの。これでも、きょうの狩猟へいらっしゃいますの」

しかし、妻の手を振り払って、ジーグフリードは猪狩に赴いたのである。

その森には、清らかな泉があって、疲れたジーグフリードが咽喉をしめそうとしたとき、突如背後から、きらめく長槍《ちょうそう》が突きだされた。そうして、肩にのこる致命の一ケ所を貫かれて、ジーグフリードは、敢えなくハーゲンの手にこの世を去ったのであった。

やがて、その屍体は、獲物とともにクリームヒルトの許に届けられた。しかし彼女は、悲哀のうちにも眦《まなじり》きびしく、棺車の審判をもとめたのである。

それは、加害者惨屍《むくろ》の側に来るときは、傷破れて、血を流すという……。

果たしてそれが、ハーゲン・トロンエであった。クリームヒルトは、それをみて心に頷くところあり、ひそかに復讐《ふくしゅう》の機を待って、十三年の歳月を過した。ウォルムスの城内に、鬱々《うつうつ》と籠居して、爪をとぎ、復讐の機を狙うクリームヒルト……

そうして、「ニーベルンゲン譚詩《リード》」は下巻へと移るのである。

しかし、悲壮残忍をきわめたこの大史詩の大団円を、映画に楽劇に、知られる読者諸君も決して少なくはないであろう。

十三年間、一刻も変らずに、ジーグフリードにむけ、ひたむきに注がれるクリームヒルトの愛は、いかに人倫にそむき、兄弟を殲滅《せんめつ》し尽すとはいえ、その不滅の愛――ただ復讐一途に生きる残忍な皇后とばかりはいえないのである。

その故人を慕って、いまなお尽きぬ苦恋の炎が、この一篇を流れつらぬく大伝奇の琴《きん》線《せん》なのである。

十八年の昔、トリエステにおこった出来事と、ジーグフリードの死……。また、ジーグフリードの致命個所とは……さらに、それをハーゲンに告げた、衣のうえの十字形とは……。そうしてまた、二人の女性のいずれが、ウルリーケに当るか。すなわち、故人を慕っていまなお止まぬクリームヒルトか、それとも、隠れ衣《タルンカツペ》に欺かれたブルンヒルデが、それか……。

作者は、かく時代をへだてた二つの物語をつらね、その寓喩《ぐうゆ》と変転の線上で、海底の惨劇を終局まで綴りつづけてゆきたいのである。

「ホホウ、『ニーベルンゲン譚詩《リード》』——世界古典叢書《ウオールズ・フエマス・クラシックス》だな。これはラスベルグ稿《マニユス》本《クリプト》の逐字訳で、英訳の中では一番価値の高いものなんだが」

と、ずしりと腕に耐《こた》える部厚なものを繰って行くうちに、不図四五頁《ページ》、貼り付いている部分があるのにぶつかった。

それには、頁《ページ》の中央から糸目にかけ、薄い氷のような液体の流れた跡が示されている。

法水は暫くそれを嗅《か》いでいたが、やがて彼の眼に、うっとりと魅せられたような色が泛び上って来た。

「ねえ支倉君、僕がもし、ボードレールほどに、交感《コレスポンダンス》の神秘境に達しているのだったら、この涙の匂いで、ウルリーケを一体何と唱《うた》うだろうね。これからは、牧場《まきば》の如く緑なる……嬰児《あかご》の肉の如くすずしく……また荘重《そうちよう》な、深い魂の呻《うめ》きを聴く事が出来るのだよ」

その涙の跡は、片時もウルリーケの心の底を離れやらぬ幻——故フォン・エッセン男爵を慕って火よりも強く、滾々《こんこん》と尽きるを知らぬ熱情の泉だった。

所が、間もなくそういった感傷も、好色的な薄笑いも彼の顔から消え失せてしまって、眼が、まるで貪《むさぼ》るかの如く、一枚の上に釘付けにされてしまった。
それは、英雄ジーグフリードの妻クリームヒルトが、夫を害しようとするハーゲンに瞞《たぶ》らかされて刃《やいば》も通らぬ夫の身体の中に、一個所だけ弱点があるのを打ち明けてしまう章句だった。

As from the dragon's death wounds gush'd out the crimson gore, with the smoking torrent the worrior wash'd him o, er.
A Leaf then 'twixt his shoulders fell from the linden baugh, there only steel can harm him; for that I tremble now.

〔悪竜の命を絶ちし傷より、深紅の血潮ほとばしり出でたれば、かの勇士その煙霧のごとき流れに身をひたす。その時、菩提樹《ぼだいじゅ》の枝より一枚の葉舞い落ちて彼の肩を離れず、その個所《ところ》のみ彼を傷つけるを得ん。されば、われその手を懼《おそ》るるなり〕

それから、三句ばかりの後にも、次の一つがあった。

Said she "Upon his vesture with a fine silken thread, I'll sew a secret crosslet.
「クリームヒルトはいう――。われ秘かに美《うる》わしき絹糸もて、衣《ころも》の上に十字を縫い置かん」

「何時かは判る事だろうが、この数章の中に、二個所だけ、紫鉛筆で傍線《アンダーライン》が引いてある——Leaf《リーフ》（葉）とCrosslet《クロスレット》（十字形）の下にだ。だが、決してこれは、今日《きょう》この頃記されたものではない。とにかく支倉君、この艇内日誌を調べて見る事にしよう。そうしたら、或はこのアンダーラインの意味が、判って来るかも知れないからね」

と飽く事を知らない彼の探求心は、普通ならば誰しも見のがすかと思われるような、アンダーラインの上に神経を停《とど》めた。

そして、白いズック表紙の艇内日誌を開いたが、その時二人の眼にサッと駭《おどろ》きの色が掠《かす》めた。

というのは、最初の一頁と、中頃にあるイタリー戦闘艦レオナルド・ダ・ヴィンチの雷撃を記した、一枚以外の部分は、悉く切り取られているからだった。

所が、それを始めから読み下して行くうちに、最初の日の記述の中から、次の一章を拾い上げる事が出来た。


——ウルリーケが首途《かどで》の贈り物に、「ニーベルンゲン譚詩《リード》」を以ってした真意は、判然としないが、彼女はそのうちの一節に紫鉛筆で印《しるし》を付け、傍《かたわら》の艇員の眼を怖れるようにして余《よ》に示した。

余は直ちにその意味を覚《さと》ったので、くれぐれも注意する旨を述べ、彼女に感謝した。

然し、それがために心は暗く、彼女の思慮は却って前途に暗影を投げた。

三、深夜防堤の彷徨者

「法水君、分った、やっと分ったよ。アンダーラインをつけたのは、やはりウルリーケだったのだ」

検事が勢い込むのを、法水は不審気に眺めていたが、

「分ったって……、支倉君、いったい何が分ったのだ?」

「つまり、葉《リーフ》と十字形《クロスレット》さ。いわばこいつは、ジーグフリードの致命点だったからね。それに、アンダーラインを引いて、フォン・エッセンに示したところを見ると、何かそこになくてはならぬ訳だろう」

「なるほど、辻褄《つじつま》は合うがね。だが僕は、君の云うような、安手な満足はせんよ。大いに出来ん。とにかく、もっと先を読んでみよう」

と、彼は頁を繰り、タラント軍港に於《お》ける、巨艦雷撃の個所を読みはじめた。

――一日の仕事が終って、きょうも日が暮れようとする。

余はわが艇を、アドリアチックの海底に沈め休息をとることになった。艇自身は、まるで寝床にいるような、柔らかな砂上に横臥《おうが》している。天候は、穏やかである。砂上にある艇も、ユラユラ動揺することもない。

此処は、風波の憂いもなく、敵襲の怖れもなく、世界中で最も安全な地点である。しかも、激務を終ったのちの、休養の愉快さは、他に比すべきものもないであろう。各自の部署を離れて、兵員室に行く部下の顔は誇りと喜悦の色に輝いている。

それから、昏々《こんこん》と眠りつつあったとき、大声で、艇長、三時三十分です——と呼び醒されたのであった。聴けば、二時頃から横揺れ《ローリング》をはじめ、天候が変って、海上は、風波が強いらしく思われた。

それから、早目の朝食後、余は総員に訓示をあたえた。

そして、艇を水面下十米の位置に置き、静かに潜望鏡を出して、四囲《あたり》の形勢を窺った。しかし海上は波高く、展望は利かなかった。

が、右舷の遙《はる》かに、黒々と防波堤が見え、星のように燦《きら》めくタラント軍港の燈火——いまや、戦艦「レオナルド・ダ・ヴィンチ」は目睫《もくしょう》の間に迫ったのである。

水上に出ると、頰に、払暁の空気を刺すように感じた。本艇は、このとき通風筒をひらき新鮮な空気を送ったのち、やおら行動を開始したのであった。

朝霧のために、防波堤の形は少しも見えないのであるが、その足元で、砕ける波頭だけは、ぼっと暗がりのなかに見えた。艇を進め、入江に入り込んだとき、霧はますます酷《ひど》くなってきた。

「止むを得ん。こりゃ、亀の子潜行だ」

それは、潜望鏡の視野が拡大された今日では、すでに旧式戦術である。敵艦に近付き、突如水面に躍り出て、そうしてから、また潜って、魚雷発射の機会を狙うのである。と、ルーレットの目に、身を賭けたわれわれは、此処に、予想もされなかったところの、強行襲撃にでた。

展望塔は活気付いて来た。神経が極度に緊張して、もうイタリーの領海だぞ——という意識がわれわれを励ましてくれた。

その時、漠々《ばくばく》たる闇の彼方に、一つの手提げ灯が現われたのである。そして、大きな声で、

「オーイ、レオナルド・ダ・ヴィンチ……」

と呼ぶ声が聴こえた。

僚艦の一つらしく、続いて現われた灯に、本艇は、戦艦レオナルド・ダ・ヴィンチの所在を知ったのであった。が、そのとき、何ものか艇首に触れたと見えて、ズシンと顫《ふる》えるような衝撃《ショック》が伝わったのである。

「捕獲網か……」

瞬間眼先が、クラクラと暗くなったが、艇は何事もなく進んでゆく。しかし、本艇は、陸上の警報器に続いている、浮標に触れたのであった。やがて、砂丘の向うが、赭《かっ》と明るくなったと思うと、天に冲《ちゅう》した、光の帯が倒れるように落ちかかってきた。

艇がグラグラと揺れ、潜望鏡には、海面から渦巻きあがる火竜のような火柱が映った。本艇はレオナルド・ダ・ヴィンチ号の艦底下を潜《くぐ》り、まず、第一の魚雷を発射したので

あった。そうして、再び潜行し、今度は入江の鼻――距離約二千碼《ヤード》と思しいあたりから、止めの二矢を火焔《かえん》めがけて射ち出したのである。

この逆戦法に、敵はまんまと、思う壺《つぼ》に入ってしまった。砲塁や他の艦が、それと気付いた頃には遅く、本艇は白みゆく薄闇を衝いて、唸《うな》りながら驀進《ばくしん》していた。

艦側から、海中に飛び込む兵員、次第に現われゆく赤い船腹、やがて、魚雷網の支柱にまで火が移って、まったく一団の火焔と化してしまったのである。

かくて、戦艦レオナルド・ダ・ヴィンチは、タラント軍港の水面下に没し去って往ったのであった。

「見て置くがいいよ。モナ・リーザ嬢《フロイライン・モナ・リーザ》が、いまゲラゲラと気狂い笑いをしているんだ。ダ・ヴィンチ先生の折角の傑作も、ああもだらしなく、吹き出すようじゃお終いだね」

余は、安全区域に出ると、早速勝報を送ったが、すぐ打ち返してきた返電を見ると、唖然《あぜん》とした。

――貴官は目下、海軍高等審判に付されつつあり。

かくて余は、七つの海を永遠にさまよわねばならぬ身になった。

祖国よ！　法規とは何か。区々たる規律が、戦敗崩壊の後に、何するものぞ。

読んでゆくうちに、法水の眼頭が、じっくと霑《うる》んで往った。しばらくは声もなくじっと見つめているのを、検事は醒ますように、がんと肩をたたいた。

「どうしたんだい、いやに感激しているじゃないか。しかし、仏様のことだけは、忘れんようにして貰いたいね」

「じゃ、なにか君は分ったというのかね、君は、あのアンダーラインにとっ憑《つ》かれているようだが……」

「僕は、なにか艇長の肉体に、秘密があるんじゃないかと思うんだ。それを妻らしく、ウルリーケがお気を付けなさい――と注意したのではないかね。いや、なにも決定的なものじゃないさ。ただ、対象がジーグフリードなんでね。当て推量だけでも、図星がそこへゆくという訳になるだろう。とにかく、菩提樹《リンデン》の葉で出来たというジーグフリードの致命点が、この場合、フォン・エッセンの何に当るか――さっぱり僕には、この取り合せが呑み込めんのだがね」

と検事は惑乱したようにいったが、更に「ニーベルンゲン譚詩《リード》」を繰って行くうち、第二の発見が生まれた。

というのは、ジーグフリードの殺される山狩の日の朝、クリームヒルトが前夜の悪夢を語るというところで、
Last night I dreamt, two mountains fell thundering on thy head, And I nomore beheld thee.

〔昨夜妾《わらわ》は夢みたりき。山二つ響き高鳴りて汝《な》が頭《こうべ》に落ち、もはや汝《な》が姿を見る能《あた》わざりき〕

とある下の空行に、次の数句の詩が記されてあったのである。

それは、明らかにウルリーケの筆跡であって、インクの痕も未だに生々しかった。彼女は自分の夢を、この章句の下に書き付けて置いたのだ。

――われ、眠りてよりすぐ夢みたり。そこはいと暑き夏の日暮、夕陽に輝ける園にして、その光は次第に薄れ行きたり。

そのうちに、一枚のリンデンの葉チューリップの上に落つるを見、更に歩むうち、今度は広々とした池に出合いて、その畔《ほと》りに咲く撫子《カーネーション》を見るに、みな垂れ下るほど巨《おお》いなる弁《はなびら》を持てり。

われ、それを取り去らんとするも数限りなく、やがて悲歎《ひたん》の声を発するのを聴きて、自《みずか》ら眼醒む。

「僕はフロイトじゃないがね。これは一種の艶夢《セキズヨレ・トラウム》じゃないかと思うよ」

と検事は莨《たばこ》の煙を吐いて、何時までも離れない法水の眼を嘲った。

「だって、あの戦女《ワルキューレ》みたいな、てんで意志だけしかないような冷たい女にだって、時折は愛使《キユーピツド》がドアを叩く事があるだろう。所が、亭主の八住ときたら、いつも精神的な澄まし汁みたいなもので、その中には肉片もなければ、団子一つ浮いちゃいないんだ」

「成程、そうなるかねえ」

と法水は、検事の好諧謔《こうかいぎやく》に堪《たま》らなく苦笑したが、めずらしく口を噤《つぐ》んでいて、彼は一向に知見を主張しようとはしなかった。

そして、「ニーベルンゲン譚詩《リード》」を片手に下げたまま、もとの室にぶらりと戻って行った。が、計らずもそこで、この事件の浪漫《ローマン》的な神秘が、一段と濃くされた。

彼はそこにいる三人を前にして、妙に底のあるらしい言葉を口にした。

「僕は、だんだんとこの事件が、所謂《いわゆる》法則でないと呼ぶものに、一致するような世界である事が判って来ました。

それは、純然たる空想の産物で、全くの狂気が勝を制する世界なのです。その中には、神や精霊が現われて来ますが、然しそれは、その世界でのみあると信ぜられているもので、少なくとも僕等は、一応それに額縁をはめてみる必要があると思うのです。所でこれは、一体流星の芝居なんでしょうか。それとも、地上の出来事なんでしょうかね」

と本の一個所を開いて、彼は読み始めたが、その内容は、白い地に置かれた黒そのもののように、対象をくっきりとうかび上らせた。

When the blood-stain'd murderer comes to the murder'd nigh, the wounds break out a-

bleeding.
〔血に汚《よご》れし殺人者、惨屍《むくろ》の側《かたわら》に来たるときは、創破れて血を流すという〕

殺人者を指摘する屍体の流血――それを法水が読み終ると、一同の眼は期せずして犬射の顔に注がれた。

何故なら、八住の死後十時間後に起った流血は、彼が、その傍《かたわら》に立っているさなかに始まったからである。

然し、犬射の驚きの色はやがて怒りに変って、

「遺憾ですが――法水さん、それは僕の洒落《しゃれ》じゃありませんよ」

と何処か皮肉な調子ながら、悲し気にいい返した。

「いや、それどころじゃない、怖しい空想です。そんな事から、この事件は一層面倒なものになりましょう」

「僕は、そうとは決して思いませんがね」

法水は、力をこめて、相手をさぐるように見た。

「それがこの事件に、ある解決をもたらすでしょう」

「驚いた。何のことか、僕にはさっぱり分らん」

犬射は混乱して、あやうく自制を失いかけたが、ただ声をふるわせるのみで、辛うじて踏みとどまった。

「あなたは、これが実務だということを忘れていらっしゃる。陰気な、間違えば、ひとを引摺り込むような、危険な遊戯《ゲーム》に耽《ふけ》っておられる。いったい、なんです。たかが、伝説じゃありませんか。それが、この屍体の流血になんの関係がありますか⁇」

「われわれには、そうと信じてよい立派な理由があるのですよ。伝説にも、犬射さん、いろいろありますからね」

　法水は、冷静そのもののごとく、どうやら、語気にも誘いの気配が見受けられた。

「ハハハハ、『ニーベルンゲン伝説《ザガ》』の講釈なら、僕からあなたに、お聴かせしても構いませんがね。しかし、一言御注意だけして置きますが、これがもし私でないとしたら……もし、さっき近よったときの貴方だとしたら、御自分をいったいどうなさいます⁉　ば、莫迦らしい！」

「そうです、止めましょう」

　法水は、わざと、弱々しげな息をして、

「こんなことで、議論をするのは、止めようじゃありませんか。ただ僕は、ジーグフリードが殺されて……しかも、血栓を破って、屍体から血が吹きでてきた……」

　といいかけたとき思い掛けない声が、朝枝から発せられた。それは彼女の全身に、突然狂気めいた力が漲《みなぎ》ったかのように、その蒼ざめた顔が、一筋二筋光ってみえた。

「叔父さま、全く犬射さんの仰言る通りなんですわ。ジーグフリードは、決して父さんでは御座いません。これはミーメ（ジーグフリードを養育した矮人の刀剣工。ジーグフリードを殺さんとしたが、却って殺さる）なんですわ。ジーグフリードを殺そうとして、殺された……」

「ミーメ……」

と口ずさんで、法水はその一場の心理劇を、嚙みしめるように玩味《がんみ》していたが、やがて、意味あり気な言葉を犬射にいった。

「そうです。まさに、あの殺人鬼の幻想《ファンタスティック》的な遊戯なんですよ。然し、これに海人藻芥《あまのもくず》（犬射の雅号）という署名はないにしても、いずれは、誰かの雅号となって、現われずにはいますまい」

最後の応酬が鳥渡《ちょっと》気色ばんで、険悪だっただけで、艇内に於ける一切が事なく終ってしまった。

ハッチの上には、既に黄昏《たそがれ》近い沈んだ光が漂っていて、時刻は五時を過ぎていた。検事は、鉄梯子を先に上って行く、法水の背後から声をかけた。

「まったく、殉教的な精神でもなけりゃ、こんな事件には滅多に動けんと思うよ。何しろ、ほんの極微《ちつ》ぽけな材料だけで、極大の容積を得ようというんだからね。

第一、犯罪史に曽て類のなかった海底と来て、しかも、現場は三重の密室だ。それに、兇器が、そこから風みたいに消え失せている――いやドアの鍵孔にも、外側から覆いがあるんだからね、風でさえも抜けられんという始末だ。そして、僕等の眼前で、あの殺人鬼は創口に孔をあけ、まんまと鼻を明かしているんだ。

だから、だんだんに深入りして行くと、なにか旧《もと》の夢の中に戻って行くような気がするんだぜ」

法水は、検事の手を取って引き上げてから、海気を胸一杯に吸い込んだ。そして、頗る激越な調子でいった。

「いやこの事件の解決は、つまるところ、一つの定数《コンスタント》を見出すにあるんだ。で、その一つというのは、曽て『鷹の城《ハビヒツブルグ》』の遭難中に、艇長と四人の盲人とを巡り、一体何事が行われたか――という事だ。

艇内日誌を見ても、その部分は悉く切り取られている。ねえ支倉君、たしかあの中にはこの事件の暗黒を照し出すような、重要な一二枚があるにちがいない。それが分らなくて、金輪際僕らになにが見えてくるもんか」

と陸《おか》に跳び上って、二つある岩路《いわみち》の左手を択《えら》んで、断崖を蜒《うね》って行った。

「それから支倉君、この事件の女性二人は、それぞれ夫と父の変死に、悲しむ色さえ見せようとはしない。

その比例《プロポーション》たるや、既に常態ではないだろう。わけても朝枝だが、あの暁の精みたいな娘の中には、何でも怖しい夢や幻を、その儘《まま》の姿で受けつけるような力が張り切っている。

だから、ブレーク、ベックリン、ロセチ、それにドーレの『失楽園』やキャメロンの『水神《アンディーン》』『ニーベルンゲン譚詩《リード》』のデイリッツなど――ああした頗る幻想的《ファンタスチック》な挿画《さしえ》を見るとだね……」

といいかけたとき、断崖の尽きた岩壁に、日傘が二つ並んでいた。ウルリーケと朝枝が、のぼってくる二人を待っていた。

岩壁の窪みには、菫《すみれ》色をした影が拡がっていて、沖からかけての一面の波頭は、夕陽の矢をうけて黄色い縞《しま》をなしていた。

法水は、暫く雑談している三人から離れて、俯《うつむ》向きながら歩いていたが、やがて速歩《はやあし》に追い付くと、ウルリーケにいった。

「ねえ夫人《おくさん》、艇内日誌には、僅か一二枚しか残っていないのですが、貴女は切り取られた内容を御存知ですか――そして、誰が何時切り取ったかも」

「いいえ、どっちも存じませんわ」

ウルリーケは日傘を返して、法水にチラリと流眄《ながしめ》をくれたが、

「あれが、もし完全でしたら、きっとテオバルトの忠誠が報われたにちがいないと信じて居ります」

「然し、生還は……夢にも信じてはおいでにならなかったでしょう」

と優しげな声音《こわね》ながらも、法水が畳み掛けると、ウルリーケは不意の熱情に駆られて、微かに声を慄わせた。

「ええどうして、テオバルトの生還が望まれましょうか。ですけど法水さん、私、あの『鷹の城《ハビヒツブルグ》』だけは、何日《いつ》かかならず戻ってくると信じて居りましたわ。艇内が海水で一杯になって、クローリン瓦斯《ガス》が濛々《もうもう》と充々《みちみち》ていても――ええ、そうで

すわ。あの真黒に汚れた帆が、どうしたって、私には見えずにいないと信じておりましたわ。

所が『鷹の城《ハビヒツブルグ》』の遭難が、私を永遠に引き離してしまいました。孤独《イゾリルング》――いまの私に、それ以外の何ものが御座いましょう」

と、ウルリーケは悲しそうにいったが、法水は、彼女の声が終るとそれなり黙りこんでしまった。しかし、頭のなかでは、それまで分離していたいくつかの和声旋律が急に合して、一つの荘厳な全音合奏《コーダ》となりとどろいた。

そして、その夕《ゆうべ》からはじまった急追を手はじめにして、彼の神経は、あの不思議な三角形――艇長・シュテッヘ大尉、ウィンの鉄仮面と、この三つを繋《つな》ぐ直線の上で働き始めた。

「夫人《おくさん》、いつぞや貴女は、菩提樹《リンデン》の葉と十字形《クロスレット》とで、一体何を示そうとなさったのですか。そして、貴女が最も懼《おそ》れられていたその男が、毎夜、裏庭の防堤にまで、来ていたのは御存知ないのですか」

と八住家の玄関を跨《また》ぐと、法水は突如ウルリーケを驚かせたが、そういいながらも彼は、背筋を氷のような戦慄《せんりつ》が走り過ぎたのを覚えたのであった。

第三篇　偶像の黄昏

一、漂浪《さまよ》える「鷹の城《ハビヒツブルグ》」

一端は、ウルリーケも愕《ぎょっ》としたように振りむいたが、しばらく日傘をつぼめかけたまま、じっと相手の顔をみつめていた。

その顔は、また不思議なほどの無表情で、秘密っぽい、法水の言葉にも反響《こだま》一つ戻ってはこないのだ。やがて、自失から醒めたように、正確な調子で問いかえした。

「お言葉の意味が、はっきりとは判りませんけれど、私が怖しがっている男というのは、そりゃ一体誰のことなんですの。夜になると裏の防堤にくる――と、いまたしかにそう仰言《おつしや》いましたわね。では、その名を打ち明けて下さいましな――ああ誰なんでしょうね。またその男が、貴方は何処からくると仰言るんですの」

「その名は、まだ不幸にして指摘する時機には達して居りません。然し、その男の出現には、歴《れっき》とした証拠が挙っているのです。夫人《おくさん》、実はあちらからなんですよ」

と沈痛な眉をあげて、法水は顎を背後にしゃくった。

「海からです。その男は、毎夜海から上って来て、あの防堤のあたりをさまよい歩くのです。ですが、夫人《おくさん》、決して僕は幻影を見ているのじゃありませんよ。それには、暗喩《メタフォル》も誇張《イペルボール》もありません。修辞は一切抜きにして、僕はただ厳然たる事実のみを申し上げているのです。多分、明日《あす》の夜の払暁《ひきあけ》には、その姿を、防堤の上で御覧になるでしょう」

「なに、海から……毎夜海から上って、裏の防堤に来る……」と顎骨《あごぼね》をがくがく鳴らせながら、検事は頭の頂辺《てっぺん》まで痺《しび》れて行くのを感じた。

そして、われ知らず防堤の方を見やるのであったが、どうした事か、肝腎のウルリーケには、なんの変化も現われては来ない。

彼女の胸は、ふんわりと息づいていて、その深々とした落着きは、波紋をうけつけぬ隠沼《こもりぬ》のように思えた。然し、その眼を転じて、法水を見ると、そこにはいつも変らぬ、鉄壁のような信念が燃えているのであるから、いよいよ以って、その心理劇の正体が朦《もう》朧《ろう》としてしまい、知りつつ——そこを迷路と承知しながらも、検事は足を引き抜く事が出来なくなってしまうのだった。

やがて、ウルリーケは家の中に去ってしまったが、検事だけはひとり残って、ぼんやりと海景を眺め暮していた。それは、法水が持ち出した混沌《こんとん》画の魅力に圧せられて、彼は模索の糸を、絶つ事が出来なかったからである。

——ああ法水がキッパリと云い切った態度からは、毫《ごう》もいつものように術策や、詭《き》計《けい》らしい匂いが感ぜられなかった。

のみならず、彼の神経といえば、それこそ五哩《マイル》先の落ち櫂《かい》さえも見のがさぬという、潜望鏡のそれよりも鋭敏ではないか。

そうすると、事に依《よ》ったら、彼の眼に映じたものは、生きながら消えうせて「鷹《ハビヒツ》の城《ブルグ》」の悪霊《あくりよう》と呼ばれるシュテッヘ大尉ではなかったか。

それとも、まだ名も姿も知られていない何者かが、しかも帆桁《ほげた》は朽《く》ち船員は死に絶えても、嵐と凪《なぎ》を越え、七つの海をさすらい行くといわれるのだが、その身は生とも死ともつかず、永劫《えいごう》の呪縛にくくられている幽霊船長《ファンダーデッケン》と——きしみ合う二つの車輪、まさに幻想と現実とが、触れ合おうとする空怖しさ、またそれを縫ってシュテッヘの幻が、見もせぬに跳び上り、沈み消えしては踊り乱れるのだった。

が、そうしてああでもない斯《こ》うでもないと、もの狂わしい循環論の末には、いつか知性も良識も、跡方もなく飛び散ってしまって、まったく他《はた》の眼から見たら、滑稽なほどの子供っぽさ、いたずらに神話の中を経めぐったり、或は形相凄《すさま》じい、迷信の物の怪《け》に怯《おび》えたりなどして、検事は次第に夢を換え、幻から幻に移り変って行くのだったが、やがて終《しま》いには、その深々とした神秘、伝奇めいた香気に酔いしどれてしまって、譫妄《たわごと》にも、殺人事件の犯人などどうでもよいと思われたほど、いまや彼の感覚は、まったく根こそぎ奪い尽され去ってしまった。

その折、たそがれの薄映えは、依然波頭を彩っていたけれども、海霧《ガス》は暗さを増す一《ひと》刻《とき》ごとに濃くまたその揺動が、暗礁を黒鍵《こくけん》のように弄《もてあそ》んで、それが薄れ消えるときは、鈍い重たげな音を感ずるのである。

やがて、海霧《ガス》の騎行に光が失せて、大喇叭《テューバ》のような潮鳴《しおな》りが、岬の天地を包み去ろうとするとき、そのところどころの裂目を、塩辛い疾風《はやて》が吹き過ぎて行くのだが、その風は氷のように冷たく、海霧《ガス》はまた人肌のように生ぬるかった。

そうして岬の一夜――まこと彼等二人にとれば、その記憶から一生離れ去る事のないと思われるほど、おぞましい、悪夢のような闇が始まったのである。

その――古風な風見《かざみ》が廻っている岬の一つ家には、痩《や》せてひょろ高い浜草が、漆喰《しっくい》の割目から生え伸びている程で、屋根は傾き塗料は剝げ、雨樋《あまどい》は壊れ落ちて、蛇腹や破風《はふ》は、海燕《うみつばめ》の巣で一面に覆われていた。

そうした時の破壊力には、えてして歴史的な、動かしがたい思い出などが結びついているものだが、誰しもその自然の碑文には心を打たれ、また、それらの凡《すべ》ては、傷ましい荒廃の感銘に外ならないのであった。

然し、外見《みかけ》は海荘風のその家も、内部《なか》に入ると、著しく趣きを異にして来る。天井は低く、床は石畳で、扉《ドア》のある部分は、壁が拱門形《アーチ》に切り抜かれている。その所々には、クルージイと呼ばれて魚油を点《とも》す壁灯《かべび》や、長い鎖のついた分銅を垂している、古風な時計などが掛けられているのだから、もしそこに石炉や自在鉤《じざいかぎ》や紡車《つむぎぐるま》が置かれてあったり、煤《すす》けた天井に、腹を開いた燻製《くんせい》の魚などが吊されているとすれば、誰であろうがこの家を、信心深い北海の漁家と見るに相違ない。

扉《ドア》を入ると、そこは質素《しっそ》な客間だったが、正面の書架の上には、一枚の油絵が掲げられていてそれには美しく、威厳のある士官が描かれてあった。それがウルリーケの前夫、テオバルト・フォン・エッセン男爵の画像だったのである。金髪が柔らかに額を渦巻いて、わけても眼と唇には、憧れを唆《そそ》り立てる、魔薬のような魅力があった。

法水はウルリーケの室《へや》を出ると、その画像を暫く見詰めていたが、やがて眼を落して、書架の中から一冊の本を抜き出した。

その書名を肩越しに見て、「快走艇術《ヨッテング》」――と、検事は腹立たし気に呟いたが、そのまま薄暗い室内を歩き始めた。

灯の来ないその室《へや》には、微かな、まるで埃《ほこり》のような光靄《もや》が漂っていて、木椅子の肌や書名の背文字が異様に光り、そのうら淋しさのみでも、低い漠然とした恐怖を覚えるのだった。

やがて検事は、寒々とした声で呟き始めた。

「法水君、君はもっと野蛮《やばん》で、壮大であって欲しいと思うよ。きまって殺人事件となると、肝腎の犯人よりも、すぐに空や砂、水の瑠璃《るり》色などを気にしたがるのだからね。そこで断って置くが、此処には、黒死館風景はないんだぜ。豪華な大画舫《ほう》や、綺《き》びやかな鯨骨《ファシング・スカート》を張った下袴《スカート》などが、この荒《あば》ら家《や》の何処から現われて来るもんか。だから、今度という今度、書架の前だけは素通りしてくれると思っていたよ。『鷹の城《ハビヒツブルグ》』を快走艇《ヨット》に外装した——それが、古臭いバドミントン叢書になんの関係があるんだい。そんな暗闇の中で、見えもせぬ本を楯に、君はなにを考えているのだ？」

「そうはいうがねえ支倉君、もしこの銅版画が、僕の幻を実在に移すものだとしたら、どうするね。見給え——一八四三年八月、王立《ロイヤル》カリンティアン倶楽部賞盃獲得艇『神秘《ミステリー》』とある……」

と艇長が属していた倶楽部旗を示したが、やがて法水は、呆気にとられた検事を前に、長い間を置いてから、

「なるほど、君のいう通りかも知れんよ。この事件ではっきり区別出来る色といえば、まず海の緑、空の紺青、砂の灰——とこの三つしかない。所が支倉君、この三色刷を見詰めているとだ。どうやら碑銘を読んでくれる、死人の名が判ったような気がして来たよ」

というと、検事はその頁をパタンと閉じて、嘆息した。

「すると、緑、紺青、灰——というと、この点十字の三角旗にある、色合の全部じゃないか。だが、その倶楽部にいた艇長は、既に死んでいる……ああやはり、君は自分勝手で小説を作ったり、我を忘れて、豊楽な気分に陶酔しているんだ。そんなシャボン玉みたいなもので、あの海底の密室が開かれるというのならやって見給え。では、兇器を何処から捜し出すね。それに、あの室《へや》から姿を消したお化は一体誰なんだ。また、あの時胸を抉《えぐ》られたにも拘らず、八住は悲鳴をあげなかった——それも、頗《すこぶ》る重大な疑問じゃ

ないかと思うよ。僕は、そうしている君を見ると、実にやりきれない気持になるのだがね。まして君は、夜な夜な海から上って、防堤に来る男がある——という。もし、それが真実だったら、この朦朧とした結合《コンビネーション》には、永劫解ける望みがない」

「そうなんだ支倉君、まさに時は過ぎたり《ディ・フリスト・イスト・ウム・エンデ》——さ。この事件の帰するところは、さしずめ、この一点以外にはないと思うよ」

と薄闇の中から、法水が声を投げると、検事は慌てて両手を握り締めた。そして、

「なに、時は過ぎたり《ディ・フリスト・イスト・ウム・エンデ》——本気か法水君、君は捜査を中止しろというのか」

と叫んだが、その時意外にも、法水はこらえ兼ねたように爆笑を上げた。

「ハハハハハ冗談じゃない。僕は久し振りで陸へ上った、ヴァン・シュトラーテンの事をいっているのだよ。幕が上って幽霊船長が、七年振りでザントヴィーケの港に上陸するとき、はじめその中低音《バリトン》が、この歌を唱うんだ。つまり、僕がいうのはワグネルの歌劇さ——『さまよえる和蘭人《ディ・フリーゲンデ・ホレンダー》』の事なんだよ」

（註）「さまよえる和蘭人」——船長ヴァン・シュトラーテンは、嵐の夜冒瀆《ぼうとく》の言葉を発したために、永劫罰せられ、海上を漂浪せねばならなくなる。そして、七年目に一度上陸を許されるのだが、ザントヴィーケの港で少女ゼンタの愛に依って救われ、幽霊船は海底に沈んでしまう。

そうして、手にした埃っぽい譜本を示したが、その皮肉な諧謔《ユーモア》に、検事は釘付けられるような力を感じた。

何故なら、幽霊船長ヴァン・シュトラーテンの上陸——その怪異伝説が、法水の夢想にピタリと一致したばかりでなく、わけても検事には、それに依って、一つ名が指摘されたように考えられたからである。

というのは、途々《みちみち》ウルリーケが話した通りに、艇長の生地がオランダのロッタム島だとすれば、当然その符合が、彼を指差すものでなくて何であろう。

然し、一方艇長の死は確実であり、またよしんば生存しているにしても、それは「ウィンの鉄仮面」の名で表わされているのであるから、検事は考えれば考えるほど、疑惑の底深さに怖れを感ずるのだった。

が、その折、法水は右手の壁に顎《あご》をしゃくって、検事に見よとばかりに促がした。そこは、ウルリーケの室に続く合いの扉《ドア》で、僅かに透いた隙間から、室内の模様が手にとる如く見えた。壁には、脂《やに》っぽい魚油が灯されていて、その光が、樞《くるる》の上の艇長の写真に届いているのだが、その下で、ウルリーケがぼんやりと海を眺めている。

その前方には、防堤が黒いリボンのように見えて、その上に、星が一つまた一つとあらわれてくる。

しかし、検事はその遠景《とおみ》でなしに、なにを認めたのであろうか、思わず眼をみはって吐息を洩らした。

何故なら彼は、夫の死にもかかわらず、華美《はで》な平服《ふだんぎ》に着換えた、ウルリーケを発見したからである。

「こりゃ驚いた——あの女は亭主が殺されるまでは、喪服を着ていて、死んでしまうと、今度は快走艇《ヨット》着に着換えてしまった。明らかにウルリーケは、八住を卑下《ひげ》しているんだ。だが、どう考えても、犯人じゃないと思うね。自分の熱情の前には、何もかも忘れて、ただそれのみを、ひたむきにむき出してしまうのだ。ねえ法水君、そういった種類の女には、きまって犯罪者はいないものだよ」

ともとのテーブルの所まで戻って来ると、彼は小声で法水に囁いた。

「だが一応は、アマリリスを調べてみる必要があると思うね。朝枝のいうのが、もし真実だとすればアマリリスをウルリーケが持ち込むと同時に、殺人が起ったといえるだろう。そして、それまで十何日か鎖ざしていた蓄が、その時パッと開いてしまったのだ……」

海霧《ガス》が扉《ドア》の隙からもくもく入り込んで来て、二人の周囲《ぐるり》に烟《けむり》のように靡《なび》き始めた。が、それを聴くと、法水は突然坐り直したが、すると頭上の霧が、漏斗《じょうご》のように渦巻いて行くのだ。彼は手にした「ニーベルンゲン譚詩《リード》」を、縦横に弄びながら、

「冗談じゃないね。この事件に、心理分析も検証もくそもあるもんか。あのトリエステに始まった、大伝奇の琴線に触れることだよ。で、さっきこの本を見たとき、ふと思い当った事だが、君はシャバネーが運命の先行者《ペロール・ゴアー・オブ・デスティニー》といった、憑着《ひようちやく》心理を知っているかね。仮りに、自分の境遇が、小説か戯曲中の人物に似ているとする場合だ。そのちょっとした発見から、忽《たちま》ち偏見が湧き起って、その人間は遮二無二最後の頁を開け、

大団円《キャタストロフ》を見てしまうんだ。現に、その展覧狂めいたものが、あの流血に現われているじゃないか。だが支倉君、もしその心理を前提とするとだ……」

検事はニコリと微笑んで、法水に全部をいわせなかった。

「なるほど判った。それで君は、クリームヒルトの事をいいたいのだろう。あの女主人公《ヒロイン》の個性は、この暗い復讐悲劇の中で、最も強烈を極めている。ハーゲンに殺された夫ジーグフリードの幻を、胸に抱きしめて、クリームヒルトは匈牙利王《ハンガリー》エッツェルの許に嫁ぐ。そして、十七年後に復讐を遂げるのだが、それには船長を片時も忘れられず、八住の妻となった、ウルリーケが生き生きとしているじゃないか。あの気高く、何ものをも覆い尽くそうとする愛――その青白さはどうだ。あれは全く、超自然の色だよ。ウルリーケの血管に、まさか一滴の血もない気遣いはないが、もし青白い光の前に立たせたとしたら、あの女は無形物のように透きとおってしまうだろう。だが、法は法、動機は動機だ……」

と検事はテーブルを叩かんばかりの気配を示したが、その時ふと、すくんだような影が差した。と云うのは、この静寂《しじま》のなかを左手の室《へや》――そこには、扉《ドア》も窓も鎖されていて、なに者もいよう道理のない部屋の方向からして、妙に侘《わび》しく、コトリコトリと寒さげな音《ね》がひびいて来たからである。

然し、智性を鋭くしてみると、そこには心を乱すような、何ものも含まれている気遣いはないのであるから、瞬間に検事は、もとの顔色を復して続けた。

「ねえ法水君、不幸にして『鷹の城《ハビヒツブルグ》』遭難の真相が明らかではない。もし、あの夜海底で八住が艇長を殺し、そうした気配が、日誌の中に記されていたとすれば——だ。何しろ、八住は盲目《めくら》なんだし、またそれと知って、十七年間機会を狙っていたものといえば、まずウルリーケを扠置《さて》いて、外に誰があるだろう。あの日誌を破ったのは、てっきりウルリーケだと思うよ。ああ、十七年後……」

とそこで計らずも検事は、「ニーベルンゲン譚詩《リード》」とこの事件とをつなぐ、第二の暗合を発見した——十七年後。

すると、ハッと夢から醒めたようになって、それまで、法水の夢想に追従し切っていた、己れの愚かさを悟ったのである。

法水も、その刺戟を隠し了《おお》せることは出来なかったが、彼は、検事の言葉がなかったもののように、そのままもとの語尾を繰り返した。

「所が、その心理を前提として……艇長とジーグフリード、ウルリーケとクリームヒルト——という符合に憑《とつ》かれることだ。肝腎なニーベルンゲンの神秘隠れ衣《タルンカツペ》が、そうした心理的な壁に、隔てられてしまうのだ。ねえ支倉君、『ニーベルンゲン譚詩《リード》』のこの事件に於ける意義は、決して後半のハンガリー王宮にはない。寧ろ前半の、しかも氷島《イスランド》の中にあるんだ。つまり、ジーグフリードが姿を消すに用いる、魔法の隠れ衣《タルンカツペ》がいつ何処で使われたか……。また、その氷島《イスランド》というのが、この事件では何処に当るか——だ。繰り返していうがね、ウルリーケは絶対にクリームヒルトではなく、氷島《イスランド》の女王ブルンヒルトなんだ。しかも、この事件のブルンヒルトは、魔女のように悪狡《わるがし》こく、邪悪なスペードの女王なんだよ」

「ブルンヒルト……」

と検事は咄嗟《とっさ》に反問したが、何故か検事の説を否定するにも拘らず、法水が傍《かたわら》ウルリーケを邪《よこし》まな存在に指摘する――その理由がてんで判らなかった。

法水は、烟《けむり》を吐いて続けた。

「というのは、クリームヒルトなら、ただの人間の女に過ぎないさ。所が、ブルンヒルトとなると、その運命が更に暗く宿命的で、彼女を繞《めぐ》るものは、みな狂気のような超自然の世界ばかりだ。最初焰の砦を消したジーグフリードを見て、その男々しさに秘かに胸をときめかした。所が、そのジーグフリードは、隠れ衣《タルンカツペ》で姿を消し、グンテル王の身代りとなった。支倉君、君はこの比喩《たとえ》の意味が判るかね」

「隠れ衣《タルンカツペ》……」

と、その一つの単語の鋭犀《ヴイヴイツド》な響《ひびき》に、検事は思わずも魅せられて、

「すると、その形容の意味からして、君は、ウィンの鉄仮面をいうのか。それとも、また一面にはシュテッへ、艇長、今度の事件――と『鷹の城《ハビヒツブルク》』の怪奇にも通じていると思うが……ああなるほど、如何にもブルンヒルトは、グンテル王の身代りに瞞《だま》されたんだ。その隠れ衣《タルンカツペ》たるや、取りも直さず、あの日誌じゃないかね。八住はその影に隠れて、ウルリーケを招き寄せた。しかも、重要な部分を破り棄てて、彼女が再起しようとする

望みをへし折ってしまった。それが判ったとしたら、如何にもブルンヒルトはジーグフリードを殺し兼ねないだろう」

「ああ君には、何処まで手数が掛るんだろうね」

と芝居がかった嘆息をしたが、ふと瞳を開き切って、彼はきっと聴き耳を立て始めた。それは、潮の轟《とどろ》き海鳥の叫び声に入り交《まじ》って先刻《さつき》検事が耳にしたと同じく、きれぎれに何処か隣室の、遠い端《はず》れから伝わって来るのであるが、時として跫音《あしおと》のように聴こえるとすぐに遠ざかって、微かな鋭い、余韻を引く事もあるけれど、それは無理強いに彼等を導くようでもあり、また妙に、口にするのを阻《はば》むような力を具えていた。

然し、間もなく法水は、新しい莨《たばこ》に火を点じて、口を開いた。

「所で、末尾にある註を見ると、これにもラハマン教授が不審を述べているのだが、その隠れ衣《タルンカツペ》は一度氷島《イスランド》で使われたきり、その後は杳《よう》として姿を消してしまったのだ。支倉君、氷島《イスランド》なんだよ——しかもその時は、ブルンヒルトの面前で行われ、また、それが動機となって、女王の不思議な運命悲劇が始まったのだ。所が、この今様ニーベルンゲン譚詩《リード》になると、その氷島というのが何処あろうトリエステなんだよ」

「なに、トリエステ……」

「そうなんだよ。そこで支倉君、トリエステで隠れ衣《タルンカツペ》を冠った、ジーグフリードという と、それは一体、誰の事なんだろうね」

「すると君は、シュテッヘ大尉の事をいうのか。あの男は生きながら、『鷹の城《ハビヒツブルグ》』の中で消え失せてしまったのだ……」

「いやいや、その名はまだ、口にする時期じゃないがね。然し、いま判っているのは、ジーグフリードがその隠れ衣《タルンカツペ》を、自分で冠ったのではなく、ブルンヒルトに被《かぶ》せられた――という一事なんだ。そして、それ以来地上から姿を消して、到底理法では信ぜられぬ生存を続けているのだが時折海上に姿を現わして、いまなお七つの海をさまよっているのだ。ねえ支倉君、あの神秘の扉を開く鍵は、隠れ衣《タルンカツペ》をつけたジーグフリード――この隠語一つの上にかかっているのだがね、いずれは防堤の上で、君にその姿を、御覧に入れる機会があるだろうよ」

検事には、すでに言葉を発する気力がなかった。ただ彼は、ニーベルンゲン譚詩《リード》を繞《めぐ》って、二つの旋律が奏でられているような気がしていた。自分が弾き出すと、いつも法水は、その上を行って、またその二つが絶えず絡み合うのだが、そうしていつ尽きるか涯《はて》しない迷路の中を、真転《まころ》びひしめき行くように思われた。

すると法水は、それまでにないひたむきな形相《ぎようそう》をして、言葉を次いだ。

「というのは、或は妄想かも知らんがね、実は或る一つの、怖しい事実を知ったからなんだ。だから、一人の名を知れば、それでいいのだよ。ねえ支倉君、このモヤモヤした底知れない神秘――事実まったく迷濛《めいもう》たる事件じゃないか。ニーベルンゲン――暗い霧の子、霧の衣《タルンカツペ》、ああ霧だ、霧だよ、霧、霧、霧……」

と法水の手が、頸《くび》の廻りをかいさぐると、握った指の間からすうっと這い出るように海霧《ガス》が遁《のが》れて行くのだが、扨《さて》そうして開いた掌には烟の筋一つさえ残らないのである。その指のしなだれ、燐火のような蒼白さには、ただでさえ、闇中の何物かに怯やかされていることとて、検事は耐らず、灯を呼びたげな衝動に駆られていた。

然し、それは結論を述べる、法水の意外にも落着いた声で遮られた。

「そこで、僕がいうジーグフリードとは、一体誰の事か。ジーグフリードのいないニーベルンゲン譚詩《リード》――この事件は、まさにそれなんだ。つまり、事件の解決は、あの大古典の伝奇的なつながりの中にあるのだ。ああ、支倉君、紙魚《しみ》に蝕《むしば》まれた文字の跡を補って、トリエステで口火が始まる、大伝奇を完成させようじゃないか」

ジーグフリード……別名《エーリアス》は？

それは事に依ると、芝居気たっぷりな法水が、暗にシュテッヘを差しているのかも知れず、もしくはまた、彼の卓越した心理分析によって、なにか会話の端からでも、新しい人名が摑み出されたのではないかと思われたが、そうして、検事は悪夢の中を行きつ戻りつしているうちにいやが上にも謎を錯綜とさせる、法水を恨まずにはいられなかった。

そこへ、書架の横にある扉《ドア》が開いて、朝枝の蠟《ろう》色をした顔が現われた。

彼女が手にしたランプを、テーブルの上に置くのにも、その痩せた節高い指が、痛々しく努力するのを見て、法水は憐憫《れんびん》の情で胸が一杯になった。

「気が付きませんで……。またなにかお訊ねになりたい事が、あるかとも思いまして。それより私、申し上げたい事が御座いますの」

「というと……」

「それは、父の事なんですけど、とうに母の口からお聴きかも知れませんが、ここ十五日の間と云うものは、きまって暁《あ》け方になると、五時を跨《また》いで戸外に出るのです。御存知の通りの不自由な身で、それがどうあっても、行かねばならぬものと見えまして、戻って来ると、それは息をきらして、暑苦しそうに頬を赤くしているのですわ。それでも、私に訊ねられますと、妙にドギマギして、なあに、入江の曲り角まで行って来たのさ――と答えるのでしたが、また妙に、その不思議な行動が一日も欠かしませず、実は、今朝がたまで続いていたのです。その入江の角というのを、御存知でいらっしゃいますか。裏の防堤がずうっと伸びて、岬を少し縫ったところで終っているのですが、その曲ろうとする角が、そうなので御座います。その崖下には、今月の一日から『鷹の城《ハビヒツブルグ》』がつながれているのですわ」

「うむ、『鷹の城《ハビヒツブルグ》』……」

検事は莨の端をグイと噛み切ったほどに、驚かされてしまった。

「すると、その辺の事を、正確に記憶していますか。お父さんが、そういう行動を始めたのは、何日頃《いつ》だったか」

「でも、それ以前はどうであったか存じませんが、とにかく臥《ふ》せりながら気付きましたのは、さあ半月ほどまえ、今月の十日からで御座います。つまり『鷹の城《ハビヒツブルグ》』が来てから十日の後、また三人の盲目の方は、その二日まえ――五月二十九日に此処へ参りましたのです」

と朝枝はいって、何かときめいたように躊躇《ちゅうちょ》していたが、やがて胸を張って、口にしたものがあった。

「それから、もう一つ申し上げたいのは、父のそうした行動《ふるまい》が始まった頃から、奇妙に母の態度が変って、荒々しくなって来た事です。ですから、一日中母の眼を避けて、父は紡車《つむぎぐるま》にしがみ付いていたのでしたわ。そのうえ、上の入歯を紛《な》くしたせいもあったでしょうか、いやに下唇ばかり突き出てしまって、それを見るとほんとうに、ひとしお家《け》畜《もの》めいていじらしく思われました」

とその声が、ふととぎれたかと思うと、彼女は瞳を片寄せて、耳をかしげるような所《し》作《ぐさ》を始めた。

「ホラ、お聴きで御座いましょう。向うの室《へや》から、コトリコトリと聴こえて来る音《ね》が……。あれがいま申し上げた紡車なのです。でもまあ、こんな時、誰が廻しているのでしょうねえ」

朝枝の不審は、それ以上の動作には出なかったけれども、彼女が去った後の室内は、沈黙の中でじっと虚空から見つめているものがある気がして、なにか由々しい怖《おそ》ましげな力が、ぞくぞくと身の上に襲い掛って来るのを感じた。

それまではいつか笑い声のうちに消え去るかと、朧《おぼ》ろな望みに耽っていたもの——それがいまや、吹きしく嵐と化したのであったが、二人はそこの閾《しきい》まで来たとき、ハッと打ち据えられたように顎をすくめた。

それは、コトリと一つ、微かに響いたかと思われると、その長い余韻の上を重なるようにして、背後にある室《へや》から、盲人の話声が聴こえるのだったが、勿論怖れというのはそれでなかった。その室《へや》には、前方に色の褪《あ》せた窓掛が、ダラリと垂れているだけで、その蔭の窓にも隅の壁炉にも、それぞれ掛金や畳扉《たたみど》が下りてはいるが、壁炉の前にある紡車を見ると、それには糸の巻き外れたものが幾筋となくあって、明らかに触れた人手があったのを証拠立てていた。

誰一人入る事の出来ないこの室《へや》で、紡車が巻かれてあった——まさにその変異は、最初法水が防堤の上で想像した一人の、眼に触れた最初の断片なのである。

まして、夜な夜な八住が外出していたという事は、またその渦を狭めるものであって、とどのつまり、凡《すべ》てが「鷹の城《ハビヒツブルグ》」に集注されてしまうのだが、そうして、二人はこの短時間のうちに、全身の胆汁を絞り尽くしたと思われるほどの、疲労を覚えたのであった。

やがて、もとの室《へや》に戻ると、そこにはウルリーケが、皮肉そうな微笑を湛《たた》えて二人を待っていた。

二、鉄仮面の舌

ウルリーケの顔は、血を薄めたような灯影《ほかげ》の中で、妙に狷介《けんかい》そうな、鋭いものに見えた。が、二人が座に着くと、それを待ち兼ねたように切り出した。

「また、朝枝が何か喋っていたようでしたわね。私、あの子が先刻《さっき》のアマリリスといい、何故肉身の母親を、そんなにまで憎しみたいのか理由が判りませんの。ですけど、八住が夜な夜な、きまって暁け方になると、『鷹の城《ハビヒツブルグ》』のある岬の角に行く事だけは事実で御座います。どうして、不自由な身体を押してまでも、八住はそうしなくてはならなかったのでしょうか。そこへ貴方は、毎夜防堤に来る男がある——と仰言います。ああの夢が、だんだんと濃くなるでは御座いませんか」

「なるほど——然し、他人の夢にはおかまいなさらず、御自分の悪夢の方を、仰言って下さい。ときたまは、トリエステの血のような夢を御覧になるでしょうな」

と法水は、異様なものを仄《ほの》めかしたけれど、ウルリーケの顔は咄嗟に硬くなり、雲のような暈《ぼう》っとしたものが舞い下りて来た。

「悪夢……。するど貴方は、シュテッへの事をおっしゃるんですのね。なるほど、あの方が失踪した折には、テオバルトも一応は疑われました。現にウィンの人は、そういった迷信的な解釈を未だ棄てずに居ります。いつまでもテオバルトの事を、『さまよえる和蘭人《オランダ》』のように考えていて、シュテッへという悪魔を冒瀆《ぼうとく》したために、七つの海をさまよわねばならなくなったと信じているのです。でもまあ、あの又とない友情の間に、どうしてそんな事が……いいえ判りましたわ。――貴方もやはり、シュテッへの失踪についていて、テオバルトを疑っていらっしゃるのです。よう御座いますわ。もし、飽くまでもそういう夢をお捨てにならないのでしたら、一つ防堤に来る男というのを、シュテッへに証明して頂きましょうか」

「ところが夫人《おくさん》」

と突然、法水に凄愴《せいそう》な気力が漲《みなぎ》って、

「ところがその、オランダ人を呪縛にくくりつけた悪魔――それは、とうの昔に死にました。いや、率直に云いましょう。『鷹の城《ハビヒツブルグ》』遭難の夜艇内で死んだのは、実をいうと艇長ではなく、その悪魔だったのです。そして、一方のオランダ人は、とうの昔トリエステで消え失せていて、それからも『鷹の城《ハビヒツブルグ》』を離れず、不思議な生存を続けて居りました。どうでしょう夫人《おくさん》、貴女は、この比喩の意味がお判りですか」

それは、妖術というようなものが実現されたとき、かくあらんと思われるような瞬間だった。

検事もウルリーケも、同様化石したようになってしまって、よしや彼等二人に、なお生命があったにしろ、眼はもう見えず、耳がはや聴こえなくなった事は、確かであろう。

やがて、ウルリーケの唇から、濡れた紙巻がポタリと落ちたが、依然その姿勢は変らなかった。

法水は闇の海上を、怖しげに見やりながら、言葉を次いだ。

「つまり、ヴェネチア湾の海底で、生きながら消え失せたのは、シュテッヘではなく、フォン・エッセンだったのですよ。もっとはっきりいえば、シュテッヘをかくまった、UR《ウー・エル》―4号に、乗り込んだのを最後に艇長の地上の生活は失われたことになりましょう。何故なら、シュテッヘはその場から、シュテッヘのために、フォン・エッセンになりすまされて、シュテッヘはその折シュテッヘのために、艇長は生とも死ともつかぬ不思議な抹殺をされて、シュテッヘはその場から、フォン・エッセンになりすましました。ですから、その後貴女の閨《ねや》を訪れた人も、コマンドルスキーの海底でこの世を去った艇長も、同様シュテッヘでありまして、しかもなおふしぎな事には、艇長はそのまま『鷹の城《ハビヒツブルグ》』の中で肉眼には見えぬ不可解な生活を続けていたのです。ですから、僕はいま、その漂浪《さまよ》える人を、防堤の上で証明しようとしているのですよ」

「そうしますと法水さん、その一人二役の意味を、童話以上のものに証明お出来になりまして」

とウルリーケは嘲《あざけ》るようにいったが、その声にも、羞恥《しゅうち》と憎悪の色を包み隠す事は出来なかった。

「大体他人の姿に変るという事は、小説では容易であっても、事実は全然不可能だろうと思われるのです。それでは、シュテッヘの顔を御存知なのでいらっしゃいますか。実は一枚、あの方の写真があるのですけど、それはまだ、お眼にかけては居りません」

「所が夫人《おくさん》、大体が、トリエステの早代りさえも映ろうという僕の眼に、そんなものは、てんから不必要なのですよ。たしかシュテッヘは、黒髪《ブルネット》で、細い唇よりの髭と、三角の顎鬚《あごひげ》をつけて居りましたね。そして、大体の眼鼻立ちや輪廓が、艇長と大差なかったのではありませんか」

「ああ、どうしてそれが」

と咄嗟に度を失ってしまい、ウルリーケの胸が、弛《ゆる》んだ太鼓のように波打ち始めた。

「ですけど、あのテオバルトが、どうしてシュテッヘなものですか。貴方は、私を淫《みだ》らな不義者にして、いっそこんな恥辱《ちじょく》をうけるのなら、私、この場で死んでしまいたい……」

「それでは、何故貴女は、艇長の写真を壁の小孔に当てて、掛けて置いたのです。僕はあの孔一つから、貴女の心の閨《ねや》を覗き込みましたよ」

と新しい莨に火を点じて、法水は冷酷な追求を始めた。

「先刻お部屋を見たときに、あれが湿板写真――つまり日本に例をとれば、明治初年に流行《はや》ったガラス写真である事を知りました。

御承知の通り、ガラス写真というものは、下に黒い地を置けばこそ、陽画に見えますが、もし日光なり光線なりを背後に置いた場合、今度は陰画に化けてしまうのです。

その陰陽の転変……つまり、フォン・エッセンの金髪は黒髪に、唇の上や顎の尖りは、そのまま口髭に、或は顎鬚となって、フォン・エッセンとシュテッヘは、その一瞬の間に移り変ってしまうのです。

ですから、心が冷たく打ち沈んだ時に、裏板を引くと、そこにはシュテッへの顔が明るく輝き出すでしょう。

すると、貴女は悩ましそうにほほえむでしょうが、忽《たちま》ちその秘密の歓楽にゾクゾクして来て、恋の初めの微妙な感情を、心ゆくままに想い起す事でしょう。ですから、シュテッへの写真を焼き捨てられても僕の前には、いささかの効果もないのですよ」

「なに、シュテッへの写真を焼き捨てた……僕は最初から、君の側を離れなかったのだが……」

と今度は、検事が不審そうに異議を唱えると、法水は面白そうに笑いながら、

「だって、どう考えたって、紡車《つむぎぐるま》が独りでに廻ると云う道理はないだろう。それに、理由は後でいうが、艇長は或るふしぎな迷信から、自分が『鷹の城《ハビヒツブルグ》』を離れる時刻を決めているんだ。あれには、君も僕も愕《ぎょっ》となったが、然しすぐ後で、僕は自分の愚かしさを嗤《わら》いたくなった。大体壁炉というものは、必要のない期間だけ、下の火炉と煙突との間を、仕切りで塞いで置くのだ。所が、それを焼き捨てた人物は、煙が家の中に、立ちこめるのを懼《おそ》れたからだろう。仕切りを開いて、煙突から空中に飛散させたのだ。だから、その後になって、霧が煙突の上を通る毎に、火炉の温い洞《ほら》との間に、当然環流が起らねばならない。そして、疾風のような気流が、畳扉の隙から紡車に吹き付けるからだ」

そう云って、法水は隣室におもむいたが、やがて戻って来たとき、手に台紙の燃え屑が握られていた。

然し、彼は鋭鋒を休めず、更にウルリーケに向って続けた。

「勿論それだけでは、シュテッヘと貴女との関係が、完璧に証明されたとはいわれません。然し、『鷹の城《ハビヒツブルグ》』がトリエステを去った日の朝、貴女が、『ニーベルンゲン譚詩《リード》』に側線《アンダーライン》を引いてLeaf《リーフ》（葉）とCrosslet《クロスレット》（十字形）と云う二つの文字を示されたでしょう。その時艇長は、何故暗い気持に襲われたのでしょうか。貴女が、傍の眼を怖れて秘かに指摘した、ジーグフリードの弱点というのはそもそも一体何事だったのでしょうか——下には舌のような葉なりの形で、唯一の致命点があり、その上の衣の上に縫った十字形が重なっているといえば。所が夫人《おくさん》、貴女はそれに依って艇長が属していたヨット倶楽部——王立カリンティアン倶楽部の三角旗を指摘したのでしたね。あの葉の形と三角旗、縫った十字形と点のみで出来た十字——貴女は、よもやこの一致を偶然の暗合とはいいますまいね。またそうなって、真実その艇長が、フォン・エッセンだとしたら、自分が自分を指摘された所で、何もそう、暗い気分に打ち沈む事はなかろうと思われます。まさしくそれが、貴女の心の暗い秘密——不倫の恋が打ち出した怖るべき犯罪だったのです」

と、先刻《さっき》検事が嘲ったバドミントン叢書の「操艇術《ヨッチング》」を取り出して来たとき、その驚くべきほど劇的な一致が、今や動かし難い事実となって現われた。

そして、初めて検事に、隠れ衣《タルンカツペ》を被せられたジーグフリード——の意味が明らかになったけれども、彼は眼前のウルリーケが、一枚ずつ衣を脱がされてゆくように感じた。彼女のスカートには、未《ま》だ男喰いの獣性が、垢《あか》臭く匂っているかに思われたが、それはとうに外されていて、今ではコルセットも下衣《したぎ》もなく、こうして彼女は、男の前で真裸にされたのである。

続いて法水は、殺される、獣のように打ち挫《ひし》がれているウルリーケを見やりながら、鮮やかに、トリエステと今日の事件との間に、聯字符を引いた。

「所が、貴女も後になって気付かれたように、全く死んだと信じられていた艇長が、その後も不可解極まる生存を続けていたのです。そして、『鷹の城《ハビヒツブルグ》』が岬の角に来ると同時に、夜な夜な、上陸しては、防堤のあたりをさまよい始めました。ねえ夫人《おくさん》、艇長はその土の上に、一夜に一字ずつ毒殺者の名を記して行ったのですよ」

とそこで、現実の恐怖が再びしんしんと舞い戻って来るのだったが、さて彼が取り出したものを見ると、それには奇様な符号が、並んでいるに過ぎなかった。

然し法水は、それに妖魔のような気息《いぶき》を吹き込んで行った。

「この一団の符号が、この真裏に当る、防堤の上に記されてあったのですが、一見した所では、何の事はない子供の悪戯《わるさ》としか見えないでしょう。然し、計らずもこれに僕の偏狂な知識が役立ちました。つまり、これを古代火術符号（以下の符号は、火薬の始祖コンスタンチン・アンクリッツェン以降、ヴェネチアの攻城火術家アレッサンドロ・カポビアンコあたりまで用いられたもの）に当てて行くのですが、勿論その知識は、外国の軍事専門家——しか

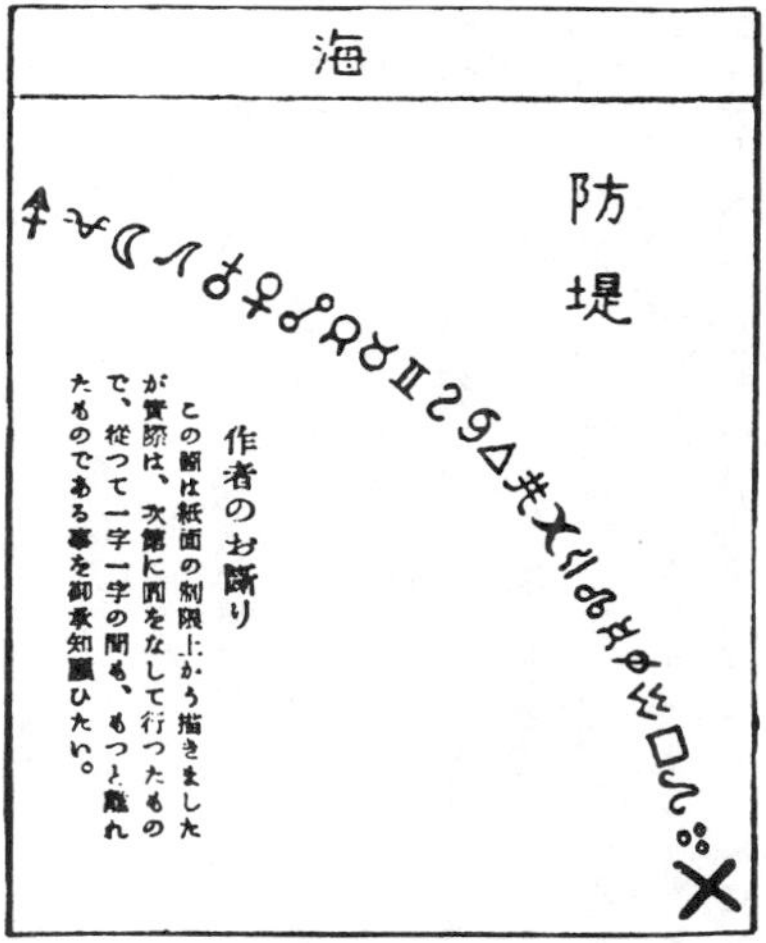
海
防堤
作者のお断り
この圖は紙面の制限上から描きましたが實際は、次第に圓をなして行つたもので、從つて一字一字の間も、もつと離れたものである事を御承知願ひたい。

も、極めて少数の人達に限られているといえましょう。でまず、最初の一つから、硝子《グラス・》粉《シュタウプ》、浸剤《インフユズム》、硫黄《ズルフル》、単寧《タンニン》、水銀《メルクル》、醋《オキゾス》、溶和剤《レゾルフエンチア》、黄斑粉《デイステイツエテイン》、紅殻《アイゼンメンニンゲ》、樹脂《レギーナ》——と読んで行って、とどのつまりその頭文字を連ねるのです。すると、そうしたものが、Gift-mörder《ギフト・メールダー》（毒殺者）となるではありませんか。ああ、毒殺者です。所がそれ以下の十四字は、遺憾ながら読む事が出来ないのですが、何となく字数の工合から察して、それには二人の名が、隠されているように思われるのです。勿論、そのうちの一つは、既に遂行《すいこう》されて居ります——いつぞや遭難の夜に、悪人ながら友シュテッヘを毒殺した八住——とすると、もう一人の方は、夫人《おくさん》、一体誰になるのでしょうか」

と法水が、グイと抉《えぐ》るような抑揚を付けたけれども、ウルリーケはただ夢見るような瞳を、うつらうつらと瞶《みは》っているに過ぎなかった。

然し検事は、そうして遭難の夜の秘密が曝露されて、その時何処かの隅に、肉の眼には見えない異様な目撃者があったのを思うと、堪《たま》らなく総身に粟立《あわ》つのを覚えるのだった。が、次の瞬間その恐怖はより一層濃くされて、彼は失神せんばかりの激動に打たれた。

「無論もう一人の名を、此処で野暮らしく、口にするまでには及びますまい。然し、それ以外にまだもう一つ大きな問題があるのです。というのは、最後に大きく記されているXから、屍体の流血で描かれた、卍が聯想されて来るのでして、また、そこに憶測が加わるというのは、毎夜八住が外出するのが、払暁《あけがた》の五時を跨ぎ、更に今日の事件が、やはり同じ時刻に行われているからです。そうして、Xの一字をアラビヤ数字の五（V）二つに割ると、或は次の惨劇が起るのが、同じ時刻ではないかという、懸念が濃くなって来ます。夫人《おくさん》、僕等は夜を徹して、貴女を護りましょう。貴女の悪業《あくごう》は、近世の名将といわれた、第一の夫フォン・エッセンを葬ったばかりでなく、続いて第二の夫、姦夫《かんぷ》シュテッヘにも非業《ひごう》な最期を遂げさせ、更に第三の夫、八住も殺さなければならなくなったのです。そして、やがては、あの英雄フォン・エッセンも、吾々の手に殺人者として捕縛される事でしょう。然し何としても僕等は、姦婦である貴女を、死の手から遮らねばならないのです」

斯《こ》うして、フォン・エッセンの存在が、愈《いよいよ》確実にされたのみならず、払暁《あけがた》の五時には、恐らくその触手が、ウルリーケの上に伸べられるであろう。

再びこの室《へや》は深々とした沈黙に支配されて、それまでは、耳に入らなかった潮鳴りが耳膜を打ち、駅馬車の喇叭《ラッパ》の音が微かに聞こえて来た。

所が、その一瞬後に、事態が急転してしまった、というのは、ウルリーケが静かに立って、書架の中から、二つの品を抜き出して来たからである。それを見ると、法水は居堪《いたたま》らなくなったように、面《おもて》を伏せた。

何故なら、その一つというのは、曽てシュテッへの研究講目だった「古代火術史」で、未だ頁《ページ》も切られてはいず、また片方の新聞切抜帖には、大戦直前に於けるヨット倶楽部員の移動が記されていて、艇長とシュテッへとは、交互に反対の倶楽部に入会しているのだった。

然しウルリーケは、法水の謝辞を快く容《い》れて自室へ去ったが、そうして、悪鬼の名が、瞬間フォン・エッセンからシュテッへに変ると同時に、次に目されている二人目の犠牲者の名もいつしか曖昧模糊《あいまいもこ》たるものになってしまった。

いずれにしても、遭難の夜の秘密は底知れないのであるが、もしかして三人の盲人を訊問してみたら、或はその真相が判って来るのではないかと思われた。そうして、防堤の上に記されている――もう一人を知るために、早速三人の盲人が呼ばれる事になったが、やがて不具者《かたわもの》の悲愁な姿が現われるとこの室の空気は、一層暗澹《あんたん》たるものに化してしまった。

最初に詩人の犬射が、例の美しい髪を揺《ゆす》り上げて質問に答えた。

「私に、あの夜の艇長について語れとおっしゃるが、それは一口にいうと、海そのもののような沈着だったといえましょう。

あの方は、絶えず私達に、最後まで希望を捨てるな――と訓《さと》されましたが、四人の眼は、そこに磁石でもあるかのように、知らず識らず、救命具のある、貯蔵庫の方に引きつけられて行ったのです。

するとｉ艇長は、その気配の唯ならぬのを悟ったのでしょうか、莞爾《にっこり》とほほえんで、吾々に潜望鏡を覗かせるのでした。

所が、水深二十米の水中にも拘らず、海水が水銀のような白光を放っているのです。流氷――艇長にそういわれて初めて、温度が著《いちじる》しく低下しているのに気が付いたのですが、それを知ると同時に、忽ち周囲が暗くなって、大地が割れた間から、無間《むげん》の地獄が覗いているような気が致しました。なぜなら、流氷は最短二日位は続くもので、よしんばその中に浮き揚ったにしても、忽ち四肢が凍え、凍死の憂目を見ねばならないからです。

それから暫く、私達は数々の悲嘆に襲われて、狂気のように悶え悩んで居りましたが、そうした死の恐怖は、やがて悶え尽きると、静かな諦観《ていかん》的な気持に変って行くのでした。所が、そうした墓場のような夜。艇長は士官室の中で、慌《あわただ》しい急死を遂げられました。ベッドの上から、左手が妙にグッタリとした形で垂れ下っているので、触《さわ》ってみると、既に脈は尽き、氷のように冷たくなっていたのです。

それから始まった闇黒の中で、吾々は、眼が醒めると絶えずアルコールをのんで、うつらうつらと死に向って歩み始めました。所で、これは暗合かも知れませんけど、今度の事件が、それと同じなんですから、妙じゃありませんか。隣りにいる八住が、妙な音で咽喉《のど》を鳴らしたので、これはと思って手頸《てくび》を握りました。すると、それもやはり艇長と同じだったので、急いで夫人に急を告げたという訳なんです」

「いや、大変参考になりました」

法水は犬射に軽く会釈したが、今度はヴィデを呼んで、別の問いを発した。

「所で、八住が殺された際に、貴方だけは椅子に落着いていて、動かなかったそうでしたね」

「無論そうなりましょうとも」

とヴィデは、黒眼鏡をガクンと揺《ゆす》って、傷痕だらけの物凄い顔を、法水に向けた。

「僕にはとうから、この事件の起るのが予期されていたのです。何故なら、遭難の夜には、吾々四人を前に、屍体の消失というあり得《う》べからざる現象が起ったではありませんか。そして、今日もまた、同じ艇内で同じ四人が集まった――とすると、そこに何事か起らずにはいないでしょう。然しそのうち一人が欠けて、吾々は漸《ようや》く正常な世界に戻る事が出来たのです……」

と尚もヴィデが、ふしぎな比喩めいた言葉をいい続けようとした時、一人の私服が、詳細な屍体検案書を手にして入って来た。

所が、それによって、この事件の謎が更に深められるに至った。

というのは、上行大動脈に達している創底《そうてい》を調べると、そこには毫《ごう》も、兇器の先で印された創痕《きずあと》がないばかりでなく、却ってその血管を、押し潰している事が判ったからだ。

即ち、瞬間に血行を止めた即死の原因は、それで判るにしても、大体頭の円い乳棒のようなもので皮膚を刺し貫く——というような、神業《かみわざ》めいた兇器が、果して現実にあり得るものだろうか。そうして、暫く二人は、顔を見合わせて黙っていたが、ヴィデはその後も、不可解な言葉を吐き続けた。

「ねえ法水さん、実は艇内に一個所、秘密の出入扉《ドア》があるのですよ。しかも、それは決して、肉の眼では見えないのですが、僕は何処にあるか、ようく知っているのです。今日も事件の際に、そこから伝わって来る、気動があったのを覚えています。何しろムーンの訓盲《くんもう》文字に、十七年間馴らされているんですからね。とうの昔、失われた眼を、皮膚の上に取り戻していますよ」

と周囲《ぐるり》を嘲るようにいい放ったとき、検事はその言葉の魅力に、思わずも引き入れられてしまった。

「というのは、一体何処からなんです」

「それが、貯蔵庫《ビム》の方角からでした」

と暫く指を左右に動かしていたが、ヴィデはやがてムッツリと答えた。

が、その貯蔵庫《ビム》というのは、事件のおり夫人がいた発射管室の壁際にあるもので、ヴィデはかくも傲然《ごうぜん》として、犯人にウルリーケを指摘したのであった。

一座はその瞬間、白けたような沈黙に落ちたが、やがて法水の問いに、石割苗太郎が答え始めた。

「艇長の屍体を発見したのが、恰度夜半《ちょうどよなか》の二時でしたが、それから四人は、ハッチの下で眠るともなく横になって居りました。すると、そのうちに、士官室から前部発射管室の方へ行く、異様な跫音が聴こえて来たのです。それは、片手を壁に突きながら、一本の足で歩いているようで……」

といいかけたときに、一同は冷たい鉄に触れたような思いがした。

何故なら、その跫音は、明白にシュテッへであって、失踪当時彼は右足を挫《くじ》いていたからである。

石割もそういいながら、わなわなふるえ出して、彼は法水の声する方《かた》に、両手でテーブルを捜りながら、躄《いざ》り寄って行くのだった。

「それが、今日耳にした所では、シュテッへという、姿の見えない薄気味悪い男だそうで……。それから、暫く居眠ったかと思うと、いまその男の行った方角から、今度は普通の足取りで、コトコト戻って来るのを聴きましたが。……それも現《うつつ》の間で、やがて扉《ドア》が開いて誰やら入って来たのも、暗黒の中で、それと見定める事は出来ませんでした。然しその時、時計が五時を打って、それだけは、妙にはっきりと覚えていますが……あ、どうか今夜だけは、貴方がたと一緒に過させて頂けませんか……」

そうして、盲人の訊問は終ったが、岬の夜はだんだんと更けて行って、折々思い出したように雨の滴が落ちて来る。

が、その時からシュテッヘは、既に浮説中の人物ではなくなってしまった。あの黒々とした姿を、「鷹の城《ハビヒツブルグ》」の中に現わした以上、彼の生存は、最早否定し得べくもなかったのであろう。

法水は莨を口から離して、静かに噛むような調子でいった。

「事に依ると、思い過しかも知れないがね。どうやら僕には、毒殺者のもう一人が、ヴィデではないかと思われるのだよ。いまもあの男は、艇内に秘密の扉《ドア》がある——などとほざいたんだが、すぐに彼自身で、それを嘘だと告白しているのだ」

「嘘……あの俗物が、どうして冗談じゃないぜ」

と検事は、一向に解《げ》せぬ面持だったが、法水は卓上に三つの記号を書いて相手を見た。

「だが問題というのは、あの男が気動を感じたという、貯蔵庫《ビム》にあるのだ。所でヴィデの大言壮語の中に、ムーンの訓盲字という言葉があったっけね。その、ムーンの文字なんだよ。あの方式の欠点というのは、左から辿《たど》って行って次の行になると、今度は逆に、その下の右端から始めるにある。つまり、馴れないうちは、一つの字に二つの重複した記号を感ずるからなんだが、あの時ヴィデの右手には、そっくりその字を読む際と同じ、運動が現われていたのだ。そうすると支倉君、Bim《ビム》（[IT）の逆を、もしヴィデの真意とすれば、それがLie《ライ》（JIT）嘘になるじゃないか。つまり、問わず語らずうちに、ウルリーケを陥し入れようとした、邪《よこし》まな心を曝露してしまったのだ」

「成程、ウルリーケはフォン・エッセンの妻だったのだ。然し、艇長のために盲目《めくら》とまでなった事を思えば、恐らくあの夜の毒殺だけでは、飽き足らなかったかも知れんよ」

と検事は、漸く判ったような顔で呟いた。

ヴィデ――その一つの名をようやく捜り当てたいまは、ただ、シュテッへの上陸を待つのみとなった。

そして、灯を消した闇の中で、二人はじっと神経を磨《と》ぎ澄まし、何か一つでも物音さえあればと待ち構えていたが、そのうち夜の刻みは尽きて、まさに力のこもった響が五つ、時計から発せられたがその刹那《せつな》、潮鳴りも窓硝子《ガラス》のはためきも、地上にありと凡《あら》ゆる一切のものが、停止したように思われた。

然し、二人の面前では、その朝何事も起らなかったかのように見えたが、なお念のために、家族の寝間《ねま》を覗き歩くうち、不図朝枝の室の扉《ドア》が、開かれているのに気がついた。内部《なか》を覗くと、瞬間二人の心臓が凍り付いてしまった。

そこのベッドの上には、蠟色をした朝枝の身体が、呼吸もなく、長々と横たわっていたからである。

三、海底の花園

しかし、朝枝は間もなく蘇生《そせい》したが、それは酷《むご》たらしくも、頸《くび》を絞められて、窒息していたのである。

しかも、なお驚くべき事には、その扉《ドア》は、前夜の就寝の際には法水が鍵を下して、いまもその鍵は彼の手の中に固く握られているのであるが、それにも拘らず、あの不思議な風は音もなく通り過ぎてしまった。

そうして、目されていたヴィデが襲われず、朝枝が犠牲になった事は、法水の観念に一つの転機を齎《もたら》した。

彼はウルリーケを招いて、早速に切り出したものがあった。

「またまた、菩提樹《リンデン》の葉と十字形《クロスレット》なんですが、僕は今になって、漸《ようや》く貴女の真意を知ることが出来ました。そして、今まではシュテッへという名で怖れられていた悪鬼に、愈《いよいよ》改名の機が迫ったのです。ねえ夫人《おくさん》、現に、今も朝枝の頸を絞めたものは、シュテッへではなく、フォン・エッセン艇長だったのです」

「何を仰言るんです」

とウルリーケは屹《きっ》然と法水を見据えたが検事はその一言で、木偶《でく》のように硬くなってしまった——何故なら、彼のいうのがもし真実だとすれば、あれほど厳然たる艇長の死が、覆《くつがえ》されねばならないからである。

法水は、ためらわずいい続けた。

「所で、いつぞやは、それとヨット旗との符合に、僕等は散々悩まされたものです。然し、それも今となると、偶然にしては、余りに念入りないたずらでしたね。貴女がそうしてジーグフリードの弱点を暗示した理由には、ただ単に、そういっただけの意味しかなかったのです。つまり、艇長には、固有の発作《ほっさ》があったので、たしか僕は、それが間《かん》歇跛行症《けつはこうしょう》だと思うのですが……」

その刹那、ウルリーケの顔が、ビリリと痙攣《けいれん》して、細巻が、華奢《きゃしゃ》な指の間から、滑り落ちた。

「で、最初にそれが、艇長の発作を死と誤らせました。何故なら、元来その病は、上肢《て》にも下肢《あし》にも、どちらにも片側だけ起るもので、体温は死温に等しくなり、また、脈は血管硬化のために、触れても感じないというほど、微弱になってしまうのです。

艇長が、その発作を利用して、死を装った事は、あの場合頗《すこぶ》る賢明な策だったでしょうが、そうして跛行《びっこ》を引きつつ発射管室の方に歩んで行ったのを、僕等は、跛行者《びっこ》のシュテッヘと早合点してしまったのです。

またそうなると、あの暗黒世界の中に、しんしんと光が差し込んで来るのです。

ふと僕は、その後の艇長に、世にもふしぎな生活を描き出す事が出来ました。まったく結果だけ見たら、それが、あの又とない一人三役――ねえ夫人《おくさん》、貴女は多分、それを御存知ないのでしょうね」

「いいえ、その病だけは、いかにも真実でも、……現在のテオバルトは違いますわ。あのウィンの鉄仮面――ヘルマンスコーゲルの丘に幽閉されている囚人が、実はそうなので御座います」

とウルリーケは必死に叫んで、内心の秘密を吐き尽してしまったかに思われた。が、

か。

法水は優しげに首を振り、衣袋《ポケット》から封筒のようなものを取り出した。

その刹那、ウルリーケの全身からは、感覚が悉く《ことごと》失せ切って、ただうっとりと、夢見るように法水の朗読を聴き入っていた——その内容というのは、果して何であったろうか。


——そうして守衛長が私を案内して、いくつか数限りない望楼の階段を上って行きました。

それも、私が英人医師であるからでしょうが、やがて階段が尽きると、廊下の突き当りには美しい室《へや》がありました。

そして、その中には、見るも異様な姿をした人物が、一人ニョッキリと突っ立っているのでした。その人物は、フォールスタッフの道化面を冠っていて、身長は六呎《フイート》以上、着衣はやはり、我々と異ならないものを、身につけて居りました。

所が、腰を見ると、そこには頑丈な鎖輪《ケッテンリング》が結びつけられてあるのです。

勿論会話などは、片言一つ語るのを許されません。

それから、診察を始めたのでしたが、バスチーユの鉄仮面を見た、マルソラン医師が憶い出されたように、やはり最初は、面の唇から突き出された舌を見たのでした。

そうして、全身の診察が終ると、再び叔父のフォン・ビューローの許に連れ戻されましたが、その時不用意にも、私は患者の姓名を訊ねてしまったのです。

すると叔父は、卓子《テーブル》をガンと叩いて、「お前は、あの扉《ドア》の合鍵でも欲しいのか」と怒《ど》鳴《な》りましたが間もなく顔色を柔らげて、「ではパット、あの馬鹿者《イデイオット》については、これだけの事をいって置こう。さる侯爵《マルキス》だ――とね」と言葉少なにいうのでした。然し、お訊ねにかかわる羅針盤の文身《いれずみ》は、隈《くま》なく捜したのでしたが、遂に発見する事なく終ってしまいました。

そこで私は、明白な結論を述べる事が出来ます――あの囚人は、たとえ如何なる浮説に包まれていようと、絶対に、友、フォン・エッセン男爵ではない――と。

その書信は、ウルリーケの知人である、英人医師のバーシー・クライドから送られたものだが、却って内容よりも、それが如何なる径路を経て、法水の手に入ったものか、検事は不審を覚えずにはいられなかった。

法水は、続いてウルリーケに向い、それを掘り出した、不思議な神経を明らかにした。「実をいいますと、これを手に入れたのは、夢判断のお蔭なのです。いつぞや『ニーベルンゲン譚詩《リード》』の中に、貴女は御自分の夢をお書きになりました。所が、その夢の世界には、既に無意識となった、一つの忌怖感《きふかん》が描かれているのです。

で、夢の象徴化変形化の事は御承知でしょうが、また一つの言語一つの思想が、まるで洒落《しゃれ》のような形で現われる事もあるのです。

そこで、菩提樹《リンデン》の葉がチューリップの上に落ちる――という一句を、僕は、チューリップ即ちTwo Lips《テウ・リツプ》（二つの唇）と解釈しました。つまり、何かの唇の中に、貴女は葉のように薄いものを差し込んで置いたからでしょう。それから、撫子《カーネーション》の垂れ下るほど巨《おお》いなる弁《はなびら》――というところは、第一、撫子《カーネーション》には、肉化《インカーネーション》の意味もあり、巨きな弁を取り去ろうとするがなし得ない――というところは、その肉化した弁が、膨れるのを懼《おそ》れていたからなんです。

そこで、唇に何かを挟んで、それが膨れるのに懸念を感じるようなものといえば、さしあたり艇長の油絵を扠《さて》置いて、他に何がありましょうか。夫人《おくさん》、貴女は画像の唇を、筋なりに切りさいて、その間にこの手紙を差し込んで置いたのです。そして、あの美しい唇が膨れて、顔の階調が破壊されるのを、貴女は何よりも、怖れていたのでした」

そうして語られる夢の蠱《こ》惑《わく》は、ウルリーケの上で、次第と強烈なものになって行ったが、やがて、その悩ましさに耐えやらず叫んだ。

「貴方は、私が覆っていたものを、残らず剝ぎ取っておしまいになりましたわね。それでは、私をテオバルトに遇わせて下さいましな。法水さん、それには一体、何処へ参ったらよろしいのでしょうか」

「ともかく、この場所にお出で下さい。いま、すぐに連れて参りましょう」

と異様な言葉を残して、法水は隣室に去ったが、やがて連れて来たその人を見ると、二人はアッと叫んで棒立ちになってしまった――それが人もあろうに、ヴィデだったからである。

　然し法水は力をこめて彼にいった。

「フォン・エッセン男爵、もう宜《い》い加減に、その黒眼鏡を除《はず》されたら、如何《いかが》ですかな。貴方が、遭難の夜ヴィデを殺したという事も、三人にメチールをあてがって盲目《めくら》にし、それなりヴィデになりすましたという事も、また妻を奪った八住を殺したばかりでなく、娘の朝枝までも手にかけようとした事も――ハハハハ、あのまんまと仕組んだ屍体消失の仕掛《からくり》でさえ、僕の眼だけは、あざむく事が出来なかったのです。貴方が、髪を洗って、傷や腫物《はれもの》の跡を埋め、また暫く、過マンガン酸加里《かり》で洗面さえしなければ、再び旧《もと》の美しい、アドリアチックの英雄に戻るでしょうからね」

「な、何をいう……」

　とヴィデはドギマギしながらも、嘲るように、

「僕がフォン・エッセンだとは――莫迦《ばか》らしい、一体何処を押せばそんな音が出るのです。すると貴方は、八住を刺した兇器を、僕が何処へ隠したといわれますか」

「なにも、あの流動体には、隠す必要なんてないじゃありませんか。暫く貴方は、それを傷口の中に、隠して置いたのでしょう。そして、後になって、朝枝と二人の盲人と一緒に再び艇内に入ると、そこで眼が見える貴方は、屍体を俯向《うつむ》けにしました。すると、あの流血と同時に、兇器は次第に凝血の間を縫って、やがて可成りの後に流れ出ました。所が、その付近には、砕けた検圧計の水銀が飛び散っていた……」

「水銀」

検事が思わず反問すると、法水は、その魔法のような兇器を明らかにした。

「そうなんだ支倉君、まさにその水銀なんだよ。所で、潜航艇に使う液体空気の中へ、水銀を漬けて置くと、それが飴《あめ》状になるので、何かの先に丸い槍形《やりがた》を作り付ける事が出来るのだ。そうして、更に冷却すると、所謂水銀槌《マーキュリース・ハンマー》と呼ばれて、銀色をした鋼《はがね》のような硬度に変ってしまう。だから、それが八住の体内で、体温のために軟らかくなるから、当然先端が丸くなって、創道の両端が異なるという、不可解な兇器が聯想されて来るのだ。だが支倉君、君はあの時八住が、どうして悲鳴を上げなかったか、理由を知っているかね」

といって、検事が再び混乱するのを見て、法水は事務的に説き出した。

「いや、悲鳴を上げなかったというよりも、叫んでも聴こえなかったと訂正して置こう。やはり、フォン・エッセン別名《エーリアス》ヴィデ氏は、遭難の夜と同じく、間歇跛行症を利用したのだ。その時発作が起ったので、八住と犬射の間に割り込んだから、端なくその手に触れた、犬射が驚かされてしまった。そして夫人に急を告げるやらの騒響《ざわめき》の間に、悠々と八住を料理してしまったんだ」

といって、ヴィデに憫《あわれ》むような眼差《まなざし》を馳せた。

「ああ偶像の黄昏《ゲッツエン・デムメルング》――僕は貴方を見て、一つの生きた人間の詩を感じましたよ。生命に対する執着、流浪愛憎。ですが男爵、ニイチェの中にこんな言葉がありましたね――

時の選択を誤れる死は、怯惰《きょうだ》な死である——と」

「よろしい、僕は誇らし気な死につきましょう」

とヴィデは、彼の眼前——闇中にそそり立っている超人の姿が、かくも高いのに嘆息したが、「あの悪鬼フォン・エッセンを捕えるか、それとも、自分の人生を修正するかです。僕は今夜一人で『鷹の城《ハビヒツブルグ》』の中に入りますよ」

といい捨てて、この室《へや》を出て行ったが、その足取りは、盲人にしてはたしか過ぎると思われるほどだった。

所がその翌日、早朝乗組員の一人が、背後から心臓を貫かれて、紅《あけ》に染まっているヴィデの屍体を発見した。

法水が赴いた頃には、ヴィデの屍体は陸《おか》に揚げられていた。朝を過ぎた太陽は、屍体の覆いに、キラキラする陽炎《かげろう》を立てていたが、屍体は全身に、紅い斑点が浮び上っていて、法水の眼を、責めるような意味で刺戟して来る。

彼は、眼前の緑の海はつねに呼吸するとも、この怖しい事件には、永久結末が来ないと思われた。

そして、いよいよ決心の臍《ほぞ》をかためてその一日を、単身「鷹の城《ハビヒツブルグ》」のなかで過すことにした。

法水は潜望鏡をながめたり、あるいは潜水服がいくつとなく吊されている一劃《かく》を調べたりした。

ハッチの下の室《へや》から機関室に行き、それから以前八住が殺された客室に入って行ったが、そうしているのは、恰度《ちょうど》知られない世界に入ってでもゆくかのようで、妙に気味悪げな不安にかられて来るのだった。所が、その室を出ようとしたとき、彼はその把手《ノッブ》を握りしめたまま、啞然《あぜん》と立ち尽してしまった。

一向にハッチの音を聴かなかったにも拘らず、何時の間に鍵が下されたものか、その扉《ドア》は、押せども引けども開かないのである。

すると、突然艇全体を揺り上げるような激動がおこって、見る見る「鷹の城《ハビヒツブルグ》」は海底に沈みはじめた。

一端法水は、自分の神経が病的な昂揚状態に入ったかと疑った。が、それは夢ではなかった。彼は、硝子《ガラス》越しに立ちあがる水泡を見ながら、刻々死の底に沈み行く自分を意識していた。

そして、約二十米を沈下したと思われた頃、艇は横様に揺いで航行し始めた。

眼前の海底では、無数の斧魚《ハチエット・フイッシユ》が、暗い池のような水の中で光り、またその燐骨が、櫛《くし》のような形で透いて見えるのだが、斯うして艇長フォン・エッセンの烟《けむり》のような手に導かれて行くうちに、彼はあちこちと自分の死の床を考えるようになった。所が突然一つの考えが閃《ひらめ》いて、彼の心は明るく照らし出された。

すると、法水は食器棚の中から、取り出した水を鍵孔に注ぎ込み、その中に、氷と食塩で作った寒剤を加えたが、そうやって暫くするうちに、鍵金の外れる音がして扉《ドア》が開いた。

それは、あの悪鬼の神謀——つまり、水が氷に変る際の、容積の膨張を利用して、鍵金の尾錠《びじよう》を下から押し上げたからである。

然し、ハッチの下に出ると、忽《たちま》ちその手が潜水操舵器を摑んで「鷹の城《ハビヒツブルグ》」は、けたたましく唸りながら迂回を始めたが、やがて防堤下の岩壁が、前方に透かし見えるところまで来ると、今度は舵を操って、それと並行に走らせた。

すると、不思議な事には、少し行くうちに、艇が見る見る水面に浮び上って行くのだったが、間もなく硝子の壁に、碧《あお》い陽炎が揺ぎ始めた——艇長フォン・エッセンは、何故「鷹の城《ハビヒツブルグ》」を水面に浮き上らせたのであろうか。

所が、艇を出ると、法水は、この事件が終った旨を一同に報《し》らせた。

「所で、あの魔法のような隠身術《おんしん》も、底を割れば、たかがこの白い帯一つに過ぎなかったですよ」

検事とウルリーケを伴って、艇内に入ると、法水は、潜水服が吊されている一劃を示した。

いずれも、胴着とズボンの間が、前の方だけ少し離れていて、そこから白い、大帯革《だいバンド》の裏が見えた。

「つまり艇長はいつもこの中に隠れていたのでしたが、その以前にこの帯なりの隠し彫りを、下腹一面に施した事を忘れてはならないのです。つまり、日頃は見えないのですが、酒を飲むとか湯に入るかして、全身が紅ばんで来ると、それまで見えなかった白い隠し彫りが現われて来るのです。それに、この薄暗い一劃では、皮膚の色がさだかではないのですから、永らく僕等は、この白いベルトの符合にあざむかれて来ました。そして、あの悪鬼は、人影がなくなるまで此処に隠れていて誰もいなくなると、今度は、潜望鏡を利用して外に脱け出ていたのです。さあ、夫人《おくさん》、機関室の扉《ドア》を開いて……」

といわれて、胸をときめかしたウルリーケが、扉《ドア》を開いたとき、咄嗟の驚愕に彼女はふらふらと蹌《よろ》めいた。

そこには、梁骨に紐を吊して、ふんわりとした振子のようなものが、揺れていた。ああ、なんとこの事件の艇長フォン・エッセンはウルリーケの一人娘朝枝だったのである。

法水は、波打つウルリーケの肩に、やさしげな手を置いて、

「然し、どうして僕が、朝枝を犯人と知ったでしょうか。それは外ならぬ、アマリリスの鉢だったのです。

大体、健全者の夢は妄想的であり、神経病者の夢は、反対に、健全な内容を持っているといわれるのですが、もし両者の醒と夢が一致したとすれば、それには、一つの共通した要素があるといえましょう。それで、貴女の夢と、神経病者朝枝の偏執とが一致したのですが、あの、蕾が開かずにいてくれたら――という願望は、つまりいうと、弁《はなびら》がダラリと垂れる形で、油絵の中の、唇に懼《おそ》れられていたそれが当るのです。勿論朝枝も、いつの間にか、例の秘密場所を嗅《か》ぎつけたのですが、然しどうしてそれが、かくも怖し

い惨劇を生んだのでしょう。

貴女が艇長を思慕する声は、同様に朝枝をも唆《そそ》って、思春期の憧《あこが》れを、艇長に向けていたのですが、愈《いよいよ》あの手紙を見るに及んで、端なくも心の中に、病的なものが立ちこめて行きました。というのは、母と競《せ》り合い、陥し入れてまでも、幻の彼を占めようとしたからです。

夢の充実――それが八住を殺し、母である貴女を、拭いのつかない危地に陥し込もうとしたのでした。

然し、あのアマリリスの奇蹟は、父親のひたむきな愛の中から生まれ出たのですよ。八住は毎夜払暁《あけがた》になると、不自由な身体を推《お》してまでも花市に行って、蕾のアマリリスを買っては、取り換えていたのです。そして、前夜のものは、防堤から海の中に投げ入れていたのですが、その時心覚えに印したものが、貴女も知る、火術符号めいた形だったのです。所が、悲しい事に、盲人が描く直線は、腕の廻転を軸に徐々とまがって行くのですから、却って八住は、毎日防堤との距離が遠くなるのを考えて、そこが或は、岬の角ではないかという、錯誤を起してしまったのです。

さあ夫人《おくさん》、『鷹の城《ハビヒツブルグ》』を潜航させて、防堤下の海底に行きましょう。

先刻《さっき》はそれを見て、朝枝が天上の愛に打たれたのですが、そこにはアマリリスが一面に咲き乱れていて、あの重たげな花弁《はなびら》が、下波にこう囁いているのですよ――父の愛」

人魚謎《にんぎょのなぞ》お岩殺し

序　消え失せた人魚

今こそ、二三流の劇場を歩いているとはいえ、その昔、浅尾里虹《あさおりこう》の一座には、やはり小屋掛けの野天芝居時代があった。

それでこそ、その名は私たちの耳に、なかなか親しみ深く《ファミリアー》でもあり、仮《よ》しんばあの惨劇が起らなかったにしろ、どうして忘れ去れるものではなかった。

というのは、その一座には、日本で一ケ所といってもよい特殊な上演種目があった。それがほかならぬ、流血演劇《ころしもの》だったのである。

そこで、一つ二つ例を挙げていうと、「東山桜荘子《さくらそうごろう》」の中では、非人の槍で脇腹を貫く仕掛などを見せ、夕祭の泥試合、伊勢音頭《いせおんど》油屋《あぶらや》の十人斬などはともかくとして、天下茶屋の元右衛門《もとえもん》には、原本通り肝を引き抜かせまでするのであるから、耳を覆い眼を塞がねばならぬような所作《しぐさ》が公然と行われ、卑猥《ひわい》怪奇残忍を極めた場面が、それからそれへと、ひっきりなしに続いて行くのだった。

更にそれ以外にも、今どき到底見ることの出来ない、ケレンものなども上演されて、「小町桜」や「天竺徳兵衛《てんじくとくべえ》韓噺《いこくばなし》」では、座頭《ざがしら》の里虹が、目まぐるしい吹き換えを行い、はては、腹話術なども用いたというほどであるから、自然と観客は、血みどろの幻影にうかされてしまって、いつとなく、魔夢のような渇仰をこの一座に抱くようになった。しかし、此処《ここ》でふしぎは、南北の四谷怪談であるが、それだけは、曽《かつ》てこの一座の舞台に上った例《ため》しがなかったのである。

事実作者も、幼少のころおい、この一座の絵看板には数回となく接していて、累《かさね》や崇《そう》禅寺《ぜんじ》馬場の大石殺し、または、大蛇の毒気《どくけ》でつるつるになった文次郎の顔などが、当時の悪夢さながらに止められているのである。それ故、もしその当時に、お岩や伊右衛門はまだしものこと、せめて宅悦《たくえつ》の顔にでも接していたならば、作者が童心にうけた傷は、更により以上深かったろうと思われる。

ところが遂にそれは、小芝居にありきたりの、因果噺《いんがばなし》ではなかったのである。

寄席の高座で、がんどうの明りに、えごうく浮き出てくる妖怪の顔や、角帯をキュッとしごいて、赤児の泣き声を聴かせるといった底の——そうしたユーモラスな怖しさではなかった。それとは、真実似てもつかぬ、血と人体形成の悲劇だったのである。

狂乱した肉慾が、神の定めも人の掟《おきて》も飽っ気なく踏み越えて、ただひたすらに作り上げた傑作がこれであり、里虹一座の人達は、まったく油地獄のそれのように、うちまく油流れる血、踏みのめらかし踏みすべらかして、止め度ない足のぬめりに、底知れず堕ち込んで行くのだった。

そこで作者は、あの隠密の手のことを語りたいのである。

それには、宿命の糸を丹念にほぐし手繰り寄せて、終回の悲劇までを余さず記して行かねばならぬのであるが、まず何より、順序として里虹の前身に触れ、あの驚くべき伝奇的な絡《つな》がりを明らかにして置きたいと思う。

今世紀のはじめ、ケルレル博士の発議に依って、丁抹領《デンマーク》リベー島に、犯罪者植民が行われた。また更に、それから一二世紀溯《さかのぼ》って、フリードリッヒ・ウィルヘルム一世の頃には、帝の異常な趣味から巨人の男女を婚せしめ、所謂《いわゆる》ポツダムの巨兵を作ろうとした。ところが、日本に於いても天明のころ、その二つを合したような、事蹟が残されているのだ。

それが畿《き》州公姉川探鯨《あねがわたんげい》だったのである。

正史に於いてすら、仄《ほの》かではあるけれど、スペインとの密貿易の嫌疑が記されているように、雄志禁じ難い不羈奔放《ふきほんぼう》の性格は、琉球列島の南毛多加良島《けたからとう》の南々東に、ささやかな一珊瑚《さんご》礁を発見した。そこに、側《かたわら》体軀の優れた犯人男女を送って、いずれは近侍に適《ふさわ》しい、巨人育成法が試みられたのであった。

その島は夷岐戸島《いきどじま》と名付けられて、嵐のあと、空気の冷たく身に堪《こた》えるころには、落日の縞を浴びて、毛多加良島からも遠望された。その中で、絶えず囚人たちは、慌《あわただ》しい気圧の変化や、小さな波を呑み尽くしてしまうような大波の出現、雷《いかずち》のような海底地震の轟き——などに気を打たれていたが、やがて、海の階調《ハーモニー》のすべてを知り尽くしてしまうと、静かに赦免の日を待つようになった——しかしそれは、彼等の次代に巨人を得た際のことである。

ところが、間もなくこの一孤島に、不思議な囚人が訪れることになった。

というのは探鯨の雅号が、無束《つがもねえ》というのでも分るように、彼にはまた、通人的な半面があって、殊に俳優を愛したのであった。けれども、結局にはそれが禍《わざわ》いとなって、あろうことか正室薄雪《うすゆき》の方が、上方役者里虹と道ならぬ棲《つま》を重ねたのである。薄雪の方は、嵯峨《さが》二位卿の息女であり、一方は門閥もなく、七両の下廻りから叩き上げた千両役者なのであるが、ついにその二人は、島の外にある小島に隔てられて、凋《しぼ》んだ花の香りを、絶海の孤島から偲《しの》ぶ身になったのである。

しかし、この孤島の所在は、探鯨の死と同時に国替などもあって、ついに姉川家の記録から、消え失せてしまったのであった。

ところが、それから何十年経った後のことだったろうか、はからずも流島《るとう》の際実家に送った文書が嵯峨家から発見されて、ようやく酸鼻を極めた流島史が陽の目を見ることになった。

というのが、明治二十一年三月のこと——嵯峨家の当主は、その折ヨットに乗じて日本に廻航した、著名な生理学者ベルナルド・デ・クイロス教授に打ち明けて、帰途その孤島に、立ち寄られんことを懇願したのであったが、どうしたことか、その後ハノーヴァーに移った教授からは、なんの音沙汰《おとさた》もなく、そうして人移り星変るうちに、いつとはなく忘れ去られてしまったのであった。

ところが、今年になって、端なくもその孤島にまつわる、秘密が曝露されたというのは、教授の遺品《かたみ》として、一通の文書と油絵とが送られて来たからだった。

作者は、次行にその全文を掲げて、この事の発端を終りたいと思う。


——一八八七年四月十七日日没真近の頃、余は嵯峨家の依頼によって、北緯二十七度六分東経百三十度五分の海上を彷徨した。

しかして、夷岐戸島の姿を遠望するに及んで、余はまったく度胆を抜かれた。珊瑚礁の奇観も、此処に至っては、海に根を張って空に開いた、大花弁というほかにないであろう。その赤紫色の塊団は、さながら和蘭《オランダ》風の刈籬《かりまがき》を想像させた。島影は、落日のため硫黄色に焼け爛《ただ》れて、真直な一条の光線が、中央にある小丘の上に突き刺っていた。

微風は、椰子花の匂いを混ぜた海の香りを、余に向って吹き付けた。

しかし、そうしているうちに、ふと余の瞳に映じたものがあって、その衝動の苛烈《かれつ》さには、思わず双眼鏡を取落したほどだった。

それから余は、狂わんばかりに夢中になり、その双眼鏡を、かわるがわる船員に貸し与えたのであったが、いずれも血の気を失った。

余は幼少のころ、霧深い大気の中で、樹木を妖怪と信じたこともあったが、この場合は断じてそうではない。しだいに余の魂は、現実に戻るのを嫌うようになった。そして、ある詩の一句を口誦《くちずさ》みながら、ひたすら幻想の悦楽に浸っていたのである——それは、眼前の渚に遊ぶ一個の人魚を見たからであった。

上半身は、それは美しい女体であるけれども、腰から下は暗い群青色《ぐんじょういろ》に照り輝いて、細《ほ》っそりと纏《まと》った足首の先には、やはり伝説通りの尾鰭《おひれ》があった。

彼女は、猫のようなしなやかさで動いて行き、身を差し伸べるときには藻草のような髪が垂れ、それが岩礁の中で、果物の中の葉のように蒼々《あおあお》と見えた。

そこで余は、早速島に向ったが、暗礁多く、上陸したのは翌朝だった。

ところが、意外なことに、人魚は一夜のうちに何処《いずこ》かへ消え失せ、余は二人の日本青年と、これも嬰児《えいじ》を二人拾い上げたに過ぎなかった。

そこで、島を離れ、ミンダナオ島に向うことになったが、その夕べ、悪夢は再び繞《めぐ》り来った。今度は、生々しい現実の恐怖を味わねばならなかったのである。

それは、翌夕日没直後のことで、なにか鑵鼓《かんこ》のようなもので、舷側を叩く音がしたので、余は暗闇の海中に絞盤《ろくろ》を下さしめた。

すると、その巨大な網は、金色の滴《しずく》を跳ね飛ばしながら、徐々と闇の深みから現われて来た。しかし、その瞬間、余は巨大な力に、ギュッと心臓を摑まれたような気がした。

それは、板戸のような筏《いかだ》であったが、表面にはまだ、呼吸のある、二人の嬰児が結わい付けられてあった。ところが、裏面を返してみると、そこにあったのは、首も手足もない、年若い女の胴体だったのである。

余は、その際の光景を、未だに想起することが出来る。

月のない海には、赤い光がどんよりと映り、女の屍体からは、液体の宝玉がしずくのように滴り落ちている。

それは、女の乳房を、豪奢《ごうしゃ》な王冠に変えたかのようで、中央の乳首には、夜光虫が巨大な金剛石《ダイヤモンド》となって輝き、ぐるりの妊娠粒には、一々光る滴が星をふり撒《ま》いているのだ。そうして、この陰惨な場面が、どれほど華やかなものにされていたことだったろうか。

しかし、余らは間もなく意識を取り戻し、女体を水葬した後に、出帆したが、わけても困らされたのは、二人の日本青年に言語が通じないということだった。

然し、そのうち一人が、アサオリコウという言葉を、しきりと口にしていたのを記憶しているが、何より四人の子が、二人の孰《いず》れに属するものか不明だった。その後余は、ルスン島の土人港バグアイに於いて、以上の六人——すなわち青年二人男児三人女児一人を、本国に送還したのであったが、その間目撃した異常な秘密については、今でさえも狂わんばかりに夢中である。

それが或は、超自然的な要素であるか、それとも夢と本質を同じゅうしているのか、或は単に、余ら乗組員の全部が、神経の病的な亢奮《こうふん》に陥っていたのであろうか。

しかし、その驚くべき神秘に就いては、余に語るべき舌はない。

別送の一幅に含ませて、その謎を嵯峨家に奉呈するものである。

一、直　助
　　権兵衛〳〵どうせ終いは身を裂かれ

以上の通り読み終わると、法水麟太郎《のりみずりんたろう》は眼前の里虹を見た。彼は今日、めずらしく渋い服装《なり》をしている。七つ糸の唐桟《とうざん》の対《つい》に、献上博多の帯をしめた彼を見ては、黒死館に於ける面影など、いずくにも見出されないのである。それは、彼自身に、俳優の経験があるばかりでなく、特殊演劇保存という見地からして、この一座とは何かと親しかった。

そこは、埼玉は武州草加《そうか》の芝居小屋、年も押し迫った暮の二十八日のこと――。はや春興行に、乗り込みまでも済ました一座のものは、薄汚い仕度部屋のなかで、車座になっていた。

ぐるりには大入袋や安っぽい石版摺《ず》りの似顔絵などが、一面に張られていて、壁地の花模様などは、何が何やら判らないほどに、色褪《ざ》めていた。すべてが、腐った沼水にうつる水際のように、なんともいえぬ陰気な代物ばかりだったのである。

「どうだね真鳥屋《まどりや》、これには覚えがあるだろうが」

法水にそういわれて、里虹は慇懃《いんぎん》に頷いた。彼は、懐古とも怖れともつかぬ異様な表情をして、じっと伏目になっていた。

年のころは、六十を幾つか越えていて、牡牛のような、がっしりと肥えた多血質の身体をしていた。おまけに、台詞以外には吃《ども》る癖もあり、且《か》つは永らくの阿片吸飲者でもあって、皮膚にはどこか薄気味悪い——まるで象皮腫のそれのような浮腫《むくみ》が一面に拡がっているのだった。

しかし、彼が孤島から救われた一人であることは、此処で贅言《ぜいげん》を費やすまでもないことだろう。

やがて、法水は、側《かたわら》の壁に視線を転じ、そこに立て掛けてある絵を見入りはじめた。それは、百号ほどのもので、数世紀も遡行《そこう》したと思われるような、黒い色調で描かれていた。事実クイロス教授が持ち出した謎は、この画中に於いて、更に混沌《こんとん》たるものになってしまったのである。

しかし、特徴といえば二つほどあって、一人が蒼《あお》ざめ、打ち伏して苦悶していると、もう一人は、これは右胸を押え、同じような表情をしている。

また、もう一つは、二人とも指の節が太く、髪の毛が薄く、頭が水頭のように膨れあがっていることだった。

しかし、以上の外に、もう一つ際立って不思議なものがあったのである。というのは、二人とも、双方の足首に図のような紋様が描かれ、それは——或は捺《お》されたといったほうが、適切であるかも知れない。

「どうも僕には、クイロス教授の意志というのが、判らんのだがね。しかしこう離れて見ていると、なんだか怖しいような気がして来るじゃないか。どうやら、ボルルワスキーかニコラス・フェリー――臭いのだが……」

あるいは、朱と暗緑の対比から、発しているのかも知れないが、事実その絵からは、竦《すく》ませるような鬼気が迫って来るのだ。

法水は、何やらいいたげな顔をしたが、その時隅から中村小六《なかむらころく》が乗り出して来た。この老人は、耳の辺まで垂れた白毛《しらが》を残して、てかてかに禿げ上っているが、身体は十一二の子供くらい――どこからどこまでが、典型的な侏儒《しゅじゅ》だったのである。しかも、何処となく弱々しく、腰も曲りかけている。

小六は、半畳ほどずり出して、狡《ずる》そうな笑をうかべ、

「すると、何ですかな先生。いまおっしゃった異人の名というのが、何かこの図紋とでも関係がござんすので……」

というと、相手の深々とした皺を、法水は、痛まし気に見やっていたが、

「いやいや、何でもないのだよ。実は、ちょっとほかのものに、こじつけていたんだがね」

と何気なくいったけれども、その眼はただならぬ暗色を湛《たた》え、ギロリと六人の車座を見まわした。

明敏な読者諸君は、すでに気付かれたことと思うが、小六はさて置き、里虹を交えた他の四人というのが、その年配といい何かしら夷岐戸島の四人の嬰児《あかご》を想い起させるではないか。

しかし、その暗合の魔力は、遂にその場限りではなかった。そのとき法水は、ただそれらしい符合に打たれただけで、やがて心火にめぐりはじめる、片輪車のことなどは毛ほども知らなかったのである。

法水が帰ってからも、一座はそのままの沈黙を続けていた。

霜刻に近い夜ふけの楽屋の中は、いたって火の気も乏しく、外の凍りが室内にも及んで、幟《のぼり》のはためきに、歯の根も合わぬほどの寒さだった。

そのうち山村儀右衛門《やまむらぎえもん》が、神経的な、蒼白いしゃくれ顔を突き出して、

「所で爺《とっ》つぁん、春には何とかして当てようと思うんだがね。いっそ、慣例《しきたり》を打ち破って、四谷をやって見たら、どんなものだろう。伊右衛門はわっし、お岩は逢痴《おうち》と、配役はざっとこんなものでさあ」

といって、彼は側の逢痴と顔を見合せるのだった。

逢痴は、一座中の若女形《おやま》だった。寒さにもめげず、衣紋《えもん》を抜き出して、綺麗な襟足《えりあし》を隠そうともしない。

この逢痴には、はじめ二つの世界があった。

一つは、楽屋に於ける男性であり、一つは、舞台に於ける女性であったが、やがて自

慟的な聯想を起したのであろうか、今ではもう、感情挙動言葉服装とも、女性のそれと異ならないものになってしまった。

まったく着物のままざんぶりと水に漬《つ》けて、何処から何処まで透き徹してしまっても、多分彼には、女性以外の特徴が見出されないに相違ない。そうして、古風な芝居言葉だが、お内儀《ないぎ》様といわれるのを喜んだり、箸の持ち運び、食事の仕様までもそのままなのを見ると、それが山下久米八《やましたくめはち》と、いかに際立った対照をなしているか判ることと思う。

久米八は、他の三人と同じ、四十を越えた老女優だが、肉のかたく引き緊った、何処かに厭味のある顔立だった。

彼女は、すべてが男性化していて、その汚なげによごれた爪にも、身嗜《みだしな》みのないことを証拠立てている。

そして、その三人に挟まって、何等特徴のないのが村次郎《むらじろう》だった。

寡黙な、芸の引き立たないこの男は、容貌にも特徴がなく、いつも髪の毛に埃《ほこり》っぽい匂いがする——とまあそういったような、何から何まで役者らしくない男だった。

しかし、里虹はそういわれると、半白眼をぴたりと、儀右衛門に据えて、

「四谷……。へん、滅そうもねえ」

と吐き出すようにいい放って、

「のう友田屋《ともだや》、おぬしは法水先生のお気に入りで、えらぁく学問にも身を入れたものだが、新劇とやらはいざ知らず、この一座には四谷は北向きなのさ」

と壁に貼り付けてある写楽の絵で、岩井喜代太郎《いわいきよたろう》が扮している、「関本《せきもと》おてる」の色刷を見て、「大分安手な写楽のようだが、聴くところだと、喜代太郎はそれほどの脊高《のっぽ》じゃねえというそうだぜ。ただ写楽が、煙管《きせる》を長く描いたもんだから、後々《あとあと》のうるさがりやが、高い背丈と釣合いの煙管なんて、そんなことを吐《ほ》ざいたようなんだよ、喜代太郎が、どうして高えもんかな」

と、話を外らすような、しかも、異様な言葉を口にしたのだった。

しかし、そういいながら、里虹はぜいぜいと息を切らし、こめかみの脈管が、蛇のように膨れ上っているのが見えた。

彼は暫くガラス戸越しに、外ではためいている幟を見詰めていたが、やがて返した眼が配役の一部に触れると、

「いいから、窓でも締めねえってことさ。こうして、車座になっていると、うっかり丁半とでも間違われるわな。おう、大分風が出たのう。だが、吹いてるからいいようなものの、これが収まりゃ、そりゃ事だぜ」

と、異様な言を吐き、せせら笑いながら、彼はつと立ち上ってしまったのである。

その夜儀右衛門は、何時までも寝付くことが出来なかった。閉め忘れた裏木戸が、風のためにバタンバタンと鳴り続け、大道《おおじ》を吹き荒《すさ》ぶ風は、松飾りに浪のような音を立てさせている。ふと、その響きに、彼は夷岐戸島の海鳴りを聯想したのである。

――はじめ想い浮かべたのは、数字の符合だった。それは、夷岐戸島に於ける四人が、現在自分をはじめの四人ではなかったかということだが、クイロス教授の文章を見ても、それには三男一女という符合があり、もはや疑うべくもないのだった。

更に、もう一つの証拠というのは、四人がいずれも、実の父母を知らないということで、戸籍面を見ても、一家を創立した戸主になっているのだ。

そして、いまはっきりと知ったのは、四人の何《いず》れか二人が里虹を父にしているということ――それが島中の二人か、島に流された二人であるか。また里虹の子以外の二人は、一体誰を父にしているのであろうか。

その疑惑の深さには、現実も幻も差別がなく、揉み込めば揉み込むほど、頭の中に触れる突起がなくなってしまって、やがて彼は恍惚《こうこつ》となってしまうのだった。

しかし、そうしているうちに、ふと松飾りのざわめきに触れると、彼の神経はふたたび鋭くなってきた。

そうして、また不思議な人魚の行衛《ゆくえ》は、女の惨屍体は――思いを繞《めぐ》らせているうちに、いつとなく島内に於ける、祖父母たちの生活を想い起すのだった。

――あの島に於ける祖先の次の時代に、もし男の子と女の子とが、生まれたとしよう。するとそこには、道徳も思想も、言語も抑制もあり得ない筈である。

ソドム（昔、現在の死海の辺に在りしといわれる都会。その住民の罪悪深かりしため天火降りて、これを焼き尽せり）の崩壊の日、生き残った一人の父と二人の娘は、一体なにを行ったか。それは抱擁であり、肉慾であり、大いなる沈黙の儀式である——種族保存のためには、あの刑罰の神、エホバですらもそれを許したではないか。

しかし、近親相姦《インセスト》は……。

儀右衛門はそこでハッとなり、鋭い苦痛を思って、慄《ふる》えおののいた。彼は夜具に触れる衣擦れにも、獣物《けだもの》めいた熱っぽさを覚えるのだった。

というのは、二人とも二十まえのことであったが、ふとした魔の戯《たわむれ》から、一夜山下久米八を犯してしまったのであるから。しかし当時の記憶といっても、声も立てない、まるで年増のような子供だったということや、その時逃げ出した足の下で、石ころが気味悪くごろごろしていたということなどで、それすらも、今では懲罰の意味を持つようになってしまった。

もしやして、二人が兄妹《あにいもうと》だったら——と。

いきなり血のさわぎを覚えて、儀右衛門は吾となく、胸をかきむしった。氷のような悪感《おかん》が脊髄《せきずい》を貫き走った。

彼は自分の血管の中に、木を嚙む虫のような音を聴いたのである。その途端、儀右衛門は強烈な衝動に駆られて、一目散に楽屋のなかへ、飛び込んで行ったのである。

そして、永いこと薄闇のなかに立ちつくして、彼は油絵具の、どんよりとした反映を見詰めていた。

が、心の中は、里虹に対する憤りで一杯だった。

あの男が、自分の父親であるかないかはしばらくさて置き、もしそうでないとして、戸籍面をあのようにしたとすれば、取りも直さず、自分が経験した近親相姦《インセスト》の悩みを、他の子供たちにもなめさせようとしたのではないか。

また、事実自分の子であったとしても、そう云った悪魔的な性格は、あの男に必ずやあるに相違ない。

わけても、苦悩が酷烈なそれだけに、その心理はあながち奇蹟とはいわれない筈である。それにしても、この四人は果して誰の子なのであろう。一人、二人、三人、四人——そのうち二人が、たしか里虹の子にはちがいないのであるが……

と、1、2、3、4——と数字の幻像が目まぐるしく駈け廻っているうちに、如何《いか》なる心理的な結合であろうか、いきなり6と9の上に、強いスポットのような光が落ちた。そして、その瞬間、儀右衛門は髪の毛が動いたかと思った。

何故なら、6と9と組み合わせた形は、胎内に於ける双胎児のそれではないか。まったく、身も世もないあの烈《はげ》しい相剋《ひしめき》のなかで、静かに天鵞絨《ビロード》の上を滑って行く思考の車があったのだ——それに今まで彼は気付かなかったまでのことである。

すると、五感が異常に鋭くなって、間もなく儀右衛門は、画中から驚くべき特徴をつかみ出した。

それは、双生児にはつきものの鏡像《ミラー・イメージ》なのであった。

ミラー・イメージといえば、大方の読者は承知のことであろうが、左と右、右と左といった具合に、双生児の各半面が相手の反対側に酷似することである。

画中では、それが頭の渦にも、利手《ききて》にも顔の歪《ゆが》みにもあったので、はっきりと儀右衛門は、最終の解答を摑んだように感じた。

四人のうちの二人は、たしかに双生児でなければならない——しかし、それを自分の身に及ぼしてみると、いまや儀右衛門は、世界中の嘲《あざけ》りを一身にうけているような気がした。しかしそれには、氷でも踏んでいるような、鬱然《うつぜん》とした危なさがまたあって、まだ何かありはしないか、ありはしないか、と全身の毛が一本一本逆立って行くような焦だたしさを覚えて来ると、端なく眼に止まったのは、畳の上に置かれっぱなしになっている、配役書《がき》だったのである。

で、窓を明けると、乳色のすがすがしい月の光が差し込んで来て、その刹那、彼の眼をハッシと射返したものがあった。

直助権兵衛——その名を儀右衛門は、なぜか妙にひしむような、闇の香りのなかで味いはじめた。

それは、はじめ儀右衛門が、配役書きを置いたとき表に出た部分であって、里虹は一《いち》瞥《べつ》を呉れたのみ取り上げようともしなかったのであるが、しかしそれには、はっきりと彼の嘲りが浮かび出ていた。

直助、権兵衛と——そう二つの名が重なり合っていることは、恐らく里虹のみが知る双生児の表象《シンボル》であろうし、更に、実の妹とも知らずお袖と懇《ねんご》ろにした、骨肉相姦《インセスト》の意味も必ずやあるに相違ない。そうして、刻々と血が失われて行くような真蒼な顔をしながら儀右衛門はじっと闇の中に立ちつくしていたが、そうしているうちに、ふと彼の心を訪れてきた仄白い光があった。というのは、直助権兵衛と書かれたその下には、その役の嵐《あらし》村次郎の名が認められてあったからだ。

村次郎、村次郎が直助権兵衛では、お袖は——と、矢庭に彼はその全文を拡げてしまった。そして今や、動かぬ証拠を、摑み上げてしまったのである。

直助権兵衛　嵐　村次郎
お岩妹お袖　山下久米八

それは、綾にからまっている絆《きずな》を、ようやく解きほどいたという感じだった。倦怠《けだる》いような、銷沈《けうと》いような、頭の血がすうっと下ったという感じで、まるで夢見るような気持で、彼は手に持った二つの名を、ぼんやりと見詰めているのだ。

あの時里虹が、村次郎の名を見ただけで、キッパリといい切った——というのも、また彼が、問わず語らずに暗示した不倫な関係も、悉《ことごと》く、二つの名のうちに秘められているのではないか。

村次郎と久米八は、明白に双生児であり、二人はそうとは知らず、直助とお袖が堕ち込んだ、鬼畜の道を辿《たど》りつつあるのだ。そう判ると、かすかな嫉妬を覚えたけれども、これまでの惨苦も懊悩《おうのう》も一時に消え失せて、残った白紙の眩ゆさには、何もかも忘れ果ててしまうのだった。

そうして、再び床に入ったけれども、裏木戸の音は以然として止まず、その間を縫って、雨の滴が思い出したように落ちて来るのだ。

それには心動のような律動《リズム》があって、四人の胸近くにいる思いがした。

誰しも今夜は、見知らぬ父母に憧れて、母の乳首の勃《たか》まり、厚い脂肪の底から伝わる、軟らかな脈打ちの音に、眠らぬ一夜を過すにちがいないと思った。しかし、それには鬱然としたものが感ぜられて、何となくモヤモヤとした、いつかは犯罪とでもなりそうな、やがては夷岐戸島の秘密を中心にこの一座に起るであろう、自壊作用の兆《きざし》でもあるかに考えられるのだった。

ところが、どうしたことか、その夜のうちに予感が適中してしまった。

翌暁風がおさまると同時に、それなり里虹の姿が、搔《か》き消えてしまったのであるから……。

「まあ聴きねえ。座頭《おやじ》がわっしのことを、新劇崩れというだろうが、一時この座を離れて、妙な銭にもならねえ、真似をやっていたことがある」

里虹の行衛が知れなくなって何月目か後のこと、警察でも尋ねあぐんで、結局不入りのための失踪ということでケリをつけたのだが、その日、先夜の四人を前に儀右衛門が切り出した。

「ところが、そのうち一番うけたのが、例の『椿姫』ってやつさ。いいから、わっしに喋《しゃべ》らせねえってことよ。そこで、なかの濡れ場にだが、斯ういう台詞《せりふ》があるのだ。椿姫が、色男のアルマンの胸に椿の花を挿《さ》して、『今度はいつ逢いましょう』といわれると、『この花のしぼむときに』と答えるんだが、わっしのやった芝居では、すぐ花をしぼませて、アルマンがやって来るのさ」

と、何やら険しい気組で、儀右衛門はギョロリと一座を見廻すのだったが、その比喩《たとえ》にぴたりと来るのが、いつぞやの夜、里虹が口にした――凪が収まりゃ事だぜ――といった言葉だった。

それが、この事件にとると、秘密の中の秘密といったようで、妙に青黒い、底知れぬ池を覗き込むような気がするのだった。

けれども、一座の者は一向に去り気なく、この鋭い比喩に動じたような者もないのだった。

しかし、儀右衛門の心の中は、嵐村次郎に対する疑惑で一杯だった。ああも、ギスリと里虹に刺されたのであるし、仮《よ》しんば彼が父であるにしろないにしろ、そうと知られた上は、口を覆うよりも針を立てよ――ではないか。

しかし村次郎は、相も変らず黙々としているので、その物静けさには一種不気味な気持に駆られる場合さえあった。

もしあの夜、楽屋に入った儀右衛門を、村次郎が知っていたとすれば、思うに自分は燃えさかる熱蠟《ねつろう》を胸に突き付けられて摑もうにも由なく、足を引きながら他愛なく後ずさりして、一滴一滴と、手から腕にまた胸に、憐れな蠟涙をうけて行かねばならぬのではないか。

そうして、朧気《おぼろげ》に迫って来る恐怖に、ひしと悶《もだ》えて日を送るうちに、いよいよ法水の肝煎《きもい》りで、一座の東都初登場となった。

その乗り込みの前夜、計らずも事件の神秘を、一つ解くことが出来た——それは、風が収まればといった、里虹の謎なのであった。

そこは、上州藤岡《ふじおか》の劇場で、乗り込みを両三日中に控え、ちょうど千秋楽《らく》の日であったが、儀右衛門は久方振りに、法水の来訪をうけた。

舞台裏には、唐人殺しに使う、提琴《たてごと》や矢筒などが、ところ狭く散らばっていて、開場前の劇場は、空間がなんとなく物侘《わ》びし気であった。

ところが、暫く見ぬ間に、儀右衛門は見る影もなくやつれ果て、青々とした剃り跡が、一際《ひときわ》目立っていた。法水の眼には、それが雲母《きらら》を地にした写楽の大首か、それとも、何かの死絵《しにえ》のように見えた。

彼は、儀右衛門の頭が上らぬ間に、早々切り出した。

「手紙は度々《たびたび》貰っているが、君は余り考え過ぎると思うね。大体自問自答というやつは、自分で自分の心を解釈するんだから、いつも標準が狂い勝ちなものなんだよ。だから、対象となる自分の心の状態が、どうも誇張されやすいのだ。ところで、暫く来ない間に、大分顔触れが変ったようだが……」

「ええ、最近に仮髪師《かつらし》を一人拾いましてな。ちょっとした端役もやりますんで、それに、浅尾為十郎《ためじゆうろう》という、どえれえ名をくつけましたんですが……」

と儀右衛門にいわれて、思い出したのであるが、楽屋口に入ろうとしたとき、一人の瘠せた老人を見たのを思い出した。その老人は、異様に皺《しわ》が深く、殊に青磁色をした、珍しい皮膚の色が印象的だった。

儀右衛門は膝を組み直して、

「ところで、度々申し上げました、村次郎のことで御座んすが、座頭《おやじ》の行衛に就《つ》いて、一度是非お耳に入れたい事が御座いますので」

といいかけたのを、慌《あわ》てて遮って、

「君は、余りに考え過ぎるんだよ。無暗に解剖をしたがるんだ。正直にいうと、里虹の事件よりも、自分の解剖の方が、面白いんじゃないかね」

とほほえんだ法水の眼には、儀右衛門の意外な変り方が映った。それは、懸命に唇を嚙んで、なにかの激奮を耐《こら》えているかに見えた。

「その村次郎のこってすが、わっしゃほんとうに、済まねえことをしてしまったんで、かねて先生から、役の性根や心理の解釈に、いろいろと教えて頂きましたが、それが今度という今度は、わっしにゃ恨めしいんで……。実は久米八の兄妹は村次郎ではなく、やはり、このわっしだったのです」

と彼は、思いもつかぬもの静かな態度で語りはじめた。

「ねえ先生、聴いておくんなさい。いつだったか知らねえが、人間っていうやつは、自分の心の動きをなにかの図や、線や角などで表わしたがるという話を伺《うかが》いましたが、それが、あの晩の里虹に現われたのです。

あの時窓の外を見て、風にはためいている幟を暫く眼に止めていましたが、其の後で、吹いているからいいようなもの、風が収まりゃ事だぜ――といったものです。

ところが、あの翌朝、風が収まると姿が見えなくなったのですから、どうもその暗合にわっしたちは不思議な魔力があるのではないかと、考えるようになりました。そして、磁石にでもひかれるように、その人間放れのした蠱惑《ちから》に、ぐいぐいと引かれて行ったのです。

ところが、どうだったでしょう。ふとした事から、其の時の黙劇じみた秘密を知る事が出来たのです。

あながちそれは、徴候発作《ジムプトンハンドルンゲン》なんていう、難しい言葉でいい表わさなくても、わっし達のやくざ世界にだって、面白い逸話があるのですよ。

それは、いかさま札の名人といわれた並木可次郎《なみきかじろう》なんですけれど、何でも勝負の終り頃になって、坊主の二十で勝負が決まるような局面になったのですが、勿論可次郎にはその札はないので、寧《むし》ろ自暴《やけ》気味だったのでしょう。しかし、彼はじっと考えて、一人に、いま何時だと訊ねました。すると、その一人が不図二つある時計のうち、円い方に眼をやったのを見ると、そこで可次郎は、ポンと札を卓上に投げ捨て、君が勝ったと、その一人を指摘したという話があります。なぜなら、手近の角形のものを見ないで、態々《わざと》遠い丸形のを見たとすれば、それは坊主の二十を持っている証拠としきゃ思われないじゃありませんか。

そこで先生、あの時里虹の前には、四谷の配役の中で、直助権兵衛（嵐村次郎）とあるところが、開かれてあったのですが、その前にたしか村次郎の幟を見たのでしょう。

大体幟というやつは、風に吹かれると、よく何処かに大きな皺が出来て、文字の扁《へん》がなくなったり、甚《はなは》だしい時には、一字丸ごと埋まってしまうような場合もあるのですが、一つ試しに、嵐村次郎とある上半分から、風という字を除《と》って御覧なさいまし。

それが山村となるでは御座いませんか。

ねえ先生、やはりあの鬼畜《ひとでなし》は、わっしだったのですよ。そして、座頭《おやじ》がいった風云々という言葉は、暗に私たちの関係をせせら笑ったものなんです」

「なるほど、フロイトの全集の中には、家（Haus）というところを、心中考えていたことを露《む》き出して、腰巻（Hose）と発音したり、また、死（Tod）と心の中に思っていた言葉が、逸話（Anecdote）を Anectode と書き誤らせた記述があるからね。しかし、君の分析は素晴らしいと思うよ」

と法水は、別にこれという感情を表さなかった。

しかし、山村儀右衛門の解釈は、いまや驚くべき悲劇的な光景となって、彼の前に現われた――あの嫌厭すべき近親相姦者は、遂に彼だったのである。

儀右衛門は、ぶるぶる総身を慄《ふる》わせて、自分の両手を厭《いま》わし気に見やっていたが、やがて言葉を次いだ。

「それから先生、またあの時里虹は、写楽の『関本おてる』を見て、事実喜代太郎はさほど背の高い俳優ではなかったのだが、誤って写楽が、煙管を長く描いたので、その釣合から、後世の鑑賞家が背の高い俳優と信じてしまった――といったのです。

しかし、これは、所謂《いわゆる》比例《プロポーション》の問題ではないでしょうか。

それに、贅言《くだごと》は要りますまいが、偶然わっしはその真相を知ったばかりに、夷岐戸島の秘密の一部を窺うことが出来たのです。

というのは、外界に対照するものがなければ、汽車でも汽船でも速度が判らないように、里虹はあの島で、もう一人の男ばかりを見ていたために、自分を巨人と信じてしまったのでした。そうなると、相手の一人が、恐ろしく背の低い男にならねばなりませんが、私はいまだに、身柄の不明な中村小六がそうではないかと思うのです。あの侏儒《こびと》だけが、自分以外唯一の大人だったので、里虹は自分を素晴らしい巨人と信じ、船影を望むに及んで、自分の妻と二人の双生子《ふたご》を葬ろうとしたのです。

というのは、私たちが、いわゆる男と女の畜生児だったからです。

しかし、その双児はさて置いて、どうして自分の妻を殺さねばならなかったのでしょうか。

いいえ、此処までいえば、私と久米八とが双児の兄妹だったということも、また昔の慣習《しきたり》からして、双児の畜生児は殺さねばならなかったという事も、更に里虹が両親からのいい伝えで、クイロスの船を赦免船と信じてしまったことも……。つまり、わっし達に関することだけは、決して独断でもなく、またわっしの詮索が、度過ぎたのでもないことはお分りで御座いましょう。

けれども、問題なのは、里虹の妻が、そもそも誰であるかということです。そこで、一つクイロスの文書を、最初から想い浮べて頂き度いですがね」

法水は、この時、眼前の儀右衛門が、精神の昂揚状態に入っているのではないかと疑った。

いろいろな影像が入れ代り立ち代り、驚くべきほどの早さで、相手の表情の中を、掠《かす》め行くのを見た。

儀右衛門は、なにかしら怖しい力に、捉えられたかのように息をせき喘《あえ》いで、

「ねえ先生、たしかクイロスの文書の中には、あの不思議な神秘的な生物——人魚のことが記されてありましたっけね。ところが、上陸するとその姿は見えず、その夜上った筏《いかだ》の裏側には、胴体だけの女の屍体が括《くく》り付けてあったというじゃありませんか。里虹は、赦免の条件を余り周到に考え過ぎた結果、この世にないもの、厭《いま》わしい一切のものを、自分の身近から葬り去ろうとしたのです」

「なるほど明察だ。とんとあの筏の趣向は、戸板返しそっくりだからね。これで、里虹が『四谷怪談』を、本気でやめていたという理由が分ったよ」

といった法水の声も、耳に入らないかのように、儀右衛門は気味悪気な、薄笑を浮べていった。

「さすが、先生だけにお察しは早えが、なによりわっしが知りてえのは、お母《ふく》ろのことなんですよ。

人魚の首と、腰からしたをぶった切ってしまえば、それはただの首無し女に過ぎねえじゃありませんか。

わっしは、上陸したクイロスはじめの人達を見て、さぞ里虹がたまげただろうと——実際首丈ほどもねえ大男なんて、この世の何処にあろうもんかな。

それから先生、近頃じゃわっしも、寝床に入ると、爪先から脈の音が聴こえるようになりましたが、そうするとお母《ふく》ろが、毛孔から海の匂いを吹き入れて呉れて、すっかり雲のように、わっしを包んで呉れるんですよ」

二、裏向きお岩

それは狂気の合間合間に現われる、綺《きら》びやかな夢幻《オーロラ》のようなものだった。

いわば、それまで厭《いと》わしさに充ちていた現実の一部が、ここではっきりと、魅力あるお伽断《とぎばなし》に変えられた。儀右衛門は、そうと知って以来母なる人魚に、それは、わななくような憧《あこが》れを抱きはじめたのである。

折々母は、軟体動物が潜り込んでいる、割目を覗き込んで、無残にも軟らかな肢を引きちぎったり、或は苔《こけ》の上を、滑るようにして岩礁を乗り越え、噴き水を避ける時には、多分銀の腮《あぎと》や、貝殻のような耳が、チカチカと鈴のように鳴ったことであろう。

斯《こ》うして、端なくも儀右衛門が、幻影の世界に浸りはじめると、彼は別人のような気がして、一段と高い生活に上ったように考えられた。

まったく、その夢の最高頂に於いては、あの厭わしい現実の苦悶と拮抗《きっこう》出来るのであった。しかし、一方に於いて彼は、その人魚の形が、両肢の癒合した一本肢《ジレニフォルム》という、一種の畸形《きけい》であることも熟知しているのだけれど、それとて、彼の夢を妨げる何ものでもなかったのである。

恐らく、そうでもしなければ、彼の心は均衡を失って、忽《たちま》ち狂いの、どん底に叩き込まれたであろうが、そうして一方では、身も世もあらぬ悩みに悶え、また片方では、朦朧とした夢を楽しんで、辛《から》くも彼は、狂気の瀬戸際で踏み止まることが出来たのであった。

すると、儀右衛門に不思議な心理が起りはじめた。

と云うのは、考えても考え切れぬような、異様な撞着《どうちゃく》ではあるけれども、そうして、人魚に伝説の衣を着せ、美しい霧一重に隔てて眺めはじめてからというものは、どうした事かそれまで軽い愛着を覚えていた、久米八に対する情が消え失せて、更にしぶとい、燃えさかるようなそれを、今度は逢痴に求めるようになってしまった。

それが、自然の本性に反した、不倫な慾求であることはいうまでもない。更にまた、一種の心理的畸形とでもいえるだろうが、しかし、畸形は決して奇蹟ではないのである。いつとなく、儀右衛門の心を、あの聴くだに厭わしい、骨肉愛の悩みが蝕《むしば》んでしまったからだ。それが、クラフト・エーヴィング教授の云うように、美しい母を持った者は、美しい女性に対して、驚くべきほど清浄的《プラトニック》であるとすれば、取りも直さず儀右衛門のそれは、一種の女性恐怖に外ならないであろう。

彼は、そうした悪夢の中を漂い、人間に与えられた地獄味の中で、わけても、味のもっとも熾烈《しれつ》な、一つを味い続けていたのである。

やがて、永い沈黙の後に、法水が口を開いた。

「しかし友田屋、これは、少し無理かも知れないがね。人魚も骨肉相姦も、当分のうちは、神話の中にしまって置いたら、どんなものだろう」

といって、儀右衛門がもじもじしているうちに、何を思い付いたか、法水の表情が、いきなり硬くなった。

「所で、もう一つ訊きたいのは、いまの君の考えだが、それを最近思い付いたのならいいがね。もしあの晩だとすると、君が里虹を殺したと云っても、決して心理的に不自然ではないのだ」

「それは、同時に久米八もでしょう」

と透き通ったような蒼白い顔を、ピタリと据えて、

「わっしは、ただこれきりしきゃ知らねえのですよ。あの晩、風が止んだのが暁方《あけがた》の三時で、姿が見えないと騒ぎ出したのは、たしか六時十五分前頃だったでしょう。ですが先生、わっしには何となく里虹が、この劇場にまだ、いるんじゃねえかという気がしてならねえのですがね」

そうして、なぜ——と反問したげな法水の顔を見るでもなく、儀右衛門は懐中から、一枚の紙片を取り出した。

それには、思わずも釘付けするような力があったというのは、いつぞやクイロスの画中、双生児の足首に捺《お》されてあった異様な図紋の下に、次の文章が記されてあったからだ。

儀右衛門は役どころではなし、里虹を尋ねて、伊右衛門を演ぜしめよ。

「所が先生、こいつがどう見えても、里虹の筆蹟に違えねえのですがね。それに、いま始めて判りましたが、どう考えたって、この図紋の形は、六本趾《あし》を二つ合せたようで、夷岐戸島にいた、人魚の尾鰭のようじゃありませんか。とにかくこの分らなずくめの謎は、小六爺さんの口一つに掛かっているんですが、ひょっとして、一座が割れるようなことでも起りゃしないかと思うと、うっかり口には出せず、まるで身体中の毛が、一本

一本逆立つような思いをしながら、今にどこからか里虹が飛び出して来て、わっしと久米八との関係を、喚《わめ》き立てるんじゃないかと思うと、もういても立ってもいられず、そうなると、爪の先から血の音が聴こえて来たり、手足が冷たい癖に、たぎったような血が脳天に上って行くのが判るんですよ」

その時儀右衛門が苦しくなって中止したように、それは何ともいえぬ、不気味な表象《シンボル》だった。

夷岐戸島の秘密、クイロスの絵画、里虹の生死――と次々に鬱積して行ったものが、いつとなく土台の底深くを、じりじりと蝕んでいて、やがては思いもつかぬ、自壊作用となって現われるのではないだろうか。

それでなくてさえ、大地が暗く、夢中をさ迷い歩くような感じがして、暗中に差し招く、隠密の手をはっきりと意識しているばかりではなく、こうもまばゆい白昼に於いてさえ、彼を襲う、奇怪な恐怖を制し得なかったのである。

法水は、しばらく相手の顔をじっと眺めていたが、こうして白昼夢を追い、狂いの道程を辿りつつある儀右衛門を見ると、もはや放っては置けなくなってしまったようであった。

「ところで、友田屋、これだけは、どうあっても口にしまいと、決心していたんだがね、実をいうと、君と久米八は、実の兄妹ではないのだよ。僕は君の身体から、あの怖しい爪を引き剝してやろう」

と瞬間目まいをしたような儀右衛門を、にこりと見て、

「君は、夷岐戸島の秘密を、それからそれへとあばいて行ったね。しかし、まだ一つだけ、君の眼に止まらなかった井戸があるのだよ。では、その蓋《ふた》を明けて、君が発見した、双児の特徴に加えるものを、覗かせて上げよう。

君は、クイロスの画の中で、たった一ケ所だけ見逃した部分がある」

なに、クイロスの画に——というような儀右衛門の眼に、法水は再びわらった。

「というのは、一方が苦しんでいると、片方の子が、それと同じような表情をして、右胸を押えているということだ。実をいうと、それが何あろう、双体畸形《ダブル・マンスター》の特徴なんだよ。

十九世紀の末頃だが、有名なシャン・エンの暹羅《シャム》兄弟——それが、一八七二年に死んだときのことだった、その時、パウル・ガリンスキーという人が、解剖の結果を発表して、その中に内臓転錯症のことがしるされてあるのだ。つまり胸の剣状突起のところで癒着《くっつ》いている右側の一人には、心臓は右に、その他ありとあらゆる臓器が、左側のと反対の位置にあるというのだ。そして、その現象は、シュワルベ、サンチレール、フェルスター、レーシェルなどの、有名な畸形学者が一斉に容認するところとなって、双体畸形の右側に位するものは、一様に心臓が、右にあるということが判ったのだ。

ねえ友田屋、君は双体畸形が、健康も感覚も情緒も、共通なのを知っているかね。そして、一方が軽い病気をしてさえも、片方が不快な感覚を起すということも——。つま

り、あの絵の中で、表情が同一なことと、片方の小児《こども》が右胸を押えているということがクイロス教授の物いう表象《テルテール・シンボル》だったのだよ。しかも、二卵性の男女双児に、シャム兄弟が全然あり得ないということを知ったら、はっきりと君は、悪夢から醒めるだろうね。

つまり君はローザとジョーゼ姉妹のように、クイロス教授の手術で分離したのだよ。ハハハハハそんなに方々見廻したって、何処に嬰児《あかご》の時の傷が残っているもんか」

シャム兄弟――それが片輪と名付けられる中で、もっとも地獄的な一つだとすれば、当然里虹は、母の人魚と共に、この世から葬らねばならなかったであろう。

儀右衛門は、その意外な名を聴くと、更に新しい、一つの魔夢の中に入ったような気がした。けれども、そうして現実の恐怖から、はっきり截《た》ち切られてしまうと、それまで覚えもしなかった、一つの疑惑が頭をもたげて来た。

というのは、法水の推断に依って、久米八が兄妹でないということになると、当然双体畸形の相手を、村次郎か逢痴かの孰《いず》れかに求めねばならず、はては、二人の何《いず》れがそうであるか、またその結合のし方も、胸かそれとも、背中合せの薦骨《せんこつ》の辺りではないか――とまで考えるようになってしまった。

まったく、その二つのものは、果しなく絡み合って、結局は見透しのつかない、雲層の中に埋もれてしまうのであるが、またそうなって、双体畸形の片方が、もし逢痴である場合を考えると、彼の恋情にも、何となく怖れが出て来るのだった。

というのは、如何にプラトニックであるとはいえ、それは精神的近親相姦《インセスト》に外ならないからだ。

しかし、いずれ彼の疑惑の凡ては、小六の口に依って解決されるであろう——あの夷岐戸島唯一人の生残者は、今に何もかも話してくれるにちがいない。まだまだ、儀右衛門の心の中では、双体畸形のことは勿論半信半疑であり、わけても、逢痴に対する愛着が、そうでなかれかしと秘かに祈るのであった。

ところが、その日のうちに、片身の本体が明らかにされたというのは、そうして対座中、どうしたことか、法水が聴耳《ききみみ》を立てはじめたからである。

それはどこかから、チャリンチャリンと楽玻璃《グラスハーモニカ》のように、一定の節奏《リズム》をもって、快い玻璃《ギヤマン》の音が響いて来るのであった。

「ねえ友田屋、どうやらこれから、小道具部屋に行かなけりゃならんよ。たしか彼処《あそこ》には、『唐人殺し』に使う、ギヤマン房の燈籠《とうろう》が下っていたっけね。彼処で誰か、首を縊《くく》っているんだよ。ほら聞き給え。少し休んで、またやり始めるだろう。また少し休んで……」

儀右衛門は、それを聴いてハッと顔色を変えたけれども、法水の透視的神経は、「黒死館殺人事件」一つでさえも、優に十五を数えるではないか。

やがて、横合の廊下まで来ると、そこで儀右衛門は、釘付けされたように立ちどまってしまった。

なぜなら、廊下に向けて開かれてある、硝子戸越しに、ダラリと下った、小六の両手が見えたからである。

　そして、口は噤《の》み込む何ものかをもの欲しげに、ゲッとばかり開かれているのだ——小六は、左右にギヤマン燈籠を吊した紐に縄をかけて、無残な縊死《いし》を遂げているのであった。

「ねえ先生、一体全体、小六は自分から死のうとしたのでしょうか。それとも、誰かに吊されたのでしょうか」

　儀右衛門は、この老侏儒《しゅじゅ》の身体を抱き下ろしながら、われともなくそういった。

　しかしそれは、まばらな歯並が覗いている、紫色の唇ではなかった。まったく、彼の思考を読み取る事が出来る、不思議な力でもないのなら、斯うも符合したように、小六の死が速急に現われる道理がないのである——ただ一人、それも、あの怖しい秘密を解くことが出来る、ただ一人の男が死んでしまった……

　そうして、彼には、この無残劇の深さが到底測り得なかったのであるが、そのうち、思いがけない喜びが訪れて来た。

　というのは、小六にまだ、体温が残っているのを発見したことで、それから総掛りの人工呼吸の結果、この老侏儒は漸《ようや》く蘇生することが出来た。

　すると、何としたことかむっくと立ち上って、胸から出る息が、苦し気に響いた。

「ふ、双生児《ふたご》め、あれ、あすこを通る、あいつがそうなんだ。胸と胸を、くっ付き合せやがって」

と汚ならしい、獣物《けだもの》に触れるような血相で、ふるえつつ前方を指差すのであったが、そうしてから法水の腕に凭《もた》れて、今度も異様な言葉を呟くのだった。

「ねえお前さん、みんなが寄ってたかって、わっしの事を小さいというがね。しかし、真実小さく見えるなあ、わっしじゃねえ、彼処にいる為十郎なんだよ。ええ、侏儒奴《こびとめ》が……」

その途端一同の視線が、折から湯上がりの為十郎に注がれたが、その老人は、軽くせせら笑ったのみで、深い皺をひょうきんな手付で引っ張り上げた。

「わっしが、侏儒だって、冗談じゃねえ。小六さんは、まだ正気に帰らねえんですよ。それよりか、豊竹屋《とよたけや》さん（逢痴の事）が双生児とは、そりゃまた、どうしたって事なんです」

「なあ、私が双生児なんですって。でも尤《もっと》も、いま小六さんの前を通ったのは、私だけなんですけど……」

と逢痴は、心持臆《おく》したようであったが、それは何もかも、女になり切った、はじらいのようにも見えた。

彼は法水に気付いて、静かに会釈したが、

「ですけど先生、一体小六さんは、自分から首を縊《くく》ったのでしょうか、それとも、誰か他に……」

と逢痴が、ズバリといい切ったのは、この場合決して不自然な質問ではなかった。

というのは、小六の襟首に、一つ胡桃《くるみ》大の結節《むすびめ》の痕が現われていて、どうやらそれが、他殺を匂わせるのだった。

　しかし、一方小六を、どんなにか嗛《なだ》めすかしても、彼はおののくのみで、一言も口にはしないのである。

　法水も、困り切ったような顔をして、

「なるほど、豊竹屋のいう通りなんだよ。現に、スティフェンの『証拠蒐集《ザ・ダイジェスト・オヴ・クリミナル・》綱領《エヴィデンス》』を見ても、大抵の場合頸筋《くびすじ》の結節は、紐が長くて、縊死者が廻転した場合に起るものなんだ。けれども、稀に犯人の自白などで、例外な場合が起ることはあるがね」

　小六が、昏々《こんこん》と眠りはじめたのを見ると、彼は儀右衛門の耳に口を寄せた。

「自分が、首を縊らねばならぬ原因もいわれないし、また、加害者の名も口に出せないとしたら、この一座の暗闘状態《ステート・オヴ・ウオア》は、案外深刻なのかも知れんよ。きっと、僕等には思いも付かないような、底のまた底があるにちがいないんだ。

　所で、参考のために、僕がどうして、この老人の縊首を発見したか、説明して置こう。

　これは、簡単な波動の原理なんだが、例えば、池に二つ石を投げ込むと、同じように波紋を起すだろう。所が、その中間に、より大きな石を投げ入れると、もしその波紋の方向が、同じな場合には、前の二つが消えてしまうんだよ。つまり、この二つのギヤマン房は、最初老人の首が掛かったときには振動するが、それから撚目《よりめ》が、行き詰まりまで行く間には、次第に衰えて、極限に達すると静止するのだ。また、次に解《ほど》けて行って、最初の状態に戻ると、再び力が加わって振動を始めるのだ。そのリズムから、僕は異常な啓示をうけたのだったよ」

事実、一座には、刻々と高まって行くような、妙に不安定な空気があった。それを、法水は仄かに感じただけで、その日は、程なく戻ってしまった。

けれども、この日の出来事は、儀右衛門にとると、彼が築き上げた、あらゆる仮説の顚覆《てんぷく》を意味するものである。

もし、小六のいうのが真実だったとして、夷岐戸島の侏儒《こびと》が為十郎だとすれば、この一座を里虹と共に築き上げた彼は、果して何者なのであろうか。また、風のように現われた為十郎が、真実その侏儒だということになると、その間の消息を、小六は何故《なにゆえ》に知り尽しているのであろうか。

しかし、何より儀右衛門を、絶望の淵深くに叩き込んだのは、いよいよ小六に依って、逢痴が双体畸形の片割だというばかりでなく、胸と胸とが癒着している、所謂《いわゆる》剣状突起《ジフォバ》癒合《グス》であることが、判明したからである。

そうなると、逢痴に対する愛着が、まったく厭わしいものになってしまって、再び彼は、昏迷の泥沼深くへ沈みゆくのであった。

それは、往々に壮年者が見る、忌わしい艶夢の様なものであった。というのは、近頃殊に親しい久米八と逢痴の間を考えると、時として彼の眼前に、異様な白昼夢が出現するのだった。

一人の女と一人の女形《おやま》、その美しい円味《まるみ》、匂いこぼれるような媚《なま》めかしさ、悩ましさはともかくとして、折ふし「青楼十二時《とき》」でもひもどいて、辰《たつ》の刻の画面に打衝《ぶつ》かると、ハタと彼は、その折帖を伏せてしまうのだった。もし、三人の夢が、幻像を画いて通い合うとすれば、自分が帰った後の蒲団には、舞台姿の逢痴が横になっていて、その側《そば》から掻巻《かいまき》をかかげ、入り込もうとしている久米八は、さぞ自分が残した、温《ほの》かみに眉を顰《ひそ》めることであろう。

そうでなくてさえ儀右衛門は、そうと知ってからというもの、双体畸形特有の、ふしぎな心理に翻弄《ほんろう》され始めた。

それは、永劫《えいごう》に解けぬ循環論であった。

双体畸形の二人は、一人でもなく二人でもなく、生命は二つのようでもあるが必ずしもそうではない。

そうなると、時計の振幅がだんだんにせばめられて行くように、逢痴に対する愛着も、つまるところは、自分自身を恋するように思われて来た。そして、はては四次元が三次元に、また二次元にと、終いには外界のすべてが、自分自身の中へ沈潜して行くのではないかと、おののかれたのである。

しかし、それは明らかに、狂気の前兆である。

儀右衛門は、その危険な囁《ささや》きから、遁れようとして最初の夜のことを想い出した。そして、何より一応は、現場の瀬踏みをしなくてはならぬと考えた。

というのは、あの時小六と逢痴との間は、ギヤマンの房に隔てられていて、たしかに小六は、その三稜鏡《プリズム》のため、二重に見たのではないか——と考えられたからだ。しかし、今度は案に相違して、そのギヤマン房は、二重屈折の三稜鏡《プリズム》だった。従って逢痴の姿が、二重に映ろう道理とてはないのである。

斯うして、否定と肯定とが背中合せして、紛乱の渦が、ますます波紋を拡げているうちに、いよいよこの一座は「四谷怪談」をひっさげ東都初登場となった。そして、河原崎座の初日に当って、まったく無残絵か因果絵でなくては見る事の出来ない、血みどろの悲劇が捲き起されたのであった。

大南北の「東海道四谷怪談」を、原本通り演出するというので、唯さえ狭苦しい場末の河原崎座は、割れんばかりの大入だった。

狂言数《かず》も進んで、いよいよ二番目の「四谷怪談」に入った。

その二幕目伊右衛門の浪宅、所謂髪梳《す》きの場である。

お岩は逢痴、宅悦は小六、舞台は、上手障子内に蚊帳《かや》を吊り、六枚屏風《びょうぶ》を立てて、一体の作りが浪人住居《ずまい》の体。演技はすでに幕切れに近かった。

お岩　ヤヤ着物の色合、つむりの様子。こりゃ、これ、ほんまに妾《わたし》が面《おもて》か、このような悪女の顔に。なんで、まあ、こりゃ、妾かいの妾かいの。妾がほんまに顔かいのう。

と髪は解け、垢《あか》じみた肌襦袢《はだじゅばん》に包まれて、全身から放っていそうな、異様な臭いを振り撒《ま》きながら、産後のお岩は、鏡を手に持ち、見るも無残な変貌を、物怖し気に見入るのであった。

それは、おどろ怖《おそ》ましい色であり、靄《もや》であって、その物凄まじいおののきには、自分の心臓すらも、観客は見出せないほどであった。

そして、宅悦との応答があって、髪梳き道具が持ち出されると、お岩は櫛を手に取り、思い入れよろしくの後に、

お岩　母の遺品《かたみ》のこの櫛も、妾が死んだら、どうぞ妹へ。アア、さはさりながらお遺品の、せめて櫛の歯を通し、もつれし髪を。オオ、そうじゃ。

そうして、櫛で梳くと、はじめは少し、二度目は一つかみ程の、もつれ毛がからみ落ちて、そうした跡は、光りもせぬ不気味な白地《しらち》。

そこからはまるで、絹ででも濾《こ》したかのよう、粟《あわ》粒ほどの血の滲《にじ》み。

やがては、水に拡がる油のよう、一筋二筋と糸を引きはじめ、吃驚《びっくり》したお岩が櫛を捨て、右手に髪をひん摑むと、それは内臓の分泌を、滓《かす》までも絞り抜くかと思われるような怖しさだった。

ぱらりと抜けた一つかみの毛を、両手に握りしめて、恨めし気にキュッと捻《ねじ》って、すうっと糸を引いた一筋の紅は、色でもなく血でもなく、それは暗い煙《けぶ》りのように見えた。

お岩　今をも知れぬこの岩が、死なばまさしく、その娘。祝言さするは、これ眼のあたり。ただ、恨めしきは伊右衛門殿。喜兵衛《きへえ》一家の者ども、ナニ、安穏に置くべきや。思えば思えば、エエ恨めしい。

と、月と葭《あし》を描いた衝立《ついたて》の蔭から、よろよろとよろめき上り、止めようとする宅悦の襟首《えりがみ》をひっ摑んで、逆体《さかてい》に引き据え、上になったお岩の生際《はえぎわ》から一溜りの生血《なまち》、どろどろと宅悦の顔にかかるのが、幕切の見得《みえ》。

所が、そうした陰惨な色どりが、未だに消えぬ観客の耳に、つんざくような叫喚《きょうかん》が、幕の背後から聴こえて来た。

それは、衝立の蔭で、夷岐戸島唯一《ゆいいつ》の生残者と目され、先には不可解な縊死を見せた宅悦の小六が、今度こそは、白眼を剝き出し手足を縮めて、それは果敢《あえ》なくも息が絶えていたからであった。

この意外な突発事件は、その日の興行を、髪梳き場だけで中止させてしまった。

そして、観衆が立ち去った後は、広い広間を、侘《わ》びし気な空気が揺れていて、その中に、二三蟻のように蠢《うごめ》いて見えるものがあった。

それが、法水のほか、四五人の検屍官一行だったのである。

所が、不審なことには、屍体には何処《どこ》ぞといい、他殺の痕跡がないのだった。中毒と覚しい痕もなければ、皺の深みに隠れている、針先ほどの傷もなく、両眼もひらいてはいるが、活気なく物懶《ものう》そうに濁っている。

そこで検屍官は、小六の屍体に自然死を推定した。

「所で法水さん、聴けばこの一座では、『四谷怪談』が曽《かつ》て一度も、上演されたことがないというじゃありませんか。そこに、この老人の衝撃《ショック》死の原因があったのですよ。御覧の通り、胸腺淋巴《りんぱ》体質というやつは、ショックには恐ろしく、鋭敏ですからな。尤も、衝立の蔭で、観客に見えない場所で死んだのですから、疑惑といえば、その点が多少どうかとも思われますがね」

法水は、検屍官の言を聴くともなく、傍《かたわら》にあった、お岩の半面仮髪《かつら》を弄《いじ》っていた。それは、右眼の下のところまで被さるもので、髢《かもじ》を解いて一本ずつ針に通し、それを羽二重《はぶたえ》に植え付けたものである。

つまり、そこに髪梳きの、技巧があるという訳だが……その時は仮髪《かつら》師為十郎の趣向からして、幕切の見得の際には照明を暗くさせ、眼だけを白く抜いて、真赤に滲《し》み出る毒血の凄みを、内部《なか》に塗った、燐で浮き出させる仕掛にしたのである。そしてまた、これは後日のことであったが、そうして宅悦の顔に滴り落ちた血糊の紅には、何一つ検出されたものはなかったのであった。

法水は、その仮髪《かつら》を置くと、はじめて思い出したように検屍官を見て、

「なるほど、ショック死ですか。しかし、ショックといっても、貴方はその対照が、何

ものであるか、御存知ないのでしょう。ハハハハハ、衝撃をうけて風のようにこの世を去った——ただそれだけでは少しでも、秘密の感受性に強いと、その人間に、貴方は笑われますぜ。多分貴方は、幕切の際に、照明を暗くしたことは御存知でしょうが、その時、この老人の心動を止めたものがあったのですよ」

と、側《かたわら》の床から、取り上げたものを見て、一同は少なからず驚かされた。

それは、お岩の変貌を写す鏡で、今どき到底見ることの出来ない、古風な長柄の鉄鏡だった。そして、裏面には、六《む》つ手薊《であざみ》の模様が、透し彫りになっているのだ。

ところが、法水に表を返されて、一同はあっと叫んだ。

と云うのは、その鏡面に薄く滲み出たかのごとく、紅《べに》で、五本の指痕が印されてあったからである。

「ところで、こう云う昔の鉄鏡に、一種不思議な現象があるのを、御存知でしょうか。それは、表面何事もない鏡でも、一度光を当てると、何とも云えない不思議な模様が、前方に映ることとです。しかし、その正体というのは、鏡の裏面にある浮彫りなんですよ。それは、最初鏡を磨く際に、模様のある低い部分が、一端《かた》は凹《へこ》むのですけど、やがて日を経《ふ》るにつれ盛り上って来て、結局、不思議な像を反射するようになるのです。無論この鏡も六つ手薊をそのまま反射するのですが、此処に問題なのは、表面に着いている五本の指痕なんです。偶然かは知りませんが、それが六つある、刺葉《とげば》の合間合間に符合しているのです。ですから、結構暗くなると、お岩の左頬に何ものか、映らなくてはなりますまい。尖《とが》った、十一本の刺を持った、手掌形《てのひらがた》をしたものといえば、それは一体何でしょうかな」

そういって、一々法水は、座員の顔を見渡していたが、誰もかも、凍り付いたように血の気を失っていた。

というのは、もはや贅言《ぜいげん》を費やすまでもなく、それは、はっきりとあの魔の衣裳——いつぞや儀右衛門に示されたところの、人魚の尾鰭《おひれ》形をした、図紋だったのである。

その意外な出現が、小六にショックを与え、彼の心動を止めたに相違ないのであるが、そうなると、その指痕の主は何者であるか、疑問はそこに残されてしまった。しかも、それには一つの特徴があって、右手であるばかりか、食指と無名指とが殆ど同じ高さであり、拇指《おやゆび》はやや横向いていて、それと、小指との識別は不可能なのであった。

しかし、それから座員を去らしめて綿密な調査を行ったのだが、遂にそれが逢痴に決定されてしまった。

「ところで友田屋」

法水は帰りがけに、儀右衛門を訪ねて、

「むろん、僕の推断を刑法的に見たら、恐らく、何の価値もあるまいがね。しかし、あながち夢想でもないのだよ。というのは、小道具掛りの中に、たしか今里銀五郎《いまざとぎんごろう》とかいった、恰腹《かっぷく》のいい、顔中切り傷だらけの男がいたっけね。その男をはじめ、その時、奈落の切り穴の下にいた連中が、全部口を揃《そろ》えて、幕切の際小六が、『ウーム、逢痴め、逢痴め』と叫んだ声を、耳にしたというのだよ。けれども僕には、そんな暗合の魅力に陶酔していると、今に飛んだことになるぞ――というような予感もあるのだがね」

その夜、儀右衛門には怖しい夜が訪れた。

というのは、この事件を機会にして、再び、彼を悩まし続ける、神経の蠢動《しゅんどう》が起りはじめたからだ。

それは、また例の鏡像《ミラー・イメージ》で、計らずもその特徴を、自分の左手に発見したのであった。彼の左手は、逢痴の右手と同じに、やはり二つの指の高さが同じなので、もし拇指と小指の判別が、真実《まこと》つかない場合には、決して決して、犯人が逢痴であるとはいえなくなるのだ。

それでなくてさえも、近頃は頻々《ひんぴん》と白昼夢を経験したり、時折はまた、茫《ぼう》っと意識から遠ざかるような場合もあるので、臆せまいと思いじっと瞼《まぶた》を閉じていても、あの怖しさだけは、到底拭い去ることが出来ないのであった。しかし一方にはまた、里虹の生死のことが考えられて来て、何かこの一座の中に、偉大なもの、怖しいもの、超自然的なものがあるのではないか。また、それが、妙に自分とばかり通い合う、奇異《ふしぎ》な存在ではないかとも考えられて来た。

ところが、その翌日、前夜のうち逢痴に対する令状が発行されたと見え、閉場《はね》を待つ私服の群が、観衆の中で鋭い眼を光らせていた。

いまや舞台は、三幕目砂村隠亡《おんぼう》堀の場。

背後《うしろ》は高足の土手、上手《かみて》に土橋、その横には水門、土手の下は腐った枯蘆《かれあし》、干潟《ひがた》の体である。干潟の前方は、一面の本水で、それが花道の切幕際にまで続き、すべてが、先代右団次《うだんじ》そっくりの演出であった。

伊右衛門　よしなき秋山うせたばっかり、口ふさぎに大事の墨付、あいつに渡してこの身の旧悪。ハテ要らざる所へうせずとよいに。南無三暮れたな。どりゃ、竿《さお》を上げようか。

しかし伊右衛門は、まだ未練気に、じっと浮きを見詰めていると、やがて髪の毛がかかり、次に引き上げた櫛の歯から、一筋二筋と、もつれ毛を取り去る、指のしなだれ、その蒼白さ。

時刻も黄昏《たそがれ》、所は十万坪隠亡堀、すべてが陰の極みである。

すると、おどろ怖《おぞ》ましい薄ドロにつれて、下手から、菰《こも》をかぶった一枚の杉戸が流れ寄る。

端には一塊《ひとかたまり》の腐れ縄、そこに、蛙がひょんと跳んで、じっと動かないのだ。

伊右衛門思わず仰天して、

ややゝ、覚えの杉戸は。

と、戸板にかかった針先をとろうとし、つるりと滑った途端に、菰が摺《ず》り落ちて、皮も萎《な》え血もしこり、肉脱したお岩の死骸が、ぬるっとばかりに現われた。

しかしその時、観客の駭《おどろ》きはともかくとして、伊右衛門に扮した、山村儀右衛門が、どうしたことか、どかっと尻もちを突いた。

というのは、何とそのお岩が後向きであって、ただ守り袋をさしつける人形の作り手のみが、ひょいと不器用な、動き方をしたに過ぎなかった。

伊右衛門　まだ浮ばぬな。南無阿弥陀仏南無阿弥陀仏。このまま川へ突き出したら、鳶《とび》か鴉《からす》の。業《ごう》が尽きたら、仏になれ。

と、戸板を蹴ると、今度は裏に返り、藻をばらりと被った小仏小平《こぼとけこへい》が、「お主《しゅう》の難病、薬下され」と、片手を差し出すかと思いの外、それも背後を向いているのだった。

その瞬間儀右衛門は、全身の血が、まるで逆流せんばかりの思い、いまや一身に、世界中の嘲《あざけ》りをうけているような気がした。

と云うのは、舞台こそ異なれ、お岩と小平の向き合せは、曽て胸を癒着《つけ》ていた、彼ら双体畸形《せかい》のそれではないか。

しかし、儀右衛門は気力を振り起して、

伊右衛門　またも死霊の。

と、抜打ちに死骸に切り付けると、大ドロあって、浪幕《なみまく》の間より、代りの戸板が差し出されて、骸骨を載せたまま、本水の中を花道指して流れ行くのであった。

けれども、その時儀右衛門は、塑像《そぞう》のように動かなくなり、釣竿を腕に支えたまま、じっと戸板の上を見詰めていた。

もはや彼は、奔馬《ほんば》のような脈を感じ、錯覚さえも生じて、蘆も土橋も水も何もかも、キラキラした、陽炎《かげろう》の中に消え去る思いがした。というのは、如何なる魔の所業《しわざ》であろうか、戸板の上の骸骨には、肢首《あしくび》が括《くく》り合されていて、それが人魚を象《かた》どる、あの図紋のように感じられたからである。

しかし、そのうち水門が開かれて、滝流しの浴衣《ゆかた》を着た与茂七《よもしち》が現われると、舞台は陰惨の極みから、華麗の頂辺《てっぺん》に飛び上り、まさに南北特有の生世話《きぜわ》だんまり、あのおどろおどろしい声や、蒼白い顔や、引き包まんばかりの物影などは、とうに昔の夢と化して、何処かへ飛び去ってしまうのだった。

ところが、そのだんまりの真最中、板戸が進み行くにつれて、なにか金色に輝いた脂肪のようなものが、水面をじわりじわりと拡がって行くのだった。そうして花道を行く間に、だんだんと右に傾いて行き、ようやく切幕の下に達したとき周囲の観客はつんざくような叫び声を上げた。

見ると、戸板がくるりと返って、そこには、お岩の衣裳を着、咽喉《のど》に無残な孔を開いた花桐《はなぎり》逢痴が、ぬうと、藻の中から顔を突き出しているのだった。

斯うして、観衆の真唯中で、小六殺しの推定犯人逢痴は、無残な屍体を曝《さら》したのである。

三、へ首が飛んでも動いて見せるわ

屍体には、一面に太い襞《ひだ》が盛り上っていて、肋骨《ろっこつ》が浮き上り、傷は左横から、刃様《やいば》のもので頸動脈が貫かれていた。

しかし、斯うして死に、硬くなって、永久動く事のない身体のいろいろな部分が、法水の眼には、異常な意味を持って来た。彼は何度となく水中を透し見たり、浮んでいる作り藻を絞ったりしていたが、そうして滴り落ちる蒼黒い水に、明らかな失望の色を泛べるのだった。

彼は、傍の儀右衛門を振り向いて、

「どうだね友田屋、君は気が付かんかね。こりゃ、とてもひどい出血なんだぜ。ところが、浮いているのは、血漿《けっしょう》や脂肪だけで、肝腎要《かな》めの血が、この水の中にどうしても見出せないのだ。屍体には、これ程明らかな羸痩《るいそう》が現われていて、その癖、血が一体何処へ行ってしまったのだろうか。藍《あい》で染めた水の中に、赤いものがあればくろずんで見えるのだから、何より色を見れば、一目瞭然じゃないか。すると友田屋、これで逢痴の死が、戸板の中で行われたのでないという事が分るだろうね」

そうして、執念《しぶと》く作り藻を取り上げては、キュッと捻り、したたる水の色を、貪るように眺めているその光景には、また髪梳きの場が聯想されて来て、それは「瑠璃の光り」と云う、下座《げざ》の独吟でも欲しいほどの物凄さだった。

しかし、水中に出血がないという事は、一方に於いて、殺人現場を舞台以外に局限してしまった。そうなると、当然裏向きお岩の疑問が起って来て、幸いだんまりの場合の暗さを機に、あれが誰かの一人三役ではないかとの、疑いも起って来るのだった。

しかし、そうしているうちに、舞台裏の調査が終って、実に驚くべき、報告が齎《もたら》されて来た。

と云うのは、座内を隅々まで探したのだったが、一滴の血さえ発見されないばかりでなく、誰しもが、格闘の物音も聴かずといい、ただ逢痴の部屋から平素使う沃度《ヨード》の注射器を、拾い上げて来たのみであった。

そうなって見ると、出血の失踪は、実に驚嘆すべき奇蹟となり、早くも法水の顔には、唯ならぬ困惑の色が現われた。

従って奈落の調査が、慌《あわただ》しく行われることになったのである。

この座の奈落には、小芝居特有の色が現われていて、天井の低い、すべてが、だんだんと朽ちて行く、骨のように黝《くろず》んでいた。

そして、白っちゃけた壁や、中央にある轆轤《ろくろ》には、「四谷怪談」に使う漏斗《じょうご》の幽霊衣や、仏壇返しや、提灯の仕掛などが立て掛けてあって、何もかも、陰惨な沼水そのもののような代物《しろもの》ばかりだった。

しかし、法水は、そこにいる村次郎の口から、戸板返しの技巧を聴くことが出来た。

「つまり何でさあ、本水口に使うのと、お岩を入れるのと、杉戸が二枚要るんですよ。そして、最初は下手の方から、菰を被せたのを流して来るんですが、さて伊右衛門の前に来るとそれを浪幕の蔭から、手ぎわよく引っ張り込むんです。そして今度は、役者の入っている方を、みんなでかつぎ上げて、きっかけと同時に、ぬうと突き出すという寸法なんですよ。所が御覧の通り、浪幕があるものですから、奈落は精々二燭《しょく》の電球ぐらいで、人の顔なんぞ、てんで見分けが付くもんですか。つまり、そんな具合で、間の悪い時だと、杉戸の所在《ありか》が分らなくなるものですから、斯うして同じ孔を明けたやつを二つ作って置くのです。所で、この杉戸ですが、御覧の通り、少し幅広に作られてあるでしょう。そして、間に役者が入って孔から顔だけを、突き出すんですよ。なあに他愛のねえもんで、外側は括《くく》り付けの衣裳なんでさあ。ですが、今日は何とも不思議なことで、誰か取り違えて押し込んだのかも知れませんが、豊竹屋が後向きに入ってしまったんです。なんですって、それが豊竹屋じゃねえって――とうに殺されていたって仰言るんですか。じょ、冗談じゃねえ、わっし等はちゃんと、台詞《せりふ》までも、聴いているんですからね」

「なに、逢痴の台詞を聴いたって……」

法水は、その一度ですっかり顔色を失ってしまった。

「そうですとも、聴いたのはわっしばかりじゃねえ、皆んながそうでさあ。なあ、銀五郎……」

と、傍《かたわら》にいる、顔中傷だらけの小道具方を見て、村次郎は同意を求めるようにいった。

「何しろ、最初本づりの切っ掛けで、入って来たのも、豊竹屋なんですよ。それからわっし等が、総掛りで浪衣《なみぎれ》を着て、杉戸を差し上げているうちに、何を見たのか為十郎が、アッ久米八さんが――と叫んだものです。ですからわっしは聴こえてはならぬと、為十郎の口を塞ぎましたが、それから直ぐとお岩の台詞になり、小仏小平が済んで、漸《ようや》く杉戸を下しましたが、それからが、息を次ぐ暇もないほどの早業《はやわざ》なんです。前に引き入れて置いた、もう一つの杉戸に、骸骨を引っ掛けて、それを本水の中に、押し出したのですよ。ええ、見ましたとも、無論その前に、滝流しの浴衣に引き抜いて、飛び出した豊竹屋を見ましたとも。ですから、わっしには、どうして豊竹屋が――ねえ先生、現在眼の前に、自分の死骸を眺めながらだんまりを演るなんて……」

村次郎は、咽喉をゴクゴク鳴らせて、息を出すのも、苦しげになって来た。

しかし、そうしてこの事件は、紛糾混乱の絶頂にせり上ってしまったのである。

現在眼の前には、二枚の杉戸が立てかけられているのだけれど、それとて一様に、小仏小平の衣裳がなく、同じように水に濡れていて、しかもその衣裳は、眼前の床に投げ捨てられているではないか。すると、最も合理的な解釈が、不可能になってしまって、犯人は暗さに乗じ、お岩・小平・与茂七と、三役早変りを演《や》ってのけたのがそうであり、逢痴はそれ以前、幕間《まくあい》にでも殺されていて、屍体を隠した杉戸が、それとも知らず、水中に押し出されたのではないか。

と、そうも思われたけれども、何より楔《くさび》のように打ち込まれた、逢痴の声と血潮の失踪とが、それを根底から否定してしまうのだった。

そして、裏向きお岩の謎は、遠く遠く雲層の彼方に没し去ってしまったのである。ところが、その翌日、法水が河原崎座を訪れた時は、丁度四幕目の終り、これから「蛇山の庵室」に、かかろうとする際の事であった。

儀右衛門は、法水の顔を見ると、おののきながらも、待ち兼ねたように切り出した。

「実は先生。ゆうべ一晩で、わっしは十年も、年老《と》ったような気がしましたよ。と云うのは、村次郎が云った逢痴の台詞のことですが、そういえば何となく、嗄《かす》れたような声を、聴いたような気もするのです。しかし、問題というのは、その後でして、実は昨夜《ゆうべ》、わっしが使った刀を抜いて見たのですが、それには薄っすらと脂肪《あぶら》が浮き出ているではありませんか。あの時わっしは、あの向き合せを見ると、思わずそれに、シャム兄弟が聯想されて、かっとなりました。そして、多分切り付ける所作《しぐさ》の拍子に、逢痴の咽喉を刺したのかも知れませんよ。けれどもそうなると、わっしを踊らせた人形師が、是非とも此処《ここ》で、一人必要になって来るのです。それは、杉戸入りの際に、逢痴を裏向きに押し込んだ人物で、たしかあの時、奈落にいた六人の一人に違いないのです。先生、わっしは何という因果でしょうか。実の弟を殺してしまったのですよ」

法水は、暫く口を噤《つぐ》んで、何事もいわなかったが、やがて全身の気力が、眼の中に移ったかと思われた。

「だが友田屋、それを僕にいわせると、決して弟殺しとはいえないのだよ。実は、今朝の解剖で、僕は動かせぬ確認を摑んで来た。逢痴には、シャム兄弟特有の、臓器転錯症がなかったのだよ。すると、三引く二は一じゃないか。君の片身は、村次郎なんだ。しかも、その二人が、里虹の子であるという証拠は、あの、人魚の尾鰭《おひれ》を象《かたど》った図紋なんだよ。実はあれが、竜 鋤《ドラーヘン・シュパーテン》の形で、トラケーネン血種という、高貴な馬に捺す烙印《らくいん》だったのだ。つまりクイロス教授は、あの画の中で、双体畸形こそ、嵯峨家の血系であると暗示したのだ。だが、それはそれとしても、何だか僕には逢痴殺しよりも先に、君の親殺しを、訊ねねばならぬ義務があると思うのだよ。ねえ、そうだろう、里虹は君が殺したんだっけね」

その瞬間、儀右衛門は化石したようになって、それは永いこと、姿勢を改めなかったのである。しかし、法水は静かに言葉を次いだ。

「いつぞや、君に里虹が失踪した時刻を、訊ねたことがあったっけね。すると君は、風が止んだのが午前三時で、騒ぎ出したのは、たしか六時十五分前頃でしょう――といった。しかし、後で調べてみると、風が止んだ時刻は、すでに五時近かった。そこで僕は、その偽りが、何に原因しているのか考え始めたのだが、ふと思い付いたのは、三時も五時四十五分も、それぞれ時計の盤面では、直角をなしていて、しかもそれが、正午の十二時を軸に廻転しているという事だね。え友田屋、類似聯想たるや、実に正確な精神《メンタル・》化学《ケミストリー》なんだぜ。そして、正午という一語から、昇汞《しょうこう》という解答を発見すると、僕はその錠剤の不足を、薬屋の販売台帳から見付け出したのだ。しかし、それから里虹の屍体を、埋めたか、河に投じたかは問わないにしても、人魚の嘆きを、父に報いた心理だけには同情出来るよ。それを、フロイト的《フロイディッシュ》にいったら、一風変った、エディポス複合《コンプレックス》ということが出来るだろうね」

と、そこで言葉を截《た》ち切って、法水はやや顔色を和らげた。

「しかし、君にしても、おめおめ僕の手を待つとも思われないし、この事件の落着を見ないで死ぬのは、如何《いか》にも残念にちがいない。だが、それより何より、はじめての『四谷怪談』を、さぞ君は、終りまで勤めたいだろうね。よろしい。僕は舞台の上で、君に、犯人の声を聴かせてやる事にしよう」

そうして儀右衛門が、いよいよ最後の一頁を飾る、劇的な演技がはじまった。

眼は血走り、息は喘《あえ》いで、台詞《せりふ》の調子はバラバラであるけれども、今か今かと待ついらだたしさは一入《ひとしお》末期の伊右衛門に、悽愴《せいそう》な気魄《きはく》を添えるのだった。

しかし、その頃奈落の中で、法水は、六人を前に何事かを語っていた。

「或は君達の中で、前の座頭の里虹《おやじ》を、知らない者があるかも知れない。けれども、そのむかし里虹と小六とが、或る事情から、ルソン島へ行かねばならなかった事があるのだ。その時、クイロスと云う生理学者が、二人の嬰児に、血液循環の実験をしたのだ、それは、片側の静脈を切って、そこに塩化鉄を置き、反対側の静脈にはフェロシアン・カリウムを注射するのだ。すると、二十何秒か経って、その血液が一順したとき、塩化鉄が溶けて真青な色に変わるのだよ。つまり、あの時の逢痴が、意識朦朧としていたというのも、結局は常用の沃度と、フェロシアン加里を掏《す》り変えて置いたからで、また出血が、行衛《ゆくえ》知れずになったというのも、藍で染めた水のために色が分らなかったからなのだ。更に小六も、その青血の衝撃をうけて、逢痴逢痴と叫びながら、斃《たお》されてしまったのだ。というのは、赤い地の中に白い円《まる》を置いて、背後から照すとする。それから暫く見つめていると、やがては赤の補色——青色に変ってしまうからだ。つまり、逢痴を思わせたその技巧が、お岩の、半面仮髪《かつら》の中に、秘められてあったのだよ」

すると、一同の視線が、思わず仮髪《かつら》師の為十郎に注がれたが、法水の言は忽ちに、その臆測を粉砕してしまった。

「所が、そうして小六を殺《あや》めた人物は、あの時奈落の中で、それは素晴らしい離業《ケレン》を行ったのだ。最初、塩化鉄で練り固めた刃物を使って、頸動脈を刺し貫き、その上二つの杉戸を取り違えさせて、逢痴の屍体がついている方を、本水の中へ押し出してしまった。それから、浴衣に引き抜いて、与茂七のだんまりを演ったのだが、その時闇の中で、それは鮮やかに、逢痴の声色を使ったのだよ。しかし、それが誰であるかは、ともかくとして、いずれ僕が、君達六人の中から指摘して見る事にしよう」

そうして、犯人の所在は局限されたが、此処で再び、形勢は逆転してしまった。村次郎に口を押さえられた為十郎だけが、一人安全圏内に止まることになった。しかし、そうしているうちに、演技は進んで、すでに蛇山の庵室も終りに近く、伊右衛門が父源四郎に勘当をうけるところで、

伊右衛門　昔気質《かたぎ》の偏屈親仁《おやじ》。勘当されたも、やっぱりこれもお岩の死霊か。イヤ、呆れたものだ。

と思い入れのところに、いきなり下の奈落から、声高に叫んだものがあった。

呆れたとは莫迦《ばか》奴《め》……、首が飛んでも、動いて見せるわ。

それは、有名な伊右衛門の台詞であったが、声音といい、調子といい、どこか聴き覚えのある声であった。

法水は、それを聴くと同時に、一目散に奈落へ駆け付けたが、扉際でチラリと為十郎の姿を見たかと思うと内部《なか》から呻《うめ》きの声が洩れて来た。

この事件の悪鬼は、死所を奈落に択《えら》んで、多量の青酸を嚥下《えんか》したのだった。

しかし、村次郎はじめ一座の者は、暫く放心したように立ち竦《すく》んでいた。なぜなら、これまで何の因縁もなかった風来者に、どうして犯人としての、動機があるのであろうか。

「僕は、何よりも先に、悪鬼の再生を告げなけりゃならんよ。里虹は、儀右衛門のために、昇汞《しょうこう》で殺されたと見えたが、その実為十郎となって、未だに生きていたのだ。

というのは、阿片食も病い膏肓《こうこう》に入ると、昇汞を混ぜなければ、陶酔が出来なくなる。だから、そこへ昇汞をどんな多量に用いても、それは一向致死量にはならないのだ。そして、過激な食餌《しょくじ》法で脂肪を減らし、過マンガン酸加里の変色法などを用いたので、この通りの不気味な色になってしまった。

しかし、その正体は、遂に小六のために、発見されてしまった。

というのは、あの男が怯《おび》えて、縊《い》死を計った原因がそれなのだが、あの深々とした皺も、湯か酒で色付いたとき、薄闇の中で見ると、赤味が黝《くろず》んで、変貌の特徴が消え失せてしまうからだ。しかも、一廻り小さく見えるので、あの、侏儒《こびと》云々《うんぬん》の言葉が発せられたのだよ。

つまり、例のプルキンエ現象というやつだね。

それから、いいもせぬ逢痴の台詞が、どうして聴こえて来たかということは、少しでも里虹を知る者には、それが得意の、腹話術《ヴエントリロキズム》ではないかと疑われて来る。しかし、腹話術には、咽喉変飾《スロート・モディフィケーション》、口蓋消音《パレート・マッフリング》という二大要素があって、口を押えられた彼に、どうして出来よう道理がないではないか。所が、それ以外にも、胃内の空気を利用する生理的腹話術もあって、勿論里虹はそれを行ったのだが、なかには、口で喋りながら腹で囃《はやし》をしたり、二様の言語を、使い分ける達人などもあるそうなんだ。——実にこれこそ不在証明《アリバイ》中のアリバイといえるじゃないか」

と、この事件の警畸《けいき》な内容を、残らず説き終ると同時に、なぜとなく彼は、お岩の半面仮髪《かつら》に惹《ひ》かれるのであった。

そして、それを手に持ったとき、天井の切穴から、一筋の血糊が、すうっと糸をひいて落ちた——ああ儀右衛門もか。

しかし、血を血で打ち返す極悪伊右衛門の再生こそ、真実里虹に外ならないであろう。まことに彼は、首は飛んでも、動いて見せたのであるから。

国なき人々

一、二等駆逐艦グローリオソ号

六月十一日（金曜日）日没午後六時五十六分。

本船の位置は、西経九度七分、北緯四十一度六分、葡萄牙《ポルトガル》の北端、ヴィアナ・ド・カステロの北西½西三四浬《かいり》の海上。

風位―西、北西微北、北北東、北北西、北。終始和風《なごかぜ》にして快晴なり。

風が北にかわって、「海の別嬪さん《シー・ベル》」号は満帆《まんぱん》に追風をうけた。しかしまだ、海には荒天の名残りがとどまっている。たかい蜒《うね》りが、絶えず白い鬣《たてがみ》をふりたて「海の別嬪さん《シー・ベル》」号を追いかけていた。一つの波が追い越すと、その返しが、斜檣《やりだし》に切られてひゅうと潮煙《しおけむり》をあげる。しかし「海の別嬪さん《シー・ベル》」号は、いつも真直に立ちあがっては波浪の底から現われてくるのだった。そしていま、針路をジブラルタルにとって葡萄牙《ポルトガル》沖を南行している。

この「海の別嬪《シー・ベル》さん」号は、日本でただ一つともいう航洋用快走艇《ヨット》であった。七百噸《トン》ばかりで、ディーゼル装置もあり、小粋な、縦帆を展じた姿は鷗《かもめ》を思わせるのだった。それが、快走艇《ヨット》の陛下といわれる英帝戴冠式《たいかんしき》に、日本の快走艇倶楽部《ヨットクラブ》を代表し祝祭ページェントに参加したのである。その帰路——荒天を乗っ切って、ヴァレンシア沖を過ぎ、いまはリマ河口の残陽のなかに、毬毛《まりげ》のような帆をうかべている。

「止むを得ないさ。だから、僕のいわないこっちゃないんだ。これまでも、なんどその事には、口を酸《す》っぱくしたかア分らん。それだのに、君は僕のいうのを、一度もきくじゃないんだから……。それでねえ小牧《こまき》君、近頃僕は君という男がつくづく分らなくなってきたんだ。考えてみ給え。君は、僕のいうのをてんで聴くでもない癖に、きまって、愚痴をこぼしたいとなるとお関いなしに引っぱりだす……」

船尾《とも》の手摺《てすり》につかまって、泡だつ船脚をながめている、二人の男があった。いずれも、快走艇着《ヨットぎ》をきて、ひとりは、三十四五がらみの憂鬱《ゆううつ》そうな顔の男である。色の蒼白《あおじろ》い……しかし、眼鼻だちの整った貴族的な風貌の、一見して、これが船主の小牧重吉《じゅうきち》であると分るのだ。それからもう一人は、おなじ倶楽部員で、前年度競帆《レガッタ》の覇者、法水麟太郎《のりみずりんたろう》であった。

「だが法水君」小牧は、やや重たげに力なさそうに言った。

「僕は、妻を愛している。君も知ってのとおり、尊敬さえもしている」

「分ってるよ。それは、もうさんざん聴き飽きたくらいだ。だから、君は到底出来ないって、いうんだね」

「そうだ」

「だが、考えてみ給え。僕は、最後の忠言をしよう。君は、奥さんの品行を気遣って貞操までも疑っている。ダンス友達をつくる、夜更しをする。君の言葉でいうと、文士や音楽家などという、くだらない連中と遊びまわる。だがそれには、まず僕としたら、君の責任を問うね。君は、君たち二人が同棲十年のあいだ、絶えず愛撫の方法を発達させるのを忘れていたのだ」

「そりゃ、君のいうのは、あまりに即物的だよ。心と、心だ。彼女《あれ》は、僕からはとうに離れてしまっている」

「いや、そうじゃない。罪は、むしろ君のほうにある。君は、あまりに上品な、高尚なものばかりを求めていたんだ」

そこで法水は、厳然と小牧のほうに振りむいた。

「いいかね小牧君。夫婦という、正統な寝室にもだよ、絶えず、快楽の変化に、流動がなけりゃならん。ところが君ときたら、どうしたら、奥さんの愛を成熟させるかを知らないのだ。いや君は、それを恥ずべきとし、汚《けが》らわしいとさえ考えている」

「分ってるよ。だが、僕には到底出来ないことなんだ」

法水は、もはやそれには答えなかった。こうした問答を、いままで何十遍と繰り返したことだろう。内気な、なにごとにかけても歯がゆいほど逡巡《しゅんじゅん》する、しかも、潔癖過ぎる清教徒的《ピューリタニック》な重吉には、法水も施す余地がないのだった。妻を熱愛し、あたかも後光をえがいたように崇敬する彼。しかし、その間に生れた性的な退屈さが、嘉子《よしこ》になにものかを求めさせるようになった。

そうして、危機がかもされた。夫婦のあいだには、妙にほぐれぬ溝のようなものが出来てしまい、嘉子の眼には、絶えず夫とはちがう反対の型の男がちらつきはじめた。しかし彼女が、この春軽い結核にかかって床につくようになったことは、実に、あやうい一歩手前で抱きとめられたような幸運だった。そこで法水は、嘉子に「海の別嬪さん《シー・ベルル》」号にのることを薦《すす》めた。そしてその間に、出来れば、ふたりの閨《ねや》を至極まどらかなものに……。そしてしまいには、たがいに、快楽を贈り、幸福を頒《わか》ちあうようにしたいと考えた。

だがその結果は……ただ嘉子という犠牲を知ったに過ぎなかった。夫の、無技巧のために墜《お》ちこもうとした彼女が、意外にも、清純な、聡明な女性であるのも分った。

しかし、この航海でいちばん不愉快だったのは、彼に、重吉が理由のない嫉妬を感じたことである。内気な彼の眼が、いつも自分の背にじっと据えられているのを考えると、なるべくは、嘉子を避けて、近づくまいとするようになった。

そこへ、闇のなかで、裳裾《もすそ》の音がした。嘉子が、やつれた頬に、不審そうな眼をして現われた。

「法水さん、どうして今夜は、灯《あかり》をつけているんですの。昨夜は、覆いまでして、まるで戦時の英仏海峡みたいだったじゃないの」

嘉子が、夫をさし置いてなにごとも、法水に訊《たず》ねるので重吉の眼が光った。しかし、病んで眼隈《めくま》ができて一層清楚《せいそ》にみえる彼女に、重吉は、耐えきれないものを感じてきた。

「灯どころか、嘉子。昨夜はね、帆を全部畳んで、汽走をしていたんだ。なぜかって、あんな月夜じゃ帆が光るからね。だが、大丈夫だ。本船は、やっと危険区域を脱したんだ」

「それ、一体なんのこと……」嘉子の眼は、やはり夫にはむけられず、執拗《しつよう》に法水を追うている。

「実はね奥さん」法水は、ひどく渋ったようだったが、やっといった。「あなたは、なにしろそういう御健康なものですからね。つい、このニュースのお伝えを差控えていたのですが、反乱中の、例の西班牙《スペイン》でですね。――一週間ほどまえ、カジスの監獄にいた反政府軍の捕虜が、二等駆逐艦の、グローリオソ号を脱獄して奪ったのです」

「マア、それで……」

「それで、いま通っているこのオポルト沖で、英仏の貨物船を、四五隻《はい》も雷撃しました。考えれば、いかに血迷ったにしても、ほどのある骨頂で……。そんな訳で、当然グローリオソ号の針路に封鎖線がはられました。つまりその艦が、独逸《ドイツ》に遁入《とんにゅう》しようとする海面にです」

「さア、どうにもお話が分らなくなりましたわ。だって、その人達は反政府軍《フランコ》のでしょう。それだのに、なんの独逸に縁《ゆかり》がありましょうか」

「それは、独逸人の義勇兵で、潜航艇を指揮していたからです。つまり、海の外人部隊ですね。大戦に働いて、生活にもやぶれ、金にも恋にもゆかりのなくなった連中が、募集に応じて、反政府軍のフランコ麾下《きか》に集まったのです。御覧なさい。これが、その一味の指揮官キューゲルマンの手記ですから」

三月ほどまえの毎夕新報《イーヴニング・メイル》に、捕えられてから、艇長キューゲルマンが記した壮烈な手記がのっている。


――やがて副長が、「碧《あお》きドナウ」を蓄音器にかけた。三鞭酒《シャムパン》をぬく。機関室からは兵員の合唱が洩《も》れてくる。

が、こうまで長閑《のどか》な情景が海戦であろうか。しかりと、余は左様にしか答えられない。霧たちこめた夜、波たかく騒ぐ海。駆逐艦から、爆雷が投ぜられるごとに艇中の鋲《びょう》がふるえる。しかもその、まっ暗な二百呎《フイート》の海面下では、シュトラウスのワルツが響き、三鞭酒《シャムパン》の栓がふっ飛んでいる。


「マア、海戦って、こんな浪漫的《ロマンチック》なものかしら……」しかし、嘉子のまえには、続いて、酸鼻をきわめた雷撃のさまが現われてきた。

――瞬間、眼先が、クラクラと暗くなったが、艇は何事もなく進んでゆく。しかし、本艇は、陸上の警報器に続いている、浮標に触れたのであった。やがて、砂丘の向うが、赫《か》っと明るくなったかと思うと、天に冲《ちゅう》した、光の帯が倒れるように落ちかかってきた。

「いかん。早く、それ、魚雷網の下りぬうちに、発射するんだ！」

みるみる、陸から砲火が激しくなって、入江のなかはたぎり返るようになってしまった。水に激する小波煙《しょうはえん》にも、ハッと胸を躍らすのであったが、間もなく闇の彼方に、鈍い、引き摺《ず》るような音響が起った。

艇が、グラグラと揺れ、潜望鏡には、海面から渦巻きあがる火竜のような火柱が映った。本艇は、フィリップ二世号の艦底下をくぐり、まず、第一の魚雷を発射したのであった。そうして、ふたたび潜行し、今度は入江の鼻――距離約二千碼《ヤード》と思しいあたりから、止めの二矢を火焔めがけて射ち出したのである。

この逆戦法に、敵はまんまと、思う壺《つぼ》に入ってしまった。砲塁や他の艦が、それと気付いた頃には遅く、本艇は、白みゆく薄闇を衝いて、唸《うな》りながら驀進《ばくしん》していた。

艦側から、海中に飛び込む兵員、次第に現われてゆく赤い船腹、やがて魚雷網の支柱にまで火が移って……まったく一団の火焔と化してしまったのである。


嘉子が読み終ると、一同は、サルーンに行って冷たい飲物を命じた。

「奥さん、これで、あらましがお分りになったでしょう。血迷って、盲いた鯱《しゃち》のようになったグローリオソ号が、どれほど、われわれ中立船舶にとって怖ろしいものだったか。……だが、本船は無事危険区域を通過しました」

そこへ、船長の土岐有三《どきゆうぞう》が顔をだした。白髪に、赭顔《しゃがん》という海員の古武者《ふるむしゃ》らしい、しかも、大戦時の経験に自慢の老人だった。しかしその、船長がかたるオークニイ島沖の物語が、のちのち、この艇に暗影を投ずることになったのである。

「昨夜は、ああなると想いだしますねえ。なにしろ、日が暮れると同時に、重い防水布をはる。電球はとり除かれ、通風孔は、なかから厚紙で蓋をされる。操舵機も海図室も、おなじように暗く闇夜のような艇《ふね》ときた。忘れもしません。一九一六年の十一月十日です。グラスゴーを出て、諾威《ノールウエー》の、クリスチャサンドで新鰊《しんにしん》を積みこむ。ところがねえ、オークニイ島を出外れると、ふしぎな光が近付いてくる」

「それで、船長のお船が雷撃されましたの」

「どうして、どうして……。わし等のほうも、ちゃんと戦術があります。いざという時には、電光形《ジグザグがた》の航路をとる。絶えず、羅針盤で四十五度の旋廻をやる。そうすると、よしんば潜航艇が船影を認めたにしろ、魚雷を発射することが非常に困難になってくるんです。それでその時は、六吋砲《ポンド》でガンとやっつけましたがね。それから、わし等は桟《さ》敷《じき》にいるような気持で、奴等の沈没を眺めあかしてやりましたっけ……」

そうして、危険区域をのがれでた「海の別嬪《シー・ベル》さん」号は、翌朝、モンデーゴ付近でおそろしい運命に出会うことになった。

夜があけると、艇は壁をたてるような、稠密《ちゅうみつ》な海霧《ガス》におそわれた。船長は、まず位置をさだめて海図と首っ引きをしていたが、さしずめ、右舷四浬《かいり》のところにある無名の小湾に避難することにした。のろのろと、注意ぶかく進んで錨《いかり》を投げ入れたとき、船首《みよし》にいた、水夫長が凍りついたようになって叫んだ。

「あっ、船長。あれを見なせえ。あ、ありゃグローリオソ号だ」

二、海の外人部隊

「莫迦《ばか》をいえ」船長は、水夫長を嘲《あざけ》るように怒鳴りかえした。「なにが、グローリオソ号だ。どこに、なにがあるんだ。それより、こんなところに測鉛を抛《ほう》って置くやつがあるか」

まったく、霧はひどかった。そうしている間にも、ただ黙々とふかまってきて、水夫長の、姿も声も跫音《あしおと》さえ聴えなくなってしまった。艇はいま、真白な壁のなかに塗りこめられているのだ。すると程なく、霽《は》れ間のすきに飛沫がみえ初《そ》めてきたころ、今度は船長が、眼を前方の一点に据えたまま微動もしなくなってしまった。

「ふむ、ある。グ、グローリオソ……」

それまでは、檣《マスト》も艦橋《ブリッジ》も溶かしこんだ霧のなかから、ほんのりと、薄らぐにつれて艦名が現われてくる。しかも、そこまではリーグの四分の一も隔《へだ》ってはいない。「海《シー》の別嬪《ベル》さん」号の人たちは、みな悉《ことごと》く甲板にあつまった。そして、のがれる術もない狂《きち》がい艦《ふね》をまえにしていまは観念をきめ、やがて現われるであろう信号を待つのであった。「よくマア、打《ぶ》つからなかったもんだ」さすがの法水も、ただその言葉しか出なかった。しかし暫くすると、一同をはげますように云った。「だが、ものは考えようさね。これがもし、何リーグか隔てて出会ったのだったら、恐らく、一発や二発のお見舞いは覚悟せんけりゃならん。ねえ船長、此処《ここ》であの艦《ふね》に遇ったのは、不幸中の倖《さいわ》いじゃないか」

その減《へら》ず口に、誰も茶化すどころか、相槌をうつものもなかった。すると艦上から、モールスを手旗信号で送ってきた。

幹部船員四名、直ちに書類をもって本艦にきたれ。

舷側の砲門が、のこらず突梁《とつりょう》の辺を目指して、一歩も動かさぬと威嚇《いかく》している。やがて、法水、小牧、船長、水夫長の四名が、端艇《カッター》に送られてグローリオソ号の舷梯《タラップ》をのぼって往った。甲板にあがると、すぐ前部の艦長室に導かれ、そこには、革の戦闘服を着た見あげるような大男が待ちかまえていた。

「僕が艦長、いや自称という訳ですが、ルードルフ・アヒム・キューゲルマンです。どうか、存分におくつろぎ下さい。別に、出様一つで、危害の御心配には及びません。と

た。

艦長のキューゲルマンは、見たところ四十五六だろうが、顎髯《あごひげ》をつけ、どこか威圧的ながらもやさしい眼をしている。法水は、一目でこの首領には敵意をうしなってしまった。

「ああ、法水さんですね。お名前は、デュルメンのこの田舎者も存じていますよ。ところで、こんな海賊行為は決してやりたくはないのですが、石炭は……。なるほど、重油なら幾らもある。それから、野菜、肉類ほか食糧の全部、いや、三日分だけを残して、此方《こちら》へ積み換えてもらいたいです」

「承知しました」土岐船長は、意外にもかるい要求に、ホッとしたように、「だが、われわれは此処で釈放して頂けましょうな」

「無論のこってす。しかし、僕のほうにも条件がありますよ。それは、帆の焼却、第二には、舵機《だき》とディーゼルの弁《バルブ》を壊すこと。つまり、発見されるまで此処を動いてもらいたくはないのです」

そして、指さされる方角をぐるりと見わたすと、そこは、黒いカーテンでとりまいたような、絶壁のなかであった。恐らく、湾のそとを漁船でもとおるか、それとも、海鳥の卵でもあさって、絶壁をくだる者があるか……。

「それから、もう一つ……、これは特に紳士としての約束を守って頂きたい。それは、われわれの針路に偽りを述べてもらう……」といって、キューゲルマン艦長の眼が、じっと法水にそそがれた。「特に、あなたにです」

「分りました。そして、この艦に南航の意志があることも分りました。よろしい、氷島《イスランド》の北をとおって、漁船にのり換えるとでもいいましょう。だが艦長、所詮《しょせん》そうしても活路はないと思いますが」

法水の、鋭いその一言《いちごん》に艦長は苦笑した。そしてそれまで、抑えに抑えていた、虚無的なものが閃《ひらめ》きはじめた。

「むろん、そりゃありますまい。いまは、踏む土もなく国籍もないとおなじです。だが……それも数日前にはありましたよ。この艦を乗っ取って外洋にでるまではね。そのとき、負傷した私に代って副長が指揮をしたのですが、彼は、ただ一図報復の念に燃えていました。お分りでしょう。無思慮、血迷った狂《きちが》い沙汰といわれても、あの国旗をみたとき……いや、彼のみか全員です。ヴィッカースの、武器をみたものの、血が頭へあがりました。嗤《わら》って下さい。実は此処にいるのさえ、危険なんですからね。こんな小国は、旗色一つでどうにでもなるのですから……」

「だが、これから……」

「墓でしょう。墓なら、いたるところ行き着いたところに、ある筈です」艦長はいつの間にか、澄んだ、静観的な瞳にかえっていた。「もともと、われわれに何があったでしょう、本国にいてさえ、生活には坐礁《ざしょう》した人間ばかりです。ながい体験で……人生を見つめ、それを味う術は知っています。だがそれにはなんの期待も持てない。……それでなければ、誰が、壊滅を覚悟の、戦争商売に飛び込めますか。生きて得るのも、死んで滅びるのも、みなわれわれには、一種の儲《もう》けものなんですからね」

そういって艦長は立ちあがり、部下を呼んで積み込みを命じていたが、そのとき顎をしゃくって、一人の小男が入ってきた。瘠《や》せて、筋《すじ》ばって、どこからみても激情的にみえる人物であった。艦長はそれを、副長のフックスと一同に紹介をしたが、どうしたことか、彼は焼きつくような視線をひとりびとりに据えはじめた。

やがて、隠すでもなく、残忍な微笑が口辺《こうへん》に波うってきた。

「艦長、相談はあらかた決ったらしいですな。しかし一応はこの捕虜どもの処置に就いて、わしの意見も聴いてもらいたい」

「ホウ、そりゃいったい、どうしてだね」

「外でもないんです。ただこの中に、ひとり到底許せないやつがいるからです」

その数秒後は、息を堰《せ》きとめたような、重苦しい沈黙であった。一同はたがいに顔を見合せて、誰が、そのうちの一人かと、さぐりながら訝《いぶか》しがっていた。するといきなり、フックスの拳が船長の顎をめがけてとんだ。

「此奴《こいっ》です。どうして、わしにこの顔が忘れられるもんか。船長、一九一五年八月十九日の日付を憶えていますか。われわれの艇《ふね》、独逸帝国の潜航艇U《ウー》七十二号の乗組員が、オルレアンスタウンの沖で貨物船に虐殺された。そのときは、戦闘力をうしなって、白旗をかかげていました。甲板の砲は粉砕され、艦長はじめ、武器をすてて救助を求めたのです。ところが、助けるとみせて近寄り、遮蔽《しゃへい》の砲をだしました。その砲口と、同時に突き出たこの顔が忘れられますか」

　フックスは、せまってくる息に、言葉を継げなくなってしまった。

ボロボロに裂けた、艇の残骸にすがりついて漂流したなん日か。そのあいだも、知りつつ彼を見捨ててゆく冷酷な汽船。そうして、二十数年間たまり鬱積し切ったものが、いま船長の顔をみると同時に、すさまじく爆発した。

　土岐船長は、床にながながと伸びたまま、身動きもしなかった。ただ微かに、頬をふるわせるだけで、血の気もなかった。たしかに俺だ。あのとき恐怖のあまり非人道的な所業《しわざ》にでたのも、そしていま、「海の別嬪さん《シー・ベル》」号の人たちに、とんだ累《るい》を及ぼしたのも……。そしてすべてが、夢のように、空事のようにしか考えられなかった。

　しかしそのあいだ、キューゲルマン艦長は黙々と腕を組んでいたが、

「考えなおしました。で、此処ですべてを改めて申しますが『海の別嬪さん《シー・ベル》』号は、ブエノス・アイレス航路に出合う、赤道辺まで曳行《えいこう》してゆきます。それから、皆さんですが、とり敢えず、三人の方には此処にとどまって頂く。つまり、船主の小牧さん、船長、水夫長とです。法水さん、あなたは『海の別嬪さん《シー・ベル》』号へお帰りください」

　そのとき重吉の顔に、なんともいえぬ苦痛の色が泛《うか》びあがった。法水を、このままもとの「海の別嬪さん《シー・ベル》」号にかえすことは、彼と、妻の嘉子を一層近付けることになろう、と思うと、いきなり背をドンと突かれたような感じがした。

「艦長、艇にはまだ、僕の妻が残っています」

「なに、あなたの奥さんが……」艦長は、驚きの色をまじえたが、蔑《さげす》むように重吉をみて、「あなたは、奥さんをお愛しになってはいないのだね。隠そうとすれば、いくらでも隠せるんですのに……。しかしそうと分ったら、奥さんにも此処へきて頂きましょう。それから法水さん、あなたの顔には不服の色があらわれている。お詫びしますよ。いま貴方だけが、『海の別嬪さん《シー・ベル》』号に安穏といることは出来ないでしょうからね」

それから艦長は、去ろうとする、水夫長を呼びとめていった。

「君にいって置くが、早晩君は、この四人の方と別れねばならない。それはね、曳行を解かれて、自由になった場合だ。そのときは、湾流《ガルフ・ストリーム》にのって漂流を続けてゆくのだが、間もなく君は、どこかの汽船に助けられるだろう。そうなったら、僕等が、北航していると伝えてくれ給え。つまりそれが、この四人の方の生命と引き換えになる。われわれが、最終の目的地に無事到達したとき、はじめて、この人達は自由の身となるのだ」

やがて嘉子が、水夫長と入れ代って、艦上に姿をあらわした。乗組員は、彼女をみると異様に呼吸をはずませた。唇も眼も、妙に濡れて粘液的なかがやきを帯び、やがて起ろうとする、ある何事かを思わせるのだった。しかし翌朝には、二隻の影が、この湾内から消えていた。ちょうど、日の出まえを狙った宵《よい》の九時ごろに、グローリオソ号は、「海の別嬪さん《シー・ベル》」号を曳いて、黙々と外洋にのり出していった。

三、海面をすべる法廷

その一夜を、嘉子はまんじりともせず、明かしてしまった。

汗と、機械油の匂いがこもる男だらけの世界に、これからどうしたら身を護《まも》れるか、疑わしかった。ただ法水を頼り、そして艦長の、慈愛にみちた眼が、殊のほか気強かった。しかし、夫の、怯懦《きょうだ》な裏切りを思うとたまらなく悲しくなるのだった。水夫長は、隠さず自分にいっさいのことを告げてくれた。艦長が、隠すつもりなら、隠しおおせるにといったことが、繰りかえし、醒《さ》めているときも夢のなかでも叫ばれていた。

「お早う奥さん」副長のフックスが、洗面道具を手に、部屋の扉《ドア》を叩いている。「とにかく、あたりががさつな連中ばかりですからね。洗面も食事も、これからは部屋のなかでやらかしたほうが、いいでしょう。食事は、間もなく運ばせます。しかしねえ、いつこの艦は木っ葉微塵になるか分らないいんですぜ。そりゃね、海はひろいにはちがいないんだが、割と狭いんでね。つまり、船のとおる路は、いくらもないいんですよ。だから、わし等には、明日という日がない。ねえ奥さん、あんたにも儂《わし》にも、たった今があるだけだ」

嘉子は一目みただけで、この副長フックスがいちばん雄くさいと思ったが、果してそれからも、用にかこつけて執拗に付き纏《まと》うのだった。しかし艦は、二十度の線に沿うて、マデイラ島の横をすぎた。水の色は、緯度が減るにしたがって、濃緑に変っていった。

「副長のやつ、わしの顔をみるたび毎に、殺すと、どなり居るんですが、考えると、皆さんにとんだ累を及ぼして……」

　土岐船長が、一同の顔を申し訳なさそうに見廻すと、

「なアに、あれは要するに私怨《しえん》ですからね」法水が、力付けるようにいきなり遮った。

「しかし、いつでも煽《あお》りたてるだけの力は充分にあります。あれが、この艦の、人種全体のものとなってしまえば、いくら艦長でも到底抑え切れますまいよ。ところで小牧君、嘉子さんは、艦長だけは少しも恐ろしくはないといってたぜ」

「ところが」突然重吉は、むっとしたような語気を洩らした。

「君たちは、あれに気付かないかね。よく注意していると、乗組員にだが、とかく、副長よりも艦長に不遜《ふそん》の振舞いが多い。それを、君たちが無性に尊敬する。そして嘉子までが、例の夷物《いぶつ》崇拝癖を発揮する。ところが艦内で、あの先生の威信ときたら相当惨めなものなんだ」

　そのことは、小牧にいわれないでもとっくから、一同には、不審に思われていた。そして考えると、なんだか艦長だけが孤立しているようでもあり、なにか、そこには伏在したものがあるらしいのだった。

　ところがその頃、嘉子を非常に驚かせたものが現われた。それは、部屋の戸が、叩き《ノック》もなく突然引きあけられたが、見ると、黒髪《ブリユネツト》の阿嬌《あだ》っぽい女が突っ立っている。嘉子

は駭《おどろ》きと云うよりも、むしろ、それには夢みるような気がした。自分のほか、女は一人もいないと思っていたのに……。

「ちょいと、駭いたでしょう。実は兵隊から、あんたが来たのを、ちょっと聴きかじったもんだから。温和《おとな》しい、淑《しと》やかな、お屋敷向きの奥さん《セニョラ》がきたって。あんた、なんでも日本の方ですってね。それで私、御挨拶がてら拝見にうかがったの。私、私はマヌエラ……、まだ底の倉庫には、アウレオラとヴァレンチナがいるの。誘拐《かどわ》かされて、いいえ、そうじゃないの。私たち三人は、そりゃ奇異《ふしぎ》なことから此処にいるのよ」

その服装の、下品なドギついた色彩。けばけばしい化粧、そして、言葉にはアンダルシアの訛《なま》りがある。それは、見ていて毒々しく、淫《みだ》らがましく、粗野で臆面のない、典型的な西班牙《スペイン》女だった。彼女は、指をカスタネットのようにパチパチと打ち鳴らして、裸の腕をボリボリ搔《か》きながら云いつづけようとした。

「云いましょうか、私は、ある理由があって甲板へ出られなかったのです」

そこで扉《ドア》があいて、艦長の苦しい眼が現われた。無言のまま、腕をつかんで廊下へ引き出すのを、マヌエラは、バタバタ子供のようにもがいて罵《ののし》りはじめた。

「なに、すんのさ。お前さんは。さんざん私たちを邪魔して置いても、いじめ足りないんだね。偶《たま》にゃ人間だもの、澄んだ空気を、吸いたくもなろうじゃないか。独逸野郎……いいえ、出しておくれってば。炊事もするし、お前さんの、襯衣《シャツ》の汚れったら、そりゃ非道《ひど》いよ」

その罵り声が、次第に底のほうへうすれ消えてしまうと、あとは、三人の眼が、ポカンと見かわされていた。しかしそれで、艦長の正体が、ようやく分ったような気がした。その三人が、ゴロゴロ転がっている艙底《そうてい》の濁った空気、鞭、白奴隷《ホワイト・スレーブ》、そして飽くことない、残忍な艦長の顔がうかんでくるのだった。

そこで法水は、あらためて艦長を測りなおす必要があると考えた。しかし突然、艦長のほうが爆笑をあげた。

「驚いたでしょう。しかしあの淫売どもが、この艦《ふね》の癌《がん》になっているのです。実は、こうなんです、聴いて下さい。僕らが、カジスで脱獄してこの艦を襲ったときにですね。あの三人が、水夫室に酔いつぶれているのを知らなかったのです。そして、艦はでる。いよいよ外洋へでて、半舷が寝ようとすると、あの三人が、ひょっくり現われたんです。とにかく、八ケ月も獄中の生活をして、餓えきった、揚句の血ですから、たまったものじゃありません。しかし、私は、あの三人の咽喉をみて、黴毒《ばいどく》があるのを知りました。そして無理やりに、部下を抑えて触れてはならんと命じました。黴毒は、なにより戦力を殺《そ》ぎますからね。しかし……」

といって艦長は、法水の顔を苦笑とともに、窺うのだった。人間の本能。肉体を敵にすれば……所詮どう踠《あが》こうとも、敗北は明らかである。

「しかしそれがために、僕はまったくの孤立となりました。せっかく此処まで、つなぎとめ支え続けてきたのですが、もう今では、さきの当てが、全然ありません。それより、僕には一層案じられる事があるのです」艦長の顔が、それまでになく暗いものになった。

「それはもしやすると、彼らが捌《は》け口をほかへ求めやしないかということです。つまり、嘉子さんに対する危険が考えられる訳ですね」

そうしてグローリオソ号は、憎悪、嫉妬、愛慾、反目とさまざまな感情を積んで、アゾレスの南を過ぎ、赤道に近付いていった。その、外洋に出てちょうど六日目の昼に、いよいよ「海の別嬪さん《シー・ベル》」号をつなぐ曳綱《ひきづな》が切られることになった。

舵機を壊され、帆を焼かれた「海の別嬪さん《シー・ベル》」号は、わきたつ、赤道の海の彼方へ一点と細まり消えてゆくのだった。人々は、天幕《テント》のしたに集まって哀惜の情に泣いていた。嘉子もあたりを忘れて、とたんに声が出てしまった。きらきら、陰鬱にかがやく濃緑の涯と涯とに、水と、空漠を隔てて、ふたたび見ることはないのであろう。

ところが深更になって、法水は奇異《ふしぎ》な信号をみとめたのである。

それは、汽罐《きかん》室に下りる、昇降階段《カムパニオン》のうえあたりで、甲板を、行きつ戻りつ舷側燈のまえを歩む影があった。然《しか》も、規則正しく、正確なリズムを刻んで、あるいは短くあるいは長く……、影が、灯を遮断してとおり過ぎる度ごとに、異様な明滅が行われてゆく。が、それを常人ならばともかく、鋭い、法水の神経が見のがそう道理はない。彼は、半身を乗りだして、その明滅をはかりはじめた。が、しばらくすると、その解答がモールス符号で明らかにされた。彼は、息をのんで、愕《ぎょ》っとその場に竦《すく》んでしまった。

決行、払暁《ふつぎよう》三時。二、五、六。

そこで考えると、あの灯は、直接汽罐室からまともに見あげることが出来る。その、ごうごうとなる灼熱《しやくねつ》の扉のように、いま、鬱積しきったものが爆発しようとしているのではないか。

「暴動か……」

兵員の不満、肉体の悩みに、もうこのうえ耐えきれなくなったのか。それとも、副長フックスの陰険な策謀であろうか。が、そうなると、二、五、六とある数字に解釈がつくのだ。あれは疑いもなく、士官室の部屋番号にちがいない。つまり二は艦長、五は嘉子、六は土岐船長である。そうして、法水の胸がドドドッとうちはじめた。間もなく、三時……。舷窓には、波が頭巾のような形で、のぞいては消えていく。

「艦長、キューゲルマンさん」

しかし、艦長にはなんの異状もなかった。すぐ、着換えを終ると、法水の話を聴き、連れだって甲板に出た。

「とにかく、僕はそのことを、最初から懼《おそ》れていたんです。というのは、例の雷撃ですね。あれが、フックスの所業《しわざ》とはいえ、当然責任は連帯です。ところが、どうです。一つ、こう云う場合を考えてみませんか。仮りにもし、僕が死ぬか殺されるかしてこの世にいなくなったとします。そうすれば、その結果は、当然死人に口なしでしょう。僕はいない。彼は、そのいない僕に、全部の責任を托《かず》けてしまうのです」

「では貴方は、あの信号が副長のフックスだといわれるのですね」

「むろんです。しかし、どうにも対策といっては……」

艦長は、暗い顔をしたまま、じっと巨軀《きょく》を動かさなかった。もうじきに、点鐘が鳴る……。すると、神経が、だんだん鋭くなってきて、魚の跳ぶ音にも愕っと振りむくのだった。ところがその時、なにを見たのか、いきなり法水は艦長の腕をにぎった。羅針室の、暗いおぼろな灯のしたに、ひとり打ち倒れている男がいるのだ。

「だが、あるいは寝ているのかも知れませんぜ。どうも『海の別嬪さん《シー・ベル》』号を抑えてからは酒精《アルコール》が豊富でいかん。ないとなると、あの連中は木精《メチール》でも嘗みかねますからな」

それから、艦橋下の海図室にいって、硝子《ガラス》越しに覗いてみると、ひとり、羅針盤《カムパス》の際の卓子《テーブル》に俯向《うつむ》いて倒れているものがある。それが、余人ならぬ、副長のフックスだった。すると二人には、今までうなされていた、あの幻影が消えてしまった。しかしそれは、なにかの秘謀があるかも知れず、ともかく、フックスを人質にすることに決めた。

「フックス君、起き給え、相談があるんだ」

艦長が、そう云って肩口をそっとゆすぶると、すうっと脇から、糸を引いて床のうえに垂れたものがある。血、血だ——それを指ですくって、法水は無言のまま艦長に示した。そして二人は、しばらく感慨ぶかげにじっと視線を合せていた。駭きに、なかば呆《あき》れをまじえて、放心の体であった。

「意外だ。フックスが死んでいる。法水さん、どうでしょうか、検屍しては頂けませんか」

見るとフックスは、心臓ふかめに、突き刺した短剣の柄《え》を握りしめている。そして顔には、かすかな悲哀の色をうかべ、それはまた、見ようによってはかるい苦痛のようでもあった。別《べつ》してこの屍体には、どこという、他殺の跡はないのである。ただ問題は、この頑強獰猛《どうもう》――フックスのような男が自殺したということだ。

「ねえ艦長、この屍体には、ただ一つ心理上の謎があります。お考えになれますか。いったい如何なる場合に、フックスのような男が自殺するかということです」

「そうでしょう。フックスなら地震でも洪水でも、いちばん最後に死ぬでしょうからね。この男は、半分ぐらい首を切られたって、きっと生きかえる男ですよ。だが別に、現象的には他殺の点はありませんか。では、絶命してから、どのくらい経っていますね」

法水はしばらく、硬直の有無や体温をさぐっていたが、やがて、絶命後三時間と答えた。ちょうどその時刻は、例の信号のあった一時間後に当り、それから、四時間経って屍体が発見されたのである。しかし終ると、法水が真剣に切り出した事がある。

「ところで艦長、あなたは、この屍体を自殺として水葬なさいますか」

「いや、やれるところまで、やって見ようじゃありませんか。追及して、人間の智慧《ちえ》がこれきりというところまで……。とにかく、フックスというこの男は、絶対自殺の型じゃありませんよ」

その艦長の言葉には、法水を使嗾《しそう》するものがあった。というのは、ある一つの、奇異な対照に気がついたからだった。それは、フックスという自殺型でない男が自殺をし、反対に、これは明らかな自殺型である胸腺淋巴《りんぱ》体質の、重吉が、生きながらえているということだった。しかしそれは、すぐに、一場の夢想としてかき消えてしまった。

「だが、法水さん、これは、どうなるにしろ、敏速を要しますぜ。とにかく、午後になれば、腐敗がはじまるでしょう。ああ、暑い。きょうも、溜《たま》らんのでしょうな」

そのころ、水平線がぼうっと茜《あかね》色に染《そ》んできて、やがて、熱帯の海を焦がす、壮烈な朝焼けがはじまるだろう。蜒《うね》りは重く、海面は、下れば歩けそうな気がする。そしてまだ、夜の影が波浪の底に漂っていた。

しかし明けさると、なにより、人々は副長の自殺に驚かされた。けれども、兵員にはたいてい不在証明《アリバイ》があり、哨戒《しょうかい》兵のように、何事かつかんでいなければならぬ者からもなんら得るところはなかった。そうして、ついに、兵員たちは嫌疑の圏内になく、続いて、他の人たちの訊問がはじまった。最初は嘉子で、ただ彼女は熟睡していたというばかりだった。

ところが、嘉子に続いて重吉が呼ばれると、平素の、内気にも似ず猛然と食ってかかった。

「不愉快だよ、法水君。驟雨《スコール》でも、欲しいと思うところへ、訊問の雨じゃね。だが、僕は正直にいうよ。決して、嘉子みたいに寝てましたなんぞとは云わない。しかし、眼は醒《さ》めていても、部屋のなかにいた。どうして、甲板などをほっつき歩くもんかい。僕はこんなに、駆逐艦という艦が揺れるとは思わなかったんだ」

こうして、一々相手を翻弄するような態度は、重吉として実際にめずらしいのだった。そこへ、法水が巧妙なカマをかけた。

「だけど君は、奥さんの部屋へゆくのに、甲板をとおらなけりゃ、ならんじゃないか。それが、嘉子さんを先にして、君を後にした理由だ。しかし小牧君、僕は君を信頼して、正直にうち明けよう。それは、この屍体が自殺ではないかということだ。現象的には、あらゆる点が明白な自殺であり、ただ心理的に、フックスのような男が自殺したところに謎がある。そこで、もし目撃者があって確証がたてば、僕は、このままうち切ろうと思うんだよ」

重吉は、ただ凝《じ》っと考えていたが、やがて、心を決めたように屹《き》っと顔をあげた。

「それでは、実際のことをいおう。ちょうど、時刻は一時半ごろだろうと思ったが、魚雷管の真上から海図室のほうを見ていると、副長が、ゆったり歩んで扉《ドア》をひらいたのを見た。それから紙片《かみきれ》のようなものをとり出して凝っとながめていたが、それを、海に捨てると短剣を抜きはなった。それで法水君、僕は副長の自殺をながめたわけだよ」

「そうか、小牧君。では、君の証言をこれで証明してもらおうか」

そういって、法水は屍体の左手をとった。それから腕時計をはずして硝子蓋《ガラスぶた》をとり、さらに、長針をはずしてそれを糸で吊した。しかし眼は、重吉にではなく、艦長のほうに向いている。

「ねえ艦長、あなたは、この屍体の最初の位置をおぼえているでしょう。この、腕時計のある左手のほうは、たしか、羅針盤《カムパス》とは反対の側にありましたね。それだのに、なぜこの針に磁力があるのでしょうか」

みると不思議なことに、はずした時計の針が、正確に北をさしている。それを、なんど糸をうごかしても、結局はおなじになるのだった。してみると、フックスの死は明白な他殺で、いまの、重吉の証言は偽りということになるのだ。法水は、やや皮肉な調子を罩《こ》めて、重吉にいった。

「ねえ小牧君、どうやら、フックスは他殺らしいということになったぜ」

四、熱砂の果へ

なぜだろうか。もし、現在の位置が最初からのものだとすれば、時計は、磁力を決して受けつけるようなことはない。なぜなら、それが羅針盤《カムパス》とは反対の位置にあったからだ。つまり詳しくいうと、はじめ犯人は、背のほうをしたに卓子《テーブル》のうえに横たえた。そのとき、羅針盤《カムパス》の北端に、時計が触れたのだった。そうしてやや暫《しば》し、フックスはそのまま放置されていたのだろう。それから犯人は、今度は俯向けにして短剣をにぎらせ、心臓に、当てた刃先をぐいと背から押したのだ。そして体位が変り、今度は、腕時計のある左手が反対の側に移ったのである。

しかしそう分っても、続いて、重吉を追及しようとはしなかった。

「ねえ小牧君、どうして君には、どこか毅然としたところがないのだろう。意志も信念もない、誘われれば、今のようにだらしなく引き込まれる。実際、僕だからいいようなものの余人だったら、君は否応なしに絶対の土壇場に立たされてしまうよ。マアいいから、帰って、今度は船長土岐君を呼んでくれ給え」

重吉が去ると、キューゲルマン艦長が、嗜《たしな》めるように法水をみて、

「法水さん、私情はこの際、いっさい排してもらいたいですね。なぜ貴方は、小牧君の追及をやめたのです?」

「それは、彼のような卑屈な性格には、到底出来んからです。あの男に、どうして、自分が滅びるならともかく、ひとが殺せますか。サア艦長、それより新たな謎について、考えようじゃありませんか」

それは、なぜフックスが、死ぬまで抵抗しなかったかということである。恐らく、魔《ま》睡《すい》の状態にあれば、短剣はにぎれないだろうし、その、一分の意識をとどめている迷濛《めいもう》状態というのが、法水には神業のように思われた。

「ますます、分らなくなったぞ。あのフックスが、されるがままに短剣を握るなんて……。しかし……」

艦長は、いく度もおなじことを呟きながら、舷側の波をながめている。グローリオソ

号は、さかんに黒煙りを吐いて、針路を北北東にとっていた。南緯十一度半、西経九度二分。セント・ヘレナを左舷に望んだのがちょうどその頃であった。

そこへ、土岐船長がきたが、ただ甲板には、出なかったことをくどくどと陳述するばかりであった。艦長が待ちかねたように云った。

「あの男だ。動機だけでいうと、船長がいちばん濃厚なものを持っている。どこかに、法水さん、切りひらく隙はありませんか」

「つまり、動機だけでいえば、あの船長……」法水も、キューゲルマン艦長とおなじようなことをいった。

「なにしろ、フックスに殺されるのが、待ちきれなくなったともいえましょう。それから、フックスに、挑まれたのだとすれば、小牧夫人も入ります。さらに次が、今度は本艦の艦長、キューゲルマン氏御自身でしょう」

「オヤ、わしもとうとう嫌疑者の仲間入りですか。しかし法水さん、どうせ誰がなろうと、もうあと二日でお別れせんけりゃなりませんよ」

艦長は、すぐ笑いを引っ込めて、沈痛な顔になった。鹹焼《しおや》けのした、額のしたには感慨ぶかげに瞬く眼があった。

「実は、西班牙《スペイン》領のテル……。一二度、赤道から外れたところにあるカンポアを襲撃するのです。これが、実にわしらの夢でした。海の荒くれが、最後を詩の光輪でかざる……」

「分りました。では、その二日のうちにですね」

そうして、法水の捜査には、かたい期限が付されることになった。二日経つと、グローリオソ号が、カンポアの堡塁《ほうるい》を攻撃する。それは、個人ではなく大規模な殺戮《さつりく》だ。まるで、云わばそれはナポレオンと虱《しらみ》だ。しかし、彼の捜査は、弾雨中も続けられねばならない。

そして遂に、最後の一策として艙底のマヌエラが呼ばれた。彼女は臆面もなく、肥《ふと》った腰をポンと椅子のうえに据えて、

「やっと、助かったわ。これで、驟雨《スコール》でもくりゃ、申し分ないんだけど……。時に、あの副長さん、昇天ですってね。すると今度は、地獄でいったい誰を口説くんでしょう。マア一本莨《たばこ》でも頂戴《ちょうだい》よ」

法水は女の、むれ切った体臭に顔をしかめていたが、突然卓子《テーブル》に腕を組んで親しげに顔を見あげた。眼のまえには、ものを云ったり、歩いたりする肉のかたまりがいる。

「君はフックス君とは特別懇《ねん》ごろだというね」

「懇ごろ――って、だって、御禁制を破れるのはあの人くらいのもんじゃないの。だけどねえ、あたしゃ、彼奴に引っかかって飛んだ莫迦な目をみたのさ。お話しにならないんだけど、聴いて下さる。実は、私、なんにもならなかったんだけど……」

「それは、どういう意味だね」

「それは、私たちにとれば至極真面目な話なんだけど……。実はね、艦が出てしまって

出られないと分ったとき、薬室にある、防毒具や薬品をいっさい投げ込んでしまったの。だって私たちを、此奴らがどれほど非道い眼に会わせたものか……。ヴァレンチナを見たって、アウレオラをみたって、分るじゃないの」

マヌエラからは、それまでの、巫山戯《ふざけ》たような放逸なものが消え、むしろ、敵意に充《み》ちた眼を、まともから艦長に据えた。

「だから私達だって……今にこの艦《ふね》を、黴毒《かさ》でくたくたにしてやろう。だって、眼は眼、耳は耳よ。ところが、この大将に見破られて、計画がぶちこわれて、ただやってくるのは副長だけだったの。その副長さんが、また大変な代物でね。私たちよりも、もっともっと非道いのを背負ってるんだから……」

「なるほど、君の計画齟齬《そご》は、大変気の毒だったけど、本艦も、もう三日とは君を泊らせんからね」

艦長は、くすくす含み笑いをしていたが、法水は、なにか思念を凝《こ》らしているらしく、ぼんやり海をながめていた。そうしてマヌエラが去ると、法水は、自室で例の信号文と睨めっこをはじめた。

「恐らく、こういう場合は、きっとあり得ると思うね。それは、いうまでもなくこの信号だが……。もし跫音《あしおと》だけをさせて、灯《あかり》を廻したんだとしたら……。あの時だって、つまり跫音が聴え、灯が遮ぎられた。それで、ただ直観だけで、人影と判断された。だがそれは、信号燈の裏をみせても同じことじゃないか。ただ、甲板を踏んで、跫音を聴かせればいい」

法水は、険しい相をして、必死の思索を、巻きあがる莨烟《けむり》のなかで凝らしはじめた。

「そこで、考えなけりゃならんのは、あの当時の気配だ。信号には、モールスであ現われたんだけど、それは果して、汽罐室の兵員に送られたものだろうか。しかも、フックスは殺され、どこにもそういう気配はない。するとあの信号は、反対に、外部の海面に送られていたのではないだろうか。つまり、表が裏、裏が表になる。問題は、あのときの光芒《こうぼう》にあったのではない。要するに、その間の闇にあったのだ。そうだ、もしあの信号燈を裏表にかえしていたのだったら……外部の光は、つまり、モールスの点・線のあいだを測ればいい」

そこで法水は、最終の結論に到達した。しかし今では、その、点線のあいだを正確に知るのは困難だった。が、結局、一つのそれらしい文字をつかみあげることが出来た。それは、蘭語《らんご》でいう、伯爵夫人という意味のGravinであった。

何者であろうか。恐らくあの時、左舷の彼方には和蘭陀《オランダ》船が通っていたのだろう。そして、深夜、捕虜として艦上にいることを、はかない明滅で報せたのであろう。そうなると、だんだんに、フックス惨死当時の状況が明らかになってくる。その人物こそ、この事件の秘鑰《ひやく》をにぎっているにちがいない。

翌朝なんと思ったか、彼は嘉子の室を艦長とともに訪れた。それは、嘉子の実家が高《たか》井《い》伯爵で、すなわち女伯《グラヴィン》とは、彼女以外に誰もないからだった。

「嘉子さん、この別世界では、法律といってはないのですからね。僕はただ真相を究めればそれで満足なのです。そのために、十数年間なにごとにも仮借しませんでした、云って下さい、あなたは一昨日の晩、和蘭陀汽船に発火信号をしましたね」

途端に、嘉子の顔には、耳の朶迄《たぼまで》血の気が退《ひ》いてしまった。なにか云おうとしても、それは歯音に消されて聴えなかった。

「私、発火信号なんて、どうして、そんな事が……」

「それでは艦長の部屋にあった、独蘭辞書をどうなさいましたね」

嘉子は、くらくら眩暈《めまい》がする様に、固く顳顬《こめかみ》を押えていたが、からだは、危なく倒れそうで片手を椅子に支えている。

そこへ、艦長の重々しい声が割って入った。

「あれは、ちがう。法水君、君はなんという、見当違いのことをいうんだね。あれは、僕の机のうえから、一時だって離れたことはないよ」

「だが、昨夜はたしか、此処《ここ》で見たと思ったが……」

「そりゃ、迷いだ。君程の人間も、暑さにあたると、幻覚をみるらしいね。何なら、論より証拠、この部屋を捜して見給え」

そうして法水は、遂に惨苦《ざんく》の揚句、敗北をみる事になった。

しかし翌朝は、殺人事件のことなど、艦上からふっ飛んでしまった。

暁《あかつき》に、防材をめぐらした、カンポアの堡塁をみたとき、舷側の砲が、一斉に火蓋をきって轟音《ごうおん》をとどろかした。みるみる、砂原《すなはら》の街は砲煙に覆われて、やがて程なく、グローリオソ号の砲がうなるのみとなった。

「法水さん、小牧君、嘉子さん、船長……」

昼近いころ、艦橋のしたで、艦長キューゲルマンが充血した眼をしている。四人は、伊太利《イタリー》船に乗りかえて、グローリオソ号を去ろうとしていた。嘉子は、悲しみを満面に湛《たた》えてそっと艦長のそばへ寄って往った。

「あの際は、一方ならず、ほんとうに有難う御座いました。私が信号をフックスに見つけられて脅迫されて居りますところを……。実際法水さんのお眼には、寸分の狂いもなかったのです。それに、独蘭辞書をお隠しくださったことも……ほんとうに、これで私たちはお別れなんでしょうか」

「二週間も、此処にいれば上首尾でしょう」艦長は、静かに声音も変らなかった。「いずれ、そのうち艦隊がやってくるでしょう。討伐隊とでも名をつけて、陸戦隊が上陸するでしょう。そして僕等は、この堡塁の砂塵とともに散るか。それとも、熱砂のうえを当てもなく奥地へ走るか……」

「艦長、いまはただ、あなたの長久の武運を祈るだけだ」法水も、声がいく分ふるえているようだった。「だが僕は、この別れに、一言抗議を申したてて置くよ。特に、フックスを殺した、艦長氏に申しあげたいのだ」

フックスの下手人、艦長キューゲルマン——一同は、思わず艦長と法水を等分に見比べはじめた。

「しかし、それはただ数言にとどまることだ。あなたは、フックスの薬学上の無智を利用したのだ。まずあのとき、フックスをなだめて船室に連れかえり、そこで、甘汞《かんこう》と沃《ヨー》度《ド》の注射を同時にさせたね。いずれも黴毒薬だが、その二つを、配合すると、忽《たちま》ち昇汞《しょうこう》となる。それが、フックスに起った、あの迷濛状態なんだよ。然し、僕は……虱はつぶすべきだと思うね」

やがて、烈日にかがやく、真白な土人町のあいだを、太鼓を先にたてて少数の侘《わび》しい行進がはじまった。

編者解説

日下三蔵

本書は、小栗虫太郎の作品に登場する名探偵・法水麟太郎ものの短篇を、発表順にすべて収めたものである。河出文庫既刊の長篇『黒死館殺人事件』『二十世紀鉄仮面』の二冊と併読していただければ、長短合わせて十篇の法水ものを、すべて読むことが出来る。

小栗虫太郎の『黒死館殺人事件』は、夢野久作『ドグラ・マグラ』、中井英夫『虚無への供物』と並んで国産ミステリの三大奇書、アンチ・ミステリなどと呼ばれている。小栗の作家活動は、一九三三〈昭和八〉年のデビューから戦時中までの十年あまりしかない。戦後、長篇『悪霊』を書き始めた矢先、四六年二月に亡くなってしまうのである。

小栗は印刷業を営んでいた大正時代に探偵作家を志し、いくつかの習作を執筆するが、織田清七名義の短篇「或る検事の遺書」が「探偵趣味」に掲載されたのを唯一の例外として、デビューの機会には恵まれなかった。

その機会は、昭和八年に思わぬ形で巡ってくることになる。甲賀三郎の推薦をもらって「新青年」編集部に百枚の中篇「完全犯罪」を持ち込んだところ、巻頭百枚読切企画に登場予定だった横溝正史が結核を発病して喀血《かっけつ》し、執筆できなくなってしまったのである。編集長だった水谷準は、無名の新人から預かっていた原稿のことを思い出し、さして期待せずに読み、海外を舞台に奇抜な密室トリックを配した内容に仰天、掲載することを決めた。海外作品の翻案ではないかと疑って、作者、甲賀三郎、何人かの翻訳家にも確認したというから、その完成度の高さが分かろうというものだ。

こうして横溝正史のピンチヒッターという世にも稀《まれ》な経緯で探偵文壇に登場した小栗虫太郎だが、その作風は、初期の衒学《げんがく》趣味を全開にした本格ミステリ、探検家の折竹孫七を主人公にした一連の秘境冒険小説、海外を舞台にした伝奇小説から歴史ミステリまで幅広い。主に初期の本格ミステリで活躍するのが、当初、刑事弁護士として登場した法水麟太郎だが、彼の登場する一連の作品が、小栗虫太郎の創作のなかで、もっとも大きなウェイトを占める業績であることは間違いない。ことに初期の作品は怪論理を弄ぶ密室ものばかりであり、本格ミステリの愛好家ならば見逃すことは出来ないはずだ。

ここで初出一覧を兼ねて、法水麟太郎シリーズの作品リストを掲げておこう。本書には、5と9以外の八篇を収めている。

1　後光殺人事件　「新青年」昭和8年7月号
2　聖アレキセイ寺院の惨劇　「新青年」昭和8年10月号

3　夢殿殺人事件　「改造」昭和9年1月号
4　失楽園殺人事件　「週刊朝日」昭和9年3月18日号
5　黒死館殺人事件　「新青年」昭和9年4～12月号
6　オフェリヤ殺し　「改造」昭和10年2月号
7　潜航艇「鷹の城」　「新青年」昭和10年4～5月号※「鉄仮面の舌」改題
8　人魚謎お岩殺し　「中央公論」昭和10年8月号
9　二十世紀鉄仮面　「新青年」昭和11年5～9月号
10　国なき人々　「オール讀物」昭和12年8月号

戦後、小栗の再評価に先鞭をつけた桃源社は、一九六八年十二月に秘境冒険ものをまとめた『人外魔境』を刊行している。同年八月に刊行した国枝史郎『神州纐纈城』に続く大衆小説リバイバル企画の第二弾で、これ以降、同社は「大ロマンの復活」シリーズとして、橘外男、野村胡堂、海野十三、牧逸馬などの旧作を次々と復刊、この流れに呼応して、講談社から〈江戸川乱歩全集〉〈横溝正史全集〉、三一書房から〈夢野久作全集〉〈久生十蘭全集〉、立風書房から〈新青年傑作選〉などが刊行され、角川文庫による横溝正史ブームへとつながっていくことになるのである。

小栗作品は、「大ロマンの復活」シリーズの中でも大きな柱として、コンスタントに刊行されていった。法水麟太郎ものの中・短篇をまとめた『二十世紀鉄仮面』〈69年5

月〉、異郷伝奇ものを集成した『成吉思汗の後宮』〈69年7月〉、本格系の中篇集『完全犯罪』〈69年9月〉、代表長篇『黒死館殺人事件』〈69年12月〉、長篇二本を収めた『紅殻駱駝の秘密』〈70年5月〉とテーマ別の作品集六冊に続き、それ以外の作品を根こそぎ収録した『絶景万国博覧会』〈70年9月〉、『成層圏魔城』〈71年7月〉を刊行し、桃源社版の小栗虫太郎シリーズは、ほぼ全集と言っていい内容となっている。

最後の二冊はあまりに厚すぎたためか、七五年から翌年にかけて『屍体七十五歩にて死す』〈75年11月〉、『航続海底二万哩』〈75年12月〉、『悪霊』〈76年1月、79年版で『成層圏魔城』と改題〉の三冊に再編集され、七九年に『小栗虫太郎全作品』〈全9巻〉としてリニューアル刊行された。現在も手に入る沖積舎版『小栗虫太郎全作品』は、桃源社七九年版を復刻したものである。

理想的な形で再評価が進んだ一方で、小栗作品は文庫化という面では立ち遅れた感が否めなかった。『人外魔境』が角川文庫〈後に角川ホラー文庫〉、『黒死館殺人事件』が講談社文庫に収められたのを除くと、昭和のうちに小栗虫太郎を手軽に読めたのは、社会思想社の現代教養文庫の〈小栗虫太郎傑作選〉全5巻〈76〜78年〉くらい。当然、そのうちの一巻は『黒死館殺人事件』に充てられているから、それ以外に読めたのは四冊分に過ぎなかった。

創元推理文庫から出た大部の『日本探偵小説全集6　小栗虫太郎集』〈87年11月〉も『黒死館殺人事件』が一巻の半分以上を占め、併録されたのは「完全犯罪」「後光殺人事件」「聖アレキセイ寺院の惨劇」「オフェリヤ殺し」の四篇のみ。講談社文庫の大衆文学館に収められた『成吉思汗の後宮』〈95年12月〉も、ページ数の都合で桃源社版から収録作品を大幅に削ったものであった。

そうした状況を鑑みて、法水麟太郎ものを手軽に読めるようにしようという意図で私が編んだのが、扶桑社文庫の昭和ミステリ秘宝シリーズで出した『失楽園殺人事件』〈00年12月〉、『二十世紀鉄仮面』〈01年2月〉の二冊である。この二冊には、前掲リストのうち5『黒死館殺人事件』を除く九篇を、すべて収めた。しかし、ページ数は小説部分だけで六八〇ページに及び、解説などを入れると七〇〇ページを超えてしまうため、一巻本での刊行はあきらめて二分冊とした。

その際に、小栗のエッセイ、ショートショート、絶筆「悪霊」の冒頭部分、著作リスト、諸家が小栗について書いたエッセイ、評論を可能な限り蒐めて増補したので、総ページ数は二冊で一〇四〇ページになっている。

扶桑社文庫版『失楽園殺人事件』では、帯に法月綸太郎さんから以下のような推薦文をいただくことが出来た。

人智を超えた詭計《トリック》に挑む、万物照応の論理《ロジック》。
絢爛たる奇想の泉に涸れることなし

同じく『二十世紀鉄仮面』の帯に寄せていただいた二階堂黎人さんの推薦文は、以下の通り。こちらは名探偵としての法水麟太郎を評したもの。

論理の剣《つるぎ》を握り、博雅と暗黒の兜を被り、幻想の鎧を纏《まと》った浪漫の騎士！

今回、河出文庫で新たに法水麟太郎ものをまとめるに当たって、十九年前と条件が違う点が一つあった。それは『黒死館殺人事件』に続いて、短い長篇『二十世紀鉄仮面』が、既に河出文庫に収められていることだ。

つまり、1〜4、6〜10の九篇では六八〇ページになるが、1〜4、6〜8、10の八篇ならば四二〇ページになり、文庫本の一般的なページ数に収まるのである。そこで、この河出文庫版は『法水麟太郎全短篇』と題してみた。『黒死館殺人事件』と『二十世紀鉄仮面』を未読の方は、本書に続けて、ぜひ手にとっていただきたい。

なお、扶桑社文庫版で増補した三六〇ページに及ぶ付録部分だが、旧版にさらに新たな作品、資料を大幅に加えて、河出書房新社の単行本叢書「レトロ図書館」から『小栗虫太郎エッセイ集成〈仮〉』として刊行すべく、編集作業を進めているところである。小栗ファンの方は、そちらも楽しみにお待ちいただきたいと思う。

本書は河出文庫オリジナルです。

法水麟太郎《のりみずりんたろう》全短篇《ぜんたんぺん》

二〇一九年 五 月二〇日　初版発行
二〇一九年 六 月一〇日　2刷発行

著　者　小栗虫太郎《おぐりむしたろう》
編　者　日下三蔵《くさかさんぞう》
発行者　小野寺優
発行所　株式会社河出書房新社
〒一五一−〇〇五一
東京都渋谷区千駄ヶ谷二−三二−二
電話〇三−三四〇四−八六一一（編集）
〇三−三四〇四−一二〇一（営業）
http://www.kawade.co.jp/

ロゴ・表紙デザイン　粟津潔
本文フォーマット　佐々木暁
本文組版　株式会社創都
印刷・製本　凸版印刷株式会社

Printed in Japan　ISBN978-4-309-41672-4

黒死館殺人事件

小栗虫太郎　40905-4

黒死館を襲った血腥い連続殺人事件の謎に、刑事弁護士法水麟太郎がエンサイクロペディックな学識を駆使して挑む。本邦三大ミステリの一つ、悪魔学と神秘科学の一大ペダントリー。

二十世紀鉄仮面

小栗虫太郎　41547-5

九州某所に幽閉された「鉄仮面」とは何者か、私立探偵法水麟太郎は、死の商人・瀬高十八郎から、彼を救い出せるのか。帝都に大流行したペストの陰の大陰謀が絡む、ペダンチック冒険ミステリ。

人外魔境

小栗虫太郎　41586-4

暗黒大陸の「悪魔の尿溜」とは？　国際スパイ折竹孫七が活躍する、戦時下の秘境冒険ＳＦファンタジー。『黒死館殺人事件』の小栗虫太郎、もう一方の代表作。

日影丈吉傑作館

日影丈吉　41411-9

幻想、ミステリ、都市小説、台湾植民地もの…と、類い稀なユニークな作風で異彩を放った独自な作家の傑作決定版。「吉備津の釜」「東天紅」「ひこばえ」「泥汽車」など全13篇。

日影丈吉　幻影の城館

日影丈吉　41452-2

異色の幻想・ミステリ作家の傑作短編集。「変身」「匂う女」「異邦の人」「歩く木」「ふかい穴」「崩壊」「蟻の道」「冥府の犬」など、多様な読み味の全十一篇。

白骨の処女

森下雨村　41456-0

乱歩世代の最後の大物の、気宇壮大な代表作。謎が謎を呼び、クロフツ風のアリバイ吟味が楽しめる、戦前に発表されたまま埋もれていた、雨村探偵小説の最高傑作の初文庫化。

消えたダイヤ

森下雨村　41492-8

北陸・鶴賀湾の海難事故でダイヤモンドが忽然と消えた。その消えたダイヤをめぐって、若い男女が災難に巻き込まれる。最期にダイヤにたどり着く者は、意外な犯人とは？　傑作本格ミステリ。

黄夫人の手

大泉黒石　41232-0

生誕百二十年。独自の文体で、日本人離れした混血文学を書いた異色作家の初文庫。人間の業、魂の神秘に迫る怪奇小説集。死んだ女の手がいろいろな所に出現し怪異を起こす「黄夫人の手」他全八篇。

見たのは誰だ

大下宇陀児　41521-5

誠実だが、無理をしているアプレ学生が殺人容疑で捕まった。仁侠弁護士探偵・俵岩男が事件の究明に乗り出す。真犯人は？　ある種の倒叙法探偵小説の白眉。没後五十年、待望の初文庫化。

鉄鎖殺人事件

浜尾四郎　41570-3

質屋の殺人現場に遺棄された、西郷隆盛の引き裂かれた肖像画群。その中に残された一枚は、死体の顔と酷似していた……元検事藤枝慎太郎が挑む、著者の本格探偵長篇代表作。

いつ殺される

楠田匡介　41584-0

公金を横領した役人の心中相手が死を迎えた病室に、幽霊が出るという。なにかと不審があらわになり、警察の捜査は北海道にまで及ぶ。事件の背後にあるものは……トリックとサスペンスの推理長篇。

神州纐纈城

国枝史郎　40875-0

信玄の寵臣・土屋庄三郎は、深紅の布が発する妖気に導かれ、奇面の城主が君臨する富士山麓の纐纈城の方へ誘われる。〈業〉が蠢く魔境を秀麗妖美な名文で描く、伝奇ロマンの最高峰。

琉璃玉の耳輪

津原泰水　尾崎翠〔原案〕　41229-0

３人の娘を探して下さい。手掛かりは、琉璃玉の耳輪を嵌めています——女探偵・岡田明子のもとへ迷い込んだ、奇妙な依頼。原案・尾崎翠、小説・津原泰水。幻の探偵小説がついに刊行！

11　eleven

津原泰水　41284-9

単行本刊行時、各メディアで話題沸騰＆ジャンルを超えた絶賛の声が相次いだ、津原泰水の最高傑作が遂に待望の文庫化！　第２回Twitter文学賞受賞作！

最後のトリック

深水黎一郎　41318-1

ラストに驚愕！　犯人はこの本の《読者全員》！　アイディア料は２億円。スランプ中の作家に、謎の男が「命と引き換えにしても惜しくない」と切実に訴えた、ミステリー界究極のトリックとは⁉

花窗玻璃《はなまどはり》　天使たちの殺意

深水黎一郎　41405-8

仏・ランス大聖堂から男が転落、地上80mの塔は密室で警察は自殺と断定。だが半年後、再び死体が！　鍵は教会内の有名なステンドグラス…。これぞミステリー！　『最後のトリック』著者の文庫最新作。

自殺サークル 完全版

園子温　41242-9

女子高生五十四人が新宿駅で集団飛び込み自殺！　自殺の連鎖が全国に広がるなか、やがて“自殺クラブ”の存在が浮上して……少女たちの革命を描く、世界的映画監督による傑作小説。吉高由里子さん推薦！

『吾輩は猫である』殺人事件

奥泉光　41447-8

あの「猫」は生きていた⁈　吾輩、ホームズ、ワトソン……苦沙弥先生殺害の謎を解くために猫たちの冒険が始まる。おなじみの迷亭、寒月、東風、さらには宿敵バスカビル家の狗も登場。超弩級ミステリー。

アリス殺人事件

有栖川有栖／宮部みゆき／篠田真由美／柄刀一／山口雅也／北原尚彦　41455-3

「不思議の国のアリス」「鏡の国のアリス」をテーマに、現代ミステリーの名手６人が紡ぎだした、あの名探偵も活躍する事件の数々……！　アリスへの愛がたっぷりつまった、珠玉の謎解きをあなたに。

東京大学殺人事件

佐藤亜有子　41218-4

次々と殺害される東大出身のエリートたち。謎の名簿に名を連ねた彼らと、死んだ医学部教授の妻、娘の“秘められた関係”とは？　急逝した『ボディ・レンタル』の文藝賞作家が愛の狂気に迫る官能長篇！

海鰻荘奇談

香山滋　41578-9

ゴジラ原作者としても有名な、幻想・推理小説の名手・香山滋の傑作選。デビュー作「オラン・ペンデクの復讐」、第一回探偵作家クラブ新人賞受賞「海鰻荘奇談」他、怪奇絢爛全十編。

戸隠伝説

半村良　40846-0

謎の美女ユミと出会ってから井上のまわりでは奇妙なことが起こりだした。彼が助手をする水戸宗衛の小説「戸隠伝説」が現実化し、やがて古代の神々が目覚めはじめた。虚実の境に遊ぶ巨匠の伝奇ロマン！

闇の中の系図

半村良　40889-7

古代から日本を陰で支えてきた謎の一族〈嘘部〉。〈黒虹会〉と名を変えた彼らは現代の国際社会を舞台に暗躍し、壮大な「嘘」を武器に政治や経済を動かし始めた。半村良を代表する〈嘘部〉三部作遂に登場！

闇の中の黄金

半村良　40948-1

邪馬台国の取材中に津野田は、親友の自殺を知らされる。マルコ・ポーロ・クラブなる国際金商人の怪しげな動き。親友の死への疑問。古代の卑弥呼と現代の陰謀が絡み合う。巨匠の傑作長篇サスペンス！

邪宗門　上・下

高橋和巳　41309-9 41310-5

戦時下の弾圧で壊滅し、戦後復活し急進化した“教団”。その興亡を壮大なスケールで描く、39歳で早逝した天才作家による伝説の巨篇。今もあまたの読書人が絶賛する永遠の“必読書”！　解説：佐藤優。

憂鬱なる党派　上・下

高橋和巳　41466-9 41467-6

内田樹氏、小池真理子氏推薦。三十九歳で早逝した天才作家のあの名作がついに甦る……大学を出て七年、西村は、かつて革命の理念のもと激動の日々をともにした旧友たちを訪ねる。全読書人に贈る必読書！

悲の器

高橋和巳　41480-5

39歳で早逝した天才作家のデビュー作。妻が神経を病む中、家政婦と関係を持った法学部教授・正木。妻の死後知人の娘と婚約し、家政婦から婚約不履行で告訴された彼の孤立と破滅に迫る。亀山郁夫氏絶賛！

わが解体

高橋和巳　41526-0

早逝した天才作家が、全共闘運動と自己の在り方を“わが内なる告発”として追求した最後の長編エッセイ、母の祈りにみちた死にいたる闘病の記など、“思想的遺書”とも言うべき一冊。赤坂真理氏推薦。

日本の悪霊

高橋和巳　41538-3

特攻隊の生き残りの刑事・落合は、強盗容疑者・村瀬を調べ始める。八年前の火炎瓶闘争にもかかわった村瀬の過去を探る刑事の胸に、いつしか奇妙な共感が……“罪と罰”の根源を問う、天才作家の代表長篇！

我が心は石にあらず

高橋和巳　41556-7

会社のエリートで組合のリーダーだが、一方で妻子ある身で不毛な愛を続ける信藤。運動が緊迫するなか、女が妊娠し……五十年前の高度経済成長と政治の時代のなか、志の可能性を問う高橋文学の金字塔！

小松左京セレクション 1 日本

小松左京　東浩紀〔編〕　41114-9

小松左京生誕八十年記念／追悼出版。代表的短篇、長篇の抜粋、エッセイ、論文を自在に編集し、ＳＦ作家であり思想家であった小松左京の新たな姿に迫る、画期的な傑作選。第一弾のテーマは「日本」。

小松左京セレクション 2 未来

小松左京　東浩紀〔編〕　41137-8

いまだに汲み尽くされていない、深く多面的な小松左京の「未来の思想」。「神への長い道」など名作短篇から論考、随筆、長篇抜粋まで重要なテクストのみを集め、その魅力を浮き彫りにする。

銃

中村文則　41166-8

昨日、私は拳銃を拾った。これ程美しいものを、他に知らない――いま最も注目されている作家・中村文則のデビュー作が装いも新たについに河出文庫で登場！　単行本未収録小説「火」も併録。

掏摸《スリ》

中村文則　41210-8

天才スリ師に課せられた、あまりに不条理な仕事……失敗すれば、お前を殺す。逃げれば、お前が親しくしている女と子供を殺す。綾野剛氏絶賛！大江賞を受賞し各国で翻訳されたベストセラーが文庫化。

王国

中村文則　41360-0

お前は運命を信じるか？　――社会的要人の弱みを人工的に作る女、ユリカ。ある日、彼女は出会ってしまった、最悪の男に。世界中で翻訳・絶賛されたベストセラー『掏摸』の兄妹編！

A

中村文則　41530-7

風俗嬢の後をつける男、罪の快楽、苦しみを交換する人々、妖怪の村に迷い込んだ男、決断を迫られる軍人、彼女の死を忘れ小説を書き上げた作家……。世界中で翻訳＆絶賛される作家が贈る13の「生」の物語。